HEYNE <

DAS BUCH

Die Abteilung zur holistischen Durchleuchtung extrem seltsamer Delikte stellt sich erneut dem Kampf gegen das Übernatürliche, Bizarre und total Durchgeknallte.

Dierk Gewesens schwerster Fall beginnt ganz harmlos: Terminator, Predator und Alien landen in einem Raumschiff auf dem Hamburger Airport und ballern, was das Zeug hält. Der Superbulle aus der Hansestadt erledigt das Problem gewohnt relaxed. Was er nicht ahnt: Das Trio Infernale ist lediglich der Auftakt für einen perfiden Plan: Die endgültige Beseitigung Dierk Gewesens. Nicht nur in diesem, sondern in allen denkbaren Universen …

DER AUTOR

Christian Gailus wurde 1967 in Hamburg geboren und schreibt Hörspiele, Kurzgeschichten und Drehbücher. Er ist verheiratet und hat zwei Kinder. Besuchen Sie die Website www.dierkgewesen.de

LIEFERBARE TITEL

Dierk Gewesen und die glorreichen Sechs

Christian Gailus

DIERK GEWESEN UND DAS GEHEIMNIS VON GLAMOUR CITY

Roman

WILHELM HEYNE VERLAG
MÜNCHEN

MIX
Papier aus verantwortungsvollen Quellen
FSC® C083411

Verlagsgruppe Random House FSC®N001967
Das für dieses Buch verwendete FSC®-zertifizierte
Papier Holmen Book Cream liefert
Holmen Paper, Hallstavik, Schweden.

Originalausgabe 08/2013

Printed in Germany 2013
Redaktion: Katja Bendels
Umschlagillustration und -gestaltung: Nele Schütz Design, München
Satz: Greiner & Reichel, Köln
Druck und Bindung: CPI – Clausen & Bosse, Leck
ISBN 978-3-453-43642-8

www.heyne.de

Was du nicht fassen kannst, musst du ertasten.

Axel Hexelberg

TEIL I

»Haben Sie auch eine Miss Piggy?«, fragte der Mann und lächelte die Verkäuferin an, während er ihr gleichzeitig mit dem Arm eines Stoffkermits zuwinkte.

Im selben Moment explodierte die Wand neben ihnen. Ein gelber Maserati schoss in den kleinen Laden, krachte durch die gegenüberliegende Wand und schlidderte in einen Kiosk, wobei er Hunderte Zeitungen wie einen Schwarm aufgeregter Tauben auffliegen ließ. Er vollführte eine scharfe Rechtskurve und mähte die Auslage eines Candyshops nieder. Tausende bunter Bonbons gingen wie ein Hagelschauer auf den gefliesten Boden nieder. Der Maserati rutschte aus der Ladenzeile heraus und kam mit einem halsbrecherischen Bremsmanöver auf dem schmalen Gang zwischen den Geschäften zum Stehen.

Die Fahrertür schwang nach oben, und ein Mann mit kantigem Gesicht, dichten Augenbrauen und Silbermähne sprang heraus. Mit irrem Blick starrte er in die Richtung, aus der er gekommen war, und wo eine gewaltige Fensterfront das Ende des Gangs markierte.

»Wo bleibst du, Bulle?«, rief er mit rauchiger Stimme. »Gibst du etwa schon auf?« Er stemmte die Fäuste in die Hüften und schickte sein diabolisches Lachen durch den Trakt. »Hat Mister X den großen Dierk Gewesen so schnell besiegt?«

Ein Röhren ertönte. Und wurde lauter.

Und lauter.

Und lauter.

CRASH!!!

Durch den Splitterregen der berstenden Scheibe kam ein weißer Dodge Challenger geflogen. Als seine Reifen den Boden schmirgelten, zwängte sich das verbrannte Gummi in dicken Schwaden aus den Radkappen.

Der Weißhaarige, der irgendwie an Sky du Mont erinnerte, lächelte zufrieden, sprang zurück in den Maserati und trat das Gaspedal bis in den Motorblock durch. Dann schossen die beiden Wagen durch die schmale Ladenzeile im Erdgeschoss des Hamburger Flughafens.

»Schieß ihm die Reifen weg!«, rief Gewesen seinem Partner zu, und Nick zog seine Glock. Er schob seinen Oberkörper durch das schmale Fenster, legte an und kniff das linke Auge zu. Aber gerade, als er das Ziel im Visier hatte, bremste der Maserati vor ihnen scharf ab.

»Achtung!«, schrie Gewesen und stemmte beide Füße aufs Bremspedal. Doch es war zu spät. Der Dodge schoss über die stromlinienförmige Karosserie des Italieners hinweg wie über eine verdammte Sprungschanze.

Durch Nicks Außeneinsatz bekam der Wagen einen Rechtsdrall und schraubte sich nun wie ein Korkenzieher in die Luft. Mit Mühe gelang es dem jungen Polizisten, sich zurück ins Cockpit zu schieben.

»Halt dich gut fest«, schnaubte Gewesen. »Das gibt 'ne harte Landung.«

Der Dodge senkte die Nase, küsste den Boden und überschlug sich. Einmal, zweimal, dreimal ... Nach sechs Twistern krachte er durch die Scheibe eines Last-Minute-Outdoor-Shops und wickelte sich um einen Betonpfeiler. Dutzende Propanglasflaschen wirbelten durch die Luft und knackten die Bodenfliesen. Abgefetzte Stromkabel peitschten funkensprühend durch die Luft. Von dem vierzig Jahre alten, liebevoll gepflegten Amerikaner war nicht viel mehr übrig als ein konturloser Klumpen Blech.

Gewesen zwängte sich aus dem verzogenen Wagenfenster und reichte seinem Kumpel die Hand. »Greif zu!«, rief er. Nick wollte zupacken, hielt aber unvermittelt inne und verzog das Gesicht. »Verdammt, ich häng fest. Mein Bein ist eingeklemmt. Ich ... kann es nicht bewegen.«

Mit Sorge sah der Kommissar, wie sich eine helle Flüssigkeit aus dem Wagen ergoss und eine große Lache auf dem Boden bildete. »Halt durch«, sagte er. »Ich hol Hilfe.« Doch Nick hielt ihn am Handgelenk zurück.

»Nein, Sie müssen den Wahnsinnigen stoppen. Hier geht es nicht um Sie oder mich – hier geht es um das Leben von Millionen Menschen! Milliarden! Wenn X mit der Plutoniumbombe die Terra erreicht, hat er freien Flug zum Vesuv! Und dann ist es aus mit unserem blauen Planeten.«

Sein Griff wurde fester. »Wir müssen das verhindern, Chef. *Sie* müssen das verhindern!«

Ein Kabel löste sich von der Decke und tanzte funkensprühend durch die Luft. Gewesen zögerte.

»Wir hatten eine gute Zeit«, sagte Nick, und ein gequältes Lächeln verzerrte die Konturen seines sanften Gesichts. »Und ich habe viel von Ihnen gelernt. Aber mein Weg ist hier zu Ende. Und ... He! Ich bin doch noch gar nicht fertig!«

Aber Gewesen hatte sich bereits losgerissen und rannte zurück zum Maserati. Nick hatte recht: Der Fortbestand der Erde stand auf dem Spiel! Und das verlangte Opfer.

Als er noch einmal zurückblickte, explodierte der Dodge und der Outdoor-Shop ging in Flammen auf.

»Verdammt guter Mann«, seufzte Gewesen. Dann drehte er sich um und jagte hinter Mister X her.

Er hastete die Rolltreppe zum Abflugbereich hinauf und von dort über die Treppe weiter zum Restaurant, in dessen hinterem Teil sich die Besucherterrasse versteckte. Als er durch die Drehtür nach draußen stürmte, empfing ihn ein eisiger Wind. Durch die fünf Meter hohe stählerne Absperrung hindurch sah er X über das Vorfeld hetzen – in der Hand den Koffer mit der Bombe. Gewesen richtete den Blick auf die Abstellplätze für die Privatmaschinen. Dort stand die Terra2, der erste Flugzeug-Raumschiff-Hybrid, der aus eigener Kraft in den Weltraum fliegen konnte. Die Mühle machte locker Mach 11 und war damit schneller als jedes andere Flugzeug auf der Erde. Wenn X die Terra erreichte, würde er seinen perfiden Plan in die Tat umsetzen und die Plutoniumbombe in den Krater des Vesuv werfen. Dann würde er in den Orbit abdrehen und sich vom Weltraum aus das Ende der Welt ansehen – als einziger Überlebender.

Gewesen dröhnte der Schädel. Was sollte er tun? Was *konnte* er tun? Und vor allem: Wie kam er so schnell wie möglich runter aufs Vorfeld?

»Chef!«, schrie eine Stimme, und Gewesen hob den Blick. Ein Fesselballon schwebte träge über das Terminaldach. In seiner Gondel: Sam!

»Halten Sie sich am Seil fest!«, rief der IT-Fachmann und ließ ein Tau herab. Gewesen packte es, wurde hochgezogen und über die Absperrung gehievt.

»Und wie willst du mit diesem Ding eine Verfolgungsjagd gewinnen?«, rief er.

»Mit ’nem speziellen Düsenantrieb«, antwortete Sam und zeigte auf eine gewagte Stahlkonstruktion, die am oberen Teil des Korbs befestigt war. »Hab ich aus einer alten F-16 ausgebaut. Halten Sie sich fest. Der Tanz geht los!«

Dann zündete er das Triebwerk, und der Ballon schoss durch die Luft. Der flüchtende X kam immer näher.

»Halt an!«, rief Gewesen, doch als er den Blick hob, sah er Sam verzweifelt am Düsentriebwerk herumhantieren.

»Ich kann nicht bremsen. Das Ventil klemmt!«

»Stopf Sand in den Vergaser«, schlug Gewesen mit Blick auf die Leinensäcke vor, die an der Gondel baumelten.

»Bis dahin sind wir in Marokko!«, rief Sam und starrte den Kommissar mit aufgerissenen Augen an. »Sie müssen abspringen, Chef!«

Gewesen warf einen Blick nach unten, konnte aber nichts entdecken, was seinen Fall abfedern würde.

»Springen Sie!«, schrie Sam, und seine Stimme zitterte. »Jetzt!« In seinen Augen erblickte Gewesen nackte Angst. Und in seinen Pupillen spiegelte sich die Silhouette eines startenden A380.

»Springen Sie!«, flehte Sam.

»Und was ist mit dir?«

»Ich hab meinen Frieden mit der Welt gemacht. Mir bleibt nur noch zu sagen, dass ich immer …«

»Was?«, rief Gewesen, doch die Triebwerke der gewaltigen Maschine übertönten jede Konversation. Die Nase des Airbus schob sich bereits in die Ballonhülle. Gewesen ließ das Seil los. Er sah noch, wie Sam in die Höhe gerissen wurde, dann blies ihn der Schub der Triebwerke zur Seite und er schoss wie eine Rakete durch die Luft – geradewegs auf Mister X zu.

Mit den Füßen voran krachte er ihm ins Kreuz, und sie purzelten über die Landebahn wie zwei Würfel beim Seven Eleven. Als Gewesen endlich auf dem harten Asphalt zum Liegen kam, spürte er weiches Krokoleder an seiner Haut. Er drehte den Kopf – und da lag er: Der Koffer mit der Plutoniumbombe! In seiner Hand! Er brauchte nur zuzugreifen …

»Das Spiel ist aus«, fauchte eine herbe Stimme, und ein schwerer Stiefel senkte sich auf Gewesens Arm herab. »*Rien ne va plus*, Kommissar.«

Gewesen hob den Blick und blinzelte. Im Gegenlicht der untergehenden Sonne zeichnete sich die Silhouette von Mister X ab.

»Du bist zäh, Gewesen«, sagte dieser und lächelte schief. »Aber leider auch ziemlich von dir eingenommen. Das ist dein Problem. Und es wird dein Schicksal sein.« X nahm den Koffer an sich und zog einen goldenen Colt aus seiner Jacke.

»Mach's gut«, sagte er und spannte den Abzug – als sich ein gewaltiger Schatten über ihn legte. Nur Zentimeter hinter Gewesens Kopf setzte eine Antonow-225 auf die Piste auf und verwandelte Mister X in Füllmaterial für die Profile der gewaltigen Reifen des Supervogels.

Der Koffer! Gewesen sah sich hektisch um. Wo war der Koffer?

FLATSCH!

klatschte das Krokoleder auf den Asphalt. Gewesen sprang auf, rannte zum Koffer und öffnete ihn mit zitternden Fingern.

Leer.

Einer inneren Eingebung folgend sah er nach oben – und da flog er, der durchsichtige Behälter mit der grünen Flüssigkeit. Wie eine orientierungslose Taube eierte er durch die Luft, erreichte den Zenit seines Parabelfluges und stürzte langsam zurück zur Erde.

Die Welt wird nicht draufgehen, denn dafür braucht es den Vesuv, schoss es Gewesen durch den Kopf. *Aber wenn die Bombe aus dieser Höhe auf den Asphalt schlägt, ist es mit der Hansestadt ein für alle Mal vorbei.*

Also rannte er los und erinnerte sich daran, dass er den Ort des Aufpralls zeitgleich mit der Bombe erreichen würde, solange sie sich aus seiner Perspektive nicht zu bewegen schien. Er rannte, was das Zeug hielt. Und schien es zu schaffen.

Bis er plötzlich strauchelte und hinter sich ein wütendes *Miau* hörte. Als er wieder nach oben blickte, war die Bombe viel tiefer – und wurde immer schneller!

Gewesen trieb sich bis zum Äußersten, gab alles … und spürte doch, dass es aussichtslos war. Und plötzlich erschien ihm das auch völlig logisch, denn nicht nur Nick und Sam hatten den Löffel abgegeben; zuvor waren auch Imhofen und Fitzenmaier der Jagd nach Mister X erlegen. Ebenso wie Knüppersbüschen, Kreidebrecher und Ginsterbusch. Ja, die komplette *Abteilung zur holistischen Durchleuchtung extrem seltsamer Delikte* war von diesem gewissenlosen Superschurken ausgelöscht worden.

Nur er selbst und Oberkommissar Scheibli waren noch übrig. Und Scheibli war wie üblich … nicht da.

Gewesen spürte seine Kräfte schwinden. Hamburg war dem Untergang geweiht.

»NEIN!«, schrie er plötzlich und mobilisierte seine letzten Reserven. Wie ein Verrückter hetzte er über die Landebahn, stieß sich vom Boden ab und flog im Hechtsprung auf den gläsernen Kubus zu. Nur Zentimeter trennten seine Finger von dem funkelnden Behälter.

SCHNAPP!

Mit leeren Händen knallte Gewesen auf den Asphalt.

»Hab ihn!«, rief Scheibli und grinste in die Kamera.

»CUT!«, schrie eine Stimme aus dem Hintergrund.

»Cut?«, fragte Scheibli und runzelte die Stirn. »Wieso Cut?«

»Weil Sie in dieser Szene nichts zu suchen haben«, seufzte der Regisseur. »Hier findet der finale Kampf zwischen Dierk Gewesen und Mister X statt. Sie kommen erst wieder im Abspann dran. Haben Sie das Drehbuch nicht gelesen?«

»Oh doch«, sagte Scheibli und zog ein dickes Manuskript hervor. »Und ich habe mir erlaubt, einige Ergänzungen vorzunehmen. Vor allem meinen Charakter betreffend.« Er blätterte durch die Seiten, und der Regisseur verdrehte die Augen.

»Alles im Kasten?«, fragte der Darsteller des Mister X, dessen Haare ein wenig durcheinandergeraten waren, der aber ansonsten unversehrt schien.

»Ich fürchte, wir müssen die Schlusssequenz noch einmal drehen«, stellte der Regisseur betrübt fest.

»Kein Problem«, entgegnete der Mann mit dem schütteren Haar. »Ich bring nur rasch meine Frisur wieder in Ordnung.«

»Danke, Sky.«

»Irgendwie finde ich mich noch nicht richtig in meine Rolle rein«, sagte Ben Webster, der Mann, der Dierk Gewesen spielte. »Mir wäre es lieber gewesen, wenn der echte Dierk Gewesen als Berater hätte hier sein können.«

»Ist er aber nicht«, bellte Scheibli und funkelte den Schauspieler böse an. »Dafür bin ich ja da. Und ich bin ein viel besserer Berater, denn ich kenne alle Aspekte aller Fälle, die wir je gelöst haben. Wenn Sie was wissen wollen, fragen Sie mich!«

»Ja ... äh, also«, stotterte Ben. »Wie steht es zum Beispiel mit dem Verhältnis zwischen Gewesen und Nick? Ich meine, wenn man so lange so eng zusammenarbeitet, da kommt man sich doch zwangsläufig näher. Also, die ... äh, homoerotische Komponente würde mich schon sehr interessieren.«

Scheibli riss die Augen auf. »Die was?«

»Alles zurück auf Anfang«, schrie der Regisseur in ein Megafon, obwohl er auch ein Funkgerät um den Hals baumeln hatte. Aber Megafon fand er cooler. »Wir drehen ab der Besucherterrasse noch mal. Jagt den Airbus und die Antonow wieder in die Luft, und dann ... Was ist denn das?«

Er starrte in die Ferne. Am Horizont wurde ein Lichtfleck rasch größer. »Ist das der neue Scheinwerfer, von dem du erzählt hast, Bill?«

Der Kameramann schüttelte den Kopf. »Es gibt keinen Scheinwerfer, der mit fünfhundert Sachen durch die Luft rast und dabei waghalsige Wendemanöver vollführt, Bob.«

»Was ist es dann?«

Bill zuckte mit den Achseln. »Vielleicht ein UFO?«

Nachdenklich sahen sie zum Horizont. Der Lichtpunkt wurde immer größer.

»Ich dachte, es gibt keine UFOs«, sagte Bob.

»Ja«, erwiderte Bill. »Ich auch.«

»Was ist das?«, fragte Ben und gesellte sich zu ihnen.

»Bill meint, es könnte ein UFO sein«, sagte Bob.

»Obwohl's ja eigentlich keine gibt«, ergänzte Bill.

»Ach, wer weiß das schon«, sagte Ben.

»Das stimmt«, pflichtete Babs bei. »Sagt übrigens auch Burt.«

»Der Cutter?«

»Nein, der Beleuchter. Der Cutter heißt Blake.«

»Ich dachte, das wär der Produzent.«

Babs schüttelte den Kopf. »Der heißt Buckminster-Wiesenheimer.«

»Seht mal, es kommt näher.«

Das stimmte. Der Lichtpunkt wuchs rasend schnell und wurde von einem brachialen Geräusch begleitet.

»Was gibt's?«, fragte Scheibli.

»Da kommt was näher«, sagte Bob, äh … Bill. Oder Ben?

»Kann das ein UFO sein?«, fragte … wer auch immer.

»Kann ich mir nicht vorstellen«, murmelte Scheibli und legte die Hand über die Augen. »Sieht eher aus wie ein Meteorit.«

»Ein Meteorit? Sind die nicht gefährlich?«

»Nicht nur gefährlich«, bestätigte Scheibli, »sondern saugefährlich!«

Die Anwesenden sahen einander an. Dann warfen sie die Arme in die Luft und liefen schreiend durcheinander.

Das Licht hatte mittlerweile die Ausmaße einer kleinen Sporthalle erreicht und leuchtete heller als die Sonne. Die Luft vibrierte, das Summen war ohrenbetäubend. Plötzlich wurde das Objekt langsamer, und Flammen züngelten aus ihm hervor. Dampf zischte aus dutzenden Düsen. Dann setzte das Ungetüm auf der Landebahn auf und schaltete die Motoren ab. Das Licht erlosch und offenbarte ein auf schweren Hydraulik-Beinen ruhendes Raumschiff. Absolut schwarz. Und ohne den geringsten Humor gebaut.

»Also doch ein UFO«, seufzte Scheibli und dachte an all den Papierkram, der ihm nun bevorstand.

Zischend öffnete sich eine Luke an der Unterseite des Raumschiffs, und drei Gestalten kamen heraus. Die erste war groß und kräftig, wurde von einer funkelnden Rüstung geschützt und war mit einer nervös herumsurrenden Schulterkanone ausgestattet. Die zweite bestand komplett aus Metall, hatte rot glühende Augen und hantierte mit einer gewaltigen Waffe in der stählernen Faust herum. Die dritte war lang und glänzte silbrig, besaß einen ausufernden Schädel und ließ ihren langen Schwanz gefährlich durch die Luft peitschen.

»Sind das Freunde von dir?«, fragte Bill Bob.

»Das sind Predator, Terminator und Alien«, flüsterte der Regisseur. »Die drei übelsten Zeitgenossen im ganzen Universum.«

»Und was wollen die hier?«, fragte Ben.

»Vielleicht ein Autogramm von mir«, schmetterte Sky du Mont fröhlich in die Runde.

Da fuhr die Schulterkanone des Predators herum und feuerte eine Salve auf den Tower ab. Der Turm stürzte wie ein altersschwacher Mürbeteig in sich zusammen.

»Au Backe!«, rief der Regisseur. »Weg hier!« Das Filmteam nahm die Beine in die Hand. Predator pulverisierte derweil die Luftflotte, während Terminator Terminal 1 unter Beschuss nahm und Alien sich an Terminal 2 heranpirschte.

Nur Scheibli blieb ungerührt stehen und betrachtete das Chaos um sich herum mit einer gewissen Apathie. Dann stemmte er die Fäuste in die Hüften und rief so laut er konnte: »Wo verdammt noch mal ist Gewesen!?!«

Der Wurm hing am Haken und wand sich wie verrückt. Doch der Zander näherte sich dem verlockenden Angebot mit Vorsicht. Zu oft schon hatte er böse Überraschungen erlebt, war Hinterhalten knapp entschwommen und nur im letzten Moment mit heilen Schuppen davongekommen. Er hatte gelernt, seine Umwelt rational zu betrachten: Dieser See war keine idyllische Heimstatt für eine possierliche Flora und Fauna; dieser See war das tödliche Minenfeld zweier gnadenloser Antagonisten: Ihm und dem Rest seiner Bewohner.

Nicht nur Karpfen, Barsch und Hecht wollten ihm an die Flossen, auch gefräßige Molche, hinterhältige Kröten und erbarmungslose Enten hatten es auf ihn abgesehen. Nicht zu vergessen der grüne Terror, bestehend aus gierigen Schlingpflanzen, linkischen Algen und kaltblütigen Wasserhyazinthen. Von der ganzen stechwütigen Insektenmischpoke ganz zu schweigen. »Ein See ist eben kein Kinderspielplatz«, hatte sein Kumpel Lenny einst gesagt – und war kurz darauf von einem Dutzend Brassen in Stücke gerissen worden.

Erst war der Zander entsetzt gewesen, hatte nicht glauben wollen, dass »Dasein« bloß ein Synonym für »Konkurrenz« war. Aber dann hatte er sich damit abgefunden und sich abgewöhnt, von einem Leben in Frieden zu träumen. Er hatte aufgehört, seinen Mitgeschöpfen von Freiheit, Gleichheit und Brüderlichkeit zu predigen, und seitdem keinen Gedanken mehr an die Formulierung allgemeiner Fischrechte verschwendet. Stattdessen kulminierten seine Erfahrungen in einem zentralen Dogma: Leben bedeutete Terror, und jeder Tag, den er erleben durfte, war ein Geschenk, das er sich selber machte, indem er lautloser, schneller und verschlagener war als der schwimmende Abschaum um ihn herum. Er war durch und durch Fisch geworden. Nicht mehr und nicht weniger.

Und dann das: Gerade war er auf dem Weg, um sich ein paar delikate Libellenlarven einzuverleiben, da hing plötzlich dieser Wurm am Haken, direkt vor ihm. Hing da und signalisierte: Friss mich! Hau rein! Ich bin herrlich frisch und absolut lecker. Meine Haut ist zart wie die Flügel des Zitronenfalters, meine Ringe knackig wie die Beine der Krabbenspinne und meine Innereien fruchtig wie der Fuß der Tellerschnecke. Nun mach schon, Alter: Lutsch mir das Fleisch von den Knorpeln!

Doch so leicht ließ sich der Zander nicht übertölpeln. Nicht auszuschließen, dass es sich um eine Falle handelte. Er begann, das unverhoffte Geschenk zu umschwimmen und von allen Seiten zu inspizieren. Der Wurm hing am Haken, der Haken hing am Faden, und der Faden führte nach oben. Dort dümpelte bloß das alte Ruderboot vor sich hin. Machte keinen bedrohlichen Eindruck. Eigentlich war alles in Butter. Wieso also nicht einfach reinhauen und es sich schmecken lassen? Wieso immer diese verdammte Vorsicht?

Okay, auf geht's! Ich lass mir doch den Tag nicht von ein paar paranoiden Gedanken vermiesen. Maul auf und reinbeißen! Jawoll!

Doch kurz vor dem Appetithappen zögerte er erneut. Irgendwie hatte er so eine Ahnung, dass mit diesem Wurm etwas nicht stimmte. So ein unbestimmtes Gefühl, ein bisschen wie ein Déjà vu, nur nicht so konkret. Als hätte das, was er gerade erlebte, schon mal in einem anderen Leben stattgefunden.

Aber weil der Zander total areligiös war, glaubte er nicht an Wiedergeburt und so Sachen. Er war auch nicht esoterisch veranlagt und zog deshalb die Möglichkeit eines Kollektiven Unbewussten, das wie ein Wackellaich um ihn herumwaberte, nicht ernsthaft in Betracht. Am wahrscheinlichsten erschien ihm die Möglichkeit, dass ihn die Situation an eine in der Vergangenheit abgespeicherte Erfahrung erinnerte; vielleicht an ein Erlebnis als Jungfisch. Er hatte gehört, dass man sich an die ersten Tage des Fischseins nicht erinnern konnte, egal, was auch immer geschehen war. Zwar prägte diese Phase das Individuum nachhaltig – wie man an der gestörten Fischexistenz des durchgeknallten Hechts Strugatzki erkennen konnte (es wurde gemunkelt, dass er als Babyfisch hatte miterleben müssen, wie zweihundert Verwandte zu Fischstäbchen verarbeitet worden waren) –, aber konkrete Erinnerungen besaß man nicht.

Er zum Beispiel konnte sich nicht daran erinnern, wie er von seiner Mutter versorgt worden war. Vielleicht war er auch überhaupt nicht versorgt worden, denn im Grunde konnte er sich nicht mal an seine Mutter erinnern. Irgendwie begann sein Erinnerungshorizont mit dem Fischsein. Erst war nichts, dann war er: Der Fisch. Daran schloss die überraschende Erkenntnis an, dass es weitere Fische gab. Dutzende und Aberdutzende – ja, streng genommen wimmelte es im See nur so von Fischen. Total überschwommen, das alles. Und hätte er was zu sagen gehabt, hätte er eine Befischungswachstums-Kontrolle eingeführt und jedem Flossen-Paar nur noch einen Babyfisch erlaubt. So lange, bis man sich wieder bewegen konnte, ohne dauernd angerempelt zu werden, wenn man mal ein bisschen freischwimmen wollte.

Er schüttelte die Kiemen. Verflucht noch mal, woher kannte er dieses Bild: Beute am Haken, lecker und leicht, verlockend wie ein Plankton-Sandwich – und dennoch eine Falle.

Falle?

Augenblick. Wenn es tatsächlich eine Falle war – wer hatte sie dann aufgestellt? Und warum? Natürlich, es wurde gemunkelt, dass außerhalb des Sees noch andere Lebewesen existierten, groß wie Bäume, und gnadenlos wie Strugatzki. Aber der Zander hielt diese Behauptungen für Ammenmärchen; denn jedes Mal, wenn man dem Erzählenden auf die Kiemen fühlte, zeigte sich, dass noch nie jemand einen von diesen Riesen mit eigenen Augen gesehen hatte.

Ja-ha, argumentierten jene, die an den Mythos glaubten: Das kam einfach daher, weil niemand je so eine Begegnung überlebt hatte!

Doch der Zander konterte: Dann gäbe es auch niemanden, der davon berichten konnte. Ergo war die Existenz riesiger Wesen außerhalb des Sees reine Spekulation und genauso wahrscheinlich wie die Existenz von … na, sagen wir mal UFOs, also unbekannten Fischobjekten. Klar, in Nachbarseen könnte es sie geben. Aber gab es Nachbarseen?

Der Zander schüttelte die Flossen. Nein, für derlei Humbug hatte er nichts übrig. Er war ein rational denkender Fisch. Und deshalb ging er auch streng rational vor: Was siehst du? Woher kommt es? Was tust du?

Was siehst du? *Einen leckeren Wurm, der sich vor mir im Wasser windet und* Friss mich! Friss mich! *fleht.*

Woher kommt er? *Vielleicht ist er auf Wanderschaft und hat sich hierher verirrt. Vielleicht hat er auch einfach die Nase voll vom Leben als Wurm und hofft auf ein rasches Ende.*

Was tust du? *Ich beiß jetzt rein und lass es mir schmecken. Genau das mach ich. Denn rational betrachtet, gibt es keinen Grund anzunehmen, dass es sich um eine Falle handelt.*

Der Zander sperrte das Maul auf, brachte die Flossen in Stellung und …

PLOPP

Irgendetwas war ins Wasser gefallen. Und kam direkt auf ihn zu. Lang und rund und rot. An der Stirnseite hatte es eine Funken sprühende Schnur, die rasch kürzer wurde. Was war das für ein seltsames Ding? Und was hatte es mit dem Wurm zu tun? Hatte es überhaupt etwas mit ihm zu tun? Oder war es reiner Zufall, dass beides zur selben Zeit … Huch! Der Zander riss die Augen auf. Die Funkenschnur war verschwunden. Und plötzlich kam die Erinnerung zurück. Wie ein Geschmack, an den man sich plötzlich erinnert. Ein Geschmack von … Käse?

KAWUMM!!!

Das Boot schaukelte auf den Wellen. Die Fische trieben nach oben und dümpelten friedlich an der Wasseroberfläche wie frisch gefallenes Laub. Dierk Gewesen ließ den Catcher durchs Wasser gleiten und hievte die Kaltblüter an Bord. Das würde einen leckeren Grillabend geben, dachte er und leckte sich die Lippen. Nur der Schwarzpulver-Geschmack war büschen störend. Aber den bekam man mit 'ner ordentlichen Portion Ketchup in den …

Ein tiefes Brummen mogelte sich in seine Gedanken. Ein Flugzeug. Verdammt, konnte man nicht mal hier in Finnland, am Arsch der Welt, seine Ruhe haben? Der Kommissar legte die Hand über die Augen und starrte in den Himmel. Zwei Motoren. Ganz eindeutig. Vielleicht eine Beechcraft King Air B200. Oder eine Piper Cheyenne IIIA. Vielleicht aber auch bloß 'n Rentner im Fesselballon, der sich Sahne für seine Erdbeeren schlug. Auf die Entfernung war das unmöglich auszumachen.

Die Bildschirme flackerten auf, und nach und nach schälten sich Konturen aus dem Dunkel: Ein ovaler Raum, ein langer, glatt polierter Tisch. Anstelle von Stühlen standen Flachbildschirme auf Stativen vor dem Mahagoni. Auf den Flatscreens erschienen Gesichter – Gesichter, die nichts Gutes verhießen: Kurt »Kanone« Kranski und Silvio »Die Schlinge« Salmarino. Gummi-Joe und Alabaster-Ali. Hans der Häcksler und Kurt Kolbenfresser. Insgesamt zweiundvierzig Schwerverbrecher auf zweiundvierzig Bildschirmen. Zusammen bildeten sie die übelste Ansammlung gewissenloser Subjekte seit der letzten Redaktionskonferenz der BILD-Zeitung.

Und sie waren nicht allein.

»Das ist ja wirklich das kriminellste Konsortium, das es im Multiversum gibt«, sagte der kleine Mann mit der großen Nase und legte eine verschlissene braune Ledertasche auf das blank polierte Tropenholz, direkt neben einen kleinen schwarzen Kasten. »Verbrecher, Schurken, Halunken und Banditen. Trickbetrüger, Tresorknacker und Geldfälscher. Die Crème de la Crème des organisierten und unorganisierten Verbrechens. Und ihr alle habt eins gemeinsam.« Er machte eine kurze Pause und ließ den Blick über die Bildschirme gleiten. Dann setzte er in ruhigem Ton hinzu: »Ihr sitzt im Knast!«

Hastiges Luftholen, empörtes Getuschel, wütende Rufe – aber Carlos Al Dente gebot ihnen Einhalt. »In meiner Welt seid ihr verhaftet worden und brummt eure Strafen ab«, fuhr er fort. »In euren Welten hingegen seid ihr frei und könnt ungehindert euren kriminellen Neigungen nachgehen. Doch wie lange noch?« Er machte eine theatralische Pause. Ein Uhu rief. Aber weit entfernt. Madagaskar vielleicht. Oder Papua-Neuguinea.

»Habt ihr nie einen Gedanken daran verschwendet, dass derjenige, der euch hier, in meiner Welt, die Hölle heißgemacht hat, auch bei euch auftauchen könnte, um euch hinter Schloss und Riegel zu bringen?«

Al Dente nahm den schwarzen Kasten vom Tisch und trat zur Seite. Er betätigte einen Knopf, woraufhin sich eine weiße Leinwand von der Decke herabsenkte – was angesichts des übrigen Hightech-Equipments etwas anachronistisch wirkte, aber irgendwie auch Stil hatte. Ein Beamer flammte auf und warf das Gesicht eines Mannes auf die weiße Fläche. Es war niemand anderer als …

»Dierk Gewesen. Kommissar und Leiter der *Abteilung zur holistischen Durchleuchtung extrem seltsamer Delikte*«, erklärte

Al Dente sachlich. »Ihr alle kennt ihn. Habt zumindest schon von ihm gehört.«

»War Streifenpolizist, der Junge«, rief Hektor die Haubitze. »Und so grün hinter den Ohren wie ’n Ochse im Steakrestaurant. Hab ihn ordentlich vermöbelt und zum Teufel gejagt. Soweit ich weiß, hat er sich umschulen lassen: zum Vertreter für Duschvorhangringe!« Er lachte laut auf, und seine Artgenossen fielen in die Häme ein. Al Dente wartete das Ende der kollektiven Verbalejakulation geduldig ab und sagte dann fast schon freundlich: »Jeder von euch hat Gewesen auf die eine oder andere Weise vertrieben. In eurer Welt!« Er schlug mit der Faust auf den Tisch. »Aber nicht in meiner!«

Erneut betätigte er die Fernbedienung, und ein weiteres Bild erschien auf der Leinwand: eine Struktur, die an einen mäandernden Stammbaum erinnerte. »Jeder von euch lebt in seinem eigenen Universum«, erklärte er. »Und alle Universen zusammen bilden das Multiversum. In jeder Pikosekunde teilt sich jedes Universum in neue Universen, und eine endlose Zahl von Welten entsteht. Jede dieser Welten unterscheidet sich anfangs nur in einem winzigen Detail von der ursprünglichen Welt, doch im Laufe der Zeit führt diese Abweichung zu gewaltigen Veränderungen.«

»So wie dieser Schmetterling«, meldete sich Paul die Presse zu Wort. »Wenn der bei Hagenbecks mit dem Flügel flattert, fegt im Japsenland ein Sturm über die Deiche.«

Al Dente nickte mitleidig. »So kann man es sich auch vorstellen. Warum nicht. Fakt ist jedoch: In eurer Welt habt ihr Gewesen besiegt, in meiner hingegen hat er *euch* dingfest gemacht. Und in zahllosen anderen auch!«

Kurt Kolbenfresser zuckte mit den Achseln. »Na und? Solange ich nichts mehr mit ihm zu tun hab. Bin seinerzeit ausgewichen, als er mich festnehmen wollte, und hab ihn in die Alster springen lassen. Da haben ihm meine Jungs mächtig zugesetzt. Kurz darauf wurde seine Abteilung aufgelöst, ich hab den Maskierten in die Wüste geschickt und bin jetzt König von Deutschland. Was will ich mehr?«

»Und dabei kannst du gut schlafen?«, zischte Al Dente und trat bedrohlich nah an Kolbenfressers Bildschirm heran. Unwillkürlich machte der Dicke einen Schritt zurück. »Oder hast du von Zeit zu Zeit wiederkehrende Träume? Träume, die du dir nicht erklären kannst, die dich beunruhigen, ohne dass du weißt, warum?« Sein durchdringender Blick trieb Kolbenfresser den Schweiß auf die Stirn. Al Dente wandte sich zu den anderen. »Habt ihr nicht alle manchmal das Gefühl, eine Situation schon mal erlebt zu haben? Das Gefühl, beobachtet zu werden? Oder dass ihr plötzlich Sachen wisst, die ihr gar nicht wissen dürftet? Hat nicht mancher von euch schon mal gespürt, dass weit entfernt ein naher Freund oder Verwandter stirbt?« Langsam schritt er die Reihe mit den Monitoren ab, während seine Stimme einen scharfen Ton annahm, wie ein langsam über den Schleifstein gezogenes Schwert. »Alles bloß Auswüchse einer zu regen Hirntätigkeit? Fantasien, die von zu viel schlechten Filmen herrühren?« Er schüttelte den Kopf. »Nein, es gibt nichts, was sich nicht erklären ließe. Egal wie viele Universen und wie viele Ichs es von euch gibt: Das Individuum an sich bleibt mit seinen Zwillingsidentitäten verbunden. Für immer!« Er hatte seine Runde beendet und nahm wieder den Platz vor der weißen Leinwand ein. »Und genau das ist es, was tatsächlich geschieht, wenn wir das Gefühl haben, Dinge zu sehen, die es gar nicht gibt. Wenn wir ohne ersichtlichen Grund betrübt sind.

Wenn uns unser Leben sinnlos erscheint und wir den Grund nicht erfassen. In diesen Momenten haben wir für eine Pikosekunde lang Kontakt mit einer anderen Welt, einem parallelen Universum. In dieser Pikosekunde sehen wir durch die Augen eines anderen Ichs, fühlen, was es fühlt, und spüren seine Trauer. Und aus diesem Grund« – er schlug mit der Faust auf den Tisch – »wird die Seele nicht eher Ruhe haben, bis alles, was ihre Entfaltung verhindert, ausgelöscht ist!« Er betätigte einen Schalter, und erneut erschien das Konterfei von … Dierk Gewesen.

Die Maschine kam näher. Nein, das war kein Fesselballon. Es sei denn, es handelte sich um einen Fesselballon in Form einer zweimotorigen Propellermaschine. Gewesen kniff die Augen zusammen und konnte erkennen, wie die hintere Tür geöffnet wurde. Eine menschliche Silhouette erschien und hielt sich krampfhaft am Rahmen fest. Sah nicht sehr professionell aus. Wollte der etwa …? Tatsächlich! Die Silhouette ließ sich fallen und stieß dabei einen martialischen Schrei aus. Komisch, dachte Gewesen. Brauchte man zum Fallschirmspringen nicht einen Fallschirm? Vielleicht wollte der Typ ja auch ein Bad nehmen. Aber musste das ausgerechnet in seinem See sein?

PLATSCH!!!

Also doch schwimmen. Gewesen schüttelte den Kopf. Musste er sich wohl einen neuen See suchen. Und dabei hatte er es sich gerade so gemütlich eingerichtet …

»Hilfe! Hilfe!! HILFE!!!«

Der Kerl war wieder aufgetaucht! Irgendwie kam Gewesen die Stimme bekannt vor. Ein entfernter Verwandter vielleicht? Oder jemand, den er mal im Bus gesehen hatte?

»So helfen Sie mir doch! Bitte!! Kommissar Gewesen!!!«

Der Typ kannte seinen Namen. Dann wohl doch nicht aus dem Bus. War sowieso eher unwahrscheinlich, denn er fuhr ja nie Bus. Vielleicht jemand aus der Nachbarschaft in Hamburg ... oder ein Mechaniker der Kfz-Werkstatt, in der er seinen Dodge warten ließ.

»Chef, ich ... so helfen Sie mir doch! Ich ...«

Chef? Dann konnte es eigentlich nur jemand aus dem Büro sein, der Abteilung. Einer seiner Leute. Ja, jetzt kam ihm der dämliche Pagenschnitt auch verdächtig bekannt vor. Klar, das war niemand anderer als ...

»Nick!« Gewesen reichte seinem Assistenten ein Paddel. Der junge Polizist packte es, und der Kommissar zog ihn langsam zu sich heran. »Was machst du hier?«

»Ich wollte Sie treffen«, prustete Nick und klammerte sich am Bootsrand fest.

»Das ging ja wohl büschen daneben«, konstatierte Gewesen. »Und wieso stürzt du dich ins Wasser und vertreibst mir die Fische?«

Nick hustete. Er hätte die Fragen seines Chefs lieber später beantwortet, nachdem er sich trockene Sachen angezogen und es sich mit einer heißen Tasse Tee vor einem wärmenden Kaminfeuer gemütlich gemacht hatte. Aber dazu musste er erst mal ins Boot. Und er hatte Zweifel, dass sein Chef ihn dazu ermuntern würde, solange es noch offene Fragen gab. Deshalb sagte er wahrheitsgemäß. »Der Fallschirm ging nicht auf. Hab wohl die falsche Reißleine gezogen.«

»Die benutzen Reis als Leine?«, wunderte sich Gewesen und schüttelte den Kopf. »Na, komm erst mal rein.«

Nick krabbelte über den Bootsrand und ließ sich auf die Planken fallen. Er zitterte wie Espenlaub. »Haben Sie vielleicht …«

»Eine Heizung? Hier?«

»Nein, eine Decke.«

»Ich will nicht kuscheln«, wehrte Gewesen ab. »Außerdem würde Rebecca das nicht mögen. Was willste eigentlich hier? Haste auch Urlaub?«

Nick schüttelte den Kopf, und ein kleiner Fisch flitschte aus seinem Ohr. »Sie müssen mitkommen, Chef. Sofort!«

»Dierk Gewesen ist es, der eure Alter Egos in zahllosen Parallelwelten in den Knast sperrt. Und Dierk Gewesen ist es, der nicht rasten und ruhen wird, bis auch noch das letzte eurer Ichs hinter Gittern sitzt!«

»Wie soll das gehen?«, fragte Kolbenfresser. »Er hat doch das Zeitliche gesegnet. Zumindest hier, bei mir. Wie sollte er …«

»Was glaubst du denn, wie diese Konferenz hier zustande gekommen ist?«, unterbrach ihn Al Dente brüsk. »Wie kann ich mit euch kommunizieren, wo ihr euch doch in ganz anderen Welten befindet?«

Kurt runzelte die Stirn. »Sie meinen, Sie haben eine Maschine, mit der Sie durch Raum und Zeit fliegen können?«

Al Dente nickte. »Ich kann jederzeit jedes parallele Universum erreichen. Ich kann in dessen Vergangenheit reisen, eine Kleinigkeit verändern und in der Zukunft nachsehen, welche Auswirkungen es hat. Einfach so!« Er schnippte mit den Fingern, und einer zufällig vorbeihuschenden Taufliege platzte das

Trommelfell. »Und genau das ist der springende Punkt: Wenn es mir gelingt, wird es auch anderen gelingen, früher oder später. Und einer von ihnen wird Dierk Gewesen sein, denn sein Streben kennt kein anderes Ziel, als uns das Leben zur Hölle zu machen. Ihm geht es nicht um Recht und Ordnung. Pah!« Er machte eine wegwerfende Geste. »Ihm geht es darum, seine Macht auszuleben. Und dafür ist ihm jedes Mittel recht!«

Schweigen. Betroffenheit. »Na dann: Erledigen Sie ihn doch!«, rief jemand laut. Es war Gummi-Joe. »Flitzen Sie mit Ihrer Maschine in die Vergangenheit und blasen Sie Gewesen das Licht aus!«

Zustimmendes Gemurmel. Al Dente wartete einen Augenblick, dann schlug er unvermittelt mit der Faust auf den Mahagonitisch, was bei einem zufällig vorbeitrottenden Hirschkäfer zu einem lebenslangen Schütteltrauma führte, das keine seiner zahlreichen Versicherungen zu entschädigen bereit war.

»Während ich unterwegs bin, wird sich ein Gewesen aus irgendeiner Parallelwelt auf den Weg machen und einen Gegenplan ausführen. Deshalb reicht es nicht, nur ihn zu vernichten, wir müssen seinen ganzen Kosmos auslöschen. Und zwar alle Universen auf einmal.« Auf der Leinwand erschien erneut das mäandernde Multiversum. »Jedes Universum, in dem wir Gewesen nicht unter Kontrolle halten können, muss ausradiert werden.« Er machte Striche durch einzelne Äste des Baumes. »Zuvor müssen natürlich eure Zwillings-Ichs evakuiert werden. Nur so können wir sicher sein, dass er nicht eines Tages durch die Tür spaziert kommt und sagt …«

»Essenszeit!«

»Ich hab Urlaub, Nick. Und den hab ich mir auch verdient, nach dem ganzen Stress beim letzten Fall. Ihr werdet ja wohl mal zwei Wochen ohne mich auskommen!«

Nick schob sich einen Kaugummi in den Mund. »Wenn es sich um die normalen paranormalen Vorgänge handeln würde: vielleicht. Aber was derzeit in Hamburg passiert, ist jenseits aller Vorstellungskraft. Ich glaube, da bahnt sich nicht nur Großes an, sondern ganz Gewaltiges …«

»So wie hier?«, fragte Gewesen mit Blick nach oben. Der Himmel hatte sich verdunkelt, dicke Regenwolken rieben sich aneinander und wütende Blitze zuckten herab. Der Wechsel war so rasch vonstattengegangen, dass sogar die sonst so vorausschauenden Schwalben überrascht wurden und viele frustriert den Dienst quittierten.

Ein gewaltiger Schlauch schlängelte sich aus dem Himmel und saugte sich am Boden fest. Wie ein riesiger Staubsauger fegte der Wirbel über Wiesen, Felder und Auen und saugte in sich hinein, was nicht niet- und nagelfest war. Das kleine Boot tanzte auf den Wellen wie eine Nussschale im Orkan. Nick krallte sich in die Holzverschalung und schrie: »Es kommt direkt auf uns zu! Oh, mein Gott, Chef! Wir müssen hier weg!«

Der wilde Wirbel schlängelte sich kurvenreich näher, sauste aufs Wasser und sog die Fluten in sich hinein wie ein gieriger Strohhalm. Nackte Angst blitzte in Nicks Augen auf. Es war zu spät. Sie konnten dem Wirbel nicht mehr entrinnen.

Nick verschluckte sich, hustete und spuckte den Kaugummi aus. »Chef!«, schrie er gegen das tosende Brüllen an. »Dass es so schnell zu Ende geht – wer hätte das gedacht! Ich wollte Ihnen nur noch sagen … dass … also ich …«

Die letzten Wogen wurden aus dem See gerissen und das

Boot rutschte auf die Seite wie ein Stepphuhn beim Eislauf. Der Wirbel leckte den letzten Tropfen aus dem Flussbett und zog sich dann rasch zurück. Nick atmete tief durch.

»Das glaube ich nicht«, stieß er erschöpft aus. »Dass wir das überlebt haben.« Er sah sich um. »Chef?«

Eine rüstige ältere Dame mit weißem Haar tapste durch das Dunkel und trat ins Licht. Sie trug ein Tablett vor sich her. Al Dente verdrehte die Augen.

»Hier, Junge«, sagte sie. »Hab dir Fischstäbchen mit Kartoffelpüree gemacht. Gibt auch lecker braune Soße dazu.« Sie stellte das Tablett auf den Tisch und bedachte ihren Sohn mit einem strengen Blick. »Aber der Spinat wird auch gegessen!«

Al Dente seufzte. »Mutter, bitte. Ich bin in einer Besprechung.«

»Man kann nichts besprechen mit leerem Magen«, erwiderte die ältere Dame und blickte in die Runde. »Soll ich deinen Freunden auch was bringen?«

»Danke nein«, knurrte Al Dente. »Ich muss jetzt weitermachen.«

»Also gut«, sagte seine Mutter. »Abendessen ist um sechs. Und bitte sei pünktlich!« Dann winkte sie den Bildschirmen zu. »Tschüss zusammen«, rief sie fröhlich. »Und viel Spaß noch.«

Viele Gangster winkten spontan zurück. Doppelflinten-Paul nicht. Er hatte die ganze Szene mit einem verschmitzten Lächeln beobachtet. Nachdem die Tür ins Schloss gefallen war, begann er lauthals zu lachen.

»Na, da hat Muttchen aber jemanden mächtig unter der Knute. *Und sei pünktlich.* Also, wenn das meine Alte wär …«

»Sie ist nicht meine Alte, sie ist meine Mutter«, herrschte Al Dente ihn an. »Können wir jetzt zum Thema zurückkommen?« Er war genervt. Das war nicht gut. Er durfte seine Souveränität nicht verlieren.

»Gewesen muss sterben«, sagte er mit harter Stimme. »In jedem Universum, in dem wir es nicht schaffen, ihn unter Kontrolle zu halten. Das ist die einzige Möglichkeit, das Multiversum dauerhaft von seinem Einfluss zu säubern. Ich habe die Mittel und die Macht dazu!«

»Augenblick mal«, sagte Paul und hob die Hände. »Ich mein, Sie können uns ja 'ne Menge erzählen. Aber stimmt das auch? Ich zum Beispiel könnte behaupten, gleich 'n Kaninchen aus'm Zylinder zu zaubern. Aber deshalb muss ich das noch lange nich könn'n. Verstehnse? Behaupten könnse viel – aber ob's auch stimmt?«

Anerkennendes Gemurmel, eifriges Kopfnicken.

»Ihr wollt eine Demonstration?«, fragte Al Dente und ließ seine Hand in die Aktentasche gleiten. »Nichts lieber als das.«

Nick zuckte zusammen und drehte sich um. Gewesen stand außerhalb des Bootes und hielt seine Angelausrüstung in den Händen.

»Können wir?«, fragte er, als unvermittelt ein zischendes Geräusch ertönte und rasch lauter wurde. Nick riss den Kopf nach oben. Etwas Gelbes raste auf sie zu und rammte sich nur wenige Meter neben dem Boot in den weichen Matsch.

»Was … ist das?«, stammelte der junge Polizist, noch immer um Fassung ringend.

»Ein Container«, gab Gewesen unbeeindruckt zurück. »Und

ein alter Bekannter dazu.« Er deutete auf den Schriftzug an der Stirnseite. *Mamma La Samba* war dort zu lesen.

Nick blickte seinen Chef mit großen Augen an. »Was hat das zu bedeuten?«

»Das bedeutet, wir haben ein Problem«, sagte Gewesen und ließ geschmeidig die Sonnenbrille auf seine Nasenflügel gleiten. »Also dann: Zurück nach Hamburg!«

Sehr bedächtig zog Al Dente ein kleines schwarzes Ei aus der Tasche und betrachtete es eingehend.

»Eine thermonukleare Bombe«, erklärte er ruhig. »Ihre Sprengkraft kann ein ganzes Universum zu seinem Ausgangspunkt zurückbomben, bis zum Big Bang. Witzig, nicht? Mit einem Knall zurück zum Knall – zum Urknall, wo nix war, außer ein paar herumtollenden Elementarteilchen.«

Er drehte an einem Rädchen an der Seite des Eis. »Ich stelle die Uhr mal auf … na, sagen wir eine Minute. Ihr könnt es alle sehn.« Er zeigte sie herum. »Wenn ich hier an der Seite drücke, startet der Countdown. Soll ich?« Niemand antwortete. Alle hielten den Atem an. Al Dente lächelte. Dann zuckte sein Finger und die digitale Anzeige begann rasend schnell rückwärts zu laufen.

»Was tun Sie da?«, rief Gummi-Joe. »Wieso jagen Sie sich selber in die Luft?«

»Das tue ich nicht«, gab Al Dente unbekümmert zurück. »Ich jage ihn in die Luft!« Er zeigte auf Doppelflinten-Paul. Aber der lachte nur. »Mit 'ner Bombe aus'm Nachbaruniversum?«

Die Uhr am Ei lief unbarmherzig rückwärts. … 32 … 31 … 30 … 29 …

»Hier habe ich einen Heisenberg-Vibrator«, fuhr Al Dente gelassen fort und zeigte etwas herum, das viel Ähnlichkeit mit einem … äh … »Damit kann ich Elementarteilchen in einen unbestimmten Zustand versetzen und wo immer ich will rematerialisieren.« Er schob sich das karottenförmige Gerät in den Mund und lutschte genüsslich darauf herum. Plötzlich verschwand das schwarze Ei.

Aufgeregtes Getuschel: *Es ist weg! Wie hat er das gemacht? Und wo isses hin?*

»Hier!«, meldete sich Doppelflinten-Paul und hob seine Hand. Das Ei kam zum Vorschein. Die Uhr tickte: … 21 … 20 … 19 …

»Und was soll das jetzt?«, fragte er genervt.

»Du stirbst«, entgegnete Al Dente sachlich. »Dein ganzes Universum stirbt. Das soll das.«

… 14 … 13 … 12 …

»Und warum? Gibt's dafür irgend'n Grund?«

»Du hast dich über mich lustig gemacht. Das mag ich nicht.«

»Wegen der Alten?« Paul schüttelte den Kopf. »Ach kommse! Bleibense entspannt.«

… 6 … 5 … 4 …

»Glaub ich sowieso nicht. Dass das funktioniert.«

… 3 … 2 …

»Bisschen simpel, einfach's Knöpfchen drücken und bumm.«

… 1 …

»Sie sind 'n Spinner. 'n total abgefahr'ner Spinner. Sonst nichts.« Paul blickte auf die Uhr. »Abgelaufen. Und was ist passiert? Nichts!«

Das Universum zerbarst. Sämtliche Materie fetzte auseinander, die Atome zerbrachen, Protonen und Neutronen lösten sich auf, und schließlich waberten nur noch Quarks, Leptonen und Gluonen durch den nicht vorhandenen Raum. Dann zogen sich sämtliche Elementarteilchen wie auf Kommando zusammen, sammelten sich in einem unendlich kleinen Punkt und flogen mit einem gewaltigen Knall auseinander. Der Beginn eines neuen Universums.

Auf dem Bildschirm in Al Dentes Konferenzraum hingegen war nur noch ein weißes Grießeln zu sehen – wie ein Programm nach Sendeschluss, als es noch so etwas wie einen Sendeschluss gab.

»Ich denke, jedem hier sollte nun klar sein, dass ich die Macht habe, Dierk Gewesen zu vernichten«, erklärte Al Dente ruhig. »Überall und endgültig. Damit wir in Ruhe und Frieden unseren kleinen Geschäften nachgehen können.«

»Und was verlangen Sie dafür?«, traute sich Sven die Sense zu fragen.

»Gut, dass du fragst«, sagte Al Dente. »Gut, dass du fragst.«

Das Chaos war unbeschreiblich. Menschenmassen drängten über Brücken, Autokolonnen verstopften Straßen, Hunderttausende waren auf der Flucht. Nein, das war kein Roland-Emmerich-Film. Und auch nicht der Ferienbeginn in Hamburg. Das waren schlicht und einfach die Reaktionen auf die schwerste Attacke auf die Hansestadt, seit der fiese Erik van Thomas versucht hatte, mit einem zum Laser umfunktionierten Satelliten ein Loch durch die Grindelallee zu bretzeln, weil er glaubte, die Erde sei in ihrem Inneren hohl und wir Menschen lebten auf der Innenseite. Großflächige Zerstörungen waren damals die Folge gewesen, und die stolze Elbmetropole war zeitweise zur Geisterstadt mutiert. Damals – wie das klingt! War ja gerade mal vier Wochen her.

Deshalb sollte man meinen, die als besonnen geltenden Hanseaten würden einer erneuten Bedrohung mit einem gewissen Gleichmut begegnen. Und anfangs war es auch so. Das Auftauchen des düsteren Predatoren-Raumschiffs, das Harburg zerstörte, der schießwütige Terminator, der Rissen einebnete, und das schleimige Alien, das Duvenstedt allein durch seinen Anblick entvölkerte – das alles nahmen die Hamburger mit einer geradezu lässigen Selbstverständlichkeit zur Kenntnis. Was vielleicht auch daran lag, dass es sich bei genannten Gebieten um Randbezirke handelte, von denen manche Hanseaten der Ansicht waren, sie gehörten eh »nicht richtig« zu Hamburg.

Dann zog das außerirdische Trio den Ring der Zerstörung immer enger, und manche wurden doch ein wenig nervös und schlugen ihren Angehörigen vor, rasch ein paar entfernte Verwandte in Guadeloupe zu besuchen. Oder just for fun nach Australien auszuwandern. Als schließlich der Bürgermeister ankündigte, seinen lange als verschollen gegoltenen Zwillingsbruder in Patagonien besuchen zu wollen, gab es auch für den Rest der Bevölkerung kein Halten mehr. Jeder schnappte sich, was er konnte, und trat die Flucht an.

Währenddessen bewegte sich das »Trio mit vier Fäusten«, wie die Alieninvasion in der vorerst letzten MoPress-Ausgabe genannt wurde (ein Einfall von Jungreporter Daniel Depp, R. I. P.), wild um sich ballernd Richtung Alsterdorf. Ihr offensichtliches Ziel: Das Polizeipräsidium.

Auch dort hatten viele Beamte beschlossen, endlich mal ihre angesammelten Überstunden abzufeiern. Nur im sechsten Stock des sternförmigen Gebäudes brannte noch Licht. Hier war die

Abteilung zur holistischen Durchleuchtung extrem seltsamer Delikte untergebracht, eine Spezialabteilung der Hamburger Polizei, die sich um solche Attacken für gewöhnlich kümmerte.

»Sie zerstören gerade das Mundsburg-Center«, sagte Sam, der mit einem Fernglas zum Fenster hinausschaute.

»Und die Hochhaussiedlung in Steilshoop«, fügte Kreidebrecher vom Fenster nebenan hinzu.

»Und das NDR Fernsehen in Lokstedt«, ergänzte Ginsterbusch vom Erker auf der anderen Seite.

»Und Gewesen?«, rief Scheibli durch die offene Tür ins Großraumbüro.

»Noch immer keine Spur«, antwortete Imhofen und hielt bedauernd den Telefonhörer in die Höhe.

Scheibli dachte einen Moment nach. Dann zog er seine lila Strickjacke aus und öffnete den schmalen Spind, der in einer Ecke seines kleinen Büros untergebracht war.

Sam starrte ihn entgeistert an. »Herr Oberkommissar, was … tun Sie da?«

»Ich denke, wir haben die Pflicht, unsere Pflicht zu tun«, sagte Scheibli und legte seine Festtagsuniform an. »Imhofen, Fitzenmaier, Sam: Sie kommen mit«, ordnete er an und schnallte einen Degen an seinem Gürtel fest.

»Mit?«, fragte Imhofen. »Mit wohin?« Er warf einen raschen Blick auf seine Armbanduhr. Nur noch drei Minuten bis Dienstschluss. Wenn er es irgendwie hinbekam, dass …

»Wir halten die Invasoren auf«, erklärte Scheibli und setzte sich eine schicke Polizeimütze auf den Kopf.

Sam riss die Augen auf. »Wir tun … was?«

»Wir reden mit ihnen«, sagte Scheibli und nahm eine stolze Haltung ein. »Wenn sie wirklich auf dem Weg zu uns sind, haben sie möglicherweise ein Anliegen. Und wir sind für solche Alienanliegen zuständig. Also werden wir hinausgehen, sie so freundlich wie möglich begrüßen und fragen, was sie möchten.«

Er machte ein paar Schritte Richtung Tür, zögerte und drehte sich dann um. Niemand machte Anstalten, ihm zu folgen. »Was ist? Worauf warten Sie?«

»Ich denke nicht, dass wir das tun sollten«, sagte Sam. »Gucken Sie sich doch mal an, was diese Typen bislang gemacht haben. Die haben ohne Hemmungen alles zerschossen, was ihnen in den Weg kam!«

Die anderen nickten eifrig.

»Soll das heißen, niemand ist bereit, mir zu folgen?« Scheibli ließ den Blick über die betretenen Gesichter seiner zwanzig Mitarbeiter huschen. Dann verdüsterte sich sein Blick. »Das ist Befehlsverweigerung!« Immer noch regte sich niemand. »Also schön«, seufzte er schließlich. »Dann gehe ich eben allein.«

Damit wandte er sich ab und verließ das Büro.

Von Süden her glitt das Predatoren-Raumschiff über das Dach des Präsidiums, von Osten her schoss sich der Terminator einen Weg in den nach oben offenen Innenhof, und von Westen her schlängelte sich das Alien über die Fassade und kroch an der Innenseite des an ein Speichenrad erinnernden Gebäudes entlang. Als sie von drei Seiten den rund vierzig Meter im Durchmesser messenden Innenhof erreichten, wurden sie von zwei Männern empfangen. Der eine trug eine prächtige Polizeiuniform und trippelte nervös von einem Bein aufs andere; der zweite sah etwas blass aus, stand erhöht und rührte sich nicht. Die drei Neuankömmlinge wussten nicht so recht, was sie davon halten sollten. Und warteten erst mal ab.

»Liebe Aliens«, sagte der Oberkommissar und räusperte sich. »Mein Name ist Scheibli, und ich heiße Sie herzlich willkommen auf unserem schönen blauen Pla…«

BLAST!!!

Der Phaser fetzte hinter ihm ins Gebäude und hinterließ ein mannsgroßes Loch. Rauch stieg aus der Schulterkanone des Predators auf.

»Ach ja, der Nordflügel«, sagte Scheibli betont unaufgeregt. »Sollte eh renoviert werden.« Er lächelte gequält. »Wo war ich stehen geblieben? Ach ja: Der Weltraum – nun ja, er ist ziemlich groß und bietet eigentlich genug Platz für alle Geschöpf…«

FLASH!!!

Das Dach des Südteils verkrümelte sich. Per Knopfdruck lud der Terminator seine Strahlenkanone nach.

Scheibli schluckte. »Gut. Sie haben sich also entschieden, mal bei uns vorbeizuschauen. Fein. Wieso auch nicht? Höflichkeitsbesuche unter Nachbarn gehörten schon immer zu den schönen Traditio…«

SLIZZLE!!!

Der Kopf des Bronzepräsidenten fiel herab und landete mit einem **KLONK!** auf dem Betonboden. Das Alien ließ seine messerscharfen Krallen im Sonnenlicht aufblitzen.

»Also das geht zu weit«, rief Scheibli entrüstet aus. »Gebäude zerstören – gut und schön. Aber unseren Polizeipräsidenten enthaupten – so nicht, meine Herren!« Er machte einen Schritt nach vorne und sagte mit fester Stimme: »Hiermit nehme ich Sie fest. Wegen Ruhestörung, Falschparken eines Raumschiffs und Zerstörung öffentlichen Eigentums.« Er zog ein paar Handschellen hervor und ließ sie in der Luft klimpern. »Nun? Wer ist der Erste?«

Alien, Predator und Terminator richteten ihre Waffen auf den kleinen Mann. Da wurde plötzlich eine Tür geöffnet und Sam trat aus dem stark lädierten Gebäude. Hinter ihm Imhofen. Gefolgt von Ginsterbusch. Nach und nach versammelten sich alle zwanzig Mitarbeiter hinter Scheibli. Das heißt: nicht alle. Fitzenmaier fehlte.

»Was soll das?«, flüsterte Scheibli.

»Wir halten Ihnen den Rücken frei«, flüsterte Sam zurück und brachte einen Locher in Stellung. Auch die übrigen Beamten hatten sich bewaffnet, mit Tesafilm, Lineal und Heftklammer. Denn ihre Waffen hatten sie, wie jeden ersten Samstag im Monat, zum Polieren gegeben. Ein Schwager von Kreidebrecher hatte ihnen ein ganz vorzügliches Angebot gemacht. Unmöglich auszuschlagen.

Scheibli nickte knapp und wandte sich wieder den drei Besuchern zu. »Nacheinander vortreten und Hände nach vorne!«

»Aaaaaaaaaaaaaaaaaaaaaaaaaaaa …«

Alle rissen die Köpfe hoch. Ein roter Drache kam vom Dach des Gebäudes gesegelt und landete genau zwischen den Außerirdischen und Scheibli. Wild kreischend trat der Wirbelwind um sich, vollführte eine virtuose Schlagkombination mit den Fäusten und machte eine Reihe gefährlicher Sidekicks. Dann verharrte Fitzenmaier in Kampfstellung und rief ihren Kollegen zu: »Kommt schon, Leute! Schnappen wir uns diese Typen!«

Ohne jede Gemütsregung aktivierte der Terminator seinen Phaser. Ein Plasmastrahl verließ die Mündung seiner Waffe und raste auf Fitzenmaier zu.

Zur Erläuterung: Wenn ein Plasma-Barilium-Gemisch auf eine Radium-Azethyl-Legierung prallt, wird es nicht nur reflektiert und nimmt exakt denselben Weg wieder zurück; es wird auch um den Faktor 10^3 verstärkt, was in etwa der Energie eines mittleren Asteroiden entspricht.

Genau das geschah, als der Photonen-Laser des Terminators auf die weiße Speziallegierung prallte, die sich blitzschnell in die Schussbahn geschoben hatte. Der Blechkamerad wurde von seinem eigenen Geschoss getroffen, durch die Südwand des Gebäudes befördert und weiter Richtung Hittfeld katapultiert.

Dort rappelte er sich mühsam auf und schüttelte den metallenen Kopf.

★★✚IUP murmelte er, was so viel heißt wie: *Was zur Hölle war das denn?*

Die Tür schwang auf und Dierk Gewesen stieg aus dem Dodge. Er untersuchte kurz die Stelle, wo der Phaser reflektiert worden war, stellte fest, dass der Lack keinen Schaden genommen hatte, und nahm dann gemächlich die Sonnenbrille ab. »Hab ich was von früher Schlussmachen gesagt?«, herrschte er seine Mitarbeiter an.

»Chef …«, begann Sam, aber der Kommissar widmete sich bereits den beiden übrig gebliebenen Invasoren.

»Hört mal zu, Jungs. Ihr habt mir gerade mächtig den Urlaub vergeigt. Da steh ich nicht besonders drauf. Also besser, ihr haltet mich nicht noch länger mit eurem Scheiß auf. Das hier ist unser Planet. Also zieht Leine und sucht euch einen eigenen.«

Alien und Predator wechselten einen raschen Blick. Dann fauchte Alien, trat einen Schritt vor und ließ seine Krallen durch die Luft sausen.

SLIZZ … DONG!!!

Entsetzt starrte er auf seine Pranke. Die Krallen steckten im Kopf des Präsidenten. Gewesen hatte ihn blitzschnell aufgehoben und zur Verteidigung benutzt.

»Das war kein Witz«, sagte er, und sein Timbre ließ eine gewisse Ungeduld erahnen. »Letzte Ausfahrt Billstedt, Jungs!«

Wutschnaubend ließ Alien den Bronzekopf durch die Luft sausen. Gewesen sprang in die Höhe, und der Bronzeschädel sauste nur Zentimeter unter ihm hindurch. Das Alien wurde vom Schwung mitgerissen und ließ den Kopf mit voller Wucht gegen den Predator prallen, der daraufhin von den Sohlen gefegt wurde und irgendwo im Nordflügel des Gebäudes verschwand.

Gewesen betätigte einen Knopf im Revers seiner Lederjacke. »Alles klar, Nick?«

»Alles klar, Kommissar«, kam die krächzende Antwort. »Warte nur auf Ihr Kommando.«

BIRST!!!

Der Ostflügel wurde zerschmettert und Predator trat aus den Trümmern. Wutentbrannt stürzte er sich auf Gewesen und versetzte ihm einen Schlag gegen die Brust. Der Kommissar flog quer durch den Innenhof und krachte gegen die Fassade. Leicht derangiert rappelte er sich auf und wurde von hinten gepackt. Das Alien wirbelte ihn mehrfach um die eigene Achse und ließ ihn dann plötzlich los. Wie ein One-Way-Bumerang trudelte Gewesen durch die Luft und verschwand jenseits der Mauer.

»Das überlebt der nie!«, rief Imhofen entsetzt. Doch statt eines dumpfen Aufschlags, war ein kraftvolles

Drrrrrrr ......

zu hören, worauf Gewesen wieder hinter der Fassade erschien, wie einst Burt Lancaster in *Der Rote Korsar*. Mit den Füßen voran stürzte er auf das Alien zu, kickte es zur Seite und kam mit einem Salto rückwärts in der Mitte des Innenhofs zum Stehen. Er schüttelte sich etwas Asbest von den Schultern und nahm eine entspannte Haltung ein.

In der Zwischenzeit hatten sich Alien, Predator und der mittlerweile zurückgekehrte Terminator wieder formiert und pirschten sich nun von allen Seiten an den Kommissar heran.

»Sie werden ihn in Stücke reißen«, rief Kreidebrecher entsetzt.

»Den Kopf abschlagen.«

»Die Frisur durcheinanderbringen.«

»Hauen Sie ab!«, rief Scheibli, aber der Kommissar rührte sich nicht.

Wie auf ein geheimes Zeichen hin stürzten sich die drei All-Hippies auf ihn. Im selben Moment zog Gewesen an einer Schnur, die unter seiner Jacke verborgen war, und ein Feuerstrahl katapultierte ihn in die Luft.

»Ein Sohlenbooster!«, rief Kreidebrecher aus. »Was für ein Teufelskerl!«

Gewesen schlug mit der flachen Hand auf das Revers seiner Jacke.

»Jetzt!«, rief er und bugsierte sich aus der Schusslinie. Und während die drei All-Bewohner noch damit beschäftigt waren, sich zu entwirren, erschien am Himmel ein schwarzer Punkt und wurde immer größer. Nur Sekunden später krachte ein massiver Gitterkäfig in den Innenhof – und setzte die Außerirdischen fest.

Wütend feuerten sie mit ihren Waffen auf die Umzäunung. Doch ihre Geschosse verpufften, noch ehe sie die Käfigbegrenzung erreichten.

»Was ist das für ein Material?«, fragte Imhofen und betrachtete die Gitterstäbe interessiert.

»Bariumbrimborium«, rief Gewesen und setzte mit seinen Raketenschuhen neben seinen Leuten auf. »'ne Speziallegierung. Hab ich aus Finnland mitgebracht.«

»Chef! Das haben Sie super gemacht!«, rief Ginsterbusch aus und klatschte begeistert in die Hände. Auch die übrigen Mitarbeiter fielen in den Applaus ein.

»Wirklich recht ordentlich«, musste selbst Scheibli zugeben.

»Und was machen wir jetzt mit denen?«, fragte Imhofen mit Blick auf die drei Jungs vom anderen Stern.

»Wir bringen sie dahin, wo sie hingehören«, sagte Gewesen

und wischte etwas Staub von seiner Lederjacke. »Nach Hagenbeck.«

Die Jungs hatten schwer geschluckt, aber sie würden tun, was er verlangte. Immerhin versprach er ihnen das Paradies auf Erden. Dafür würden sie ihre Beziehungen spielen lassen und dafür sorgen, dass ein paar Zehntausend der übelsten Subjekte des gesamten Multiversums sich zu einer bestimmten Zeit an einem bestimmten Ort einfanden. Ohne die Unterstützung der Zweiundvierzig könnte Al Dente ein solches Unterfangen nie gelingen. Und er brauchte die Zusammenkunft, um die Grundlage für seinen genetischen Pool zu legen. Er brauchte die Show, um seine Macht auf solide Füße zu stellen.

Bald war es so weit! Es waren nur noch ein paar letzte Vorbereitungen zu treffen. Lästig zwar, aber unvermeidlich. Besser, er kümmerte sich gleich darum, dann hatte er es hinter sich. Also schlenderte er zum Kleiderschrank mit den Kostümen und ließ sich inspirieren.

»Sie wollten mich sprechen, Scheibli?« Gewesen ließ die Tür hinter sich ins Schloss knallen. Der schmale Mann mit dem schief sitzenden Toupet zuckte zusammen.

»Können sie die Tür nicht leise zumachen?«, zischte er und zog seine lila Strickjacke zurecht. »Ich verstehe das einfach nicht. Diese massive Konzentration eigenartiger Absonderlichkeiten und sonderbarer Merkwürdigkeiten ist mir in meiner ganzen Laufbahn noch nicht untergekommen. Da muss mehr hinterstecken als reiner Zufall.«

»Sehe ich auch so«, stimmte der Kommissar zu. »Zumal er im Knast sitzt und wenig machen kann.«

Scheibli hob die Brauen. »Wer?«

»Rainer Zufall. Hab ihn doch selbst vor ein paar Monaten …«

Der Oberkommissar fuhr herum. »Jetzt hören Sie mal zu: Was wir hier erleben, hat nichts mit ein paar durchgeknallten Verschwörern oder Interferenzen im Raum-Zeit-Kontinuum zu tun. Hier bahnt sich etwas an, das größer ist als der menschliche Geist. Größer als alles Vorstellbare und größer noch als das Universum selbst!« Er seufzte. »Aber leider scheine ich wenig Unterstützung von den oberen Etagen erwarten zu können. Seit Polizeipräsident Doppel auf Kur ist, haben wir es mit seiner Vertretung zu tun, Chief Superintendent Koriander. Absolut harter Brocken mit null Verständnis für unsere Belange.«

»Versteh ich nicht«, brummte Gewesen. »Ist doch kaum vier Wochen her, dass dieser verrückte van Thomas versucht hat, 'n Loch in die Erdkruste zu bretzeln. Und wenn wir ihn nicht gestoppt hätten …«

Scheibli wieselte durch das kleine Büro wie ein Samenspender im Kreißsaal. »Genau das ist doch das Problem, Gewesen. Dieses Verbrechen war so irrwitzig und verrückt, dass sich niemand vorstellen kann, dass es noch schlimmer kommen könnte. Mit unserem Erfolg haben wir uns unser eigenes Grab geschaufelt!«

»Und die drei von der Tankstelle?«, merkte Gewesen an. Da wurde plötzlich die Tür geöffnet und eine attraktive Rothaarige spazierte herein.

»Ah, gut dass Sie kommen«, sagte Gewesen. »Wir brauchen mal was, um unsere trockenen Kehlen durchzuspülen. Ich nehm 'n doppelten Feigen-Wodka, und für den Chef 'n Eistee, oder?«

Scheibli klappte der Kiefer runter.

»Also Eistee«, folgerte Gewesen. »Aber warm! Und das alles büschen pronto, wenn ich bitten darf. Also setz deinen flotten Hintern in Bewegung und schrubb die Dielen, Baby.«

Die Gesichtsfarbe seines Gegenübers nahm denselben Farbton an wie ihre Haare. Und während sich Gewesen noch fragte, ob die Puppe vielleicht Fieber hatte, ging Scheibli hinter seinem Schreibtisch in Deckung.

Die Stimme entpuppte sich als irritierend freundlich und sehr weich – ruhig, fließend, wie kristallklares Gebirgswasser. Auch was sie sagte, war alles andere als schroff oder anklagend, herrisch oder beleidigend. Es waren nette, höfliche Worte, vorgebracht in einer Art und Weise, die dem Ohr schmeichelte. Wieso also hatte er geglaubt, sie wolle ihm etwas Böses? Wolle ihn anpöbeln, verunglimpfen oder gar bloßstellen? All diese Sorgen stellten sich als völlig unbegründet heraus, und mit einem zufriedenen Lächeln reichte er ihr den kleinen Zettel, den er so fest umklammert hielt. Sie warf einen scheuen Blick darauf, machte ihr Zeichen und reichte ihm den Zettel mit einem Lächeln zurück. Dann setzte sie ihren Weg fort, und sein Blick begleitete sie, bis sie den Waggon verlassen hatte. Nick strahlte über das ganze Gesicht, als er sich vornahm, morgen wieder mit der S-Bahn zu fahren. Und wenn ihn die hübsche Kontrolleurin erneut um seinen Fahrschein bat, würde er versuchen, ein kurzes privates Gespräch mit ihr zu führen.

Benommen rappelte sich Gewesen auf. Er hatte schon lange nicht mehr solche akustischen Ohrfeigen einstecken müssen.

Die Schimpftirade des roten Drachen vor ihm toppte selbst die Flüche seiner Mutter. Und das war Doppels Vertretung? Gewesen schätzte die weitere Zusammenarbeit als mindestens schwierig ein.

»Also was ist?«, bellte der Besen. »Bekomme ich jetzt endlich eine Einschätzung der Lage, oder soll ich die Abteilung gleich dichtmachen?«

»Liebe Frau Koriander …«, begann Scheibli und kroch aus seinem Versteck hinter dem Schreibtisch hervor.

»Ich bin nicht Ihre liebe Frau, sondern Chief Superintendent!«, brüllte die Furie.

»CS«, sagte Gewesen. »Ihre Kritik geht ins Leere. Und wenn Sie Hagenbeck mal 'n kleinen Besuch abstatten würden, wüssten Sie auch, warum.«

»Wegen der drei Aliens?«, raunzte sie. »Die hätte doch jeder Streifenbulle dingfest machen können. Abgesehen davon bin ich nicht mal sicher, ob wir vom Staatsanwalt überhaupt ein Okay zur Inhaftierung bekommen.«

»Was?« Scheibli riss die Augen auf. »Die haben weite Teile der Stadt in Schutt und Asche gelegt!«

»Ja und? Vielleicht gehört das bei denen zu Hause zu einer freundlichen Begrüßung dazu. Wer weiß?« Ihr Kopf pendelte zwischen Gewesen und Scheibli hin und her. »Wer sagt denn, dass wir Extraterrestrischen mit dem irdischen Strafrecht überhaupt beikommen können? Das ginge höchstens, wenn wir zweifelsfrei nachweisen, dass die bloß die Vorhut sind und da was echt Großes und Gefährliches auf uns zukommt. Ansonsten können die sich doch auf irgendeinen galaktischen Zusatzparagrafen berufen, von dem hier noch nie jemand was gehört hat – und dann sind die schneller wieder draußen als 'ne Karnickelfamilie beim Marderbesuch.« Sie blickte Gewesen tief in die Augen. »Ich brauch was Handfestes. Knallhart. Und echt bedrohlich.«

»Die Ergebnisse der Untersuchungskommission haben ergeben, dass unser Eingreifen beim letzten Fall größere Schäden verhindert hat«, erwiderte Gewesen ruhig. »Wenn nicht sogar das Ende der Welt.«

»Dieselbe Kommission hat aber auch verlautbart, dass nicht davon auszugehen ist, dass derartige Ereignisse sich in absehbarer Zeit wiederholen. Und *absehbar* definierte die Kommission mit einer Million Jahre!« Plötzlich verstummte sie und taxierte die Tür.

»Was ist …«, begann Scheibli, aber die resolute Rothaarige legte den Finger auf die Lippen und machte ein zischendes Geräusch. Dann schlich sie zur Tür, legte die Hand auf den bronzefarbenen Griff und drückte ihn mit einer raschen Bewegung herunter. Die Tür sprang auf, und ein halbes Dutzend zusammengekauerter Körper purzelte herein. Koriander rammte die Fäuste in die Hüften.

»Wenn ich mir diesen unzivilisierten und inkompetenten Haufen ansehe, habe ich noch einen Grund mehr, den Laden dichtzumachen«, giftete sie. »Ich gebe Ihnen vierundzwanzig Stunden. Dann …«

»Achtundvierzig«, unterbrach sie eine leicht motzige Frauenstimme. Es war die von Fitzenmaier. »In Filmen gibt es immer achtundvierzig Stunden.«

»Das stimmt«, wagte sich Imhofen vor. »In manchen sind es sogar zweiundsiebzig!«

»Und in *Der große Eisenbahnraub* haben sie ein halbes Jahr, um …«

Koriander schrie auf. »Zwölf Stunden!«, brüllte sie und richtete den Zeigefinger gegen Gewesen. »Zwölf Stunden für den Beweis, dass diese Stadt dem Untergang geweiht ist. Liefern Sie ihn nicht, ist die *Abteilung zur holistischen Durchleuchtung extrem seltsamer Delikte* Vergangenheit.«

In voller Zorro-Montur betrat er die Kapsel. Er verriegelte die Tür, startete den Antrieb und massierte das Gehirn. Dann kramte er den kleinen zerknitterten Zettel aus der Hosentasche, entfaltete ihn und strich ihn liebevoll glatt. Die unbeholfene Kinderschrift war schon stark verblasst, und an manchen Stellen waren die Buchstaben verwaschen. Dennoch konnte man die Angaben noch erkennen: Sein Name, sein Alter, sein Wohnort. Und der Name seines Feindes – in der verzweifelten Hoffnung einer göttlichen Intervention zu Papier gebracht.

Jedes Mal, wenn er den Zettel betrachtete, wurde ihm schmerzlich bewusst, warum er das alles tat. Dann schmeckte er die Schmach, die ihm seit frühester Kindheit zugefügt worden war, als hätte er gerade erst davon gekostet. Nicht zuletzt die jahrelangen Demütigungen hatten ihn auf diesen Weg geführt und seine Existenz mit der seines Antagonisten auf schicksalhafte Weise verbunden.

Doch er trug den Zettel nicht nur aus nostalgischen Gründen bei sich, sondern auch aus ganz praktischen. Denn mit jedem Transfer setzte das Vergessen ein.

Nach seinem ersten Trip hatte er nicht nur seinen Namen vergessen, sondern auch, wo er wohnte und arbeitete. Tagelang war er umhergeirrt, bis ihn zufällig ein Nachbar in der S-Bahn angesprochen hatte. Erst da erinnerte er sich wieder an seine Identität.

Nach seinem zweiten Trip hatte er vergessen, warum er das alles tat. Es hatte Wochen gedauert, bis er nach endlosen psychoanalytischen Sitzungen den Groll, den er seinem Widersacher gegenüber hegte, reaktiviert hatte.

Sein dritter Trip hatte einige Monate als Austernfischer in Mikronesien nach sich gezogen, bis durch Zufall eine Flaschenpost an den Strand gespült wurde, die er selbst einige Jahre zuvor in die Elbe geworfen hatte – und in der jener Zettel steckte, den er nun wie ein Omen bei sich trug. Er erinnerte ihn nicht nur an seine Existenz, sondern auch daran, dass er keine Unterstützung von oben zu erwarten brauchte. Sein Hilferuf war zu ihm zurückgekehrt. Und niemand außer ihm selbst würde je sein Problem lösen.

Mit einem zufriedenen Lächeln fuhr er den Regler hoch, und die Kapsel begann zu vibrieren; die Konturen verschwammen und Zorro löste sich in Luft auf – auf dem Weg in eine fremde Dimension, auf dem Weg zu sich selbst.

Scheibli ließ die Schultern hängen. »Das ist das Ende«, stieß er kraftlos aus. »All die Arbeit, die Strapazen … alles umsonst!« Niedergeschlagen wie ein Wollnashorn nach einer kräftigen Dusche trottete er zur Tür. Dort verharrte er einen Moment und warf noch einen letzten Blick auf die Abteilung. Er schluchzte. Dann wischte er sich eine Träne aus dem Augenwinkel und verließ wortlos den Raum.

»Was ist mit ihm?«, fragte Ginsterbusch erstaunt. »Wieso weint er denn?«

»Vielleicht hat er sich geschnitten«, riet Kreidebrecher.

»Oder Zwiebeln«, mutmaßte Imhofen.

»Vielleicht hat er sich auch an ein früheres Leben als betrogener Eichelhäher erinnert«, sinnierte Fitzenmaier, und der Rest der Belegschaft nickte wissend.

»Ich denke eher, er hat seinen Glauben verloren«, donnerte eine kräftige Stimme durch den mit Melancholie kontaminierten Raum. Der groß gewachsene, breitschultrige Mann mit den schwarzen Locken und den markanten Koteletten löste sich vom Schreibtisch und zog seine Lederjacke zurecht.

»Seinen Glauben?«, fragte Ginsterbusch. »In den Papst?«

»Seinen Glauben in uns«, stellte Gewesen klar und begann einen Streifzug durch das Schreibtisch-Labyrinth. »Und wenn ich mich hier so umsehe, wundert mich das nicht.« Während er an seinen Mitarbeitern vorüberschritt, bedachte er jeden von ihnen mit einem Blick, der einen Röntgenapparat zur bloßen Laterna Magica degradiert hätte. »Scheibli hat mir zwanzig Mitarbeiter zur Seite gestellt. Alle von ihnen mit besonderen Fähigkeiten gesegnet und nach ausgiebigen Tests von mir persönlich für diensttauglich befunden.«

Mechthild Gronhausen konnte sich ein Kichern nicht verkneifen. Ein strenger Blick Gewesens ließ sie verstummen. Er trat an Fitzenmaiers Schreibtisch und ließ seine große Hand auf die Schulter der burschikosen Frau fallen. »Ursula Fitzenmaier«, sinnierte er. »Sie hat die seltene Gabe der Ferrokinese und kann durch bloßen Willen Metalle verformen. Eine äußerst nützliche Gabe, wenn man nur an all die dramatischen Verfolgungsjagden denkt, die mit einem durch Gedankenkraft induzierten Getriebeschaden rasch beendet werden könnten.«

Ein scheues Lächeln machte sich auf ihrem markanten Gesicht breit.

»Doch was nützt diese Fähigkeit, wenn man sie nicht nach Bedarf einsetzen kann?«

Fitzenmaiers Lächeln gefror und zerbröckelte in kleine Stücke.

»Statt uns zu unterstützen und feindliches Gerät wie Panzer und Haubitzen in harmloses Kinderspielzeug zu verformen, beschränken sich Fitzenmaiers Aktivitäten auf witzige Figuren beim Bleigießen – und das ist ungefähr so nützlich wie ein Fieberthermometer bei Verstopfung!«

Gewesen nahm die Hand von ihrer Schulter und setzte seinen Weg fort.

»Aber sie ist nicht die einzige, die durch Kultivierung ihrer Unfähigkeit glänzt. Jeder hier hat seine Macke. Nicht wahr, Imhofen?« Der beleibte Rotschopf zuckte zusammen.

»Klar, Sie sind noch neu hier. Aber nicht unerfahren. Und eben aufgrund Ihrer Erfahrung haben wir Sie zu uns geholt. Wegen Ihrer Fähigkeit, die Gedanken anderer im Wasser zu lesen, der sogenannten Aqua-Transzendentalität.«

Gewesen schlenderte zur Wand und zog an einer wie zufällig herunterbaumelnden Schnur, woraufhin sich ein extrem kompliziertes Schaubild entrollte, auf dem der Kommissar verwirrend schnell herumzeigte. »Jeder Gedanke, der jemals gedacht wurde, während er mit Wasser in Berührung kam, hinterlässt Informationen im kühlen Nass. Die meisten Leute denken natürlich Sachen wie *Gott, bin ich müde* oder *Verflucht, ist das kalt.* Aber einige planen auch ihre Verbrechen, während sie die Achseln vom Schweiß befreien, murmeln Telefonnummern oder denken an ihr nächstes Opfer. Wasser vergisst nicht – und es gibt einen, der das Informations-Chaos in den Tropfen intuitiv zu durchdringen vermag und die verschiedenen Kräuselungen an der Wasseroberfläche entzerren und bestimmten Personen zuordnen kann.« Gewesen zog an der Schnur, und die Grafik flutschte weg. »Imhofen!«, sagte er laut. »Er kann im Wasser lesen wie andere in einem Buch. Die ideale Waffe, um rechtzeitig von den größenwahnsinnigen Plänen all der Verrückten und Egomanen zu erfahren und sie zu stoppen.«

Imhofen drückte den Rücken durch und hob das Kinn.

»Doch auch er hat versagt.«

Das war wohl zu früh gefreut.

»Seine Aqua-Artistik hätte uns frühzeitig auf die Spur von Nasen-Joe bringen können.«

Imhofen zog die Stirn kraus.

»Ein kurzer Blick ins Wasserglas, und er hätte sich nicht mit dreizehn Tonnen Aluminiumsulfatnitratbrokat aus dem Staub machen können, dem idealen Stoff zur Herstellung von Alabasterzaster.«

»Aber ... da war ich doch noch gar nicht in der Abteilung ...«, warf Imhofen ein, aber Gewesen war schon weitergeschlendert und widmete sich dem nächsten Kandidaten.

»Und hier haben wir Sam, unseren IT-Giganten. Kein Netzwerk, das er nicht hacken, kein Computer, in den er nicht eindringen könnte wie ein scharfer Bleistift in den feuchten Spitzer. Sam hat mehr Einblick in die Sphären zwischen Himmel und Erde als die Sphären selbst. Wenn irgendwo auf der Erde ein UFO crasht oder sich ein Tor zu einer anderen Raum-Zeit-Dimension öffnet, darf Sam als Erster ran und sich nach Herzenslust an Technik und Know-how bedienen. Er war es auch, der die kryptischen Schriftzeichen des extraterrestrischen Schaltplans aus dem Salino-Raumschiff vor Neufundland übersetzt und damit die RaZePUZ gebaut hat, ohne die wir die Sylphen, die vor einem Monat das Containerschiff Mamma La Samba gekidnappt haben, nicht in eine andere Dimension hätten schicken können.«

Sam atmete innerlich auf. Offenbar blieb er als Einziger ungeschoren.

»Und was macht dieser Idiot?«

Vielleicht aber auch nicht.

»Schaltet das Ding zu früh ab, worauf Mamma mitsamt Containern wie ein tropischer Regenschauer niedergeht und die gesamte Hafencity zerdeppert. Und genau das wird uns jetzt zum Verhängnis, denn auf einen solchen Patzer haben die Damen und Herren aus den oberen Etagen doch nur gewartet: Damit sie uns endgültig abschießen können.« Gewesen schüttelte den Kopf und streunte weiter, während Sam mit hängendem Kopf zurückblieb, was eine Familie von Kopfläusen für eine gewagte, aber letztlich gelungene Flucht nutzte.

Wie ein Panther auf der Pirsch schlich Gewesen zu Nicks Schreibtisch, setzte sich lässig auf die Platte und nahm das Bild von Wilhelm Reich in die Hand.

»Nick«, sinnierte er versonnen, »den ich liebe wie meinen eigenen … äh, Goldhamster. Nick, der in gewisser Weise der Begabteste von uns allen ist, weil er nämlich die Gedanken anderer Leute sehen kann. Kein Umweg über Kräuselungen auf der Wasseroberfläche, keine Recherchen in abgestürzten UFOs – einfach Augen zu und Film ab! Und durch diese Fähigkeit konnten wir auch Rebecca retten.« Er machte eine kurze Pause, und gerade, als Nick erleichtert ausatmen wollte, setzte er nach: »Aber war da nicht auch eine gehörige Portion Glück mit im Spiel? Denn für diesen einen Treffer hat er hundert Mal versagt. Und statt seine verschütteten Fähigkeiten auf Vordermann zu bringen, trauert er lieber seinen verschollenen Eltern hinterher und beschäftigt sich mit esoterischem Gedöns.« Er ließ das Bild fallen. Nick fing es auf.

Gewesen schlug mit der Faust gegen die Wand. »Ich kann Scheibli verstehen. Und auch Koriander. Zwölf Stunden – das ist noch zu viel für einen solchen Haufen von Versagern. Ich an ihrer Stelle würde überhaupt kein Vertrauen mehr in so eine Bande von Nieten und Nichtskönnern investieren.«

»Aber wir waren nicht untätig«, rief Knüppersbüschen aus, »in der letzten Woche, als Sie im Urlaub waren.«

Ginsterbusch holte ein mit einem roten Tuch verhülltes Geschenk unter seinem Schreibtisch hervor.

»Wir haben uns gedacht ... also falls Sie mal wieder Hilfe brauchen«, stotterte Ginsterbusch und nestelte an dem Tuch herum. »... damit es nicht so wird wie beim letzten Mal und Sie ganz allein auf weiter Flur ...«

»Deshalb haben wir diesen Apparat gebaut«, übernahm Kreidebrecher enthusiastisch. »Eine Art Warnsystem, ein direkter Draht zu uns hier in die Abteilung. Den brauchen Sie nur zu aktivieren und schon eilen wir Ihnen zu Hilfe!« Mit einem Tusch zog er das Tuch weg, und zum Vorschein kam eine schuhkartongroße Apparatur, laienhaft zusammengeklebt aus stümperhaft ausgeschnittenen Papierstreifen, zerknittertem Tesafilm und dilettantisch gebogenen Büroklammern. An manchen Stellen war der Karton unbeholfen mit Filzstift angemalt, an anderen wurden zwei im rechten Winkel stehende Papierstreifen notdürftig mit einem Gummiband zusammengehalten. Es schien sich um eine Art Labyrinth zu handeln, durch das ein roter Faden gezogen war, der an der Stirnseite des Kartons schlaff herunterhing. Das andere Ende war am Fuß eines verwirrt dreinblickenden

Hamsters befestigt, der in der Mitte des Kartons saß und nervös mit der Nase im Wind schnupperte.

»Alle haben mitgebaut«, erklärte Ginsterbusch nicht ohne Stolz in der Stimme.

»Hat uns so manche Extrastunde nach Feierabend gekostet«, ergänzte Kreidebrecher ganz unbescheiden. »Aber wir haben es gerne gemacht. Für Sie, Chef. Bitte sehr!«

Zögernd nahm der Kommissar den Karton entgegen und starrte ihn mit großen Augen an. »Und was ... wie ...«

»Ganz einfach«, sagte Kreidebrecher und konnte sich ein Grinsen nicht verkneifen. »Wenn Sie unsere Hilfe benötigen, brauchen Sie nur an diesem Faden hier zu ziehen.« Er zeigte auf das lose an der Stirnseite des Kartons herunterhängende Stück. »Der Faden führt durch das Labyrinth und ist am Fuß des Hamsters festgeknotet. Ziehen Sie den Faden, setzt sich der Impuls fort und der Hamster singt ... Japadapadu!« Kreidebrecher klatschte begeistert in die Hände, und der Hamster zuckte erschrocken zusammen.

Gewesen sah aus, als hätte er gerade in eine extrem dicke Ingwerknolle gebissen. »Japadapa... was?«

»Du«, rief Ginsterbusch begeistert. »Der Hamster singt Japadapadu – und wir kommen angerannt. Wie der Wirbelwind!« Er wandte sich an Kreidebrecher. »War es Singen oder Pfeifen?«

»Er kann beides«, antwortete der hünenhafte Blonde. »Singen und pfeifen. Je nach Wetterlage.«

Imhofen drängelte sich vor und zog vorsichtig am Faden. »Aber jetzt macht er gerade nichts.«

»Komisch«, murmelte Kreidebrecher. »Wir haben unheimlich viel trainiert. Und er hat es echt oft gemacht.«

»Wie oft denn?«, wollte Fitzenmaier wissen.

»Sehr oft.«

»Und wie oft ist das genau?«

»Einmal.«

»Einmal?« Die burschikose Frau im Hosenanzug drehte sich erstaunt zu ihren Kollegen um.

Kreidebrecher nahm Haltung an. »Einmal von einmal ist doch oft. Rein statistisch gesehen. Ein Zuwachs von hundert Prozent! Öfter geht ja schon gar nicht mehr!«

Ein erregter Streit entbrannte, ob der Hamster für seine verantwortungsvolle Aufgabe als ausreichend dressiert gelten konnte oder nicht. Kommissar Gewesen stellte das Geschenk auf einem der Tische ab und ging wortlos Richtung Ausgang. Als er den Türgriff schon in der Hand hatte, bemerkte Sam die Absicht seines Chefs. »Aber … wo wollen Sie denn hin?«

Gewesen drehte sich um und sagte knapp: »Nach Hause. Essen.«

Er hängte das Zorrokostüm zurück in den Schrank und beschloss im selben Moment, noch einen letzten Trip zu unternehmen. Es ließ ihm einfach keine Ruhe. Die Demütigung, die Schadenfreude, das diabolische Lachen – er musste sich daran erinnern, es noch einmal mit eigenen Sinnen erleben.

Diesmal verkleidete er sich nicht, sondern steckte nur das Buch ein. Er verriegelte die Tür, startete den Antrieb und massierte das Gehirn. Dann fuhr er den Regler hoch, und die Kapsel begann zu vibrieren. Wenige Augenblicke später saß er auf einer Bank neben einer jungen Frau.

»Huch!«, rief sie aus und wich erschrocken zurück. »Wo kommen Sie denn auf einmal her?«

Während er noch fieberhaft über eine Antwort nachdachte, sagte sie: »Das dürfen Sie nicht machen, sich einfach so anschleichen. Da kriegt man ja einen Herzkasper von!«

»Entschuldigen Sie, gnädige Dame«, erwiderte er mit sanfter Stimme. »Es wird nicht wieder vorkommen.«

»Gnädige Dame? So hat mich ja noch nie jemand genannt.« Sie musterte ihn scharf. »Wieso habe ich das Gefühl, dass ich Sie schon mal gesehen hab?«

Plötzlich erkannte er sie. Und wusste, dass er schnell handeln musste. »Vielleicht aus dem Fernsehen«, sagte er rasch. »Hab mal in 'nem Milch-Spot mitgespielt. Keine große Sache.«

Lachend winkte er ab. Sie nickte. Dann widmete sie sich wieder ihrer Strickarbeit.

Al Dente schöpfte Atem. Das war knapp. Nicht auszudenken, was geschehen wäre, wenn sie ihn erkannt hätte. Er ließ den Blick über den Spielplatz schweifen, und der bittere Geschmack der Kindheit breitete sich in ihm aus, einer trostlosen Kindheit zwischen quietschender Wippe, rostiger Schaukel und hundekotüberfüllter Sandkiste. Er hatte es gehasst. Jede einzelne Sekunde war ihm wie eine Ewigkeit vorgekommen. Wie oft hatte er sich vorgestellt, diesen Hort des Grauens in die Luft zu jagen, auszulöschen, und der gedankenlosen Kinderquälerei ein für alle Mal ein Ende zu machen. Nur Erwachsene konnten dem absurden Glauben verfallen, Kindern würde es auf Spielplätzen gefallen. In Wahrheit war es die Hölle, ein Ort voller Eifersucht und brutaler Revierkämpfe, Demütigungen und pausenlosen Rangeleien. Hier wurden die sozialen Weichen für das weitere Leben gestellt. Hier starteten die kriminellen Karrieren der Zukunft. Der Kinderspielplatz symbolisierte nicht weniger als den Beginn vom Ende der Menschlichkeit.

Ein Schrei durchbrach die Stille. Die Frau neben ihm sah kurz auf, senkte dann aber wieder den Blick und strickte weiter. Er erhob sich und watete durch den Sand. Hinter einer lieblos zusammengezimmerten Holzhütte saß ein Junge, kaum älter als sechs. Wimmernd rieb er sich Sand aus den Augen.

Al Dente hockte sich neben ihn. »War er das?«, fragte er mit milder Stimme und wies mit dem Finger auf einen anderen Jungen, der einige Meter entfernt mit einer Backform spielte. Der Kleine nickte.

»He, du da!«, rief Al Dente, und als sich der Lockenkopf zu ihm umdrehte, fuhr ihm ein kalter Schauer über den Rücken. Er musste weg hier. Schnell! Bevor er durch ein unbedarftes Eingreifen seine eigene Existenz gefährdete.

Er zog das Buch aus der Tasche und reichte es dem Jungen. »Hier«, sagte er. »Nimm es und versteck es gut. Und wenn du alt genug bist, lies es. Dann wird alles gut.«

Der Junge blickte auf den Umschlag. *Wurmlöcher, Kornkreise, Raumreisen – Und wie man mit Yashahashish-Haschisch den totalen Durchblick kriegt* lautete der Titel. »Du wirst es verstehen«, sagte Al Dente. »Eines Tages wirst du es verstehen.«

Damit erhob er sich, warf noch einen letzten Blick auf die Frau auf der Bank … und war im nächsten Moment verschwunden.

Der Junge schlug die erste Seite auf. Dort stand: *Das Ärgerliche an Raum-Zeit-Reisen ist, dass du nie weißt, wer gerade deinen Platz einnimmt, wenn du unterwegs bist.*

Als Gewesen die Tür öffnete, konnte er sich gerade noch unter dem kreischenden Meerschweinchen wegducken, das über den Flur geflogen kam. Die gegnerische Seite antwortete mit vier Gläsern süßsaurer Gewürzgurken, einem Sack Reis und einigen vom Vortag übrig gebliebenen frittierten Krakenarmen, was eine Salve Plastik-Lockenwickler und die mittlere Stufe einer Feststoffrakete aus der entgegengesetzten Richtung zur Folge hatte.

Gewesen ließ sich auf den Boden fallen und robbte über den Flur. Über ihm hielt das Trommelfeuer an, und hin und wieder gingen Geschirr, Möbelstücke, vergammelte Essensreste oder verschreckte Kleintiere vor ihm nieder.

Als er das Wohnzimmer erreicht hatte, verschanzte er sich hinter der Tür und versuchte einen Blick in die Küche zu werfen, aus der ein halbes Dutzend Krabbenbrötchenhälften, acht angebrochene Packungen Spaghetti und drei Pfund Nicaragua-Hochlandkaffee in einer raschen Salve abgefeuert wurden. Gewesen formte die Hand zu einem Trichter und rief: »Feuer einstellen, Mutti! Ich bin's, Bastard!!!«

Dann hechtete er mit einem gewagten Manöver in die Küche, wo eine kleine, kompakte Frau mit dicker Hornbrille sich hinter einer aus mehreren Stühlen und einer eilig zerbrochenen Tischplatte provisorisch errichteten Barrikade verschanzt hatte und gerade dabei war, mehrere ausgehöhlte Blumenkohle mit Rinderinnereien zu füllen.

»Junge, da bist du ja endlich!«, rief sie mit rauer Stimme und schüttete ordentlich Maggi hinterher. »Und? Schönen Tag im Büro gehabt?«

Gewesen blickte sich erstaunt um. Das gesamte Kücheninventar lag auf zwei großen Haufen, die wie Munitionslager hinter der Barrikade griffbereit aufgeschichtet waren.

»Mutti, was machst du da?«, rief er entsetzt.

»Deckung!«, rief Elvira und riss ihren Sprössling zu Boden, gerade noch rechtzeitig, um dem Aquarium auszuweichen, das knapp über seinen Schädel hinwegraste und mit einem ohrenbetäubenden Lärm in die Glasvitrine mit dem Sonntagsporzellan krachte.

»Ich verteidige mein Revier«, erklärte seine Mutter, stand auf und schüttelte die Scherben von ihrem Kittel. »Ist ja wohl immer noch meine Küche hier. Und da entscheide ich, was gekocht wird!« Sie griff einige Kohlrabi, die sie, um eine bessere Flugbahn zu erreichen, mit den Federn eines Truthahns spickte, der seinerseits versuchte, sich durch das kleine Küchenfenster aus dem Staub zu machen.

»Dieses Luder wollte doch tatsächlich Essen machen«, fuhr sie fort. »Matjesbrötchen und Kabeljau im Schlafrock! Hat man so was schon gehört!?! Aber ohne mich. Ich lasse mir in meiner Küche doch nicht vorschreiben, was ich meinem Jungen mittags auf den Tisch stelle. Das hab ich ihr gesagt. Und auch, dass Blut dicker ist als Wasser. Und dass sie sich vom Acker machen soll, solange sie noch laufen kann. Da hat sich dieses Biest in deinem Zimmer verschanzt.«

»Welches Biest?«, rief Gewesen. »Von wem sprichst du überhaupt?«

»Von wem ich spreche?« Die resolute Frau mit dem angegrauten strähnigen Haar packte den gut anderthalb Kopf größeren Gewesen, wuchtete ihn gegen die Wand und funkelte ihn aus lodernden Pupillen an. »Ich spreche von der Tussi, die du mitgebracht hast. Dieser nichtsnutzigen Dirne, dieser abstoßenden Ansammlung epigenetischem Material und niederträchtigem Verbund von Protoplasma.«

»Du meinst … Rebecca?«

Mit einer raschen Bewegung packte Elvira ihren Sohn am Ohr und zog seinen Kopf zu sich herab, während sie ihn mit dem anderen Arm noch immer gegen die Wand drückte. »Nenn sie, wie du willst«, zischte sie. »Für mich ist und bleibt sie ein Flittchen.«

Ein Stapel Yps-Hefte flatterte durch den Flur und breitete sich auf dem feuchten Küchenfußboden aus. »Meine Sammlung!«, rief Gewesen entgeistert aus, klaubte die Hefte zusammen und versuchte sie verzweifelt mit einem Geschirrhandtuch zu trocknen. Dann verengten sich seine Augen zu zwei schmalen Schlitzen. »Das geht zu weit«, murmelte er. »Sie kann meine Liebe haben, mein Leben und meine Pensionsansprüche. Aber sie darf nicht meine Vergangenheit ruinieren.«

»So spricht mein Junge!«, rief Elvira und stopfte Gewesen ein paar Gurken in den Gürtel. »Sag ihr, dass in dieser Wohnung kein Platz ist für uns drei.« Sie hängte ihm einige Büschel Karotten über die Schultern und drückte ihm ein paar Zucchini in die Hand. »Zeig ihr, wer bei Gewesens die Hosen anhat!«

Er hatte mit einer heftigen Attacke gerechnet, einem untrüglichen Zeichen, dass sie zu keinem Kompromiss bereit war und eher mit wehenden Fahnen untergehen würde, als auch nur einen Zoll zu weichen. Umso erstaunter war er, als sie nicht nur in seinen Vorschlag einwilligte, sondern ihre Worte auch noch mit einem warmen Lächeln garnierte. Wie narkotisiert nahm er den kleinen Zettel entgegen. Ihr Name und ihre Nummer waren darauf notiert, direkt neben den Angaben zum Tag, der Uhrzeit und der symbolhaften Berechtigung zur Fahrt mit U- und S-Bahn. Nick konnte sein Glück kaum fassen. Er würde mit ihr ins Kino gehen. Mit Frauke, der netten Fahrkartenkontrolleurin. Sie hatte Ja gesagt.

Das Sperrfeuer glich einem wütenden Orkan. Möbel, Lego-Bausätze, Fischfutter, Fußballbilder – alles wurde genutzt, um den Kommissar zu stoppen, der sich beharrlich einen Weg durch den schmalen Flur bahnte. Als er die Schwelle schließlich erreicht hatte, endete der Dauerbeschuss abrupt und eine unheimliche Stille schlug ihm entgegen.

Mit seinem geschulten Polizistenblick durchforstete er das kleine Zimmer, aber vom Gegner fehlte jede Spur. Vorsichtig, jeden Schritt mit Bedacht setzend, trat er in den Raum, in dem er seine Kindheit verbracht hatte, und der sich seit seinen Jugendtagen kaum verändert hatte. Noch immer dominierte ein mehr oder weniger geschmackloses 80er-Jahre-Interieur: eine Rennwagentapete, eine Schreibtisch-Schrank-Kombination in der Ecke, dazu Bravo-Starschnitte, Lavalampe und ein Originalautogramm von Walter Sparbier. Für viele hätte diese infantile Zurschaustellung reaktionärer Dekadenz das Ende jeglichen zivilisatorischen Fortschritts bedeutet. Aber Dierk Gewesen fand es einfach super. Denn nach seiner Scheidung von Rebecca hatte ihm sein Jugendzimmer jenen emotionalen Halt gegeben, den er so dringend benötigt hatte, um seiner anspruchsvollen Arbeit bei der Polizei nachgehen zu können. Obgleich er gegenüber Bekannten behauptete, er sei einfach nur zu faul, den alten Kram raus- und neuen Kram reinzuschaffen. Außerdem hatte er Rebeccas Herz mittlerweile ein zweites Mal erobert, die Hochzeitsplanungen liefen auf Hochtouren und Gewesen hatte die Vierzig überschritten – mithin gab es also überhaupt keinen Grund mehr, den alten Plunder noch länger aufzuheben. Im Grunde hätte er froh sein können, dass die beiden einzigen Frauen in seinem Leben als Folge ihres kleinen Privatkonflikts das Inventar gründlich aufmischten.

Aber Gewesen war nicht froh. Er war stinksauer. Und das nicht nur, weil seine Yps-Hefte im Brackwasser der Küche gelandet waren, sondern auch, weil seine ehemalige Ex die Unverfrorenheit besessen hatte, der Ordnung in seinem Zimmer, auf die er viele Jahre verwandt hatte, innerhalb eines einzigen Vormittags den Garaus zu machen.

Mit geschärften Sinnen schlich er durch den Raum. Aber Rebecca war nirgends zu sehen. War sie auf einem ihm unbekannten Weg geflüchtet? Hatte sie einen geheimen Gang gegraben und diesen so perfekt getarnt, dass sogar sein geschulter Blick ihn nicht entlarvte?

Gewesen richtete sich auf und machte ein nachdenkliches Gesicht. Ja, das war absolut möglich. Sogar sehr wahrscheinlich. Im Grunde die einzig plausible Erklärung, denn erstens war Rebecca eine wirklich patente Frau, und zweitens: Wo sonst sollte sie sich verstecken?

Etwas tropfte auf seine Lederjacke. Gewesen tauchte den Finger in die klare Flüssigkeit und roch daran. Schweiß. Aber nicht seiner. Seit wann schwitzte die Decke? Er hob den Kopf. Rebecca klammerte sich spinnengleich an die metallicrote Deckenbeleuchtung. Mit einem markerschütternden Schrei ließ sie sich fallen und krallte ihre Nägel in Gewesens Rücken. Der Kommissar wirbelte um die eigene Achse und versuchte das kreischende Wesen abzuschütteln. Aber sie zeigte jene Eigenschaft, die er immer so an ihr geschätzt hatte: Beharrlichkeit. Ihm wurde schwindelig, er verlor die Orientierung und schlug der Länge nach hin – genau auf Rebecca. In dieser Schrecksekunde lockerte sie ihren Griff ein wenig, und Gewesen nutzte den Moment und flüchtete mit einem Hechtsprung in die entgegengesetzte Ecke des Zimmers. Zeitgleich setzte der Beschuss aus der Küche wieder ein, der nun eine unüberbrückbare Barriere zwischen Gewesen und seiner Exfrau bildete.

»Was ist hier los?«, rief der Kommissar. »Was soll das alles?«

»Deine Mutter scheint zu glauben, dass sie die einzige ist, die weiß, wie man eine ordentliche Pasta macht«, schrie Rebecca zurück und lachte laut auf. »Aber da hat sie sich geschnitten. Verdammt noch mal geschnitten!«

»Das ist alles?«

»Wenn das nicht genug ist, weiß ich nicht, was sonst«, schrie Rebecca. »Verdammt noch mal, Dierk: Du hast darauf bestanden, dass ich zu dir ziehe. Aber du hast mit keinem Wort erwähnt, dass deine Mutter auch hier wohnt!«

Er senkte den Blick. »Hab's vergessen. Kann ja mal passieren.«

»Mal passieren?« Rebecca griff nach dem nächstbesten Gegenstand und warf ihn ihrem Zukünftigen an den Kopf. »Das hier kann auch mal passieren. Du solltest dir schleunigst überlegen, was du willst, sonst geht hier alles in Flammen auf.«

»Was ich will?«, fragte Gewesen und versuchte einen klaren Kopf zu bekommen. »Wie meinst du das?«

»Willst du mit deiner Frau leben oder mit deiner Mutter? Das ist die alles entscheidende Frage. Denn eins ist sicher: Für uns beide ist in dieser Wohnung kein Platz!«

Was für ein trostloser Tag, dachte Gewesen und schnippte eine Nuss in den Käfig. Sofort stürzten sich die drei All-Touristen auf sie, schubsten einander zur Seite und versuchten, die leckere Hülsenfrucht für sich zu gewinnen. Doch im allgemeinen Durcheinander kullerte die Nuss durch die Gitterstäbe und fiel außerhalb des Käfigs zu Boden. Alien, Predator und Terminator waren starr vor Entsetzen.

Gewesen seufzte. Erst der verpatzte Urlaub, dann der Ärger im Büro und jetzt auch noch Trouble bei Muttern. Konnte es noch schlimmer kommen?

»Chef!«, rief eine atemlose Stimme. Gewesen blickte nach rechts und entdeckte eine flotte Blondine im knappen Leo-Kostüm, die nicht weit entfernt das unkeusche Treiben auf dem Affenfelsen beobachtete. Als hätte sie seinen Blick gespürt, drehte sie sich um und schickte ihm ein Lächeln.

Wieso nennt sie mich Chef?, dachte der Kommissar, als von der anderen Seite jemand an seiner Jacke zupfte.

»Da bist du ja endlich, Nick«, sagte der Kommissar und drehte sich zu ihm. »Musstest du noch Hausaufgaben machen, oder wieso kommst du so spät?«

»Ich habe recherchiert und dabei …«

»Was du in deiner Freizeit treibst, ist mir schnuppe. Mich interessieren nur die Fakten, Nick. Die Fakten im Zusammenhang mit dem Unheil, das sich anbahnt.«

Nicks Blick verfinsterte sich. »Aber genau darum habe ich mich doch gekümmert!«

»Ach ja?« Gewesen unterzog seinen Assistenten einer kritischen Begutachtung. »Na, dann komm mal rüber damit.«

»Ich habe eine Entdeckung gemacht«, flüsterte Nick. »Ich weiß jetzt, woher der Container in Finnland kam.«

»Ich auch«, erwiderte Gewesen unbeeindruckt. »Von der Mamma La Samba.«

Aber Nick schüttelte den Kopf und zog einen schmalen, länglichen Streifen aus der Hosentasche. »Es hat mit diesem Kaugummi zu tun.«

Gewesen stöhnte. »Die Fakten, Nick!« Sein Blick schweifte wieder zu der Blondine, deren Aufmerksamkeit noch immer dem Treiben der Paviane gewidmet war. »Nur die Nackten, Fick … äh …«

»Ich habe diesen Kaugummi von Heinz, dem türkischstämmigen Busfahrer, der mich vor den Schergen von van Thomas gerettet hat. Zum Abschied hat er mir diese Packung Heilkaugummis geschenkt. Selbst gemacht, wie er sagte. Aber sie haben nicht nur eine heilende Wirkung, sondern auch noch eine ganz andere.«

Er schob den Gummi in den Mund und begann zu kauen. Einem aufmerksamen Beobachter wäre der Wetterumschwung, der sich überraschend zügig am Himmel vollzog, nicht entgangen. Gewesen hingegen schon. Er war zu sehr in die Betrachtung der florierenden Fauna um sich herum vertieft, weshalb er auch nicht mitbekam, wie sein Assistent den Kaugummi zu einer großen Blase formte. Augenblicklich zogen sich die Wolken am Himmel zusammen, ein gewaltiger Schlauch schlängelte sich herab und fegte wie ein Staubsauger über den Tierpark hinweg, sog Alpaka, Baumstachler und Muntjak in sich hinein, machte nicht vor Kudu, Goldaguti und Genickbandweber halt und verschonte selbst Weißrückenmausvogel, Von-der-Decken-Toko und Hamburger Silberlack nicht, während alle Tiere mit geläufigeren Namen unbehelligt blieben. Seltsam, aber so steht es geschrieben …

Gewesen strafte seinen Untergebenen mit einem finsteren Blick. Der gefräßige Schlauch näherte sich ihnen mit rasendem

Tempo, aber Nick blieb eigenartig ruhig und ließ sogar ein kleines Lächeln um seine Mundwinkel spielen. Erst als der mörderische Strudel bereits an der Lederjacke des Kommissars zupfte und ihn einige Zentimeter vom staubigen Boden abhob, spuckte Nick den Kaugummi energisch aus. Im selben Moment fluppte der Schlauch zurück in den Himmel, das Donnergrollen verstummte, und die Wolken verkrümelten sich. Sekunden später ließ die Sonne ihre wärmenden Strahlen wieder sanft über den Tierpark streifen, und nichts erinnerte mehr an das apokalyptisch angehauchte Szenario, das noch Sekunden zuvor die Tierwelt in Angst und Schrecken versetzt hatte.

Gewesen hatte während des Spektakels nicht mit der Wimper gezuckt. Auch jetzt ließ sein düsterer Blick seinen Assistenten nicht aus der visuellen Zange. Kurz darauf flatschte es.

FLATSCH

Dann noch mal.

FLATSCH

Und dann noch viele, sehr viele Male.

FLATSCH

FLATSCH FLATSCH

FLATSCH FLATSCH

FLATSCH FLATSCH FLATSCH

FLATSCH FLATSCH

FLATSCH FLATSCH

FLATSCH FLATSCH

FLATSCH FLATSCH

FLATSCH FLATSCH

FLATSCH

FLATSCH FLATSCH

FLATSCH FLATSCH

FLATSCH FLATSCH FLATSCH

FLATSCH FLATSCH

Wenige Minuten später standen Gewesen und Nick inmitten eines gigantischen Fischfriedhofs. Tausende tote Schwimmflossen-Enthusiasten in allen Größen, Formen und Farben bedeckten die Erde um sie herum. Gewesen seufzte. »Was soll das?«

»Das ist der Beweis, dass meine Theorie stimmt!«, rief Nick begeistert aus. »Der Mamma-La-Samba-Container in Finnland und diese Fische hier hängen miteinander zusammen! Denn in Wirklichkeit handelt es sich dabei um Raumzeit-Cargo, also um Gut, das durch ein Wurmloch von einem Ort zum anderen und von einer Zeitdimension in eine andere transportiert wurde. Und das Wurmloch entstand nicht durch Zufall, sondern durch die Heilkaugummis von Heinz.«

»Und was willst du damit sagen?«, fragte Gewesen wenig enthusiastisch.

»Dass wir es hier nicht mit den üblichen extraterrestrischen Bedrohungen zu tun haben, sondern mit höchst gefährlicher Raumzeit-Piraterie! Sam hat das Raumschiff von diesen Außerirdischen durchstöbert und Hinweise auf eine konzertierte Aktion gefunden. Es geht um Rammsch.«

»Rammsch?«

»Raumzeit-Musch-Musch«, hauchte eine helle Stimme, und wie auf Kommando drehten Gewesen und Nick die Köpfe. Vor ihnen stand die Blondine vom Affenfelsen und ließ lässig ihre Tasche ums Handgelenk kreisen. »Fjodör Valthülsen und seine Multiversen. Ha!«

»Wen haben wir denn da?«, flötete Gewesen und lächelte dümmlich. Nick war weniger angetan. Sein kriminalistischer Instinkt meldete Alarmstufe Rot. »Wer sind Sie?«, bellte er, und ein auf der gegenüberliegenden Seite des Affenfelsens entlangtrottender Hund erlitt einen Herzanfall.

»Esmeralda Gonzales«, säuselte die Blondine und beugte sich zu Gewesen, dessen Blick wie magnetisch von ihrem äußerst üppigen Dekolleté angezogen wurde.

»Was für ein perfekter Name«, raunte er. »Und in welchem Business sind Sie unterwegs, wenn ich fragen darf? Im- und Export von Südfrüchten?«

»Nein, Süßer«, liebkoste die Angesprochene ihn mit akustischen Streicheleinheiten. »Ich bin Physikerin. Und ich glaube, ich weiß, was dir fehlt.«

Und während sie seine Wangen tätschelte, lachte Gewesen wie ein Bernhardiner, der sein Fässchen schon vor dem Rettungseinsatz leer gepichelt hat.

»Uns fehlt nichts«, warf sich Nick verbal zwischen die beiden. »Sie behindern eine polizeiliche Ermittlung. Bitte verlassen Sie sofort …«

»Jetzt mach mal halblang, Nick«, fuhr Gewesen ihn an. »Wenn die Dame sagt, dass sie uns helfen kann, sollten wir ihr Gehör schenken.« Und zu Esmeralda gewandt: »Nehmen Sie's meinem Kollegen nicht übel. Er ist noch jung und unerfahren. Ich hingegen bin nicht so alt, wie ich aussehe, dafür aber schon sehr erfahren. Wo, sagten Sie, arbeiten Sie noch gleich?«

»Bei DESY, dem Deutschen Elektronen Synchrotron. Umgangssprachlich auch Teilchenbeschleuniger genannt.« Sie beugte sich noch näher und träufelte dem Kommissar ins Ohr: »Wenn Sie wollen, zeige ich Ihnen nachher mal meinen.«

»Ihren?«

»Teilchenbeschleuniger.«

»Und was fehlt uns?«, fragte Nick unnachgiebig. »Ihrer Meinung nach?«

»Kompetenz«, antwortete Esmeralda und richtete sich auf.

Erst jetzt offenbarte sich die ganze Pracht ihres perfekt proportionierten Körpers im hautengen Leopardenkostüm.

»Kompetenz, die Sie offenbar nicht haben«, fuhr die Schöne fort. »Sonst würden Sie sich nicht mit den Hirngespinsten eines Fjodör Valthülsen beschäftigen.«

»Wer war denn das?«, fragte Gewesen und labte seine Augäpfel an den vollen Lippen des heißen Fegers.

»Valthülsen war ein Schüler Axel Hexelbergs«, erklärte sie sanft. »Sein Schwiegervater war der große Lars von Baumschnuckenhengst. Er hatte eine glänzende Karriere vor sich und hätte vermutlich Aussichten auf den Nobelpreis gehabt. Doch dann entwickelte er seine krude Theorie, und als er sie selbst auf Drängen seiner engsten Angehörigen nicht aufgeben wollte, wurde er aus der wissenschaftlichen Gemeinschaft ausgestoßen und fristete fortan ein karges Leben als Froschwart in der eisigen Ödnis von Iksjökkl.« Betrübt blickte sie zu Nick, und fügte hinzu: »Wo er schließlich spurlos verschwand.«

»Und was hat er behauptet, dieser Valthülsen?«, fragte Gewesen.

»Dass Wurmlöcher nicht allein durch Gravitationsanomalien entstehen, sondern auch durch eine spezielle Mischung verschiedener Substanzen begünstigt werden«, erklärte Esmeralda und schob ihren Zeigefinger in Gewesens Mund. »Einer gummiartigen Masse in Verbindung mit Proteinen, Opiorphin, Chlorid und Muzin. Im Volksmund auch Speichel genannt.« Sie zog den Finger wieder heraus, was ein ploppendes Geräusch verursachte, das durch Zufall exakt wie das Paarungssignal des Polynesischen Polyester-Falters klang und zu einem Tumult im nahen Troparium führte.

»Der alte Fjo glaubte also, mit 'nem Kaugummi Wurmlöcher anzulocken?« Gewesen warf Nick einen spöttischen Blick zu.

»Nicht nur anzulocken«, ergänzte Esmeralda, »sondern sie auch für den Verkehr zwischen Universen zu nutzen. Valthülsen war der festen Überzeugung, dass es neben unserem heimischen Mutter-Universum noch unendlich viele andere geben müsse. Er nannte es das Multiversum.«

»Das Multiversum ist eine Tatsache«, rief Nick erregt aus. »Das sagen andere auch!«

»Wer denn, Kleiner?«, fragte Esmeralda und beugte sich zu Nick herab, dem beim unvermittelten Anblick ihrer Twin Peaks spontan das Doppelkonzert d-moll von Johann Sebastian Bach in den Sinn kam.

»Sam sagt das«, murmelte er eingeschüchtert.

»Bei DESY glaubt niemand solchen Unfug«, entgegnete Esmeralda und schnurrte wie die Katze auf dem heißen Blechdach. »Und wir machen den ganzen Tag nichts anderes, als uns mit dem Universum zu beschäftigen.« Energisch richtete sie sich wieder auf. »Abgesehen davon: Was sollte man mit einem Wurmloch anfangen?«

»Raumzeit-Cargo transportieren«, murmelte Nick eingeschnappt. »Güter von A nach B schaffen. Oder sie klauen, wie ein Pirat.«

Esmeraldas Gesicht offenbarte einen leicht genervten Ausdruck. »Sie meinen also wirklich, man könne das Universum bereisen, indem man mit einem Kaugummi Wurmlöcher anlockt?«

»Ich habe es getan«, erwiderte Nick trotzig. »Vorhin.«

»Dann tun Sie es noch mal«, verlangte der blonde Engel. »Jetzt! Beweisen Sie uns, dass Sie recht haben. Kauen Sie ein

Gummi und locken Sie ein Wurmloch an. Wenn Ihnen das gelingt, glaube ich auch alles andere. Das verspreche ich!«

Nick warf Gewesen einen irritierten Blick zu. »Ein faires Angebot«, sagte der Kommissar. »Hast noch welche dabei?«

Nick zog die Packung aus der Tasche. Ein letzter Streifen war noch übrig. Er zögerte.

»Nun mach schon«, drängte ihn Gewesen und warf Esmeralda ein Lächeln zu, was sie mit einem Luftkuss belohnte. »Steh zu deinen Überzeugungen! Aufrecht und hart … äh, unnachgiebig.«

Nick gab sich einen Ruck, wickelte den weißen Streifen aus dem Stanniolpapier und steckte ihn in den Mund. Während er die Masse weich kaute, blickte er nach oben. Aber da war nichts. Keine Wolke. Kein Donner. Kein Wurmloch.

Nur blauer Himmel.

»Ich denke, damit hat sich die Sache erledigt«, sagte Esmeralda mit einer Stimme, so honigsüß, dass jeder Diabetiker sofort ins Koma gefallen wäre. »Wenn Sie dann mitkommen wollen, lieber Kommissar, zeige ich Ihnen meinen Teilchenbeschleuniger. Gut möglich, dass mir und meinen Kollegen auch noch was einfällt, um die Präsenz Ihrer extraterrestrischen Freunde zu erklären. Immerhin sind wir ein Haufen ziemlich schlauer Typen.« Sie hakte sich bei ihm unter. »Wer weiß, vielleicht haben wir Glück und finden auch noch irgendwo ein Wurmloch.« Sie zwinkerte Nick zu und schob Gewesen Richtung Ausgang.

Energisch ging Nick dazwischen, packte seinen Chef am Ärmel seiner Lederjacke und zog ihn zur Seite. »Chef, bitte, gehen Sie nicht!«

Gewesen riss sich los und zupfte seine Jacke zurecht. »Du hast deine Chance gehabt. Also was soll das jetzt?«

»Da stimmt was nicht. Hamburg ist eine Riesenstadt, aber diese Dame hält sich ausgerechnet da auf, wo wir beide uns treffen. Das stinkt doch, Chef!«

»Nick«, begann Gewesen gelassen. »Es ist ja wirklich nett, dass du um mein Wohl besorgt bist. Aber dafür gibt es keinen Grund.«

»Doch, den gibt es.«

»Ach ja? Und welchen?«

»Ich glaube …« Nick schluckte. »Ich glaube, dass Sie sich gerade einwickeln lassen.« Ein Schmetterling ließ sich erschöpft auf der Lederjacke des Kommissars nieder. »Sie haben Stress zu Hause und auf der Arbeit, und plötzlich taucht da eine attraktive und kluge Frau auf und verspricht die Lösung aller Probleme.« Etwas Staub fiel von den Flügeln des Falters – für gewöhnlich ein Grund, ihn sofort und ohne Umschweife zu erledigen. »Wer würde da nicht schwach werden?« Gewesen hasste es, wenn seine Jacke beschmutzt wurde. »Dennoch bin ich davon überzeugt, dass es sich um eine Falle handelt.«

Innerlich wappnete sich Nick für eine Schimpftirade. Doch statt loszubrüllen, lächelte Gewesen milde. »Ich denke, du bist zu misstrauisch«, sagte er und entdeckte den Schmetterling auf seinem Jackenärmel. »Ein Reflex. Liegt wohl an der frühen Trennung von deinen Eltern.« Vorsichtig ließ er den Flattermann auf seine Hand krabbeln. »Aber nur weil du schlechte Erfahrungen gemacht hast, bedeutet das noch lange nicht, dass die ganze Welt verkommen ist.« Behutsam setzte er den Falter auf eine Blume, wo er seinen Rüssel in deren Blütenkelch versenkte und gierig zu trinken begann. »Die Erde ist ein schöner Ort voll schöner Menschen, die schöne Dinge tun. Und nur, wenn wir unseren Blick für die Herrlichkeit der Schöpfung öffnen, kann es uns gelingen, eine friedliche Welt zu erschaffen, eine Welt ohne Kriege, ohne Umweltverschmutzung und ohne unnötige Überstunden. Eine Welt, die ausruft: Das Leben ist schön!«

Der Schmetterling erhob sich gestärkt und flatterte ins Blau des Himmels hinauf. Gewesen winkte ihm nach, dann legte er den Arm um Esmeralda und schenkte ihr ein Lächeln. »Wir beide werden dafür sorgen, dass die Welt nicht in Krieg und Chaos versinkt.« Dann wandte er sich zu Nick. »Und du solltest lernen, ihr mehr Vertrauen entgegenzubringen. Liebe die Schöpfung, und sie liebt dich zurück!«

Damit drehte er sich um und strebte dem Ausgang entgegen, Esmeralda im Arm.

Nick bebte vor Wut, Trauer und Zorn – als es plötzlich an seiner Jacke zupfte. Zwei kleine Jungen standen neben ihm, kaum älter als fünf, sechs Jahre. Scheu lächelten sie ihn an.

»Du, Onkel«, sagte der eine mit einer hellen, freundlichen Stimme. »Was machen die Affen dahinten?«

Nick warf einen kurzen Blick zum Pavianfelsen. Er spürte, wie seine Enttäuschung, sein Abscheu und sein Hass kulminierten. »Sie vögeln sich das Hirn aus der Birne«, zischte er. »Sie fabrizieren Tausende und Abertausende ihresgleichen, schmieden im Verborgenen Schwerter, Gewehre und Panzer und trainieren in paramilitärischen Lagern Kampftechniken von solcher Grausamkeit, dass jede andere Art sich selbst ausrotten würde, hätte sie auch nur die geringste Ahnung.« Er ging in die Knie und legte seine Hände auf die Schultern der Jungs. In seinen Augen funkelte es böse. »Sie rüsten sich für die letzte entscheidende Schlacht, um die Kontrolle über den Planeten zu bekommen, seine Bewohner zu versklaven und eine Herrschaft des Schreckens und des Terrors zu errichten. Genau das tun die Affen dahinten. Und wenn ihr euch nicht ganz schnell vom Acker macht, dann kommen sie und reißen euch in kleine Stücke. Ritsch-ratsch. Ritsch-ratsch.«

Die Kinder schrien und flohen mit wehenden Haaren. Zoologen würden die beiden jedenfalls nicht werden, dachte Nick zufrieden und sah sich um. Aber Gewesen war fort. Gemeinsam mit Esmeralda. Einer ungewissen Zukunft entgegen. Nick hatte versucht ihn zu warnen. Ohne Erfolg. Sollte sein Chef doch zusehen, wie er da wieder rauskam. Er jedenfalls würde sich nicht weiter als einsamer Rufer in der Wüste zum Affen machen. Er hatte eine Verabredung. Mit Frauke. Und der ganze Rest, der ganze verdammte Rest konnte ihm gestohlen bleiben!

In den unterirdisch gelegenen Labors des Forschungszentrums DESY gingen die Uhren anders als auf der Erdoberfläche. Was auch nicht verwunderlich war, denn hier wurde Materie auf nahezu Lichtgeschwindigkeit beschleunigt, was nach Einstein dazu führte, dass sich die Zeit in den Elementarteilchen verlangsamte. Nachteil dieser schwer nachvollziehbaren und auch sonst extrem unhandlichen Tatsache war, dass es unmöglich wurde, eine gemeinsame Mittagspause abzuhalten. Manche der Jungs und Mädels aus den untersten Stockwerken nahmen ihr Frühstück erst ein, wenn ihre Kollegen von oben schon Feierabend machten. Dieser Umstand führte dazu, dass sich viele Leute niemals trafen und einige, die ganz weit unten schraubten und löteten, sogar auf die Idee kamen, sie seien die einzigen Forscher in dieser ultramodernen Einrichtung, weshalb sie unverzüglich eine Gehaltserhöhung forderten – was vom Direx selbstverständlich abgelehnt wurde.

Aus diesen (aber auch vielen anderen, hier aus Platzmangel aber nicht darstellbaren) Gründen wunderte es niemanden, als eine dralle Blondine gefolgt von einem kotelettentragenden Lederjacken-Typen über das weitläufige Gelände trottete. (Nun ja, einer der einleuchtendsten war sicher die Tatsache, dass dralle Blondinen in Gegenden, wo männliche Forscher ihr Labor so gut wie nie verlassen, per se keine Seltenheit darstellen. Dasselbe trifft auf kotelettentragende Lederjacken-Typen in Gegenden zu, in denen ihre weiblichen Kollegen tätig sind.)

DESY bestand aus verschiedenen Forschungs- und Entwicklungseinrichtungen. Die Teilchenbeschleunigung bildete das Herzstück. Allerdings war der große kreisförmige Beschleuniger HERA vor einigen Jahren vom Netz genommen worden, und der Superbeschleuniger TANTRA des wahnsinnigen Schurken Erik van Thomas war nach einigem Hin und Her zwischen Senatsverwaltung und DESY-Betreibergesellschaft an einen privaten Investor verhökert worden, der die rund 21 Kilometer lange Ringanlage zu einer privaten Rollschuhbahn für seine Zwillingstöchter umbauen lassen wollte.

Deshalb beherbergte DESY aktuell nur einige kleinere Anlagen, wie etwa den 2,3 Kilometer langen Beschleuniger PETRA III, die Linearbeschleuniger LINAC II und III sowie den 260 Meter langen, kerzengeraden Freien Elektronen-Laser FLASH.

»Schon mal so ein langes Ding gesehen?«, fragte Esmeralda, als sie die FLASH-Experimentierhalle passierten.

»Dauernd«, antwortete Gewesen lässig. »Und wenn ich viel trinke, sogar noch öfter.«

Esmeralda lächelte und wies auf eine Baustelle. »Da hinten entsteht der europäische Röntgenlaser EUROPEAN XFEL. Der wird sogar noch länger. 3,4 Kilometer. Ganz schön langer Lulatsch.«

»Kleine Fische«, winkte Gewesen ab. »Wenn Sie mich beeindrucken wollen, müssen Sie mir schon was richtig Abgefahrenes zeigen.«

»Deshalb sind wir hier«, antwortete Esmeralda und öffnete die Tür zu einem Lastenaufzug. »Nach Ihnen, Herr Kommissar.«

Gewesen betrat den Fahrstuhl, und Esmeralda zog die schwere Tür ins Schloss. Ihr Finger glitt über die Knopfdruckleiste mit den Stockwerken: Beginnend bei Null reichte die Anzeige bis hinunter zu Stockwerk -11, neben das ein Scherzbold mit Edding *ganz weit unten* gekritzelt hatte. Rumpelnd setzte sich der Fahrstuhl in Bewegung.

»Jetzt geht's abwärts«, erklärte Esmeralda und lächelte verschmitzt. »53 Meter tief.«

»Dunkle Höhlen und feuchte Verliese sind ein Hobby von mir«, säuselte Gewesen und zwinkerte ihr zu. »'ne Frage noch: Was ist eigentlich aus good old Valthülsen geworden?«

»Er ist spurlos verschwunden«, antwortete Esmeralda und seufzte. »Und hat vorher sämtliche Aufzeichnungen vernichtet. Zumindest hat er nichts hinterlassen.«

»Und die Frösche?«

»Frösche?«

»Haben Sie nicht gesagt, er hätte als Froschwart gearbeitet?«

»Oh, *die* Frösche meinen Sie.« Esmeralda dachte einen Moment nach. »Ich denke mal, er hat sie mitgenommen.«

Rumpelnd beendete der Fahrstuhl seine Fahrt. Esmeralda stieß die Tür auf und führte den Kommissar durch einen langen schlauchartigen Gang, der in einer eindrucksvollen kathedralenartigen Halle mündete. Dort standen sich zwei riesige Apparate gegenüber, die mit all dem glitzernden und funkelnden Metall aussahen wie zwei kampfbereite Titanen.

»Das sind unsere Detektoren«, erläuterte Esmeralda. »Super-Mikroskope sozusagen. Damit sehen wir auch noch die kleinsten Teilchen.«

»Bei mir unnötig«, gab Gewesen selbstsicher zurück. »Bei mir ist alles Makro. Und wenn ich sage alles, dann meine ich auch alles.« Er grinste, und sie antwortete mit einem Lächeln. Dann führte sie ihn in die Mitte der Halle, von der sich links und rechts zwei schnurgerade Tunnel erstreckten, gut und gerne zehn Meter hoch und vollgestopft mit modernster Elektronik. Zumindest sah es so aus, obwohl das natürlich für einen Außenstehenden überhaupt nicht einzuschätzen war, schließlich konnte man auch einfach ein paar Tonnen Elektronikschrott auf Hochglanz polieren, zusammenlöten und in einen schlecht beleuchteten Tunnel stopfen. Wer würde den Unterschied schon erkennen? Gewesen jedenfalls nicht.

»Was ist das?«, fragte er daher auch eher durchschnittlich interessiert. »Die neue U4?«

Esmeralda lachte. »Was Sie hier sehen, gibt es überhaupt nicht. Zumindest nicht offiziell. Es handelt sich um den ILC, den International Linear Collider. Ein Projekt, das sich eigentlich noch in der Planungsphase befindet. Aber wir hier unten sind schon einen Schritt weiter.«

Sie führte den Kommissar in den linken Gang. »Der ILC stellt eine völlig neue Art des Kollisionslasers dar. Mal sehen, ob ich Ihnen das plausibel machen kann. Also: In einem herkömmlichen Ringbeschleuniger kreisen Teilchenpakete in entgegengesetzte Richtungen und werden dann aufeinander losgelassen. Beim ILC haben wir es aber nicht mit einer kreisförmigen Anlage zu tun, sondern mit zwei sich gegenüberliegenden Linearbeschleunigern, zweimal siebzehn Kilometer. Und es handelt sich auch nicht um Teilchenpakete, sondern um Einzelstücke, je ein Elektron und ein Positron.« Esmeralda blieb stehen und blickte dem Kommissar tief in die Augen. »14 000 Mal in der Sekunde prallen sie aufeinander. Rumms. Rumms. Rumms. Dabei entsteht eine Energie von 500 Gigaelektronenvolt.« Sie kam noch näher. »500 Milliarden Volt. Eine ziemlich gewaltige Erregung für so ein kleines Elektron.«

Gewesen räusperte sich. »Und wozu das alles?«, fragte er und spürte, wie ihm heiß wurde.

»Das erfahren Sie da drin, lieber Kommissar.« Esmeralda wies auf eine kleine Kabine mitten im Kabelgewirr. »Da bekommen Sie die Informationen aus erster Hand. Jetzt sofort. Wollen Sie?«

»Klar, wieso nicht«, murmelte Gewesen und erklomm die kurze Leiter. Während er sich in den engen Raum zwängte und auf dem einzigen Stuhl vor einer großen Glasscheibe Platz nahm, fragte er: »Was ich allerdings nicht verstehe: Sie haben gesagt, dass es die Anlage noch gar nicht offiziell gibt. Was meinen Sie damit?«

WAMM!

Die Tür krachte ins Schloss, und mehrere armdicke Zylinder schoben sich in den Rahmen. Gewesen hob die Brauen.

»Äh, wie hab ich das jetzt zu verstehn?« Er starrte durch die Scheibe, hinter der Esmeralda ihn mit einer Handbewegung aufforderte, nach unten zu sehen. In der Konsole vor sich entdeckte Gewesen einen Knopf, auf dem *Talk* stand. Er drückte ihn.

»Das ging ja leichter als gedacht«, vernahm er Esmeraldas Stimme über Lautsprecher. »Sie sind ja noch dämlicher, als man Ihnen nachsagt.«

Gewesen nahm eine entspannte Haltung an. »Ach ja? Und wer sagt mir da was nach?«

»Das dürfte uninteressant für Sie sein«, antwortete die Schöne. »Denn Ihre Zukunft wird in wenigen Minuten eine völlig neue Richtung einschlagen. Da hat nichts von dem, was mal war, noch irgendeine Bedeutung.«

Gewesen zuckte mit den Achseln. »Versteh ich nicht.«

»Das kann ich mir vorstellen«, sagte Esmeralda und lachte. »Schließlich haben Sie ja auch nur ein kleines Bullenhirn. Und das ist per se nicht besonders leistungsstark. Deshalb werde ich Ihnen mal eine kleine Geschichte erzählen …«

»Dauert das länger?«, fragte Gewesen.

Esmeralda runzelte die Stirn. »Weshalb?«

»Weil ich mir dann noch Chips und Bier hol.«

Die Blondine machte zwei energische Schritte zur Glasscheibe und erhob drohend den Zeigefinger. »Noch machen Sie Ihre Späße«, raunte sie, und ihre Stimme hatte nichts mehr von dem süßen Klang, der ihr Aussehen zuvor so wirkungsvoll unterstrichen hatte. »Aber sehr bald wird Ihnen das Lachen vergehen.«

Gewesen entgegnete etwas, aber Esmeralda hörte nichts. Sie deutete nach unten, und der Kommissar betätigte erneut den Knopf. »Ich lach doch gar nicht«, sagte er, aber die Blondine wandte sich ab. Sie durfte sich nicht provozieren lassen. Nicht jetzt, so kurz vor dem Ziel. Denn dies war der Moment, in dem die finsteren Pläne der Superschurken meist in letzter Sekunde vereitelt wurden – das ergab zwar keinen Sinn, aber so war es nun mal. Rein statistisch betrachtet. Deshalb drosselte sie ihren Puls, kontrollierte ihre Atmung und versuchte, ihren Geist mit einem Mantra wieder in Einklang mit der spirituellen Kraft des Multiversums zu bringen …

»Muss i denn, muss i denn, zum Städele hinaus …«

Wütend drehte Esmeralda sich um, aber Gewesen zuckte nur mit den Schultern. »Wenn Sie nicht zu Potte kommen, muss ich mich eben selbst unterhalten. Oder wollen wir's mal im Kanon versuchen?«

Ein Lächeln begann sich auf ihrem Gesicht abzuzeichnen. »Sie sind gut. Wirklich gut. Umso bedauerlicher, dass Sie jetzt gehen müssen.«

»Ich hab aber gar keinen Termin«, entgegnete Gewesen ungerührt.

»Eigentlich hatte ich vor, Ihnen noch alles zu erklären, die Zusammenhänge, den großen Plan. Und als Höhepunkt hätte ich Ihnen meine wahre Identität offenbart. Aber wozu? Da, wo

Sie hingehen, interessiert es eh keinen. Und Sie sollten langsam mal lernen, dass man Erwachsenen nicht immer dazwischenquatscht. Deshalb werden Sie gehen, ohne zu wissen warum und weshalb. Gibt es etwas Schlimmeres?«

»Ja«, gab Gewesen trocken zurück. »Deinem Gequatsche zuzuhören.«

Esmeralda lächelte. »Adios, Comisario.« Sie betätigte einen großen roten Knopf, der - aus welchem Grund auch immer - der zentrale Knopf zum Starten des Beschleunigers war, und nach dessen Betätigung es keine Möglichkeit mehr gab, den Vorgang abzubrechen. Ein solcher Knopf machte zwar überhaupt keinen Sinn, vor allem nicht in einem milliardenschweren Teilchenbeschleuniger, den man auf diese Weise mit dem Zucken eines Fingers in Schutt und Asche legen konnte, aber erstens sah er verdammt cool aus und zweitens machte er es relativ einfach, komplizierte Zusammenhänge recht griffig darzustellen, damit auch der letzte Depp begriff, dass gerade etwas wirklich Großes und verdammt Aussichtsloses vor sich ging.

Der Beschleuniger fuhr brummend hoch, die Teilchen begannen Fahrt aufzunehmen, und der Kabineninhalt wurde in einen Zustand der Unbestimmtheit versetzt. Gewesens Konturen verschwammen, die Luft um ihn herum begann zu knistern, und innerhalb der kleinen Kabine öffnete ein Wurmloch sein gieriges Maul.

Eine Sekunde später war der Spuk vorbei, und alles, was zurückblieb, waren eine leere Kabine und eine hämisch lachende Esmeralda, die sich plötzlich an ihrer eigenen Spucke verschluckte, hustete, ihre Tasche verlor, sich danach bückte, beim Hochkommen mit dem Kopf gegen ein Entlüftungsrohr knallte, taumelte, auf einer herumliegenden Bananenschale ausrutschte, mit dem Po in einen vorüberhastenden Igel plumpste, aufsprang und mit den Haaren in den Deckenventilator geriet … naja, das Übliche halt.

TEIL 2

Als er zu sich kam, hörte er den Kuckuck rufen. Eine dumpfe Litanei, angestimmt von einem Chor aus hundert heiseren Kehlen waberte durch die Luft, und ein süßer Geruch stieg ihm in die Nase. Vorsichtig lupfte er ein Lid. Über ihm wölbte sich eine eindrucksvolle Kuppel, schneeweiß und mit herrlichen Stuckaturen verziert. Ist das der Himmel?, fragte er sich. Sind das Engel, die da singen, und ist das Weihrauch, der zu meiner Begrüßung verbrannt wird?

Doch dann besann er sich. Unwahrscheinlich. Denn dann hätte der himmlische Engelschor ein ernstes rachitisches Problem. Außerdem wurde Weihrauch nur in katholischen Kirchen verbrannt, die Kuppel aber gehörte eindeutig zum Hamburger Michel.

Ruckartig fuhr er hoch. Sein Schädel brummte und seine Knochen schmerzten. Er fühlte sich wie ein in heißes Wasser getauchter und zum Trocknen gegen die Wand geschleuderter Hermelin. Was hatte er letzte Nacht bloß getrieben? Und wie war er hierhergekommen? Er versuchte sich zu erinnern und sah undeutlich einen Felsen vor seinem geistigen Auge, einen Felsen mit … Affen. Hagenbeck! Genau! Er war im Zoo gewesen. Mit Nick. Sie hatten gequatscht. Aber worüber?

Dierk Gewesen sah sich um und fand sich inmitten einer

Menschenmenge wieder, die, vom aufgeblasenen Getöse einer Orgel begleitet, aus vollen Kehlen sang. Die Blicke der Leute waren auf einen prächtig gekleideten Mann gerichtet, der gemessenen Schrittes die geschwungene Treppe zur Kanzel erklomm. Offenbar handelte es sich um den Guru dieser seltsamen Gemeinde, obwohl er nicht wie ein typischer Pastor gekleidet war. Auch die Anwesenden sahen irgendwie nicht aus wie typische Sonntagskirchgänger. Viele hatten lange Haare, einige schiefe Nasen, andere trugen Ohrringe oder führten Tätowierungen auf ihren Armen spazieren.

Als der Guru die Kanzel erreicht hatte, hob er die Arme, und sofort verstummten Orgel und Chor. Die Gemeinde rief unisono *Heil dir, Golden Leader!* und nahm Platz, während Gewesen die Ursache für den seltsamen Geruch lokalisierte. Der Typ neben ihm, ein breitschultriger Stiernacken mit Otterfrisur, balancierte einen Joint zwischen seinen Fingern. Dann nahm er einen kräftigen Zug und blies den Rauch gemächlich in den Kirchensaal.

Er erinnerte Gewesen an jemanden. Aber an wen?

»Hier ist Rauchen verboten, Kumpel«, raunte er ihm zu.

»Hier ist dumm schnacken verboten, Kumpel«, raunte der Kerl zurück und offenbarte mit einer sparsamen Bewegung eine großkalibrige Waffe, die er unter seiner Jacke trug.

Gewesen wollte gerade zu einer Erwiderung ansetzen, als sich die Stimme des Leaders via Lautsprecheranlage erhob. »Liebe Gemeinde, Freunde des Korns. Hört meine Worte: Liebet einander!«

»Du willst es, du kriegst es!«, riefen die Anwesenden ekstatisch, wandten sich ihren Nachbarn zu und umarmten sie stürmisch. Auch der Stiernacken herzte Gewesen, erinnerte jedoch gleich darauf mit einer dezenten Geste an das bearbeitete Stück Metall in seinem Hosenbund.

»Wir sind hier zusammengekommen, weil wir immer hier zusammenkommen«, skandierte der Leader freudig erregt. »Und um uns daran zu erinnern, dass die Welt schön ist. Schön und friedlich – ein Platz an der Sonne!«

Begeisterungsrufe, Pfiffe, Lachen. Der Organist intonierte spontan den bekannten Riff aus *Smoke on the Water*. Der Leader hob die Arme und die Menge verstummte.

»Aber eigentlich sind wir hier, um zu trauern«, fuhr er fort. »Wir trauern um den großen Verlust, der uns wie eine schlimme Prüfung auferlegt wurde und daran gemahnen soll, dass das Leben furchtbar ist. Schrecklich, grausam und ungerecht. Die totale Negation aller Freuden und brutale Offenbarung sämtlichen Leidens!«

Die Gemeinde warf die Arme in die Luft, raufte sich die Haare und begann hemmungslos zu schluchzen. Auch Mister Otterfrisur warf sich Trost suchend an Gewesens Schulter, lenkte kurz darauf aber noch einmal nonverbal die Aufmerksamkeit auf die schwarzpulverbetriebene Abschussvorrichtung für Bleilegierungen an seiner Hüfte.

»Was soll uns das sagen?«, fragte der Leader, der Gewesen irgendwie bekannt vorkam. »Auf der einen Seite Freude, Schönheit und Anmut, auf der anderen Trauer, Vergehen und Tod?« Er machte eine theatralische Pause. Die Anwesenden wiegten die Köpfe hin und her, rieben das Kinn und murmelten *hm-hm-hm*.

»Ich will es euch sagen!«, rief er aus. »Und zitiere aus der Heiligen Schrift!« Er hob ein kleines, in schwarzes Leder gebundenes Büchlein in die Luft. Ein Raunen ging durch die Menge.

»Aber … das ist doch …«, stotterte Gewesen, was sehr selten vorkam und von absoluter, kompletter und totaler Überraschung zeugte.

»*Scht!*«, zischte der Kerl neben ihm. »Halt ’n Rand, wenne Leader schnackt.«

Genervt drehte Gewesen sich zu ihm … und plötzlich fiel es ihm wie Schuppen von den Augen. »Schnellfeuer-Sven!«, stieß er aus, und der Stiernacken legte mahnend den Finger an die Lippen. Mit einem Mal war Gewesen hellwach. Er wandte sich um und erkannte zu seiner Rechten Charlie Langnase. Hinter ihm saßen Sigi die singende Säge und Macheten-Mike. In der Reihe dahinter hockten Erik das glühende Eisen und der friedliche Sascha, in den Armen seine geliebte Panzerfaust. Alles stadtbekannte Schurken vom Kiez, und sie alle hatten eins gemeinsam: Gewesen hatte sie samt und sonders irgendwann in der Vergangenheit dingfest gemacht. Was wollten sie hier? Im Michel? Bei der Messe!

Der Leader hatte in der Zwischenzeit das Büchlein geöffnet, räusperte sich und erhob die Stimme zu einem getragenen Singsang: »Der Mensch ist das Ü-bel. Da kannste nix ma-chen. Kannst nur zusehn, dass die bö-hösart’ge Brut sich’s Ruder nicht schnappt unnen Kahn auffe Sa-handbank wuppt.«

»Da kannste von ausgehn«, erwiderte die Gemeinde.

»Mein Handbuch!«, rief Gewesen und sprang auf. »Wieso hat der Kerl mein Handbuch!?!«

Schnellfeuer-Sven drehte sich zu Gewesen um. »Ich haboch klar sacht, du sollsts Maul haltn …« Plötzlich hielt er inne. Seine Augen weiteten sich und sein Atem stockte. Mit zitternder Hand wies er auf den Kommissar und rief: »Der Messias! Er ist zurückgekehrt! Preiset den Herrn!«

Chaos brach aus. Immer mehr Schurken und Banditen erkannten Gewesen, warfen verzückt die Arme in die Luft und stießen Lobpreisungen aus. Sie drängten zu ihm, versuchten ihn zu berühren, seine Jacke zu streicheln und seine Schuhe zu lecken. Einige rieben ihre Hüfte an seiner, andere schnippten mit den Fingern neben seinem Ohr und stießen verzückte Rufe aus, als er nicht zusammenzuckte. Der Organist heizte der Menge zusätzlich mit *Knockin' on Heaven's Door* ein.

Als der Leader auf der Kanzel den Kommissar entdeckte, wurde er leichenblass. Er wankte, fing sich aber gleich wieder und rief: »Glaubt ihm nicht! Er ist nicht der Messias. Er ist der Widersacher, das Böse, der Nudel Deern, das Huhn mit den drei Körnern, in einem Wort: Der Anti-Dierk!«

Und nun erkannte Gewesen auch den Mann auf der Kuppel. »Enrico Mastur…«

Weiter kam er nicht, denn unvermittelt tat sich der Boden unter ihm auf, er stürzte hinab, fiel auf eine Rutsche und raste in halsbrecherischem Tempo eine spiralförmige Bahn hinunter. Mit Karacho landete er in einem großen Heuhaufen, gefolgt von Sven, der den Kopf schüttelte, den Kommissar entdeckte und die Arme in die Höhe riss. »Der Heiland ist gekommen! Preiset den …«

BOING!

Eine gusseiserne Pfanne wurde gegen den Hinterkopf des Muskelpakets gepfeffert. Sven legte sich schlafen, und Gewesen versuchte sich zu orientieren. Er war in einem kleinen, aus grobem Stein gemeißelten Kabuff, vollgestopft mit Hebeln und Rädern, an denen Seile befestigt waren, die durch Löcher in der Decke im Nirgendwo verschwanden. Eine Fackel ließ ihren nervösen Schein über die Wände tanzen.

»Wo bin ich?«, murmelte Gewesen benommen.

»In einem Geheimraum unter dem Michel«, sagte eine Stimme. »Das Schaltzentrum für Effekte, falls der Leader göttlichen Beistand braucht. Ein Zug am Hebel, schon leuchtet hinterm Altar ein geheimnisvolles Licht; eine Drehung am Rad, schon bewegt sich der Kronleuchter wie von Geisterhand. Budenzauber halt.«

Gewesen erkannte die Stimme sofort. »Mutter!«

Und tatsächlich, da stand sie vor ihm: eine kleine, schlanke Frau in einem bunten und mit seltsamen Ornamenten bestickten Kleid. Die dunklen Haare hatte sie zu einem züchtigen Zopf geschnürt, und ihr Haupt schmückte eine weiße Haube. Sie erinnerte ein bisschen an eine Nonne beim Woodstockfestival.

»Was … wer … wie …«, stammelte Gewesen, aber Elvira gebot ihm Einhalt. »Später. Erst mal müssen wir hier raus. Bevor seine Heiligkeit Enrico I. spitzkriegt, wo du bist.«

»Hei … land«, stöhnte Sven, und Elvira ließ die Pfanne erneut sein Haupt begatten.

»Zieh das über«, sagte sie und reichte ihrem Sohn eine graue Kutte mit großer Kapuze. »Und dann nichts wie weg!«

Aus dem vergriffenen Taschenbuch Wurmlöcher, Kornkreise, Raumreisen - Und wie man mit Yashahashish-Haschisch den totalen Durchblick kriegt von Heiko Yashahashish

Das Ärgerliche an Raum-Zeit-Reisen ist, dass du

nie weißt, wer gerade deinen Platz einnimmt, wenn du unterwegs bist. Denn eins ist klar: Wenn *du* in der Lage bist, durch Raum und Zeit zu reisen, können es deine anderen Ichs auch. Und andere Ichs muss es geben, weil eine Zeitreise streng genommen nicht bedeutet, sich innerhalb einer mehr oder weniger existenten Realität hin- und herzubewegen wie Butter in der Pfanne; eine Zeitreise gleicht eher - um im Bild zu bleiben - dem Sprung von einem Stück Speck auf ein anderes. Parallele Universen entstehen, wenn der unbestimmte Zustand eines Elementarteilchens durch Beobachtung manifestiert wird. Das bedeutet kurz gesagt: Alles, was geschehen kann, geschieht auch. Wenn du also mit hundert Sachen auf eine Mauer zurast, wird es dir einmal gelingen, noch rechtzeitig abzubremsen; in einem sich in diesem Augenblick abspaltenden Parallel-Universum hingegen kannst du sicher sein, dass du für den Schaden belangt wirst.
Daraus ergibt sich: Wenn sich das Universum bei jeder noch so geringen Photonenaktivität aufspaltet und in alle möglichen Seinszustände zerfällt, findet letzten Endes überhaupt keine Bewegung mehr statt, sondern es vollzieht sich lediglich das Einnehmen unterschiedlicher Zustände innerhalb eines sich ausdehnenden Ereignishorizontes. Oder anders gesagt: Es wird immer mehr Speck, aber er bleibt in der Pfanne!

Elvira stieg in den Wagen und zog die Tür zu. Sie steckte den Zündschlüssel ins Schloss, griff mit beiden Armen nach vorne, nahm die Zügel in die Hand und rief »HÜA!«. Die beiden Klepper, die vor den alten VW-Käfer gespannt waren, begannen gemächlich über das Kopfsteinpflaster zu traben.

»Alles in Ordnung, Junge?«, fragte sie nach einer Weile.

»Wie lange muss ich das Ding noch tragen?«, schimpfte Gewesen und versuchte, die ausladenden Ärmel der Kutte in den Griff zu bekommen.

»Bis wir zu Hause sind. Du hast gesehen, welchen Aufruhr dein Erscheinen in der Kirche verursacht hat. Ich wage mir gar nicht auszumalen, was passiert, wenn du hier über die Mönckebergstraße spazieren würdest, als wäre es die normalste Sache der Welt.«

Sie deutete nach draußen, und Gewesen traf der Schlag! Die einstige Geschäftsstraße in der Hamburger Innenstadt sah aus wie zu Anfang des Jahrhunderts. Des vorigen Jahrhunderts wohlgemerkt. Statt geschmeidig über den Asphalt zu flitzen, rumpelten sie schwerfällig über marodes Kopfsteinpflaster. Statt eines hochmodernen Metrobusses kam ihnen eine Straßenbahn der Linie 2 entgegen, gezogen von einem Sechser-Gespann altersschwacher Gäule. Und als ein verbeulter Scirocco zum Überholen ansetzte, musste der Fahrer heftig in die Pedale treten.

Auf den lädierten Trottoirs tummelten sich Gestalten, die aussahen, als wären sie aus einer Folge *Miami Vice* geflohen. Viele Männer trugen weiße Jacketts und ließen ihre Vokuhila-Frisuren wie Fahnen im Wind wehen. Die meisten Frauen hatten auftoupierte Haare und trugen Schulterpolster-Sakkos. Zwischen ihnen kurvten Kinder in notdürftig zusammengeflickten Seifenkisten herum. Es war, als wäre Hamburg in den Achtzigerjahren stecken geblieben und hätte notwendige Sanierungsmaßnahmen durch die Reaktivierung historischer Objekte kompensiert.

»Mama, was geht hier vor?«, fragte Gewesen entsetzt. Aber statt zu antworten wies Elvira nur stumm auf die riesige Figur, die quer über die Mönckebergstraße gespannt war. Eine überdimensionale Darstellung von niemand anderem als ihm selbst: Dierk Gewesen.

»Willkommen zu Hause«, sagte Elvira und lenkte das Gespann in die Rutschbahn. Auch hier erkannte Gewesen kaum etwas wieder. Die kleine gemütliche Straße zwischen Schnösel- und Studentenviertel offenbarte nichts mehr von dem Charme der frühen Siebziger, als der kleine Dierk hier gespielt hatte, und der hauptsächlich aus eng geparkten Autos und keifenden Nachbarn bestanden hatte.

Jetzt erweckte die Rutschbahn den Eindruck, als wäre sie mittels Traktorstrahl von Las Vegas nach Hamburg verpflanzt worden. Die Altbauten waren mit grellen Farben bemalt und mit Lichterketten, Laternen und Neonröhren bepflastert. Aus den Fenstern hingen bunte Fahnen, und alle paar Sekunden schoss irgendwo eine Funkenfontäne hervor. In der Mitte der Straße stand eine gewaltige Maschine auf einem drehbaren Podest und fabrizierte unter Ächzen und Stampfen riesige Seifenblasen. Das Haus mit der Nummer acht war mit einem enormen Plastikschal geschmückt, durch den eine blubbernde bunte Flüssigkeit kroch.

»Muss ein ganz schöner Schock für dich sein«, sagte Elvira. »Sicher hast du noch die alte Rutschbahn in Erinnerung, so wie sie damals war, vor fünfundzwanzig Jahren, als du … du …« Ihre Stimme versagte und sie kämpfte mit den Tränen.

»Als ich was, Mutti?«, fragte Gewesen, aber Elvira schüttelte den Kopf und biss sich in die Faust. »Lass uns nach oben gehen«, sagte sie mit tränenerstickter Stimme. »Und zieh die Kapuze ins Gesicht, damit dich niemand erkennt.«

Elvira öffnete die Wohnungstür, und leckerer Zimtgeruch strömte ihm entgegen. »Hab heute Morgen noch rasch Kekse gebacken«, sagte sie schmunzelnd. »Der Kleine mag sie doch so gerne.« Gewesen runzelte die Stirn. Der Kleine? Welcher Kleine? Argwöhnisch folgte er seiner Mutter in die Wohnung und erstarrte. Kein zermatschtes Gemüse an den Wänden, kein zerdeppertes Geschirr auf dem Flur, keine verängstigten Kleintiere unter dem Mobiliar. Nicht die geringste Spur vom erbitterten Kampf zwischen seiner Mutter und Rebecca. Stattdessen: Gepflegte Spießigkeit. Ein weinroter Läufer im Flur, eine rustikale Eicheneckbank in der Küche, eine Teakholz-Schrankwand im Wohnzimmer.

»Mach's dir bequem«, bot Elvira ihm einen Platz auf der braunen Ledercouch an. »Ich mach uns rasch einen Tee. Ist dir Ingwer-Aprikose recht?«

Gewesen murmelte etwas Unverständliches und ließ sich auf das Sofa fallen. Sein Blick fiel auf eine Anrichte in der Ecke, auf der ein kleiner Schrein stand. In der Mitte, von Kerzen umringt, befanden sich ein Altar, rundherum Blumengestecke und hinter allem eine große Fotografie. Von ihm. Dierk Gewesen. Da war er höchstens achtzehn. Und soweit er sich erinnern konnte, war es das einzige Bild, auf dem er lächelte.

Plötzlich wurde die Haustür geöffnet.

»Hallo, Mutti!«, flötete eine fröhliche Stimme aus dem Flur. »Hab heut früher Schluss gemacht, damit ich dir beim Topflappenhäkeln zur Hand …«

Als der junge Mann Gewesen im Wohnzimmer sitzen sah, erstarrte er zur Salzsäule.

»Nick?«, fragte der Kommissar und traute seinen Augen nicht.

Dem jungen Polizisten stiegen die Tränen in die Augen. »Dierk? Du … bist wieder da?« Er riss die Arme auseinander und stürzte sich auf den verdutzten Kommissar. »Dierk! Mein Bruder!«

Gewesen machte eine rasche Ausfallbewegung, schnappte den ins Leere greifenden Nick an der Hüfte und schleuderte ihn mit einem Salto auf den Flokati. Dann stürzte er sich, Knie voran, auf die Kehle des jungen Mannes und verdrehte ihm unter bedrohlichem Knacken die Arme. »Bruder? Was soll das heißen? Und wieso duzt du mich? Ich bin dein Vorgesetzter!«

»Krchzhczhc …«, krächzte Nick, und Gewesen erhöhte den Druck auf seine Kehle.

»Hä? Ich kann dich nicht verstehen. Sprich lauter!«

»Aber wie soll er denn, wenn du ihn würgst, Junge«, mischte sich seine Mutter sanft ein und stellte das Tablett auf den Tisch. »Wieso hilfst du ihm nicht auf, ihr gebt euch die Hand und wir trinken zusammen eine Tasse Tee. Und dann erzählt dir Nicki alles, was du wissen willst.«

»Nicki?«, wiederholte Gewesen, und sein Gesicht verzerrte sich wie damals, als er aus Versehen in eine seit Wochen in der Ecke liegende Papaya gebissen hatte. »Du nennst ihn Nicki?«

»Dierk. Bitte!«

Gewesen zögerte. Dann ließ er los. Nick hustete und kroch auf allen vieren zum Sofa. Gewesen fläzte sich auf einen der Sessel und angelte einen Kandis aus der Zuckerdose vom Tisch.

»Also gut«, sagte er. »Dann erklärt mir mal, was das alles

soll. Die kaputten Straßen, die beknackten Frisuren. Und wieso starrt mich jeder an, als wär ich von den Toten auferstanden?« Er schnippte den Presszucker in den Mund.

»Weil du es bist«, erklärte Elvira nachsichtig, und mit einem Krachen biss Gewesen den Kandis entzwei.

Aus Wurmlöcher, Kornkreise, Raumreisen

Kommen wir nun zum praktischen Teil: Wie einem der Sprung von einem Stück Speck auf ein anderes gelingt, beziehungsweise: Wie man sich via Wurmloch in ein paralleles Universum pusten lässt, ohne dabei den Verstand zu verlieren. Denn das ist eine echte Gefahr: Wurmlöcher brauchen Sprit. Und der besteht aus exotischer Materie. Exotische Materie heißt so, weil sie echt abgefahren, durchgeknallt und total überkandidelt ist. Deshalb findet sie sich überall dort, wo wirklich seltsame, bizarre und total bekiffte Dinge abgehen - zum Beispiel im menschlichen Hirn. Im ganzen Universum gibt es keinen skurrileren Ort. Ein wahlloser virtueller Griff in die Großhirnrinde genügt für tausend hanebüchene Geschichten. Und mit einem einzigen Gramm grauer Zellen ließe sich so viel Nonsens erfinden, dass selbst ein Tim-Burton-Film daherkäme wie ein Daumenkino in Schwarz-Weiß. Exotische Materie ist der Stoff, aus dem die Träume sind.

Deshalb bedient sich das Wurmloch auch genau hier: Im Hirn des Raumreisenden. Während man

durch den Tunnel travelt, fällt es einem gar nicht auf, das was verloren geht. Erst später, wenn man sich daran zu erinnern versucht, wie man heißt, wo man geboren wurde und was das für ein aufdringlicher kleiner Köter ist, der einem da wie verrückt die Hand ableckt, schnallt man: Da ist was futsch gegangen. Und zwar Erinnerungen, graue Zellen oder auch: exotische Materie.
Zum Glück gibt's ein einfaches Mittel, sich davor zu schützen: Locker bleiben. Und am allerlockersten bleibst du mit Yashahashish-Hasch. Pfeifchen stopfen, bequeme Haltung einnehmen - und ab geht's!

»Fünfundzwanzig Jahre ist es her, seit du spurlos verschwunden bist. Von heute auf morgen. Ohne ein Wort. Du sagtest noch, ich solle Teewurststullen zum Abendbrot machen. Dann gingst du fort und kamst nie zurück.«

Elvira wischte sich eine Träne aus den Augen. Nick legte tröstend einen Arm um ihre Schulter, aber Gewesen warf ihm einen finsteren Blick zu und der junge Mann zog ihn rasch zurück.

»Wir haben nach dir gesucht«, fuhr Elvira fort. »Haben Freunde und Kollegen nach dir gefragt, dich über Rundfunk und Fernsehen ausrufen lassen. Nichts. So verging ein Tag. Dann noch einer. Und als du am dritten Tag noch immer nicht aufgetaucht warst, akzeptierten wir die bittere Wahrheit und ließen dich für tot erklären.«

»Nach drei Tagen?«, rief Gewesen entsetzt aus. »Hm. Und wieso prangt überall meine Visage? Wieso nennen mich die Leute Heiland und wollen meine Schuhe lecken?«

»Weil dein Verschwinden als göttliches Zeichen gedeutet wurde«, erklärte seine Mutter. »Wir sahen das Zeichen im Korn, und einige sagten, du seist zu den Sternen aufgefahren. Das Universum selbst hätte dich gerufen, und du seist seinem Ruf gefolgt. Deshalb wurde eine neue Religion verkündet, der Bastardismus, nach deinem Spitznamen, Bastard. Fortan verehrten dich die Menschen, lasen dein Handbuch und harrten deiner Rückkehr.« Sie packte ihren Jungen bei den Schultern. »Vor fünfundzwanzig Jahren bist du verschwunden. Und seit fünfundzwanzig Jahren lecken die Leute ihre Schuhe ab. Jeden Morgen. Das muss doch abfärben!« Sie tippte sich an die Stirn. Dann sah sie ihren Sohn ernst an. »Du musst dich vorsehen. Wenn die Gläubigen aus irgendeinem Grund auf die Idee kommen, du könntest doch nicht der Heiland sein, dann …« Sie machte eine kreisende Bewegung um ihren Hals, legte den Zeigefinger an die Schläfe und drückte ab, rammte sich ein imaginäres Messer in den Bauch, versuchte den Sturz aus einem hohen Gebäude zu simulieren und tat etwas, das mit viel gutem Willen als Versuch durchgehen konnte, eine Plastikente mit einer Stange Dynamit in die Luft zu jagen.

»Augenblick mal!« Gewesen blieb wie angewurzelt stehen. »Hast du eben gesagt: Das Zeichen im Korn?«

Elvira nickte und wies auf die Ornamente auf ihrer Kutte. »Das Dreieck im Kreis, das Zeichen des Bastardismus.«

»Aber das würde ja bedeuten …« Er drehte sich um und rannte über den Flur zu seinem Zimmer. Irgendetwas hatte seine Neuronen entfacht – eine Erinnerung. Aber noch loderte sie auf Sparflamme. Er musste dafür sorgen, dass der Brenner hochgedreht wurde. Und das konnte er nur in seinem Zimmer.

Als er die Tür öffnete, blieb er wie vom Donner gerührt stehen. Es war noch alles da: Bravo-Sammlung, Fischertechnik-Kiste – ja, sogar das Aquarium mit den Urzeitkrebsen, die aus irgendeinem mysteriösen Grund überlebt hatten.

»Ich wollte alles so lassen, wie es war, als du verschwunden bist«, sagte seine Mutter und legte ihm die Hand auf die Schulter. »Deshalb habe ich die Tür nie wieder geöffnet; in fünfundzwanzig Jahren kein einziges Mal.«

»Hättest ruhig mal lüften können«, sagte Gewesen, schritt durch den Raum und öffnete das Fenster. Dann hebelte er die Fußleiste darunter heraus, woraufhin ein kleines geheimes Fach mit einer Schachtel darin zum Vorschein kam. Gewesen griff nach einem herumliegenden Schraubenzieher und hebelte den Deckel ab. In der Schachtel lagen einige seltene Klebebilder des Panini-Bundesliga-Sammelalbums von 1979, eine Sig Sauer P6 und eine gelbe Quietscheente. Ganz unten ruhte ein geblümter rosafarbener Umschlag. Und auf ihm prangte ein Dreieck im Kreis: Das Symbol des Bastardismus.

Aus Wurmlöcher, Kornkreise, Raumreisen

Du weißt Bescheid, du bist relaxt - fehlt bloß noch ein Wurmloch für den Trip durchs All. Erfreulicherweise tummeln sich Wurmlöcher im Multiversum wie Fische im Teich. Man muss sie nur anlocken. Und dazu braucht man einen Köder. Ein Kornfeld. Roggen, Weizen, Hafer, Mais - egal. Hauptsache Getreide. Ein schönes unberührtes Getreidefeld. Wurmlöcher lieben Getreide! Allerdings nur in Verbindung mit Proteinen,

Opiorphin, Chlorid und Muzin, kurz: Speichel.
Zu begreifen ist das nicht, zu erklären noch weniger, und da Wurmlöcher nicht sprechen können, wird man wohl auch nie erfahren, was sich die Natur bei diesem Schabernack gedacht hat.
Eine Tatsache ist es dennoch.
Deshalb genügt es, in einem gepflegten Gerstenfeld ordentlich auf die Ähren zu rotzen, und man kann sicher sein, dass sich über kurz oder lang ein Wurmloch einfinden wird, sofern es nicht allzu weit entfernt ist. Dann braucht man sich nur noch von ihm einsaugen zu lassen, und schon geht's ab in die Weiten des Alls und hinein ins nächstgelegene Paralleluniversum.
Und alles, was zurückbleibt, ist
ein hübsches Muster im Korn.

Schnuckiputzi,

komm heut Abend um zehn auf Bauer Sachtlebens Acker. Ich mach uns ein Bett im Kornfeld.

Becky

Gewesen ließ den Zettel sinken. »Ich erinnere mich«, murmelte er. »Wir hatten Streit. Und als ich den Brief bekam, dachte ich an Versöhnung. Aber als ich zum Kornfeld kam …« Er schüttelte den Kopf. »Ich hab's vergessen.«

»Eine Falle«, stellte Elvira fest. »Das Zeichen auf dem Brief ist dasselbe wie im Korn.« Sie schüttelte erbost den Kopf. »Das war kein göttliches Signal, sondern ein abgekartetes Spiel. Von Rebecca und Masturbani!«

Gewesen massierte sich die Schläfen. »Aber warum? Wozu? Und weshalb?«

»Damit er seinen ärgsten Widersacher loswird«, rief seine Mutter erregt aus. »Seit ihr Kinder wart, hat Masturbani immer den Kürzeren gezogen. Er wusste: Solange du in der Nähe bist, sind seine Pläne zum Scheitern verurteilt. Nachdem du verschwunden warst, rief er den Bastardismus aus, und seine Anhängerschaft wuchs in rasantem Tempo. Innerhalb kürzester Zeit verdrängte er nicht nur sämtliche anderen Religionen, sondern krempelte die gesamte gesellschaftliche Ordnung um; es waren vor allem die Kriminellen und Verbrecher, Zuhälter und Huren, Vermögensberater und Berufspolitiker, die im Bastardismus das Heil der Welt erblickten. Die Heilige Schrift sagt es eindeutig: *Der Mensch ist das Übel, da kannste nix machen.* Das war Balsam für die kriminell-korrupten Kreise in Hamburg und die Lösung für sämtliche üblen Anwandlungen, denn wenn man nichts dafür konnte, war es auch keine Sünde, von den Armen zu nehmen und es den Reichen zu geben.«

»Masturbani!« Gewesen spie den Namen aus wie einen fiesen Belag auf der Zunge. »Wusste ich doch, dass ich den Kerl auf der Kanzel kannte.«

Sein Puls beschleunigte sich. »Du meinst also, Rebecca hat gemeinsame Sache mit dem Pseudo-Italiener gemacht?«

Elvira nickte.

»Wo ist sie?«

»In der Herbertstraße. Masturbani hat sie seinerzeit in eine Klosterschule umgewandelt. Rebecca gibt sich als Nonne aus, aber wer weiß schon, was sie in Wirklichkeit treibt.«

Gewesen atmete tief durch. »In Ordnung. Ich brauch mein altes Zimmer zurück. Und einen Wagen. Außerdem ’n paar frische Teewurststullen.«

»Aber gern, Junge«, rief Elvira erfreut aus. »Was hast du vor?«

»Rausfinden, was passiert ist. Was wirklich passiert ist. Offenbar war ich fünfundzwanzig Jahre lang weg. Aber ehrlich gesagt, hatte ich bislang den Eindruck, ein ganz anderes Leben gelebt zu haben. Vielleicht war das alles nur Illusion, ein Traum oder ein ganz, ganz mieser Trip. Masturbani weiß vielleicht mehr. Ich werde ihn mir vorknöpfen. Und auch mit Rebecca reden.«

In der Herbertstraße, der berühmten sündigen Gasse nahe der Reeperbahn, boten sich die Damen seit jeher in Schaufenstern der zahlungswilligen Klientel an – inklusive Preisschild und Rabattangabe.

Als der Kommissar den zweieinhalb Meter hohen Sichtschutz aus Brettern passierte, erkannte er die kleine Straße kaum wieder. Von den Damen fehlte jede Spur, und statt der tristen Häuser mit den billigen Markisen und schäbigen Leuchtreklamen erstrahlte die Gasse in den warmen Tönen schmeichelnder Farben. Die Fassaden schmiegten sich in einem Spektrum von Zartrosa bis Orange aneinander, Markisen liebkosten sich von Violett bis Türkis, und prachtvolle Arrangements aus ineinander verschlungenen Leuchtschlangen wanden sich bis hinauf zu den Dächern, wo sie sich in ekstatischen Farberuptionen entluden. Funkelnde Hausnummern waren in den jungfräulichen Putz gedübelt, und das schillernde Trottoir aus eng aneinanderliegenden Pflastersteinen spiegelte die flirrende Lichtekstase wider und ließ die schmale Gasse erstrahlen wie das Gesicht eines

Fremden nach einem besonders guten F… Gewesen stolperte durch die Lichtorgie wie ein Trunkener auf einem schwankenden Schiff. Und wenn er bislang noch ein Quäntchen Hoffnung in sich getragen hatte, dass dies alles nur ein böser Traum oder ein ganz fieses Täuschungsmanöver einer ultrageheimen Organisation zur Verwirrung unbescholtener Bürger sein könnte, löste sich diese Hoffnung angesichts des verschwenderischen Illuminations-Ejakulats in Luft auf. Das hier war nicht sein Zuhause. Er sah es, und er spürte es.

Ein Geräusch ließ ihn in einen Hauseingang huschen. Durch den Türspalt beobachtete er eine Gruppe junger Frauen, die lachend auf die Straße strömte, einen Kreis bildete und in andächtiges Schweigen verfiel. Wie auf ein geheimes Zeichen hin bückten sie sich plötzlich, zogen den linken Schuh aus und leckten ihn genüsslich ab. Sie schnippten sich gegenseitig mit den Fingern vor dem Ohr und verfielen in ein fast schon hysterisches Kichern. Dann hakten sie sich gegenseitig unter und verließen tänzelnd die Straße.

Was um alles in der …, dachte Gewesen, kam aber nicht weiter, denn plötzlich sah er sie! Ganz still und leise war sie aus einem Hauseingang geschlüpft, schlich geduckt über den Bürgersteig und entzog sich dem Farbgedränge um sie herum so gut es ging. Sie trug eine wallende schwarze Robe, einen ausladenden weißen Schleier und das überdimensionale Symbol des Glaubens an einer schweren Kette vor der Brust. Nur ein kleiner Teil ihres Gesichts schaute aus der Verhüllung hervor, aber dieser Teil genügte, um sie eindeutig zu identifizieren: Rebecca!

Sie verließ die Herbertstraße so unspektakulär, wie ein Schatten vor der Sonne flieht, huschte eng an die Fassaden gedrängt bis zur Davidwache und bog unauffällig in die Reeperbahn ein.

Er folgte ihr über die die sündigste Meile der Welt und erkannte sie kaum wieder. Also, die Meile. Sex-Clubs, Striplokale, Pornokinos, Erotikboutiquen, Dönerbuden, Spielcasinos – das alles gab es nicht mehr. Stattdessen: Besinnungs-Tempel, Begegnungsstätten, Heimatfilm-Lichtspielhäuser, Trachten-Fachgeschäfte, Nahrungsergänzungsmittel-Basare und Mäßigungs-Institutionen.

Und überall das Handbuch. Sein Handbuch. Es lag in Schaufenstern und wurde von Straßenverkäufern feilgeboten, es schmückte die Hauswände und schwebte als überdimensionaler Reklameballon über der Reeperbahn. Es war die ultimative Anleitung für das tägliche Leben. Und sein erster Satz war omnipräsent: *Der Mensch ist das Übel. Da kannste nix machen.*

Gewesen überlegte, was er eigentlich gemeint hatte, als er das schrieb. Oder ob er einfach ein bisschen müde gewesen war. Müde und sauer. Und hungrig. Ja, so könnte es gewesen sein.

Rebecca bekreuzigte sich vor dem überlebensgroßen Carlos-Al-Dente-Denkmal, das links neben dem Haupteingang Wache hielt, und huschte in den Michel. Gewesen folgte ihr nach.

Nur wenige Gläubige saßen außerhalb des Gottesdienstes auf den harten Bänken und beteten in stiller Eintracht vor sich hin. Beim Vorübergehen erkannte Gewesen Frischfleisch-Fritz und Engelbert das brüllende Eichhorn, von dem niemand so genau wusste, was er eigentlich auf dem Kerbholz hatte. Ganz hinten in der Ecke erspähte er Rebecca, die in einem hölzernen Kasten verschwand.

Der Kommissar zog sich die Kapuze ins Gesicht und schlich durch die Bankreihen nach vorne. Er betrat den Kasten durch die zweite Tür und setzte sich auf den harten Holzschemel. Mit einem Ruck zog er die kleine Schiebetür in Augenhöhe zur Seite, worauf eine etwa DIN-A4 große, mit einer Schnitzerei verzierte Öffnung zum Vorschein kam, die den Blick in die Nachbarkabine stark einschränkte.

»Vergebt mir, Onkel, denn ich habe gesündigt«, murmelte Rebecca, und Gewesen lief ein kalter Schauer über den Rücken, als er ihre Stimme hörte.

»Äh, ja klar«, sagte er und presste sich erschrocken die Hand auf den Mund.

Rebecca linste durch die Schnitzerei. »Onkel?«, fragte sie argwöhnisch. »Seid Ihr erkältet?«

Gewesen räusperte sich umständlich und verstellte seine Stimme. »Ja, liebes Kind. Die kalte Jahreszeit.«

»Wir haben Sommer«, kam die spontane Antwort, und Gewesen spürte, wie Rebecca sich in seine Richtung beugte, um einen Blick durch das geschnitzte Ornament zu erhaschen.

»Äh, ja klar«, nuschelte er. »Ich mein ja auch, kalt im Herzen, nich' wahr? Du verstehst.« Er hustete lange. Rebecca schien sich mit der Antwort zufriedenzugeben und lehnte sich wieder zurück.

»Ich vergebe dir«, nahm Gewesen den Faden auf. »Aber vielleicht solltest du mir erst mal beichten, was du eigentlich gemacht hast?«

»Ich … ich …« Sie rang mit sich. »Ach egal. Ich will Euch nicht mit Belanglosigkeiten langweilen.«

»Äh, nein, nein, es interessiert mich brennend. Hat doch sicher mit Dierk Gewesen zu tun, oder?«

Rebecca konnte gerade noch einen Schrei unterdrücken, indem sie sich in die Faust biss. Sie presste ihr Gesicht an die Öffnung. »Woher wisst Ihr das, Onkel?«

»Hab ’n guten Draht nach oben«, sagte Gewesen. »Deshalb weiß ich auch, dass du ihm einst einen Brief geschrieben hast.«

Sie schlug die Hand vor den Mund. »Das wisst Ihr auch?«

Gewesen nickte. »Hab ihn sogar dabei«, sagte er und zog den Zettel aus der Jacke.

»Echt? Ich auch«, erwiderte Rebecca und kramte ebenfalls einen Stapel Papiere hervor.

Gewesen stutzte. »Moment mal. Du hast mir diesen Brief doch geschickt. Und ich hab ihn versteckt. Du kannst ihn nicht haben!«

»*Dir geschickt*?«

»Ich meine Dierk … äh … Gewesen.«

»Ich hab ihn nicht abgeschickt. Ich war noch nicht fertig.«

»Darf ich mal sehen?«

»Klar.« Rebecca schob ihn durch das Ornament.

»Ich auch?«, fragte sie.

»Äh, ja, wieso nicht.« Gewesen revanchierte sich mit derselben Geste. Dann nahm er den Stapel Papiere und blätterte ihn durch. Das mussten zwanzig, fünfundzwanzig Seiten sein, eng beschrieben, bis zum Rand. Was um alles in der Welt hatte sie ihm da nur mitgeteilt? Hastig kehrte er zur ersten Seite zurück und begann zu lesen:

Lieber Dierk,

und damit sind wir auch am Ende der Schmeicheleien angelangt. Du aufgeblasener, arroganter, überheblicher, selbstgefälliger …

Er räusperte sich.

»Was nicht in Ordnung?«, fragte Rebecca.

»Doch, doch, alles bestens«, erwiderte Gewesen rasch. »Musste nur mal eben Luft holen.«

»Ach ja«, lachte sie. »Wer muss das nicht?«

Er überflog ein paar Zeilen und las dann weiter: … *Stinkstiefel. Du hast weniger Grips als eine ausgelatschte Einlegesohle, und dein komplettes Hirn passt in einen Fingerhut. Wenn ein Vollidiot die Hälfte seiner grauen Zellen der Wissenschaft vermachen würde, hätte er immer noch zehn Mal mehr als Du! Und selbst ein ausgerissener, getrockneter und zerriebener Grashalm hat mehr auf dem Kasten als …*

Er hustete.

»Alles okay, Onkel?«

»Äh, ja sicher. Musste nur mal rasch … äh …«

Er blätterte weiter.

… Dünnbrettbohrer und Flachpfeife. Und wenn man Dich als schlau bezeichnen würde, wäre eine fusselige Bürste ein Genie …

Und weiter.

… Meerschweinchensuppe. Und aus Deinen Eiern ließe sich prima ein …

Den Rest überflog er nur noch.

… als Waschlappen eine Beleidigung für alle Frotteetücher …

… Vorsitzender der vereinigten Geschmacksverirrungsexperten …

… Feststoffraketenaushilfsmittel …

Er ließ den Stapel sinken.

»Das alles hast du ihm geschrieben?«

»Ich war echt sauer auf ihn.«

»Hm. Aber abgeschickt hast du ihn nicht?«

»Nein.«

»Warum nicht?«

»Vor allem auf den Seiten sechs und neun war er mir noch zu soft. Daran wollte ich noch arbeiten.«

Gewesen schluckte und schob den Stapel zurück. Rebecca tat dasselbe mit dem Brief.

»Dann hast du das hier nicht geschrieben?«, fragte Gewesen und entfaltete das kleine karierte Blatt. Wie hatte er nur jemals auf die Idee kommen können, Rebecca könne sich derart kurzfassen?

»Nein«, sagte sie. »Aber ich weiß, wer es war.«

Die Kolonne bog in die Elbchaussee ein. Eine Motorradstaffel führte sie an, bestehend aus neun schweren BMWs in V-Formation. Ihr folgten ein Dutzend Polizei- und Sanitätswagen sowie mehrere Fahrzeuge des privaten Sicherheitsdienstes *Black Mamba*. Gleich dahinter kamen drei gepanzerte Limousinen, die von jeweils vier wendigen Trikes, bestückt mit M60-Maschinengewehren, hofiert wurden. Diesen folgten mehrere Vans verschiedener Geheimdienste, ein Tross leichter Militärfahrzeuge und eine Leopard-2-Panzerstaffel. Im Anschluss wummerten die schweren Achsen der mit Interkontinentalraketen beladenen Sattelschlepper vorüber, und schließlich kam das Herz des Konvois, die Fahrzeuge Seiner Heiligkeit Enrico I.: ein Dutzend identischer Stretchlimousinen, in denen nicht nur Doppelgänger des Obersten Hirten saßen, sondern sich auch die Sicherheitsleute zum Verwechseln ähnlich sahen und selbst die Fahrer aus dem einzigen bekannten Fall einer Zwölflingsgeburt rekrutiert worden waren.

Diesem Kern folgten diverse private Motorradclubs, sechs Dutzend Chinesen mit Streichinstrumenten und eine Handvoll thailändische Tuk Tuks. Das Schlusslicht bildete ein kleiner italienischer Eisverkäufer, der fröhlich in die Pedalen trat und dabei laut brüllte: »Läcka läcka Eis-ä: Vanillä, Himbä, Melonä!«

Jedes Mal, wenn *The Golden Leader*, wie das Volk ihn nannte (eine total abgefahrene und extrem erfolgreiche Kampagne seiner Marketingagentur *Eat It or Die*), irgendwo hinfuhr, setzten sich acht identische Konvois auf unterschiedlichen Strecken in Bewegung, sodass es unmöglich wurde, auch nur in den Bereich einer vagen Schätzung zu gelangen, in welcher der doppelt gepanzerten Stretchlimousinen er sich aufhielt.

In Wirklichkeit saß er natürlich in keiner. Denn wozu ein Sicherheitskonzept, so ausgetüftelt es auch sein mochte, in der Welt herumposaunen? Masturbani fuhr mit dem Rad hinterher, bekleidet mit einer weißen Stoffhose, einem weißen Leinenjackett und einer weißen Schirmmütze. Und redlich um einen möglichst authentisch wirkenden italienischen Akzent bemüht.

Denn Enrico Masturbani sprach kein Wort Italienisch. Doch. Zwei: *poco stronzo*. Das hieß so viel wie *Kleines Arschloch* und war während seiner Kindheit so was wie sein Spitzname gewesen. Hatte natürlich nicht er selbst sich ausgesucht, sondern die Kinder aus der Nachbarschaft. Gemeinsam mit seinen Eltern. Lehrern. Dem Gemüsehändler. Und dem Obdachlosen von der Ecke. Wer *poco stronzo* hörte, wusste: Enrico ist gemeint. Und nicht nur diese Erniedrigung hatte ihn von Kindesbeinen an zornig gemacht.

Seit er sich erinnern konnte, hatte Enrico Masturbani unter seinem Kleinwuchs und seiner großen Nase zu leiden. Unter seinem dämlichen Nachnamen natürlich auch. Aber vor allem unter seinem zögerlichen Wachstum.

Lange Jahre hatte er geglaubt, es sei nur eine Frage der Zeit, bis er zu den anderen aufschließen und ihnen auf Augenhöhe begegnen würde. Aber als die Jahre vergingen und sein Kopf immer noch regelmäßig als Aschenbecher-Abstellfläche missbraucht wurde, begriff er schließlich, dass er immer so klein bleiben würde.

Seine Mutter versicherte ihm, dass sie keine Drogen oder verbotenen Medikamente während der Schwangerschaft genommen hatte. Auch hatte sie keinen Verkehr mit kleinwüchsigen Leuten gehabt, kannte weder Zwerge noch Gnome und hatte nie Gullivers Reisen gelesen. Sein Vater, behauptete sie, sei ein groß gewachsener, gut aussehender und äußerst charmanter Italiener gewesen, der tragischerweise bei einem Pizza-Rennen ums Leben gekommen war.

Enrico forschte und fand heraus, dass sich in unmittelbarer Nähe seines Wohnortes niemals ein Atomkraftwerk oder eine fiese chemische Fabrik befunden hatte; auch von Mülldeponien oder verseuchtem Wasser war nichts bekannt. NASA und ESA stellten ihm großzügig Daten rund um seinen Zeugungsort zur Verfügung, aber es gab keinerlei Hinweise auf eine erhöhte kosmische Strahlung. Was auch immer ihm als möglicher Grund für seinen Kleinwuchs in den Sinn kam – er konnte keine Beweise finden. So fand er sich schließlich mit der Tatsache ab, dass er seine Körpergröße offenbar einer Laune der Natur zu verdanken hatte. (Auf den naheliegenden Gedanken, dass seine Mutter ihn angelogen hatte, weil es ihr peinlich war zuzugeben, dass sie den schmierigen Zwerg vom Gemüseshop an der Ecke gebumst hatte, kam er nicht.) Den Rest seines Lebens wollte Enrico dem Schicksal jedoch nicht überlassen, und so begann er, sein kleines Dasein mit innerer Größe zu füllen.

»Klein, aber oho«, lautete von nun an sein Motto, das er jedem entgegenposaunte – bis er schnallte, dass seine Mitmenschen mit den Ohren hörten und nicht mit dem Bauchnabel. Dann konzentrierte er sich auf das, was wirklich Macht verlieh: Geld!

Ja, er würde so viel Kohle machen, dass die Leute auf Knien zu ihm rutschen würden. Er würde derart im Reichtum baden, dass er es nicht mehr nötig hatte zu wachsen, sondern stattdessen die Stadt, in der er lebte, stutzen konnte – sollten die »Großen« doch ruhig mal die Erfahrung machen, sich bücken zu müssen, um durch eine Tür gehen zu können, und mit dem Kopf gegen Straßenschilder knallen.

Er, Enrico Masturbani, würde so megamäßig viel Schotter machen, dass er sich Achtung erkaufen konnte. Und eine Stadt dazu. Masturbani-City!

Hm.

Der Name war irgendwie nicht so toll. Er brauchte einen neuen. Und einen Plan. Denn Geld fiel bekanntlich nicht vom Himmel. Es lag in Tresoren.

Doch etwas stand dem entgegen. Ein junger Polizist. Dierk Gewesen. Der hatte seinen Dienst zwar gerade erst begonnen, aber Enrico hatte schon früher mit ihm Bekanntschaft gemacht. Und jedes Mal den Kürzeren gezogen.

Er hasste Gewesen. Aber er liebte Rebecca. Doch die hatte nur Augen für Dierk und gestattete es Enrico höchstens, ihren Hund Gassi zu führen.

Gewesen musste weg. Die Frage war nur, wie? Und da kam ihm der Zufall zu Hilfe.

Der Zufall in Form eines Buches …

Endlich allein!, seufzte Masturbani, als er die Tür zu seinem großzügigen Loft in Blankenese hinter sich schloss. Er zog die Jacke aus und warf die Mütze achtlos in die Ecke. Dann schlurfte er zum Kühlschrank, um sich ein Bier zu holen – als er plötzlich verharrte. Irgendetwas stimmte nicht. Er spürte es genau. Als wäre die vertraute Zusammensetzung der Luftmoleküle während seiner Abwesenheit durcheinandergeraten. Jemand war hier gewesen. War es vielleicht noch. Möglicherweise sogar ganz nah …

Mit einem Schrei sprang er herum, die Hände zum Karateschlag erhoben – aber da war niemand.

KLONG!

Es kam aus dem Bad! Masturbani zog ein langes Messer aus dem Block auf dem Küchentisch und schlich zum Badezimmer. Mit der Fußspitze stieß er die Tür auf und spähte in den weiß gekachelten Raum. Der Duschvorhang war zugezogen, Nebelschwaden waberten hervor und krochen über den Boden. Mit dem Messer in der erhobenen Hand schlich er näher, legte die freie Hand ans Ende des Duschvorhangs und krampfte sie zusammen. Er hielt den Atem an, zählte bis drei …

… und riss ihn beiseite!

WUSCH!

Regen prasselte auf seine Haut. Panisch stach er zu – bis ihm klar wurde, dass da niemand war. Er stellte die Dusche ab, griff nach dem Handtuch auf dem Boden und wischte sich das Gesicht trocken. Verdammt, er musste heute Morgen vergessen haben, das Wasser abzustellen. Weia, das gab 'ne fette Rechnung. Mit dem Frottee wischte er den Spiegel sauber,

und HINTER IHM WAR ... **HORROR!**

... nur sein Bademantel an einem Haken. Er seufzte tief und kämmte sich die Haare. Dann verließ er das Badezimmer und

starrte IN DIE AUGEN VON ... **WHUA!**

... zum Glück nur von Elmer, der Handpuppe, mit der er früher als Bauchredner aufgetreten war. Erleichtert drehte Masturbani sich zur Küche,

ALS PLÖTZLICH ... **KLATSCH!**

... etwas vor ihm auf den Boden fiel. Das Omelette, das er vor ein paar Tagen zum Wenden in die Luft geworfen hatte und das nicht in die Pfanne zurückgekehrt war. Er hob es auf und spürte

UNVERMITTELT ... **SCHLOTTER!**

... eine kalte Hand auf seiner Schulter. Sein Atem stockte, sein Herz setzte aus. Was jetzt? Schreien? Kämpfen? ...

WENK!

Er fuhr herum und schob die Faust nach vorne! Aber es war nur eine alte Ritterrüstung, deren Scharniere nachgegeben hatten. Mensch, er musste echt mal was gegen seine Schreckhaftigkeit unternehmen. Er würde noch einen Herzinfarkt bekommen, wenn …

PRELL!

… schlug er mit der Schulter gegen die Wand …

SCHMIRGEL!

… rutschte sein Kopf an der Raufasertapete entlang …

FLANSCH!

… flog er mit dem Gesicht voran in eine herumstehende Schüssel mit Rührteig.

Verdammt! Was war bloß los? Er brauchte Ruhe und keinen Gratisauftritt in einem Slapstick-Movie! Völlig erschöpft erreichte er den Kühlschrank und dachte nur noch an ein schönes kaltes Bier. Mit einem Ruck riss er die Tür auf.

»Masturbani, alter Wichser«, sagte eine Stimme. »Was geht?«

Aus Wurmlöcher, Kornkreise, Raumreisen

Ach, sagte ich das schon? Ein zielgerichteter Transfer ist bei der Spuck-ins-

Korn-Methode nicht möglich. Das heißt: Wo du rauskommst, ist echt total ungewiss.

Gewesen legte den abgeknabberten Hähnchenschenkel auf den Teller mit den übrigen Knochen und leckte sich die Finger ab. Dann schob er sich aus dem Sessel und entfernte den Sprechschutz von Masturbanis Mund. Der kleine Kerl japste nach Luft. »Das wird dir noch leidtun«, keuchte er und schaukelte hin und her.

»Wenn du es sagst«, gab Gewesen achselzuckend zurück und setzte sich wieder. Er angelte sich einen Hähnchenflügel vom Tischchen neben sich und beobachtete Masturbani, der eingeschnürt wie eine Roulade an einem Seil unter dem großen Deckenventilator baumelte.

»Du bist nicht der Heiland«, sagte der Kleine mit der großen Nase bitter. »Du kannst es nicht sein!«

»Er geht wie der Heiland, er sieht aus wie der Heiland, er spricht wie der Heiland – also ist er der Heiland«, gab Gewesen zurück, schob sich den Flügel in den Mund und lutschte das Fleisch von den Knochen.

»Wenn du der Heiland bist, bin ich Gott persönlich!«, rief Masturbani, und seine Stimme zitterte vor Erregung. »Was willst du, Bastard?«

Gewesen zog den Brief aus seiner Jacke und hielt Masturbani das karierte Schreiben entgegen. »Schon mal gesehen?«, fragte er. »Rebecca sagt, du hast ihn geschrieben. Stimmt das?«

»Und wenn es so wäre?«

»Dann, Freund der Sonne, hätten wir ein Problem.« Gewesen schlurfte zum Videorekorder und drückte auf Play. Auf dem

Bildschirm erschien ein grießeliges Bild. Es zeigte einen jungen Mann, der nervös durch ein Wohnzimmer hastete. Plötzlich gab es einen hellen Blitz, Rauch stieg empor und ein Mann um die vierzig trat daraus hervor. Er trug ein schwarzes Cape, einen breitkrempigen Hut und fuchtelte mit einem langen Degen herum.

»Abrakadabra simsalabim«, rief er aus und schwenkte den Leuchtstab. »Ich bin wieder da. Der große Weise aus dem Morgenland. Hast du meine Wünsche erfüllt?«

»Ja, hab ich«, rief der junge Mann und kroch unterwürfig vor ihm auf dem Boden herum. »Ich habe mit sämtlichen Schurken und Halunken Kontakt aufgenommen und verkündet, wir würden bald eine neue, mächtige Organisation gründen. Das habe der Heilige Geist persönlich befohlen. Erst haben sie gelacht und wollten mich vermöbeln. Aber dann hab ich ihnen den Vibrator gezeigt und seine Macht demonstriert. Das hat sie überzeugt.«

»Brav«, gab der Mann im wallenden Mantel zurück. »Dann will ich nun auch meinen Teil der Abmachung erfüllen und dir das Heilige Buch überreichen. Mit diesem Buch wirst du die neue Religion verkünden, den Bastardismus. Du wirst eine große kriminelle Gefolgschaft hinter dir versammeln, und gemeinsam werdet ihr den Planeten …« Das Band eierte, das Bild wurde verzerrt, und plötzlich kam ein Ausschnitt aus dem Video *The Power of Love* von Huey Lewis and the News. Gleich darauf wurde das Bild erneut verzerrt und sprang zurück zum Mann im Mantel. »… niemals weitergehen. Verstehst du: Jegliche Technik ist böse! Ihr müsst sie zerstören, aufhalten, im Keim ersticken und ausmerzen. Dieser Planet wird nur überleben, wenn er auf dem Stand von 1987 bleibt. Technisch gesehen. Hast du verstanden?«

»Ja, großer Meister!«

»Dann nimm jetzt das Buch und verkünde die frohe Botschaft.«

Mit einer generösen Geste überreichte er das Buch, und zum ersten Mal, seit das Video begonnen hatte, blickte der junge Mann auf und sah seinem Gönner ins Gesicht. Gewesen betätigte die Stopp-Taste.

»Na, sieh mal einer an, wen haben wir denn da? Ist das etwa der Heilige Geist?«

»Woher hast du das Band, du Krötenlurch!«, giftete Masturbani.

»Lag in der Abstellkammer. Im Schuhkarton. Stand *Krimskrams* drauf. Wusste gleich, dass ich da fündig würde. Haste das selbst aufgenommen?«

»Nur als Beweis«, gab Masturbani kleinlaut zurück. »Falls jemand bezweifelt, dass mir der Heilige Geist erschienen ist und den Auftrag gegeben hat, eine neue Religion ins Leben zu rufen. Als er bei seinem ersten Besuch sagte, er käme noch mal zurück, hab ich heimlich die Kamera mitlaufen lassen.«

»Und dich nie gefragt, wieso er genauso aussieht wie du?«

Masturbani kniff die Augen zusammen. Das VHS-Bild war ziemlich mies, dennoch ließen sich eindeutig seine Züge erkennen.

»Der alte Masturbani händigt dem jungen Enrico mein Handbuch aus«, sinnierte Gewesen und schnappte sich eine Hähnchenkeule vom Teller. »Sehr interessante Wendung des Schicksals.« Er drehte die Keule in der Hand und suchte nach der richtigen Stelle zum Anbeißen. »Und was ist wirklich passiert? Damals, auf dem Kornfeld?« Dann versenkte er die Kiefer in das weiche Fleisch.

Masturbani ließ den Kopf hängen und seufzte. »Ich habe ein Wurmloch angelockt und dich in ein Paralleluniversum befördert.«

Gewesen schluckte. Das hatte er dann doch nicht erwartet. Obwohl es natürlich naheliegend war.

»Ich hab den Brief in Rebeccas Namen geschrieben, weil ich wusste, dass ihr euch gestritten hattet. Deshalb dachte ich, du würdest kommen, wenn sie dir ein Friedensangebot macht. Und genau so war es auch. Du erscheinst im Kornfeld, und ich schick dich per Wurmloch auf die Reise.«

»Und wie haste das angestellt?«

»Mit dem Buch von diesem Japsen«, antwortete Masturbani. »Steht hinten im Regal.«

Gewesen ließ die Keule fallen und durchsuchte das Bücherregal. Er zog ein Taschenbuch hervor: *Wurmlöcher, Kornkreise, Raumreisen – Und wie man mit Yashahashish-Haschisch den totalen Durchblick kriegt* von Heiko Yashahashish.

Gewesen kniff die Augen zusammen. »Wo finde ich diesen Kerl?«

Stoned dachte nach, was bedeutete: Er hatte es sich auf seinem Kamasutra-Sessel gemütlich gemacht, rauchte ein Pfeifchen mit selbst angebautem Stoff und betrachtete die Schmetterlinge. Hunderte von ihnen schwirrten durch das kleine Tropenhaus, saßen auf dem Geländer der hölzernen Brücke, labten sich am Nektar der zahllosen Blüten oder besuchten die bronzene Statue gleich neben dem Eingang. Hin und wieder war das tiefe Glucksen eines der fetten Kois zu hören, die sich träge durch den schmalen Bach treiben ließen.

Seit mehr als zwanzig Jahren lebte Stoned schon in Friedrichsruh, rund zwanzig Kilometer östlich von Hamburg. Hier hatte er sich zur Ruhe gesetzt, nachdem der Bastardismus seine Karriere als Physiker jäh beendet hatte. Fortschritt-Entschleunigungsgesetz hieß das Wortungetüm, das Seine Heiligkeit Enrico I. verabschiedet hatte und das jegliche Beschäftigung mit Forschung und Technik unter Strafe stellte. Die meisten Leute nahmen das nur am Rande wahr, denn für sie war der Höhepunkt des Fortschritts mit der Erfindung von Dosenbier und Pay-TV sowieso schon erreicht.

Seine Heiligkeit Enrico I. stellte es allen Experten frei, ihre Kompetenz in Zukunft in den Dienst des Bastardismus zu stellen oder sich in ein gemütliches überschaubares Habitat zurückzuziehen, wo sie ungestört ihren jeweiligen Neigungen nachgehen konnten – in einem abgeriegelten und streng bewachten Stück Urwald irgendwo im Kongo.

Stoned gab vor, die Wurzeln des neuen Glaubens erforschen zu wollen, und zog sich in seinen Schmetterlingsgarten zurück. Hin und wieder überraschte er die Obersten Wächter mit spektakulären Einsichten wie der These, dass die V-Formation ziehender Vögel ein archaisches Überbleibsel des Dreiecks aus dem Bastardismus-Symbol darstellen könnte.

Hauptsächlich aber verbrachte er seine Tage mit dem Ersinnen abgefahrener Theorien. Zum Beispiel der theoretischen Möglichkeit, durch die Anwendung quantenmechanischer Effekte den eigenen Hinterkopf betrachten zu können. Stoned hatte keine Ahnung, wozu das gut sein sollte; aber wenn es möglich war, musste es auch beobachtet, notiert und abgeheftet werden. Immerhin handelte es sich um einen weiteren Baustein im gigantischen Puzzle des kosmischen Daseins.

Abgesehen davon schien diese Theorie auch dabei zu helfen, flotte Käfer abzuschleppen. Zumindest hatten seine Ausführungen die scharfe Brünette beeindruckt, die er am Abend zuvor in der Bar *Zum steinernen Monolithen* angebaggert hatte. Angetan von seiner Eloquenz, war sie ihm in sein Labor gefolgt, wo er sie nicht nur von seinem exquisiten Yashahashish-Haschisch kosten ließ, sondern auch ausgiebig die Vorzüge des Kamasutra-Sessels demonstrierte. »Ich bin so stoned«, hatte sie schließlich erschöpft gestöhnt, und der Vollblutwissenschaftler konnte sich ein zufriedenes Grinsen nicht verkneifen.

Stoned – diesen Namen hatten ihm die Studenten verpasst, als er noch am Caltech theoretische Physik lehrte. Er hatte zwar auch damals schon oft und reichlich sein Selbstangebautes konsumiert; aber vor allem hatte er den Spitznamen wegen seines ausgeprägten Silberblicks bekommen – und weil sein echter Name so schwer auszusprechen und noch schwieriger zu buchstabieren war. Yashahashish. Schon als Kind hatte er über die sorglose Verwendung derart vieler redundanter Vokale den Kopf geschüttelt. Klar, es war ein japanischer Name und Stoned war japanischer Abstammung. Aber typische Namen in anderen Kulturkreisen waren längst nicht so angeberisch.

Gemächlich schälte er sich aus dem Sessel und schlurfte zum Wasserfall. Er packte einen hervorstehenden Stein und zog daran, woraufhin eine Tür aufschwang und einen reich gefüllten Kühlschrank offenbarte. Stoned nahm sich einen Energydrink und saugte den Inhalt geräuschvoll durch einen Strohhalm. Sein Blick fiel auf ein Käsesandwich, und er überlegte, ob er es rasch verputzen sollte – als es an der Haustür klingelte. Wer konnte das sein? Etwa Charlène, die heiße Blondine von Montag, die er mit dem Versprechen, ihr einen Einblick in seine Stratosphäre zu gewähren, in sein Labor gelockt hatte? Oder Tatjana, die rassige Schwarzhaarige, der er von seinem großen Freund Pepe vorgeschwärmt und den sie danach stundenlang verzückt untersucht hatte? Vielleicht war es auch Saskia, die noch einmal …

Es klingelte erneut, und zwar ziemlich ungeduldig. War das die Glaubens-Polizei? Oder Saskias Mann? Vielleicht war es Fabrizias Bruder; sie hatte erwähnt, dass er ziemlich eifersüchtig werden konnte. Oder Sabrinas Vater – hatte der nicht irgendwas mit Handfeuerwaffen zu tun? Möglich wäre auch Klementines Schwager, Henriettes Neffe, Klothildes …

Die Tür flog quer durchs Gewächshaus und flanschte gegen das Wasserfall-Imitat. Stoned zuckte zusammen und starrte zum Eingang, wo sich im Gegenlicht der untergehenden Sonne der Umriss eines großen Mannes abzeichnete. Mit energischen Schritten durchquerte er den Tropenpark, packte den Physiker am Kragen und hievte ihn aufs Brückengeländer. Dann zog er ein Buch aus seiner Kutte und hielt es dem Japaner vor die Nase.

»Wir müssen reden«, sagte er. »Über dieses Buch. Und meine Existenz.«

Enrico Masturbani wand sich wie ein Aal in der Socke, aber die Fesseln saßen fest. Er würde ewig an diesem Deckenventilator hängen. Es sei denn …

Die Tür wurde geöffnet. Nur einen Spalt.

»Hallo?«, rief Masturbani unsicher. »Gewesen?«

Die Tür schwang auf und Masturbani sah sich selbst; beziehungsweise seinen Doppelgänger. Der fragte schüchtern: »Eure Heiligkeit? Habt Ihr etwas Zeit für uns?«

»Uns?«, fragte Masturbani irritiert, worauf drei bis vier Dutzend seiner Doppelgänger ins Loft strömten und sich still im Halbrund um ihn herum postierten. Masturbani folgte dem Treiben mit hektischen Blicken.

»Was soll das?«, rief er ungehalten. »Holt mich gefälligst hier runter!«

»Eure Heiligkeit, Golden Leader, wir wollen uns verabschieden«, erklärte der Anführer. »Jetzt, wo der Bastardismus sein Ziel erreicht hat, sind wir überflüssig geworden.«

»Ziel erreicht? Überflüssig?« Masturbani lief rot an. »Wovon zum Teufel redest du?«

»Die Erfüllung des Bastardismus lag in der Wiederkunft des Heilands«, erklärte sein Doppelgänger. »Nun hat sich die Prophezeiung erfüllt und Dierk Gewesen ist zurückgekehrt. Halleluja!«

»Halleluja!«, riefen die anderen.

»Ich bin euer Herr und Meister«, schrie Masturbani. »Und ich befehle euch: Holt mich hier runter. Auf der Stelle!«

»Ich fürchte, das wird nicht möglich sein«, erwiderte sein Doppelgänger. »Die Heilige Schrift ist da ganz eindeutig.« Er zog ein kleines schwarzes Büchlein hervor, blätterte zur letzten Seite und zitierte: *»Erst wenn der letzte Schurke verhaftet, der letzte Bandit eingelocht und der letzte Banause hinter Schloss und Riegel sitzt, werdet ihr merken, dass es auch ohne geht.«*

Er klappte das Buch zu. »Ihr wart immer gerecht. Hart, aber gerecht. Jeder von uns hätte sich glücklich geschätzt, sein Leben für Euren Schutz zu opfern. Andererseits sind wir jetzt aber auch echt froh, noch mal was anderes machen zu können. Ich zum Beispiel wollte immer Tischler werden. Scheint mir ein Beruf mit Zukunft zu sein.«

Die anderen murmelten aufgeregt durcheinander, und es fielen Begriffe wie *Leuchtturmwärter*, *Schafscherer* und *Brustimplantationstechniker*.

»Wir werden Euch nie vergessen«, schloss der Anführer. »Lebt wohl, Eure Heiligkeit.«

»Lebt wohl«, murmelten die übrigen, salutierten und verließen rasch den Raum. Zurück blieb ein kleiner Mann mit weit aufgerissenen Augen und herunterhängendem Kinn.

Stoned fuhr mit der Zungenspitze über den schmalen Klebestreifen und rollte das dünne Papier zusammen. Dann steckte er den Stängel in den Mund und entfachte ihn mit einem Streichholz. Er atmete tief ein und offerierte den kleinen weißen Freund seinen beiden Gästen, die aber abwinkten. Der Physiker zuckte mit den Achseln und inhalierte einen weiteren Zug. Er blies ein paar formschöne Kreise, die ein Zitronenfalter für eine spontane Luftakrobatik nutzte. Stoned nickte zum Buch, das vor ihm auf dem Tisch lag.

»Wo haben Sie das her?«, fragte er. »Soweit ich weiß, wurden seinerzeit nur ein paar Exemplare verkauft, bevor die GeWau-WauHauAb den Rest der Auflage beschlagnahmt und öffentlich zu Küchenrollen recycelt hat.«

»GeWauWauHauAb?«, fragte Gewesen.

»Gesellschaft zur Wahrung angesehener, vernünftiger und unfugfreier Wissenschaften«, erklärte Stoned ein wenig nachlässig. »Die wurde eingesetzt, nachdem Seine Heiligkeit Enrico I. das Fortschritt-Entschleunigungsgesetz verabschiedet hatte.« Er senkte den Kopf. »Waren finstere Zeiten. Jeglicher Fortschritt war verboten, und sämtliche Gelder wurden GOT zur Verfügung gestellt, der Good-Old-Times-Forschung. Fortan gab's fürs Sternegucken Knast und für die Weiterentwicklung der Kuckucksuhr den Masturbanipreis.«

»Was genau schreiben Sie in Ihrem Buch?«, fragte Nick und verscheuchte einen Schmetterling, der sich offenbar in seine zitronengelbe Jacke verliebt hatte. »Ich weiß nur, dass es um Zeitreisen geht. Und um Wurmlöcher.«

»Und für das eine braucht man das andere«, erklärte Stoned. »Aber das war nicht die entscheidende Erkenntnis.«

»Sondern?«

»Die Erklärung für das Entstehen der Kornkreise.« Stoned ließ seinen Stängel glühen.

»Wurden die nicht von Ufos gemacht?«, fragte Nick und wedelte den aufdringlichen Falter fort.

»Aus welchem Grund sollten Ufos im Korn landen?«, gab Stoned schnodderig zurück. »Aufwirbelndes Getreide schadet höchstens den Triebwerken. Außerdem schlängeln sich gleich nebenan kilometerlange asphaltierte Autobahnen durchs Land. Also, wenn ich ein Ufo landen müsste, würde ich bestimmt kein Kornfeld wählen.«

»Woher stammen dann die Muster?«

»Von Wurmlöchern. Es sind Andockstellen. Ich hab sie eingehend studiert, mit viel Muße und 'ner Menge Yashahashish-Kraut. Irgendwann erkannte ich dann die Kräfte, die nötig waren, um das Korn in genau dieser Art und Weise zu plätten.«

»Und warum war diese Entdeckung so gefährlich?«

»Weil sie eine ganze Reihe weiterer Annahmen bestätigte, zum Beispiel die Existenz von Paralleluniversen und die Möglichkeit von Zeitreisen. Das war der GehWauWauHauAb natürlich ein Dorn im Auge. Denn wenn das, was bisher nur in

Science-Fiction-Filmen möglich war, in greifbare Nähe rückte, käme das einer Revolution gleich.« Stoned drückte den Glimmstängel aus, und Nick nutzte die kurze geistige Abwesenheit des Physikers, um den Falter unter einem Glas festzusetzen – wobei er aus Versehen auch eine Kreuzspinne internierte und der Falter ein grausames Ende erfuhr.

»Aber das Fortschritt-Entschleunigungsgesetz hatte jeglicher technischen Entwicklung den Garaus gemacht. Das Letzte, was die Obersten Wächter gebrauchen konnten, war ein aufrührerisches Buch.« Er seufzte. »Schade. Hätte gerne einen Praxistest gemacht. Theoretisch sind alle Voraussetzungen vorhanden. Nur der Versuch mit einem lebenden Objekt steht noch aus.«

»Nicht mehr«, meldete sich Gewesen zu Wort. »Ich bin nämlich nicht von hier. Ich komme aus einer Parallelwelt. Ich bin ein Wurmloch-Reisender.«

»Vor fünfundzwanzig Jahren wurde ich auf ein Kornfeld gelockt und von einem Wurmloch aufgesaugt. Hab ein Vierteljahrhundert in diesem Drecksloch gelebt, während ich davon träumte, ein anderes Leben in einem anderen Universum zu leben. Dann hat es mich wieder ausgespuckt, und jetzt bin ich hier.«

Stoned betrachtete den Kommissar lange. Dann schüttelte er den Kopf.

»Du glaubst mir nicht?«, fragte Gewesen.

»Doch«, sagte Stoned. »Ich habe nur eine Fliege verscheucht.« Er erhob sich schwerfällig und schlenderte zu einem Ficus nahe der Brücke. »Zumindest glaube ich, dass Sie glauben, was Sie mir gerade erzählt haben. Und es bestätigt eine weitere Vermutung, die ich infolge meiner Kornkreisentdeckung gemacht habe.«

Gewesen schnippte einen Falter von der Kutte. Der taumelte ins Wasser. Ein Koi schnappte zu. »Und die wäre?«

»Dass man in einem Wurmloch einen Teil seines Gedächtnisses verliert.« Stoned drehte sich zu Gewesen. »Niemand kann fünfundzwanzig Jahre in einem Wurmloch überleben. Streng genommen lässt sich ein Wurmlochtransfer ohne schützende Hülle überhaupt nicht überstehen. Die Kräfte in seinem Inneren würden einen binnen Pikosekunden in Elementarteilchen zerreißen. Außerdem ist es so gut wie ausgeschlossen, dass ein Wurmloch zweimal an derselben Stelle auftaucht, einen erst aufsaugt und dann wieder ausspuckt.« Er dachte kurz nach. »Allerdings gibt es eine, wenn auch nur theoretische, Möglichkeit, dass Sie den Transfer dennoch überlebt haben. Aber nur, wenn er sehr kurz gewesen ist.«

»Was ist das für eine Möglichkeit?«, fragte Nick.

»Dass ein statisches Wurmloch verwendet wurde. Ein Wurmloch, das bereits fest angedockt war, weil es kurz zuvor schon einmal benutzt wurde.«

Schweigen.

»Masturbani«, zischte Gewesen, und Stoned hob überrascht die Brauen. »Äh, ja sicher. Zur Tür raus und dann links. Da sind Sie ungestört.«

Der Kommissar sprang auf. »Ist es möglich, dass man sich selbst begegnet, wenn man in der Zeit zurückreist?«

Stoned nickte. »Kurz gesagt: Ja.«

»Und lang gesagt?«

»Reist man nicht wirklich in der Zeit zurück, sondern wechselt das Universum.«

Gewesen runzelte die Stirn.

»Bei einer Zeitreise verlässt man das Universum, in dem man

sich befindet, nicht«, erklärte Stoned. »Die Änderungen, die man in der Vergangenheit vornimmt, verändern das Universum, in dem man sich befindet. Deshalb kann man seinen eigenen Vater nicht umbringen, weil man ja nie geboren würde.« Er machte eine kurze Pause. Dann fuhr er fort. »Bei einem Sprung in ein Nachbaruniversum, das dem ursprünglichen in einem zeitlich früheren Zustand entspricht, bleibt das Ausgangsuniversum unberührt; allerdings sorgt man im Paralleluniversum für eine zusätzliche Aufspaltung der Realität. Aus eins mach zwei, Sie verstehen?«

»Mit was für Folgen?«, erkundigte sich Gewesen.

Stoned dachte nach. »Kollaps vielleicht?«

»Des Universums?«

»Von allem.«

»Und ich?«, fragte Gewesen. »Wo komme ich jetzt her?«

»Keine Ahnung«, sagte Stoned. »Gucken Sie doch mal in Ihren Perso.« Er brach in einen hysterischen Lachanfall aus. »Sorry.« Er kriegte sich nur langsam wieder ein.

»Vergessen Sie das mit dem Perso«, sagte er und wischte sich eine Träne aus dem Augenwinkel. »Denn zufällig habe ich eine Art Gedankenscanner konstruiert, ein Gerät, mit dem ich verschüttete Erinnerungen reaktivieren kann. Den BrainView 800. Damit sollten wir Ihre grauen Zellen animieren, sich zu erinnern, woher Sie kommen.«

»Ist das nicht gefährlich?«, fragte Nick bang.

Aber der Kommissar winkte ab. »Die Gefahr ist mein Beruf.«

»Dann darf ich Sie in mein Labor bitten«, sagte Stoned und wies seinen Gästen den Weg.

»Enrico«, flüsterte die Stimme. Weich. Einfühlsam. Engelsgleich. War er im Himmel? Eher nicht. Er hatte noch nie an so was geglaubt. Auch bei dem Heiligen Geist, der ihm erschienen war, hatte er es für wahrscheinlicher gehalten, dass es sich um einen Außerirdischen handelte, als um einen himmlischen Boten. Der Grund, warum er ein religiöser Führer geworden war, lag schlicht und einfach in den unbestreitbaren Vorteilen, die man als solcher genoss. Moneten, schnelle Wagen, flotte Bienen – er wäre ja blöd gewesen, da nicht zuzugreifen.

»Enrico«, flüsterte die Stimme noch einmal, und Masturbani hob den Kopf. Eine Frau stand im Türrahmen. Ganz in Schwarz. Mit weißem Schal. Und einer schweren Kette um den Hals.

»Rebecca!«, seufzte er erleichtert.

Leichtfüßig schwebte sie herein. »Ich habe immer geahnt, dass du kein Heiliger bist«, sagte sie mit sanfter Stimme und zog einen Stuhl heran. Sie platzierte ihn neben dem baumelnden Zwerg und sprang hinauf. »Der Heilige Geist hat mir den Brief gezeigt, den du in meinem Namen an Dierk Gewesen geschrieben hast.«

Masturbanis Augen verengten sich. »Das war nicht der Heilige Geist«, sagte er scharf. »Das war der Anti-Dierk! Durchschaust du denn nicht seine Strategie? Er will uns gegeneinander ausspielen …«

Rebecca zog einen Apfel aus ihrer Tunika und stopfte ihn Masturbani in den Mund.

»Du hast mich angelogen«, sagte sie und sprang vom Stuhl. »Mich betrogen und in die Herbertstraße geschickt.« Sie riss sich die Kette mit dem Bastardismus-Symbol vom Hals und ließ sie achtlos fallen. Dann machte sie sich an ihrem Schal zu schaffen. »Tag und Nacht habe ich gebetet. Auf deinen Befehl! Aber du wolltest nur, dass ich niemand anderem verfalle, unberührt bleibe. Denn wenn *du* mich nicht haben konntest, sollte ich niemandem gehören.« Sie streifte den Schal ab und ließ die Tunika zu Boden sinken. Darunter trug sie ein enges Glitzerkostüm, das ihre schlanke Figur äußerst vorteilhaft zur Geltung brachte.

»Die Zeit des Betens ist vorüber«, rief sie aus und drehte auf ihren Inlinern eine Pirouette. »Und ich habe eine Menge nachzuholen.« Geschickt sprang sie zurück auf den Stuhl. »Und das eine sage ich dir, Poco Stronzo.« Ihre Rechte packte ihn am Schritt. Der kleine Mann wimmerte. »Wenn du mir noch einmal in die Quere kommst, mach ich dich fertig! So fertig, dass du dir wünschst, nie geboren zu sein. Verstanden?« Sie erhöhte den Druck, und Masturbani begann zu schwitzen. Dann ließ sie von ihm ab und sauste aus dem Loft.

Mit offenem Mund starrte Nick auf das monströse Gebilde aus Chrom und Stahl. Es hatte die Ausmaße einer kleinen Turnhalle, war an den Seiten abgeflacht und lief am hinteren Ende spitz zu. In seinem Inneren wucherte ein Gewirr aus Zahn- und Schwungrädern, Federn und Haken, Klöppeln und Röhren. Armdicke Kabelstränge wanden sich durch das Metallgestrüpp, und hektisch blinkende Dioden zeugten von rastloser Tätigkeit. Ein schriller Ton warnte alle dreißig Sekunden davor, dem imposanten Gebilde zu nahe zu treten.

»So etwas Großartiges und Schönes habe ich noch nie gesehen«, flüsterte Nick ehrfurchtsvoll.

»Ach ja?«, gab Stoned ein bisschen angewidert zurück. »Na, wenn Sie wollen, können Sie das Ding nachher mitnehmen.«

»Mitnehmen?«, stammelte Nick ungläubig.

»Ja klar, wieso nicht? Ich hab für einen turnhallengroßen Toaster keine Verwendung.«

»Toaster?«

»Ja, Toaster. Hab mich irgendwie verfranzt. Kann ja mal passieren.« Er drehte sich zu Gewesen, der es sich an einer Bar neben dem Toaster gemütlich gemacht hatte.

»Das hier ist der BrainView 800«, sagte Stoned. »Beziehungsweise, das sind eine Bar und ein Hocker. Sowie ein Monitor zur Anzeige der verschütteten Erinnerungen.« Er wies auf den sperrigen Röhrenfernseher, der den halben Tresen einnahm. Dann öffnete er eine Schublade und zog eine Art Joystick heraus, einen kleinen schwarzen Kasten mit einem Hebel an der Ober- und Saugnäpfen an der Unterseite. »Und hiermit werden wir Ihre Gedanken lesen.«

»Das ist alles?«, fragte Nick argwöhnisch. »Dieses kleine Ding?«

Stoned betrachtete den Kasten eingehend, drehte ihn herum und unterzog jede Seite einer genauen Prüfung. Dann nickte er zufrieden und sagte: »Ja.«

Aber der junge Polizist war nicht überzeugt. »Wie funktioniert er?«

»Ich zeig's Ihnen.«

Er nahm den Kasten und richtete ihn gegen Gewesens Stirn. Aber Nick ging dazwischen. »Moment mal!«, rief er aus. »Nicht so schnell!«

Stoned hob überrascht die Brauen.

»Ich darf mal?« Nick zog seinen Chef zur Seite.

»Was ist denn?«, fragte Gewesen ein wenig unwirsch.

»Chef, wir haben keine Ahnung, worum es sich bei dem Kasten handelt«, flüsterte Nick erregt. »Der Typ kann uns alles erzählen. Vielleicht ist das in Wirklichkeit ein Elektroschocker oder ein Neuronenverdampfungsgerät. Wieso sollten wir diesem bekifften Ex-Physiker glauben?«

»Du meinst, es könnte eine Falle sein?«, fragte Gewesen.

»Wäre möglich«, erwiderte Nick. »Soll er das Ding doch erst mal an sich selbst demonstrieren. Dann sehen wir weiter.«

Ein Anflug von Stolz blitzte in Gewesens Augen auf. »Nick, deine Vorsicht ehrt dich. Aber du musst auch lernen zu vertrauen. Denn ohne Vertrauen ist die Welt nur ein kalter, herzloser Ort irgendwo in der schwarzen Tiefe des Alls. Öffne dein Herz, Nick, und alles wird gut.«

Freundschaftlich legte er dem jungen Mann die Hand auf die Schulter. Dann ging er zurück zum Tresen. Nick blieb noch eine Weile stehen, gerührt von den großen Worten dieses großen Mannes. Dierk Gewesen war wirklich etwas Besonderes; kein Wunder, dass alle seine Rückkehr herbeigesehnt hatten. Dieser Mann würde die Welt verändern. Und Nick würde an seiner Seite sein.

»Dann mal los«, sagte Gewesen und setzte sich auf den Hocker. Stoned nahm den Kasten und presste ihn gegen die Stirn des Kommissars. Plötzlich verharrte er. Etwas Kaltes, Hartes drückte in seine Magengrube.

»Und keine Tricks«, zischte der Kommissar und sah nach unten. Stoned folgte dem Blick und entdeckte eine kleine schwarze Handfeuerwaffe, die auf ihn gerichtet war. Er schluckte.

»Tut nicht weh«, krächzte er.

»Natürlich nicht!«, rief Nick euphorisch aus und klopfte dem Physiker auf die Schulter. »Sie machen das schon! Wir sind ganz auf Ihrer Seite!« Er grinste Stoned an, dann Gewesen, zuletzt grinste er seinem Spiegelbild im Monitor zu. Er fühlte sich großartig, einfach sensationell.

Stoned schaltete den Monitor ein, und ein grießeliges Bild erschien. Langsam schälten sich kleine Farbinseln aus dem Chaos. Konturen wurden sichtbar, Bewegungen kamen zum Vorschein. Und plötzlich sah Nick sich selbst. Im Nebel. Suchend. Rufend.

Plötzlich wurde sein Kopf gepackt und gegen eine Wand gerammt. Einmal. Zweimal. Dreimal. Dann sank er zu Boden, und Gewesen trat aus dem Nebel. »Okay, du hundsföttischer Schurke!«, rief er aus, wobei seine Stimme merkwürdig hallte. »Raus mit der Sprache: Was hast du hier verloren?«

»Schluss jetzt«, mischte sich Gewesen ein und das Bild verschwamm. »Wir sind hier nicht zum Videospielen. Spul vor, Stoned. Und Vorsicht bei den Sachen, die dich nichts angehen.«

Der Japaner betätigte den Hebel mit sanftem Druck, und die Bilder auf dem Monitor wechselten so rasch, dass nur noch einzelne Eindrücke blieben: Eine funkelnde U-Bahn-Station, ein schwarzes Loch, zwei hüpfende Apfelsinen, ein stacheliger Igel …

»Stopp!«, rief Nick aus und griff nach Stoneds Arm. »Da ist er! Ich kenne den Igel. Aus einem Traum!«

Gewesen linste zum Monitor, aber da dieser schräg zu ihm stand, konnte er nichts erkennen.

Stoned fuhr sacht mit dem Hebel hin und her. »Das ist in der Tat interessant«, murmelte er. »Höchst interessant.«

»Oh, mein Gott«, rief Nick aus und biss sich in die Faust.

Gewesen riss der Geduldsfaden. Er packte den Monitor und drehte ihn zu sich. Und da sah auch er den Igel. Und über ihm stehend: Enrico Masturbani. Bekleidet mit einem scharfen Leopardenoutfit, in der Hand eine blonde Perücke.

»Endlich bin ich dich los, Gewesen«, sagte er. »Und habe freie Hand für meinen Traum: Glamour City! Ich, Carlos Al Dente, Schöpfer des größten Projekts der Menschheitsgeschichte …«

Das Bild verschwamm – eine Zeit lang sah man nichts – dann erschien die Kuppel im Michel.

»Das war's«, sagte Stoned und ließ den Hebel los. »Das war das Letzte, was Sie wahrgenommen haben, bevor sie ins Paralleluniversum gepustet wurden.«

»Enrico Masturbani ist Carlos Al Dente«, zischte Gewesen. »Hat sich als scharfe Blondine verkleidet und mich zu DESY gelockt.«

»Und dann zu uns geschickt«, ergänzte Stoned. »Dass Sie hier gelandet sind, ist alles andere als ein Zufall.« Er spulte zurück, und der Linearbeschleuniger ILC füllte den Bildschirm. »Denn zum zielgerichteten Transfer braucht man einen Beschleuniger. Al Dente muss es gelungen sein, ein Verfahren zu entwickeln, dass es ihm ermöglicht, sich mühelos durch Raum und Zeit zu bewegen.«

»Aber wieso hat er Sie dann erst von hier weggeschickt?«, fragte Nick Gewesen. »Wieso der Brief in Rebeccas Namen, an jenem Abend auf dem Kornfeld vor fünfundzwanzig Jahren?«

»Das war nicht ich. Das war mein Alter Ego.« Gewesen zog sich den Kasten von der Stirn …

PLOP!

… und schaltete den Monitor aus.

»Masturbani wollte es loswerden und hat deshalb den Brief gefälscht«, erklärte er. »Nachdem der andere Dierk vom Wurmloch aufgesaugt wurde, bekam Masturbani Besuch von Carlos

Al Dente, seinem Zwillings-Ich aus meiner Welt. Und der veranlasste ihn dazu, eine neue Religion auszurufen. Dann erschien Al Dente Rebecca als Heiliger Geist und drängte sie, Masturbani zu heiraten, aber sie lehnte ab.«

»Carlos Al Dente hat also die Voraussetzungen für die Welt geschaffen, in der wir leben?«

Gewesen nickte. »Ein saftloses Achtzigerjahre-Revival ohne Flatscreen und DVD.«

»Und ohne Teilchenbeschleuniger«, fügte Stoned hinzu. »Denn das Fortschritt-Entschleunigungsgesetz verhinderte die Weiterentwicklung bei DESY. Wir haben hier nur ein paar funktionsuntüchtige Relikte aus den späten Siebzigern. Damit könnten wir niemals die Energie erzeugen, die für einen zielgerichteten Transfer nötig ist.«

»Ich komm hier also nicht mehr weg«, ergänzte Gewesen. »Das war Al Dentes Plan. Er schuf eine technikfeindliche Welt, die für mich zum Gefängnis werden sollte. Auf diese Weise wäre er mich in seiner Welt los und hätte freie Bahn für Glamour City.«

»Was ist das?«, fragte Nick.

Gewesen zuckte mit den Achseln. Es entstand eine seltsame Pause, in der es am ehesten gepasst hätte, wenn irgendjemand »CUT!« gerufen hätte. Aber niemand tat es.

»Und nun?«, fragte Nick. »Was machen wir jetzt?«

»Ich könnte ein Team von Spezialisten zusammenstellen und mich daranmachen, die Teilchenbeschleunigung weiterzuentwickeln«, schlug Stoned vor. »Jetzt, wo der Bastardismus ausgemerzt ist, hätten wir wieder alle Möglichkeiten. Allerdings würde das ein bisschen dauern.«

»Wie lange?«, fragte Gewesen.

»Fünfundzwanzig Jahre. Vielleicht geht es etwas schneller,

wenn ich die Aufnahmen des Beschleunigers aus dem Gehirn des Kommissars genau studiere. Aber unter zwanzig Jahren ist nichts zu machen. Forschung braucht Zeit. Und Fortschritt ist keine Hexerei.«

»Das ist zu lang«, sagte Gewesen. »Al Dente plant was, und mit den technischen Möglichkeiten, die ihm zur Verfügung stehen, ist er zum gefährlichsten Mann der Welt geworden.«

»Des Universums«, ergänzte Nick.

»Des Multiversums«, fügte Stoned hinzu und stand auf. Nachdenklich machte er ein paar Schritte. Es gäbe da noch eine andere Möglichkeit«, murmelte er mehr zu sich selbst. »Aber ich weiß nicht, ob ...«

»Welche?«, rief Nick aus und packte ihn bei den Schultern. »Sagen Sie schon: Unser Schicksal hängt davon ab!«

Stoned machte sich ärgerlich los. »Also gut. Folgen Sie mir.«

Er mobilisierte seine letzten Kräfte, wand sich in den Fesseln, bis die Seile ihm ins Fleisch schnitten, und spürte plötzlich, wie sie sich an den Handgelenken lockerten.

Masturbani schloss die Augen und sammelte sich. *Lieber Herr, bitte hilf mir in dieser Stunde höchster Not ...* Ihm fiel ein, dass er ja überhaupt nicht an Gott glaubte. Auf der anderen Seite konnte ein Hilferuf nicht schaden. Wieso nicht ein kleines Stoßgebet zum Himmel schicken? Hörte ja niemand außer ihm.

Lieber Herr, bitte hilf mir in dieser Stunde höchster Not und löse meine Fesseln. Sende mir ein göttliches Licht! Bitte, bitte, bitte!

Ein Grollen rollte durch die Nacht. Ein Orkan zog auf und fetzte die Tür aus den Angeln. Regenschauer stürzten ins Loft, ein Blitz krachte herein und versengte die Seile an Masturbanis Handgelenken. Der kleine Mann zog eine Hand heraus und riss sich den Apfel aus dem Mund.

Der Blitz wurde von einem Spiegel reflektiert, schoss zurück und bohrte sich in die Wand neben der Tür, wo er einen Kurzschluss verursachte und den Deckenventilator in Fahrt versetzte.

»NEIN«, schrie Masturbani und versuchte auch seine andere Hand zu befreien. Aber der Ventilator nahm zügig an Fahrt auf, drehte sich schneller, als vom Hersteller vorgesehen, und brannte schließlich mit einem lauten Knall durch. Masturbani flog in hohem Bogen durch die Tür und klatschte in den Schlamm vor seinem Haus. Mühsam rappelte er sich auf.

Der Sturm hatte sich gelegt und die Wolken hatten sich verzogen. Weit und breit war niemand zu sehen. Kein Diener, kein Sicherheitsbeamter, die Wagenkolonne stand verlassen auf dem Parkplatz. Sein Loft war schwer vom Sturm beschädigt. In der Küche loderten Flammen.

Aber er war am Leben. Und hatte einen Auftrag. Denn derjenige, dem er all das zu verdanken hatte, würde nicht ungeschoren davonkommen.

Masturbani hob den Blick und sah hinauf zu einem Himmel voll funkelnder Sterne. »Danke«, flüsterte er. »Danke für die schnelle Hilfe.«

»Keine Ursache«, dröhnte eine tiefe Stimme, und Masturbani zuckte zusammen.

»Da ist es«, verkündete Stoned stolz und führte seine Besucher in einen kleinen Raum, in dessen Mitte auf einem Podest eine Moto Guzzi California mit extra langem Giraffenhals-Lenker thronte. »Meine Erfindung. Mein Baby!« Liebevoll streichelte er das blitzende Chrom.

»Ein Motorrad?«, rief Nick verärgert aus.

»Kein Motorrad, eine Guzzi«, korrigierte Stoned.

Nick schnaubte verächtlich. »Wie soll denn diese Kiste den Kommissar in seine Welt zurückbefördern?«

»Nicht zurück in seine Welt«, sagte Stoned und hob mahnend den Finger. »Sondern zurück in der Zeit. Das TimeBike funktioniert auf Basis von Quantenwahrscheinlichkeiten, sprich: Es nutzt die Eigenschaft der Elementarteilchen, so lange in einem unbestimmten Zustand zu bleiben, bis eine Entscheidung über ihr Schicksal getroffen wird. Dieser Zustand wird erreicht, indem man im vierten Gang Vollgas gibt. Bei 200 Sachen geraten die Teilchen in Schwingungen. Dann bedarf es nur noch eines Kompensators, um die Wahrscheinlichkeitswolken gebündelt zu tunneln. Der Tunneleffekt beschleunigt die Materie auf bis zu vierfache Lichtgeschwindigkeit, was nichts anderes bedeutet, als in der Zeit zurückzureisen.«

»TimeBike?«, rief Nick entgeistert aus. »Wollen Sie damit sagen, dieses Ding da ... ist eine Zeitmaschine?«

Stoned nickte.

Nick schwirrte der Kopf. »Aber Sie haben doch gesagt, Zeitreisen wären in Wirklichkeit Raumreisen?«

Stoned nickte erneut. Oder immer noch. Schwer zu sagen.

»Und dass man für eine zielgerichtete Raumreise einen Teilchenbeschleuniger benötigt?«

»Stimmt genau«, bestätigte er. »Aber letzten Endes ist sowieso alles eine Frage der Theorie.« Er trat zu einer Tafel, nahm ein Stück Kreide und illustrierte seine Ausführungen mit ein paar gut gemeinten, aber doch recht hilflos wirkenden Zeichnungen.

»Wenn wir vom Universum sprechen, meinen wir damit einen Ort, in dem sich die Zeit geradlinig von der Vergangenheit über die Gegenwart in die Zukunft bewegt. In dieser Vorstellung ist eine Zeitreise eine ziemlich simple Angelegenheit: Man reist in die Vergangenheit, beispielsweise ins Jahr seiner Zeugung, und sieht zu, wie der eigene Vater das Haus verlässt, in den Wagen steigt und zur Arbeit fährt. Kurz darauf erscheint der Milchmann und verschafft sich mit einer kurzen Morsefolge an der Haustür Zutritt. Womit die Frage nach der Ursache für die großen Ohren und dem leicht sauren Geruch unter den Achseln geklärt wäre. Die Frage ist nun: Was passiert, wenn der Zeitreisende den Milchmann umbringt? Die Antwort: Er wird nie gezeugt und somit auch nie geboren werden. Doch wenn er nie geboren wird, wie kann er dann in die Vergangenheit reisen und den Milchmann töten?«

Stoneds Zeichnung zu diesem Abschnitt sah in etwa so aus:

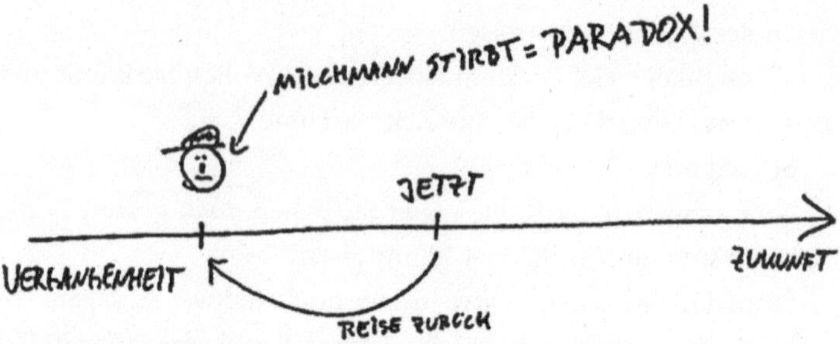

»Die Sache lässt sich erst dann zweifelsfrei klären, wenn jemand eine Zeitreise unternimmt und den verdammten Eiweißlieferanten killt. Dann wird man sehen, ob das Universum in einem Paradox vergeht, oder ob gar nichts passiert.«

»In einem Multiversum hingegen ist alles anders«, fuhr Stoned fort. »Denn das Multiversum entsteht durch Aufspaltung der Wirklichkeitsebenen bei jeder Elementarteilchenregung. Man kann es sich wie einen mäandernden Stammbaum vorstellen. Reist man nun in der Zeit zurück und tötet den Milchmann, erzeugt man durch diese Tat neue Universen, nämlich eines, in dem der Milchmann stirbt und man selbst nie geboren wird, eines, in dem der Milchmann wie durch ein Wunder überlebt, eines, in dem er es sich auf der Schwelle überlegt und spontan die Flucht ergreift und so weiter. Nur: Man selbst verlässt das Universum nicht, in dem man die Tat beging. Dieser Zweig bleibt erhalten und stellt bloß eine von unendlich vielen Möglichkeiten dar. Was sich also ändert, ist lediglich die Anzahl der Universen.«

Die gut gemeinte Illustration zu diesem Abschnitt sah so aus:

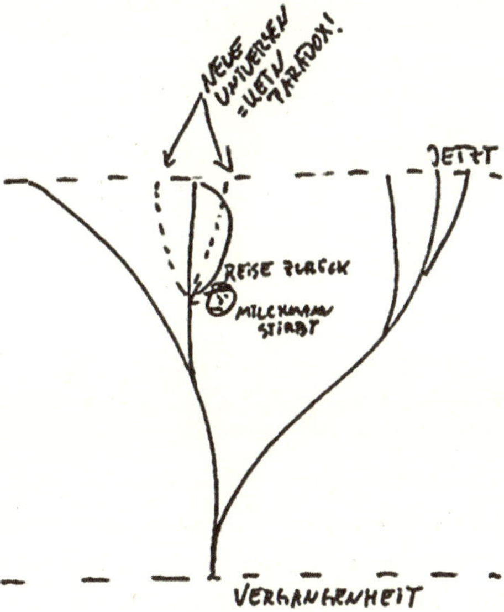

»Die Frage ist nun: Was ist richtig? Die Theorie der linearen Zeit oder die Theorie des Multiversums? Niemand weiß es.«

»Ich schon«, warf Gewesen ein. »Ich komme ja aus einer Parallelwelt.«

»Eine Parallelwelt beweist noch keine Theorie«, sagte Stoned. »Möglicherweise handelt es sich nur um eine Vergangenheit, an die sie sich nicht mehr erinnern. Wer weiß?«

»Und man hat keine Chance, das herauszufinden?«, fragte Nick.

»Doch.« Stoned trat zum TimeBike und tätschelte zärtlich den ledernen Sattel. »Indem man es ausprobiert.«

Nick riss entsetzt die Augen auf. »Soll das heißen, Sie haben das Ding noch gar nicht getestet?«

»Selbstverständlich nicht, sonst wäre ich ja nicht hier«, sagte Stoned. »Denn wenn der Zeitsprung funktioniert, gibt es kein Zurück. Der Zeitreisende braucht ja dieselben Voraussetzungen, die er hier hat. Aber die sind in der Vergangenheit nicht gegeben.«

Sie schwiegen. Von irgendwo war *Born to run* zu hören. Aber vielleicht war es auch nur das schwache Echo einer Erinnerung.

»Okay«, sagte Gewesen und klatschte in die Hände. »Dann erklär mir mal, wie die Mühle bedient wird.«

»Das hier ist der Speedbutton«, erklärte der Erfinder und zeigte auf einen roten Knopf am Lenkrad. »Den drücken Sie, nachdem Sie in den zweiten Gang geschaltet haben. Das gibt dem Bike den notwendigen Schub für die nächste Beschleunigungsstufe.«

Gewesen nickte. »Und der hier?«

»Der Energy-Switch. Den betätigen Sie nach dem Dritten.«

»Und der Sugarshaker hier?«, fragte Gewesen und wies auf einen grünen Knopf. »Der ist für nach dem Vierten?«

Stoned schüttelte den Kopf. »Nein, da kommt Zucker für den Kaffee raus, falls Sie unterwegs Durst kriegen.«

Gewesen rieb sich die Hände. »Ich denke, ich komme zurecht. Wann geht's los?«

»Stopp!«, rief Nick und hob mahnend die Hände. »Der Kommissar wird sich nicht einfach auf Ihr Wort verlassen und auf diesem Ding in eine unbekannte Zukunft rasen!«

»In die Vergangenheit«, korrigierte Stoned. »Und dort sorgt er dafür, dass Enrico Masturbani niemals an die Macht kommt und deshalb auch nie das Fortschritt-Entschleunigungsgesetz verabschieden kann. Als Folge wird die Entwicklung der Technik ihren normalen Gang nehmen und fünfundzwanzig Jahre später einen schönen Teilchenbeschleuniger hervorbringen, mit dem wir den Kommissar dann zurück in sein eigenes Universum befördern.«

»Fünfundzwanzig Jahre? Soll das heißen, der Kommissar muss fünfundzwanzig Jahre warten, bis er seine Mission fortführen kann?«

»Ja logisch. Anders ist es nicht möglich. Außerdem muss er dafür sorgen, dass Masturbani nicht zwischendurch die Macht übernimmt. Für uns hier vergeht natürlich überhaupt keine Zeit. In dem Moment, in dem der Kommissar in den Kompensator fährt, erscheint er an anderer Stelle und hat seine fünfundzwanzigjährige Mission bereits hinter sich. Wir können also sofort zur Tat schreiten.«

»Und was ist der Kompensator?«, fragte Gewesen.

Stoned strahlte übers ganze Gesicht. »Die Kuckucksuhr im Michel!«

Kurz vor Mitternacht waren die Vorbereitungen abgeschlossen. Die Startlinie war markiert und eine geschmeidig ansteigende Rampe errichtet. Über sie würde Gewesen mit dem TimeBike auf den Michel zurasen, wenn Stoned ihm das Signal gab.

»Und dahinter ist ein Kuckuck?«, fragte der Kommissar ungläubig.

Stoned nickte. »Hat Masturbani seinerzeit in Auftrag gegeben, nachdem die ursprüngliche Uhr wegen Blasphemie öffentlich gedemütigt worden war.«

Gewesen kräuselte die Stirn.

»Wünschelruten«, erklärte Stoned. »Sie haben Wünschelruten aus ihr gemacht. Ziemlich hartes Schicksal für solch ein Präzisionsinstrument.«

»Ich will ja nicht hetzen«, sagte Nick mit Blick auf seine Sandarmbanduhr. »Aber in zwei Minuten geht es los.«

»Ich fahre also über die Rampe und springe in die Klappe, wenn der Kuckuck draußen ist«, rekapitulierte Gewesen den Auftrag.

»So ist es«, bestätigte Stoned. »Meine Berechnungen haben ergeben, dass Sie exakt nach dem zweiten Ruf starten müssen. Einfach Vollgas geben, okay?«

Gewesen nickte und drehte den Zündschlüssel im Schloss. Der Motor sprang sanft an und schnurrte wie ein geiler Puma.

»Helm?«, fragte Stoned und reichte dem Kommissar etwas, das möglicherweise einmal ein Vogelkäfig gewesen war. Vielleicht aber auch ein Fritteusenkorb.

Gewesen schüttelte den Kopf. »Wie hast du eigentlich das TimeBike zusammengeschraubt, wenn du noch nicht mal ’nen simplen Helm basteln kannst?«

Stoned lachte und klopfte Gewesen freundschaftlich auf die

Schulter. Der Kommissar ließ die Maschine aufheulen und rollte zur Startposition.

Der Professor sah hinauf zum Michel. »Gleich Mitternacht«, murmelte er.

Ein tiefes Brummen brachte den Boden zum Vibrieren. Die Bäume erzitterten, und Ziegel fielen von den Dächern. Nick schlidderte über den Asphalt, während Stoned sich an einem Laternenpfahl festklammerte. Selbst Gewesen hatte Mühe, die Mühle in der Waagerechten zu halten. Dann schwang die Klappe am Michel auf, und ein stahlverstärktes Teleskopgestänge schoss hervor. Auf seiner Spitze hockte ein gewaltiger Kuckuck, handgeschnitzt und bunt bemalt. Am Scheitelpunkt senkte er den Schnabel und schmetterte:

KUCKUCK!

Die Scheiben der umliegenden Häuser klirrten, zwei ältere Leute starben an Herzversagen. Der Vogel wurde zurückgerissen, die Klappe fiel zu – und der Vorgang begann von vorne. Wieder schmetterte der Holzpiepmatz seinen fröhlichen Ruf in die Nacht.

KUCKUCK!

»Und los!«, rief Stoned und schlug Gewesen auf den Rücken. Der Kommissar ließ den Motor aufheulen, wuchtete den ersten Gang rein und ließ den Asphalt Gummi schmecken.

»Eins versteh ich nicht«, rief Nick gegen das Dröhnen des Räderwerks im Michel an. »Wenn der Plan funktioniert, wieso ist der Gewesen aus der Zukunft noch nicht hier?«

»Bevor er nicht weg ist, kann er nicht auftauchen«, schrie Stoned zurück. »Man kann sich nicht selbst treffen. Höchstens sein anderes Ich aus einer parallelen Welt. Sonst gibt es ein Paradox.«

Nick nickte.

Stoned wurde nachdenklich.

KUCKUCK!

»Verflucht, ich hab was übersehen!«, rief Stoned entsetzt aus. »Etwas Entscheidendes!« Er schlug sich mit der flachen Hand an die Stirn. »Jetzt ergibt alles einen Sinn! Wir müssen den Kommissar aufhalten, er darf nicht springen …«

In diesem Moment raste das TimeBike mit 200 Sachen an ihnen vorüber – geradewegs auf die Rampe zu.

KUCKUCK!

Ein Schatten löste sich aus dem Unterholz, und eine Gestalt hastete gebückt zur Rampe, wobei sie etwas Langes, Stacheliges hinter sich her schleifte.

»Das ist Masturbani!«, rief Nick entsetzt aus. »Er will verhindern, dass der Kommissar über die Rampe fährt!«

»Umso besser«, rief Stoned erleichtert aus. »Dann gibt es noch eine Chance.«

KUCKUCK!

Gewesen schaltete einen Gang höher und beschleunigte das TimeBike weiter. Er erinnerte sich an den Sugarshaker und spielte mit dem Gedanken, noch einen kleinen Espresso zu sich zu nehmen, bevor er in die Vergangenheit raste. Da sah er plötzlich einen Schatten. Irgendjemand machte sich an der Rampe zu schaffen!

KUCKUCK!

Masturbani platzierte den Nagelteppich quer über der Rampe und rieb sich die Hände. Dann ließ er es bleiben, denn es war ja überhaupt nicht kalt. Stattdessen stellte er sich hinter die Nagelkette und zog dem Kommissar Fratzen. Das war zwar albern, aber sehr befriedigend.

KUCKUCK!

»Wenn er da durchrast, wird er stürzen!«, rief Nick aus und seine Stimme überschlug sich beinahe.

»Immer noch besser als … als …« Stoned zögerte.

»Als was?«, rief Nick.

»Als dass das Multiversum wegen eines Paradoxes endet!« Er packte den jungen Mann bei den Schultern. »Ich habe mich geirrt. Das ist mir eben erst bewusst geworden. Der Zeitsprung kann überhaupt nicht funktionieren …«

KUCKUCK!

Gewesen jagte die Mühle direkt auf den kleinen Mann mit der großen Nase zu. Eben hatte der noch anzügliche Gesten gemacht, jetzt versuchte er verzweifelt, seinen Fuß wegzuziehen, der sich offenbar in seiner eigenen Falle verfangen hatte. Mit weit aufgerissenen Augen starrte er in den grellen Scheinwerfer der näher kommenden Guzzi. Eigentlich hätte es der kleine Scheißer verdient, als Füllmasse für das Reifenprofil Verwendung zu finden, dachte Gewesen. Aber er war ja kein Unhold. Deshalb betätigte er kurz vor dem Nagelteppich die Vorderbremse und verlagerte gleichzeitig sein Gewicht nach vorne. Der Bock machte einen Salto vorwärts, sauste über Masturbani und sein Fakir-Equipment hinweg und landete wieder haargenau auf der Rampe. Gewesen machte ein zufriedenes Gesicht. Dann zog er den Gashebel bis zum Anschlag durch.

KUCKUCK!

»Das ist das Ende«, seufzte Stoned und ließ den Kopf hängen. »Ich habe alles versaut. Mich von Anfang an geirrt. Mein ganzes Leben verpfuscht …«

KLATSCH!

Stoned riss die Augen auf. Seine linke Gesichtshälfte brannte.

»Schluss jetzt!«, herrschte Nick ihn an, und seine Augen funkelten zornig. »Ihr Selbstmitleid ist fehl am Platz. Wenn Schluss ist – gut. Schließlich kann jeder mal einen Fehler machen. Aber hören Sie gefälligst mit dem Lamentieren auf und sehen Sie dem Ende entgegen wie ein Mann.«

Damit wandte Nick den Blick wieder Gewesens Guzzi zu, die auf der Rampe rasch an Höhe gewann.

Stoned betrachtete den jungen Polizisten mit einer Mischung aus Irritation und Hochachtung. Der Junge hat die Eier am rechten Fleck, dachte er. Dann richtete er den Blick zum Michel, und ein bisschen schlotterten ihm die Knie.

KUCKUCK!

Das TimeBike hob ab und zog in hohem Bogen an der runden Scheibe des vollen Mondes vorüber. Ein letztes Mal blickte der Kommissar auf die Welt unter sich, dieses archaische Überbleibsel eines verkommenen Jahrzehnts. Jaja, die Achtziger, dachte Gewesen. Die waren schon eine Geschmacksverirrung für sich. Dann richtete er den Blick nach vorne zum Kuckuck, der wie eine Dampframme aus der Klappe im Glockenturm geschossen kam. Gewesen neigte sich zur Seite, und der Vogel verfehlte ihn nur um Haaresbreite.

»Geschafft«, murmelte er und begann leise vor sich hin zu summen: »Rolling Home. Rolling Home! Rolling Home, across the …«

KUCKUCK!

Er krachte in die Schwärze. Funken sprühten auf. Das Teleskop-Gestänge wurde abgefräst, und der Vogel knickte ab. Wie ein gebratener Truthahn fiel er hinunter und zermalmte das Enrico-Masturbani-Denkmal vor dem Michel. Dann wurde es still.

»Er ist weg«, sagte Nick. »Er hat es geschafft!«

»Unmöglich«, sagte Stoned. »Das kann gar nicht sein.«

»Ist es aber. Und das Multiversum ist auch noch da!« Nick sprang vor Freude in die Luft. Aber Stoned blieb nachdenklich.

»Das bedeutet, jemand hat sich daran zu schaffen gemacht«, murmelte er mehr zu sich selbst. »Sonst dürften wir gar nicht mehr existieren.«

Etwas ploppte aus der Öffnung im Glockenturm, fiel zu Boden und kullerte den beiden vor die Füße.

Nick bückte sich und hob es auf. »Was ist das?«

»Eine Digitalanzeige«, sagte Stoned. »Hab so was seit zwanzig Jahren nicht mehr gesehn.«

»Und was macht man damit?«

»In Filmen kündigt man damit Explosionen an. Die Anzeige läuft rückwärts, und wenn sie bei Null ankommt, explodiert die Bombe.«

Gebannt starrten sie auf die hektischen roten Zahlen. Bei Null blieben sie stehen.

Nichts passierte.

Nick hüstelte. »Ist vielleicht 'ne Fehlfabrika…«

Dann detonierte die thermonukleare Bombe, und das Universum verdampfte in weniger als 10^{-42} Sekunden.

TEIL 3

Der Maulwurf war ein schlauer Fuchs. Denn obwohl er blind war, den größten Teil seines Lebens alleine unter der Erde zubrachte und auch sonst von Tuten und Blasen keine Ahnung hatte, war es ihm dennoch gelungen, sich zum Oberhaupt einer tierischen Wiesenversammlung wählen zu lassen, die gespannt auf seine Antrittsrede wartete.

Mit gesenktem Blick machte er ein paar rasche Atemübungen. Dann hob er den Kopf und erschnüffelte die bunte Schar, die sich auf dem schmalen Grün eingefunden hatte: Spinne und Wurm, Schnecke und Wanze, Käfer und Nierenfleck-Zipfelfalter. Sie saßen im Schatten des großen Plakats, das in leuchtenden Farben und mit großen Lettern für den Anbau von Getreide warb, und hofften auf eine große Rede. Eine Rede voller Emotionen und Pathos, eine Rede, die sie aufrüttelte und von den Halmen riss. Eine Rede, die ihnen Mut machte für die ungewisse Zukunft, der sich die kleine Gemeinde gegenübersah.

Der Maulwurf senkte die Pfoten auf das Eichenrindenpult und räusperte sich. »Ich habe einen Traum …«

Die Erde bebte, die Gräser zitterten. Das Plakat zerfetzte, und ein fauchender Drache schoss durch die Leinwand. Die anwesenden Tiere rissen erstaunt die Augen auf. Es war das Letzte, was sie taten. Die Maschine bretterte über den schmalen Wiesenstreifen und hinterließ nicht mehr als eine Spur verkohltes Gras. Am Ende des kaum fünf Meter messenden Grüns rammte das Bike eine Sanddüne und überschlug sich mehrere Male. Der Fahrer wurde in hohem Bogen durch die Luft geschleudert und landete unsanft im warmen Wüstensand.

Nach ein paar Sekunden rappelte er sich auf und schüttelte den Sand aus seinen Haaren. Dann untersuchte er die Guzzi. Der Giraffenhalslenker war verbogen, der Vorderreifen platt. Die Mühle war hinüber.

Der Fahrer hob den Kopf und ließ den Blick kreisen. Aber außer dem teppichgroßen Stück verbrannten Rasens war um ihn herum nichts als Wüste. »Scheiße«, murmelte er und spuckte in den Sand, als sich unvermittelt die Sonne verfinsterte. Langsam hob er den Blick und starrte in gigantische Mundwerkzeuge.

Haushoch stand sie vor ihm, den riesigen dreigliedrigen Korpus auf den zehn Meter hohen Beinen balancierend. Ein tiefes Brummen begleitete ihre Präsenz und kontaminierte die nähere Umgebung mit angespannter Nervosität. Gewesen erkannte sie sofort.

»Martha!«

Lester Garfields Notizen zu einigen Überlegungen gewisse Spekulationen die Universelle Bewusstseinsmatrix betreffend

Am Anfang war Geist. Dann kam lange
nichts. Und dann begann der Ärger.

Der Ärger war der Urknall, oder anders gesagt: Der Beginn der Raumzeit. Denn mit der Raumzeit ging auch das ewige Auf-die-Uhr-Geglotze los, gefolgt

von Fragen wie: *Woher komme ich?*, *Wohin gehe ich?* und *Wo war ich eigentlich in der Zwischenzeit?* Ohne Raum und Zeit wären diese Fragen überflüssig, denn ohne Raum und Zeit gäbe es nichts als reinen Geist oder auch: raumlose Unbestimmtheit; etwas, das ich Universelle Bewusstseinsmatrix nennen möchte. In ihr ist alles enthalten, was dem mechanistischen Körper eine Identität gibt: Gedanken, Ideen, Illusionen und Träume.
Um es gleich vorwegzunehmen: Die Universelle Bewusstseinsmatrix ist nichts Spirituelles oder gar Religiöses, sondern entsteht vielmehr durch den Zustand der Unbestimmtheit subatomarer Teilchen, beziehungsweise: Sie IST dieser Zustand.
Verdeutlichen wir uns Folgendes: Heisenbergs Unschärferelation besagt, dass ein Teilchen sich so lange in einem unbestimmten Zustand befindet, bis es durch Beobachtung einen bestimmten Ort und eine bestimmte Zeit einnimmt. Der Welle-Teilchen-Dualismus zwingt uns darüber hinaus zu der Einsicht, dass aus jeder Beobachtung nicht bloß *eine* mögliche Wahrheit entsteht, sondern *zwei*. Materie ist also nichts anderes als determinierte Unbestimmtheit.
Der menschliche Geist stellt eine Verbindung zwischen dem mechanistischen Kosmos von Homo sapiens und der Universellen Bewusstseinsmatrix her und kann aus ihr schöpfen: Gedanken, Ideen, Illusionen und Träume. Allerdings neigt jeder determinierte Zustand dazu, sich selbst als Zentrum des Seins

`zu interpretieren, weshalb der Mensch glaubt, all die coolen Ideen und abgefahrenen Gedanken kämen aus ihm selbst - was nicht nur bei oberflächlicher Betrachtung total größenwahnsinnig anmutet.`

»Wer bist du? Und wieso nennst du meine Spinne Martha?« Auf dem Rücken der Riesenspinne saß ein Mann und hielt ein Geschirr in den Händen.

»Deine Spinne?«, rief Gewesen entrüstet. »Du hast sie wohl nicht mehr alle! Ich selbst habe diese Spinne gezüchtet, großgezogen und wochenlang mit der Pinzette ernährt, als sie wegen eines Infekts zu schwach war, um sich was zu fressen zu suchen. Ich hab sie abgerichtet und wegen ihr sogar das Stricken angefangen! Weil sie kein eigenes Netz spinnen konnte. Das hat sie von mir! Also komm mir nicht mit *meine Spinne*!«

Der Reiter betrachtete Gewesen amüsiert. »Kannst du das beweisen?«

Der Kommissar nahm eine lässige Haltung ein. »Wieso sollte ich?«

»Weil ich dich dann vielleicht am Leben lasse. Denn entweder bist du sehr mutig oder absolut dämlich. Sonst würdest du dich nicht mit einem FREAK und seiner Spinne einlassen.«

»FREAK?«, wiederholte Gewesen ungläubig.

»Noch nie gehört? Bist wohl nicht von hier, was? Wir sind 'ne Art Spezialeinheit von Master Dent.«

»Master Dent?«

»Du hast ja von Tuten und Blasen keine Ahnung«, sagte er kopfschüttelnd. »Ein Grund mehr, dich kaltzumachen. Aber ich hatte heut 'nen interessanten Gedanken bezüglich der Realität und meiner eigenen Rolle dabei. Und deshalb habe ich gute Laune und werde dich am Leben lassen ...«

Er bohrte seine Sporen in den weichen Spinnenleib. Martha beugte sich wimmernd tiefer. »Vorausgesetzt, du kannst beweisen, dass dies hier wirklich deine Spinne ist!«

Gewesen erkannte die Verzweiflung in Marthas Augen, und ein Gefühl väterlicher Sorge überkam ihn. Er wollte *sein Mädchen* einfach nur beschützen und daran erinnern, dass zu Hause immer ein frisch gemachtes Netz und ein paar knackige Heuschrecken auf sie warteten.

»Haste mal 'n A?«, fragte er den FREAK. Aber als der mit einem Blick antwortete, der nicht von besonders reger Neuronentätigkeit zeugte, winkte Gewesen ab. Er machte einen Schritt auf Martha zu und legte seine Hand behutsam auf einen ihrer Taster. Dann begann er sie zärtlich zu kraulen und sang:

»La Le Lu,
nur der Mann im Mond schaut zu,
wenn die kleinen Spinnen schlafen.
Drum schlaf auch du.«

Martha legte den Kopf schief, und ein wohliges Schnurren ließ ihren Hinterleib vibrieren.

Doch plötzlich zuckte sie zurück und stieß einen spitzen Schrei aus. Gewesen konnte noch sehen, wie der FREAK auf ihrem Rücken seine Füße hob und die zentimeterlangen Sporen erneut in den weichen Spinnenleib rammte. Martha stürzte nach vorne und fegte den Kommissar mit ihren Vorderbeinen von den Socken. Gewesen flog im hohen Bogen durch die Luft und kullerte über den Wüstenboden. Benommen setzte er sich auf den Hosenboden und wedelte sich den Sand aus dem Gesicht. Da schob sich auch schon ein Schatten über ihn. Marthas Beißklauen zitterten vor Erregung. Der Kommissar sah Schmerz in ihren Augen, Schmerz und Verzweiflung. Dann senkte sich ihr Bein auf ihn herab.

Er spürte die grobe Behaarung des Spinnenbeins auf seiner Kopfhaut. Gleichzeitig gab der Sand unter ihm nach und er stürzte hinab. Eine Matratzenburg bremste seinen Fall. Benommen blieb er liegen.

»Sind Sie verletzt?«, erkundigte sich eine besorgte Stimme.

»Mutti?«, fragte Gewesen und versuchte, einen klaren Kopf zu kriegen.

»Nicht wirklich«, gab die Stimme zurück. Gewesen rappelte sich auf und rieb sich die Augen. »Was hat dieser Kerl mit meinem Mädchen gemacht?«, fluchte er. »Und wieso verliere ich dauernd den Boden unter den … Imhofen?«

Der junge Rotschopf neben ihm blickte verschämt zu Boden. »Sie kennen mich? Das schmeichelt mir.«

Gewesen gab ihm eine Schelle. »Hör auf mit dem Mädchenkram und sag mir, wo ich bin.« Doch sein Gegenüber kam nicht dazu, ihm eine Antwort zu geben, denn im selben Moment stürzte die Decke ein.

»Raus hier! Schnell!« Imhofen packte den Kommissar an seinem Kuttenärmel und zog ihn mit sich. Gerade noch rechtzeitig, bevor zwei wütende Spinnenfühler wie giftige Injektionsnadeln in den Tunnel stießen. Imhofen und sein Begleiter sausten auf einer spiralförmigen Rutsche tiefer, schossen über das Ende der Metallbahn hinaus, kullerten durch eine Kuhle voll Matsch und vollführten einige Rollen durch feinen Sand, bevor sie keuchend liegen blieben. Sie sahen aus wie panierte Rollmöpse.

»Alles okay?«, fragte Imhofen, und Gewesen verpasste ihm eine weitere Schelle.

»Ich hab dich was gefragt«, herrschte er ihn an. »Wo bin ich? Und was wird hier gespielt?«

Imhofen zog eine Schnute. »Das kann Ihnen der Hauptmann erklären«, maulte er und rieb sein Kinn. »Ich führe Sie hin. Aber nur, wenn Sie mir keine weitere ...«

Gewesen tat es trotzdem. »Ich bestimme, wo's langgeht. Du zeigst mir nur den Weg. Klar?«

Imhofen nickte unwillig. Dann trotteten sie los.

Notizen zu einigen Überlegungen gewisse Spekulationen die Universelle Bewusstseinsmatrix betreffend

Wilhelm Reich nannte es *Orgonenergie*, Timothy Leary *Entwicklungstheorie der acht Bewusstseinsstufen* und John Lennon schlicht *Mindgames*. Doch am nächsten kamen der Universellen Bewusstseinsmatrix Wolfgang Pauli und Carl Gustav Jung mit ihrem Konzept der *Synchronizität*. Wie konnte es sein, dass Ereignisse, die zeitlich nah aber kausal nicht miteinander verbunden waren, aufeinander Bezug nahmen? Ihre Antwort: Durch Synchronizität. Jenseits der Welt der Materie existiert eine Ebene, in der das psychophysische Problem - also die rätselhafte Trennung von Geist und Materie - überwunden wird und zu einer raumzeitlosen Seinsform der Psyche fusioniert. Dieser Ort ist die Universelle Bewusstseinsmatrix. In ihr sind Geist und Materie einfach nur unterschiedliche Aspekte ein und derselben Sache: Nämlich der Unbestimmtheit der Materie.

In der Kommandozentrale herrschte reges Treiben. Ein paar Hundert Männer und Frauen in Tarnkleidung arbeiteten in der weitläufigen Halle im Hamburger U-Bahn-Untergrund. Einige saßen vor ramponierten und mit Paketband geflickten Bildschirmen und observierten weite Wüstenlandschaften und endlose Kornfelder. Andere schweißten an heruntergekommenen Fahrzeugen herum und versahen sie mit schützenden Eisenplatten oder Gefechtstürmen. In der Mitte der Halle stand ein Dutzend Männer an einem großen Tisch und schob mit langen Stangen Spinnenmodelle über angedeutete Sandhügel. Im Zentrum des Tisches schälten sich die Konturen einer Stadt aus dem Sand, befestigt durch einen massiven Schutzwall. Gewesen erkannte Fernsehturm, Michel und Riesenrad. Es war ein Modell von Hamburg, umgeben von einer scheinbar endlosen Wüste.

Imhofen bahnte ihnen einen Weg durch das Gedränge bis zu einem Podest an der Stirnseite der Halle, auf dem ihnen ein Soldat in abgewetzter Tarnuniform den Rücken zuwandte. Er hatte die Hände tief in den Taschen der Armyhose vergraben, und über seinem Kopf waberten dicke Wolken weißen Qualms. An den Schulterpartien prangten statt Rangabzeichen Kronkorken und Stanniolpapierstreifen, notdürftig mit Sicherheitsnadeln und Zwirn befestigt.

»Hauptmann?«, rief Imhofen und salutierte. »Ich habe den Outsider hergebracht, den wir vor Spinne Nummer Sieben gerettet haben. Scheint weder Tod noch Teufel zu fürchten, der

Kerl. Vielleicht sollten wir ihn mit Brain zusammenbringen. Möglich, dass die beiden ein paar Abwehrstrategien austüfteln können, die uns im Kampf gegen Dent nützen würden.«

Der Angesprochene rührte sich nicht. Stattdessen nahm er einen weiteren Zug aus seiner Zigarre und blies den Rauch gemächlich in die Luft. Gewesen wurde langsam ungeduldig und setzte zu einem *Kollege, mal ganz unter uns* an, als der Hauptmann sich sehr bedächtig umdrehte. Als Gewesen sein Gesicht erkannte, traf ihn der Schlag.

»Koriander!«, stieß er überrascht aus.

»Na, sieh mal einer an. Wen haben wir denn da?« Die muskulöse Frau sprang vom Podest und umrundete den gut einen Kopf größeren Gewesen wie ein Panther seine Beute.

»Wenn das nicht DD ist«, sagte sie und paffte an ihrer Zigarre. »Hab gehört, du wärst tot. Wo haste dich so lange rumgetrieben?«

»Ich …«, begann Gewesen, aber ein stechender Schmerz in der Seite ließ ihn zusammenzucken. Verdammt, er hatte überhaupt nichts mitgekriegt. Wie hatte sie das gemacht?

»Wir wollen doch nicht vorlaut werden, Schätzchen«, zischte Koriander und legte Gewesen die Hand in den Nacken. »Willst du uns etwa ausspionieren?« Sanft zog sie ihn zu sich herab. »Haste etwa die Seiten gewechselt?« Ein rascher Druck mit der Hand, und Gewesen sackte in die Knie. Sein Nacken brannte, als lägen glühende Kohlen auf seiner Haut. Was zum Teufel machte sie da nur mit ihm? Hatte sie eine winzige Waffe in ihrer Hand versteckt? Oder irgendwelche linken Tricks bei einem Kung-Fu-Meister gelernt?

»Koriander, ich …«

»Hauptmann Koriander«, korrigierte sie scharf. »Merk dir

das oder ich lass dich pfählen.« Dann wandte sie sich ab und schlenderte zum Podest zurück. »Wo haste dich versteckt gehalten?«, fragte sie. »In den südlichen Talebenen? Dem Berg Mormoron? Oder den weiten Ebenen von G'Dor?«

»Wenn das hier ein Scherz sein soll, hab ich ihn durchschaut«, gab Gewesen leicht genervt zurück. »Also Schluss mit dem Theater. Sag mir, wo ich Nick und Stoned finde, und dann …«

Mit einer blitzschnellen Bewegung war Koriander wieder bei ihm, packte den Kommissar am Kragen und rammte ihn gegen die nächste Wand. Unglaublich, welche Kräfte in dem kleinen Körper steckten. Gewesen hatte nicht übel Lust, ihr einen ordentlichen Tritt in die Eier zu verpassen. Aber ihm fiel ein, dass … äh …

»Ich hab unser kleines Tête-à-Tête nicht vergessen«, zischte sie, und ihr Speichel flitschte wie Schlangengift in sein Gesicht. »Und auch nicht, dass du mich hast sitzen lassen – wie eine verdammte Hure! Aber nicht mit mir, Schätzchen!« Sie wandte sich zu ein paar schwer bewaffneten Typen. »Nehmt ihn fest«, rief sie und ließ Gewesen los. Die Jungs nahmen ihn in die Zange und fesselten ihm die Arme auf dem Rücken.

»Und was machen wir mit ihm?«, fragte der dickste von ihnen. »In den Kerker werfen?«

Koriander stieg zurück auf ihr Podest. Sie zog eine frische Zigarre aus der Brusttasche ihres Tarnanzugs und entfachte sie mit einem Streichholz. »Er wird uns ein wenig Zerstreuung bescheren.« Sie paffte an der Zigarre, bis der Tabak glühte. Dann ließ sie das Streichholz fallen und nahm einen tiefen Zug. Als sie den Rauch aus ihren Lungen entließ, spielte ein gespenstisches Lächeln um ihre Mundwinkel. »Wir verfüttern ihn an den schrecklichen Grol!«

Notizen zu einigen Überlegungen gewisse Spekulationen die Universelle Bewusstseinsmatrix betreffend

Geist und Materie sind eins. Wer die Materie beherrscht, beherrscht den Geist. Und wem es gelingt, die Universelle Bewusstseinsmatrix anzuzapfen, hält den Schlüssel zum Universum in der Hand.

Acht grimmig dreinblickende, schwer bewaffnete und zu allem entschlossene Männer, die aus irgendeinem schwer nachvollziehbaren Grund Stöckelschuhe mit zehn Zentimeter hohen Pfennigabsätzen trugen, trieben Gewesen durch einen finsteren, stinkenden Gang. Eine johlende Menge empfing den Trupp, als er den Tunnel verließ und in den Court einmarschierte. Mehrere Dutzend Leute hatten sich am oberen Rand der Überdachung eingefunden und ließen die Beine in den Abgrund baumeln.

Der Court lag unter Sand verborgen und maß im Durchmesser rund hundert Meter. Als Überdachung diente eine weiße Plane, die in ihrer Mitte eine Öffnung von knapp zehn Metern aufwies. Innen bestand der Court aus einer runden Arena mit an den Seiten aufsteigenden Stuhlreihen. Auf der gegenüberliegenden Seite des Tunnelausgangs, durch den Gewesen und seine Bewacher gekommen waren, sicherte eine schwere Tür einen weiteren Tunnel. An ihr klebten Schleim, Blut und Reste von Knochen.

»Wir woll'n die Show!«, skandierte die Menge und klatschte rhythmisch in die Hände. Während zwei der muskelbepackten Kerle Gewesen die Fesseln abnahmen, hielt ihm der größte der

Bande, ein ungehobelter Klotz mit Glatze und einem narbenübersäten Gesicht, einige Waffen vor die Nase. »Du hasse Wahl: Hellebarde, Morgenstern oder Rasierklinge.«

Gewesen warf einen nachlässigen Blick auf die dargebotenen Gaben. »Und was soll ich damit?«, fragte er achselzuckend.

»Gegen Grol kämpfen«, lachte der Grobian. »Wenne kämpfen wills. Sons nimme Rasierklinge.«

Gewesen unterzog sie einer raschen Prüfung. »Mit 'ner Rasierklinge gegen ein Monster?«

»Nö«, antwortete der Grobian. »Füa dich. Bevoa Grol dich schnappt un inne Stücke reißt.« Er wieherte, und sein stinkender Atem tötete einige vorüberfliegende Wolfshorn-Käfer. Dann verließen er und seine Leute die Arena und schlossen das Tor. Gewesen betrachtete die Rasierklinge in seiner Hand.

»Zeit zu sterben!«, peitschte Korianders Stimme von oben herab. Sie stand am Rand der Öffnung und warf ihm einen spöttischen Blick zu. Dann gab sie einigen Leuten ein Zeichen, die eine knarrende Seilwinde in Gang setzten. Das Tor auf der gegenüberliegenden Seite ruckelte, und ein paar Knochen purzelten durcheinander. Als es sich hob, ließ ein Stöhnen wie das Ächzen Tausender geschundener Seelen den Court erzittern. Die Zuschauer verstummten, und eine unheimliche Stille machte sich breit. Gewesen starrte konzentriert auf den Tunnelausgang. Aber nichts geschah.

Plötzlich schoss ein Dutzend schleimiger Tentakel durch den Court und verfehlte Gewesens Kopf nur um Haaresbreite. Klatschend saugten sie sich an den bunten Stühlen fest und begannen den massigen Leib, mit dem sie verbunden waren, in die Arena zu ziehen.

Es gibt keine Sprache für solche Abgründe brüllenden unvorstellbaren Irrsinns, für diese Verneinung von Materie, kosmischer Gültigkeit und Ordnung. Eine gallertartige grüne Masse wurde schlurfend durch die schwarze Öffnung gezogen, begleitet vom Gestank wie aus Millionen offener Gräber. Aus dem quallenartigen Korpus funkelten zwei rote Augen, und in der Öffnung zwischen den Tentakeln klaffte ein gieriger Schlund mit einem messerscharfen Schnabel. Als sie das Zentrum erreicht hatte, ließ die Bestie ihre glitschigen Fänge durch den Court peitschen und verschlang drei oder vier Leute vom Rand des oberen Lochs, bevor diese auch nur merkten, dass es sie erwischt hatte. Ein Dutzend weiterer Zuschauer wurde beim grauenhaften Anblick dieser absurden Komposition quaddeligen Zellgewebes auf der Stelle wahnsinnig und irrt seitdem laut schreiend durch die Wüste.

Als die Kreatur nur noch wenige Meter vom Kommissar entfernt war, öffnete sie ihren von Verwesungsgeruch kontaminierten Schlund und stieß einen Schrei aus, der auch noch den letzten Gläubigen an der Existenz eines wohlmeinenden Schöpfers hätte zweifeln lassen.

»Kumpel«, sagte Gewesen und ließ den Krakenabschaum nicht aus den Augen. »Ich hab 'ne ziemlich lange Reise hinter mir und deshalb wenig Geduld. Also besser, du verziehst dich und lässt die Flossen von mir, verstanden?«

Für einen Moment hatte es den Anschein, als dächte der Krake tatsächlich über den Vorschlag nach. Doch dann ließ er blitzartig einen Arm nach vorne schnellen, und Gewesen gelang es nur um Haaresbreite, dem tödlichen Schlag auszuweichen.

Dann begann die Jagd.

Der Krake ließ seine Arme durch die Arena peitschen wie abgerissene elektrische Leitungen, und Gewesen hatte alle Hände voll zu tun, den Dauerbeschuss zu parieren. Mit einem waghalsigen Sprungmanöver wich er einer heranzischenden Tentakel aus, packte den Arm und ließ sich beim Zurückschnellen auf dem Leib des Tintenfreundes nieder. Dann zog er die Rasierklinge zwischen seinen Zähnen hervor, machte einen raschen Schnitt in die feuchte Haut und wuchtete seinen Arm ins weiße Fleisch. Nur eine Sekunde lang fuhr er mit der Hand im Inneren des Tiers herum, dann hatte er gefunden, wonach er suchte, und zog einen langen sehnigen Schlauch heraus. Der Krake fauchte wütend und ließ die übrigen Tentakel nach dem unverschämten Kerl auf seinem Rücken züngeln. Doch ein leichter Druck auf den sehnigen Schlauch genügte, um das gewaltige Tier in eine Art Schockzustand zu versetzen. Mit weit aufgerissenen Augen und zitterndem Schnabel verharrte es wie der Kerl, der eines Morgens auf sein Fahrrad sprang, von dem ihm in der Nacht zuvor der Sattel geklaut worden war.

»Feine Nervenbahn haben wir da gefunden«, sagte Gewesen. »Hast echt geglaubt, ich würd mich von dir auffuttern lassen, was?«

»Mach ihn fertig, Grol!«, schrie Koriander von oben. »Oder willst du in der Fritteuse landen?«

Der Krake kochte vor Wut. Mit überkraklicher Kraft schleuderte er einen Tentakel durch die Luft … da zuckte ein weißes Licht durch sein Bewusstsein, und er hatte eine Vision: Er sah sich selbst im seichten Wasser der Brandung. Plötzlich wurde er gepackt und von einem Fischer aus dem Wasser gezogen. »Das gibt feine Kalamaris«, murmelte der Mann, holte aus und pfefferte den Kraken mit Karacho gegen einen großen Stein.

Blackout.

Gewesen nutzte den leblosen Korpus als Trampolin, sprang mit Schmackes in die sehnige Haut und ließ sich mit einem Schrei durch die Dachöffnung des Courts katapultieren. Auf dem Wüstenboden kam er zum Stehen und verharrte in Angriffsposition. Eigentlich war es albern, so rumzuschreien, dachte er. Irgendwas war da mit ihm durchgegangen. Nicht die Kontrolle verlieren, ermahnte er sich. Sonst machste noch schlapp, wenn's mal wirklich brenzlig wird.

Er sah sich um, aber Koriander und Co. hatten bereits die Flucht ergriffen. Nur ein Stöhnen war zu hören, ganz in der Nähe. Und der Boden bewegte sich.

»Wenn es nicht zu viele Umstände macht, wäre ich Ihnen sehr verbunden, wenn Sie von meinem Gesicht runtersteigen könnten«, meldete sich eine gequälte Stimme. Gewesen senkte den Blick und erkannte Imhofen, direkt unter seinen Stiefeln. Er sprang runter und zog den jungen Rotschopf am Kragen hoch. »Genug mit den Spielereien, Kumpel. Ich will zu eurem Chefdenker. Und zwar pronto!«

Brain hieß eigentlich Lester Garfield. Er hatte sich den Namen zugelegt, nachdem er als Umberto Tagliacci keine Essensmarken mehr bekommen hatte, weil rausgekommen war, dass er einige Monate lang doppelt kassiert hatte, nämlich einmal als Ariel Eschkol Muhabarat und einmal als Abdullah Ibrahim Mossad. Gerne wäre er wieder zu seinem ursprünglichen Namen Mombasa 'n T'lagitli zurückgekehrt, doch das verhinderte eine Besonderheit im tansanischen Recht, wonach Personen, die einmal einen isländischen Namen getragen haben, kein Anrecht mehr auf die Auslaute »atli«, »etli« oder »itli« haben. Und

Brain hatte mehr als einen isländischen Namen verwendet, gleich nachdem er als schottischer Ölsucher Highwyndel McAllister gescheitert war und in Reykjavik seine erste Band The Fantastic Virginmouth gegründet hatte. Er nannte sich Bjørk Sønderweck, bis er herausfand, dass das übersetzt »der Dicke mit dem Dünnen« hieß, worauf er sich in Bjark Wanderwack umtaufen ließ, was übersetzt »der Dünne mit dem Dackel« bedeutete. Das passte gut, da damals noch ein Hund namens Snørre Røhrgatzen in seiner WG wohnte, gemeinsam mit seinem Herrchen, dessen Namen Brain vergessen hatte. Nachdem er die Band wegen künstlerischer Differenzen verlassen hatte, zelebrierte er eine Performance als Betthupferl Gruetzigwandl im bayerischen Hoasnmuasm, die im Wesentlichen daraus bestand, dass er sich mit schwarzer Schuhcreme einschmierte und durch die niederbayerische Damenwelt schnackelte.

Dann entschied er sich, dem Rat seiner Mutter zu folgen und »endlich was Vernünftiges« zu lernen. Er schrieb sich an der Universität Hamburg für Physik ein und nannte sich fortan Brain. Da war er gerade achtzehn geworden.

Dann kam der Krieg – beziehungsweise begannen jene Ereignisse, die das Antlitz der Erde so nachhaltig verändern sollten (die Phrase *Dann kam der Krieg* ist einfach nur kürzer und griffiger). Ein junger Kerl namens Dent übernahm die Macht. Er verfügte über eine furchtbare Waffe, mit der er fremde Herrscher und Armeen reihenweise vom Erdboden tilgte. Innerhalb kürzester Zeit wurde er zum meistgefürchteten Mann auf der Welt und hielt fortan die Massen zum Anbau von Korn an, das in riesigen Silos gelagert wurde. Wozu das gut sein sollte, wusste keiner. Aber bei den hohen Subventionen, die Master Dent zahlte, fragte auch niemand. Die Folge des Getreide-Wahns war eine globale Versteppung, wobei es den Norden besonders schlimm traf. Die Sahara schob sich über das Mittelmeer und breitete sich über weite Teile Westeuropas aus. Deutschland wurde bis auf wenige landwirtschaftliche Restflächen komplett vom Wüstensand verschluckt. Die einheimische Bevölkerung begann in ertragreichere Gebiete im Süden abzuwandern, während sich Master Dent mit einer Elitetruppe hinter einer Mauer im Stadtkern von Hamburg verschanzte.

So stellte sich die Lage nach fünfundzwanzig Jahren dar.

Alles in allem also gar nicht so übel und bei Weitem nicht so dramatisch, wie Klimatologen jahrelang geunkt hatten.

Brain arbeitete für Dent. Er hatte behauptet, mit alchemistischen Methoden die vorhandene Getreidemenge verdoppeln zu können. Das war zwar Blödsinn, aber Dent war so scharf auf jede Möglichkeit, die Korngewinnung zu steigern, dass er sich von Brains billigen Tricks, die er hin und wieder als Beweis seiner Fortschritte im herrschaftlichen Palast vorführte, blenden ließ.

Gleichzeitig sympathisierte Brain mit den Rebellen, die in den unterirdisch gelegenen U-Bahn-Schächten außerhalb der Stadtmauer den Umsturz planten.

Allerdings war *Rebellen* eine ziemlich übertriebene Bezeichnung für den hasenfüßigen Haufen irregeleiteter Idioten, der zum größten Teil aus Langzeitstudenten bestand, die statt Vorlesungen zu besuchen ihre Zeit mit Videospielen verbracht hatten und deshalb glaubten, sie wären unbesiegbar. Angeführt wurden sie von Konstanze Koriander, einer rothaarigen Hysterikerin, die erst vor wenigen Monaten dazugestoßen war und die Führung übernommen hatte, nachdem der ehemalige Leader Salvatore Scheibli auf mysteriöse Weise verschwunden war.

Böse Zungen behaupteten, Koriander hätte was mit seinem Verschwinden zu tun. Aber diese Zungen waren sämtlich mit stumpfen Messern herausgeschnitten und im Wüstensand vergraben worden.

Brain befand sich in der komfortablen Lage, von beiden Seiten hofiert zu werden, und wählte den Fernsehturm als sein Refugium. Von hier aus hatte er nicht nur einen hervorragenden Blick auf die abgeschirmte Hamburger Innenstadt, er war auch weit genug vom Boden der Tatsachen entfernt, um sich lästige Besucher vom Hals halten und sich seinen privaten Forschungen widmen zu können.

Und die hatten vor allem mit Würmern zu tun.

In seiner Experimentierhalle in der oberen der beiden Plattformen standen einige mit Erde gefüllte Terrarien, in denen er Regenwürmer hielt. Brain liebte Würmer. Als passionierter Angler empfand er eine fast zärtliche Zuneigung zu den wirbellosen Wenigborstern aus dem Stamm der Ringelwürmer. Angeln war zwar seit der Expansion der Wüsten kein Thema mehr, aber von seinen Würmern konnte er sich dennoch nicht trennen. Und eines Tages machte er eine erstaunliche Entdeckung.

In einem Terrarium, in dem er ausschließlich europäische Würmer hielt, fand er einen südamerikanischen Wurm der Gattung Martiodrilus crassus. Brain schenkte diesem Umstand erst keine Bedeutung, sondern verfrachtete den Wurm kurzerhand zurück in sein Heimatterrarium. Doch nur einen Tag später schob sich crassus schon wieder durch europäische Muttererde. Und Brain begann darüber nachzudenken, wie das sein konnte.

Die Kästen waren wurmsicher versperrt und von innen nicht zu öffnen. Nur ein mutwilliges und vorsätzliches Eingreifen hätte einen Wurmtransfer zur Folge haben können. Aber außer ihm war niemand im Turm. Und er selbst hatte es nicht getan. Oder etwa doch?

In der darauffolgenden Nacht machte er eine Kontrollaufnahme mit einer Videokamera. Doch bei der Sichtung am nächsten Tag stellte er fest, dass er die ganze Nacht durchgeschlafen hatte und nicht mal in die Nähe der Terrarien gekommen war. Dennoch war crassus erneut bei seinen Freunden aus Übersee.

Konnte der Wurm durch ein Loch im Gestell des Terrariums geflüchtet sein? Brain überprüfte auch diese Möglichkeit. Aber die verchromten Beine bestanden aus massivem Eisen. Um auf Nummer sicher zu gehen, unterzog Brain den Fußboden im Labor einer chemischen Analyse, fand aber keine Spuren einer Wurmwanderung.

Martiodrilus crassus war auf keine natürliche Weise vom einen ins andere Terrarium gelangt. Also begann Brain darüber nachzudenken, wie ihm der Transfer sonst hatte gelingen können.

Natürlich kannte auch er das Buch von Yashahashish. Aber seiner Meinung nach hatte der ehemalige Physiker und heutige Getreidezüchter einen entscheidenden Denkfehler gemacht: Er ging bei seiner Theorie von statischen parallelen Universen aus, wobei jedes Universum einem bestimmten Quantenzustand entsprach und seinem Wesen nach einer Fotografie glich. Vermeintliche Bewegung, also eine Abfolge von Ereignissen, kam dadurch zustande, dass die Bilder durch das Bewusstsein fuhren wie ein Filmstreifen durch einen Projektor; das Bewusstsein setzte sich seinen persönlichen Film aus Einzelbildern zusammen.

Doch genau da lag nach Brain das Problem: Indem Yashahashish den Fokus von der Zeit auf das Bewusstsein verlagerte, gab er dem Kind einfach nur einen anderen Namen; am Ergebnis änderte sich nichts. Denn ein Bewusstsein, das sich eine fortschreitende Zeit vorgaukelte, war identisch mit der Zeit selbst, da Zeit nichts anderes war als eine vom Bewusstsein wahrgenommene Abfolge einzelner Zustände.

Nach Brains Ansicht hatte der Japaner einfach ein bisschen zu viel von seinem – zugegebenermaßen ziemlich leckeren – Kraut genossen, sonst wären ihm seine rekursiven Schlussfolgerungen aufgefallen.

Brain hingegen ging von einem dynamischen Universum aus, das in seiner Entwicklung einem mäandernden Stammbaum glich. Aus jedem Quantensprung gingen neue Universen hervor, die aber jeweils die komplette Vergangenheit in sich trugen, so wie Würmer das Erbgut ihrer Eltern. Daraus ergaben sich einige interessante Fragestellungen, zum Beispiel die Möglichkeit von Zeitreisen betreffend.

Angenommen, jemand begab sich auf eine Reise in die Vergangenheit und brachte dort seinen Vater um. Nach gängiger Theorie wäre das ein Paradox, weil der Tod des Vaters die eigene Geburt ausschloss, weshalb es unmöglich wäre, die Reise überhaupt zu unternehmen.

Im Kosmos des mäandernden Multiversums hingegen stellte ein solcher Mord kein Problem dar, denn hier existierte nicht nur ein Vater, sondern unzählig viele. Griff man in einem solchen Multiversum in die Vergangenheit ein, änderte man nicht das Universum, aus dem man stammte, sondern irgendein Nachbaruniversum. Das Paradox wäre damit umgangen, allerdings gäbe es ein anderes Problem: Durch das Eingreifen würde man weitere Quantensprünge auslösen, die das Multiversum zu weiteren Aufspaltungen veranlassen würden – neue Arme im Stammbaum. Diese könnten durch Überlagerung der Wirklichkeitsebenen zu einem Kollaps der Wellenfunktion führen, die sich wie eine Kettenreaktion bis zum Anfang des Multiversums fortpflanzen und auf alle anderen Zweige übergehen könnte – gleich einem Baum, dessen harmonisch geformte Krone durch Verlust eines Astes aus dem Gleichgewicht gerät. Resultat: Kollaps total!

War es denkbar, dass Martiodrilus crassus eine Reise durch ein Wurmloch gemacht hatte? Es klang so unwahrscheinlich. Aber Sherlock Holmes hatte gesagt: *Wenn man alles Unmögliche ausschließt, muss das, was übrig bleibt, und sei es auch noch so unwahrscheinlich, die Wahrheit sein.*

Brain erschauerte leicht. Das tat er immer, wenn er kurz vor einer entscheidenden Erkenntnis stand. Er war nur noch Millimeter davon entfernt … Da klingelte es an der Tür.

Brain ignorierte das Geräusch so gut es ging. *Der Wurm und das Loch*, dachte er …

Es klingelte erneut.

Brain biss die Zähne zusammen. *Wenn der Wurm das Loch passiert …*

Es klingelte Sturm. Brain sprang auf und stapfte wütend zur Gegensprechanlage neben dem Fahrstuhl.

»Ich bin beschäftigt«, schnauzte er in den kleinen grauen Kasten.

»Hier ist Imhofen!«, meldete sich eine näselnde Stimme »Ich hab hier jemanden, der dich kennenlernen will.«

»Ich hab zu tun«, schimpfte Brain. »Lass dir einen Termin

von meiner Sekretärin geben. Irgendwann nächsten Monat. Oder im Herbst …«

»Du hast keine Sekretär …«, begann die Stimme, wurde aber abrupt unterbrochen. Brain drückte die Gegensprechtaste. »Hallo? Imhofen? Bist du noch da?«

Keine Antwort. Stattdessen bewegte sich der Fahrstuhl nach oben. Verdammt, das war doch überhaupt nicht möglich! Brain hatte ihn so konstruiert, dass er nur von oben bedient werden konnte. Was um alles in der Welt ging da vor?

Eine Minute später stoppte der Lift. Der Physiker trat zurück. Wartete. Nichts geschah. »Imhofen?«, fragte er zögerlich …

WAMM!

Die Metallpforte flog quer durch das Laboratorium und flanschte gegen die gegenüberliegende Wand.

Imhofen stolperte aus dem Fahrstuhl, vorangetrieben von einem Mann in grauer Kutte, der das Laboratorium mit einer Übelkeit erregenden Selbstverständlichkeit betrat. Als er Brain am Boden kauern sah, spiegelte sich in seinen Augen Überraschung.

»Du?«, rief er erstaunt. »Ratte?«

»Ich hatte ja schon viele Namen, aber *Ratte* ist mir neu.« Brain betrachtete sein Gegenüber skeptisch. »Willst du mich töten?«

Gewesen neigte den Kopf nach vorne. »Ich will mit dir reden.«

Der Physiker atmete tief durch. »Immer noch besser als irgendein perverses Fesselspiel.« Mit einer fahrigen Handbewegung hieß er den Kommissar näher treten. »Du nicht!«, herrschte er Imhofen an. Mit beleidigter Miene machte der Rotschopf kehrt und versuchte die Trümmer der Fahrstuhltür zuzuknallen, was nicht so richtig gelang.

»Setz dich«, bot Brain seinem Gast einen seiner selbst gebauten Sessel an und schlenderte zum Kühlschrank. »Ich hörte, du seist tot.«

»Scheinst nicht der Einzige zu sein«, entgegnete Gewesen und ließ sich nieder. »Was ist das hier?«

»Ein MindChair«, antwortete Brain und kam mit zwei pechschwarzen Dosen zurück. »Zapft per Neurodetektor die Großhirnrinde an und formt die Sesselfüllung entsprechend den physiologischen Bedürfnissen. Hab ihn mal in ’ner Frühstückspause erfunden.« Er bot Gewesen eine der Dosen an. Der Kommissar nahm sie abwesend entgegen.

»Ich meinte eigentlich den Raum hier«, sagte er und ließ den Druck aus der Dose. »Sieht aus wie ’n Labor, riecht wie ’n Labor – aber wozu das alles? Du bist Physiker und kein Chemiker.« Er nahm einen Schluck. »Nicht schlecht das Zeug. Was ist das?«

»Wasser«, antwortete Brain. »Mit einem Molekulartransmitter. Der verändert die atomare Zusammensetzung in jede beliebige Geschmacksrichtung. Ist mit dem Neurodetektor im MindChair verbunden. Schon praktisch das Ding. Arbeite gerade an einer mobilen Version.«

»Wusste gar nicht, dass du in deiner Freizeit so praktisches Zeug erfindest«, sagte der Kommissar und zog sich den Rest aus der Dose rein, der in seinem Gaumen das herzhafte Aroma eines kräftigen Mokkas entwickelte.

Brain kräuselte die Stirn. »Wie kommt’s, dass ich das Gefühl habe, du meinst jemand ganz anderen?« Er umrundete den

Stuhl und betrachtete Gewesen eingehend von allen Seiten. »Du bist gar nicht DD«, stellte er abschließend fest. »Wer bist du? Und wo kommst du her?«

Gewesen stellte die Dose auf den kleinen Tisch neben sich. »Bis vor 'n paar Minuten dachte ich noch, ich komm aus der Zukunft. Aber mittlerweile bin ich mir da nicht mehr so sicher.« Er wies zu einem an der Wand hängenden Kalender, der eines von zwölf unterschiedlichen Getreide-Motiven zeigte. »Noch aktuell, das Ding?« Brain nickte. »Also schreiben wir das Jahr 2012«, murmelte Gewesen. »Das ist … na, sagen wir mal, unvorteilhaft.«

Er schälte sich aus dem MindChair und schlenderte zu den Terrarien mit den Würmern. »Kannste mal für 'n Moment davon ausgehen, dass ich, sagen wir, die letzten fünfundzwanzig Jahre gepennt hab? So 'ne Art Kälteschlaf. Und jetzt bin ich aufgewacht und du müsstest mir berichten, was in der Zwischenzeit passiert ist. Ganz knapp. Stenostil.«

Brain zuckte die Achseln. »Wo soll ich anfangen? Bei den Stürmen? Den Mutationen? Oder dem Abschiedskonzert von Modern Talking?«

»Nicht schlecht!«, rief Gewesen. »Modern Talking, das war '03, oder? Was ist danach passiert?«

»Das war '87«, entgegnete Brain. »Und danach sind die beiden Opfer der Riesenspinnen geworden. So wie hunderttausend andere auch.«

Gewesen stutzte. »Du meinst, es gibt noch mehr wie Martha? Von den Riesenspinnen, meine ich?«

Brain betrachtete sein Gegenüber mit wachsender Skepsis. »Du warst wirklich im Tiefschlaf, was? Oder leidest unter einer schweren Amnesie. Aber da könnte ich was machen.«

»Zuerst die Fakten«, sagte Gewesen. »Ganz nüchtern. In drei, vier Sätzen.«

Brain seufzte. »Die Riesenspinnen sind eine Folge des Aussterbens der Megafauna. Nachdem Dent damit begonnen hatte, das Roden der Wälder und den Anbau von Getreide zu subventionieren und sämtliche übrigen Agrarbestrebungen unter Strafe zu stellen, breiteten sich die Wüsten ungehemmt aus. Außer Getreide gab's kaum noch was zu futtern, weshalb die Leute die Säugetiere jagten, bis aufs letzte Viech. Gleichzeitig brachte der Druck der Sandmassen ein paar atomare Endlager zum Einstürzen, und die austretende Radioaktivität ließ einige Insektenarten unkontrolliert wachsen. Erbitterte Revierkämpfe waren die Folge, bis sie sich auf irgendeine geheimnisvolle Weise verständigten und die Gebiete untereinander aufteilten. Ich weiß, das klingt verrückt. Aber es war auch wirklich unheimlich. Eben noch Kampfgetümmel und plötzlich Totenstille.« Eine bedrückende Pause entstand. Brain seufzte.

»Ameisen und Blattläuse zogen Richtung Ural, Schaben und Ohrwürmer breiteten sich in Indien aus. Die meisten Parasiten wanderten nach Nordamerika aus und die Heuschrecken haben sich über Japan hergemacht. Die Spinnen blieben in Deutschland. Übrigens eine der wenigen Nichtinsektenartigen, die überlebt haben. Dent gelang es, sie zu domestizieren, und seitdem setzt er sie zum Schutz seines Hauptquartiers ein.«

»Und das liegt wo?«

»In Hamburg«, sagte Brain. »In der Innenstadt.« Er führte Gewesen zur Fensterfront und wies auf die große Mauer, die sich von Ost nach West erstreckte. »Dent hat den Verteidigungswall auf den Resten der alten Hammaburg errichten lassen«, erklärte er. »Er führt kreisförmig vom Hauptbahnhof bis

St. Pauli und schließt die gesamte Binnenalster ein. Zum einen dient er als Schutzwall gegen den Sand, zum anderen hält er unliebsame Besucher fern. Im Zentrum, im Rathaus, hat sich *Master Dent* häuslich eingerichtet.« Bei Nennung des Namens drehte es Brain den Magen um. Gewesen schloss sich der spontanen Eingeweideregung an.

»Dent ist das selbstsüchtigste und gewissenloseste Subjekt, das man sich denken kann«, führte Brain weiter aus. »Aber es wird gemunkelt, dass er nur angestachelt wird …« Er verfiel in Flüstern. »… von seiner Braut. Die soll ihm auch diesen ganzen Getreide-Wahnsinn eingeflüstert haben. Denn niemand weiß, wozu es gut sein soll, den Planeten derart auszuplündern. Da soll eigentlich *sie* dahinterstecken.«

»Und wer ist *sie*?«, flüsterte Gewesen, und eine fiese Vorahnung kroch ihm ins Genick.

»Rebecca«, flüsterte Brain. »Es wird gemunkelt, dass sie jeden Morgen einen Gefangenen tötet. Einfach so zum Spaß. Mit bloßen Händen!«

Gewesen verfiel in Schweigen. Erst Nonne, dann Herrin? Erstaunlich. Man konnte eben niemandem bis auf den Grund der Seele blicken.

»Und wo kommst du jetzt her?«, unterbrach ihn Brain in seinen Gedanken.

»Haste mal drei Apfelsinen?«, fragte Gewesen. Brain hob die Brauen. »Mit Apfelsinen kann ich so ziemlich alles erklären. Auch komplizierte Sachen.«

Der Physiker schickte seinen Blick auf Erkundungstour durchs Labor. »Tun's auch Quarktaschen?«

Gewesen zuckte mit den Achseln, und Brain nahm drei Quarktaschen aus einer Schachtel.

»Also, nehmen wir mal an, diese Quarktasche hier ist die Welt, aus der ich komme.« Gewesen platzierte sie auf dem Tisch. »Und diese Quarktasche hier ist die Welt, in die ich gebeamt wurde.« Er platzierte die zweite neben der ersten. »Eigentlich sollte ich in dieser zweiten Welt in die Vergangenheit reisen. Aber stattdessen bin ich hier gelandet.« Er legte die dritte Quarktasche neben die beiden anderen. »Dasselbe Jahr, aber eine andere Welt. Eine Parallelwelt. Capiste?«

Brain stutzte. »Und wie hast du das gemacht?«

»Mit 'nem TimeBike«, antwortete Gewesen. »Ist aber beim Zeitsprung kaputtgegangen und liegt irgendwo draußen in der Wüste. Das Problem ist ...« Er dachte nach – und genau da lag das Problem. »Das Problem ist, ich kann mich nicht erinnern. Was ich weiß, ist: Ich muss dringend zurück in mein ursprüngliches Universum, also nicht das, aus dem ich komme, sondern noch eins weiter. Und zwar schnell, sonst wird das Multiversum zerstört. Nur wie das alles eigentlich gekommen ist ...« Er zuckte mit den Achseln.

»Da könnte ich helfen«, bot Brain hocherfreut an und klatschte in die Hände. »Denn zufällig besitze ich einen MagicBrain. Damit kann ich sämtliche Gedanken und verschütteten Erinnerungen sichtbar machen, in Dolby Surround und 3D!«

Gewesen betrachtete den Physiker skeptisch. »Ist das so 'ne Art Pfropfen, den man sich an die Stirn pappt?«

Brain schüttelte den Kopf. »Der MagicBrain ist mein Meisterstück. Eine riesige 3D-5.1-Digitaloase. Nimmt fast die komplette obere Plattform ein.« Begeistert sprang er auf und machte eine einladende Handbewegung. »Wie wär's, Kommissar? Wollen Sie mein Versuchskanin... äh, ich meine, ein Pionier der Neurowissenschaft werden?«

Gewesen erhob sich. »Klar«, sagte er. »Wenn's der Sache dient.«

Sie setzte sich vor den Spiegel nahe dem Erker, schloss die Augen und massierte ihre Schläfen. Konzentration, ermahnte sie sich. Höchste Konzentration, sonst vermasselst du es. Sie musste an die Worte ihres Vaters denken: *Triff deine Entscheidungen so, als ob dein Leben davon abhinge*, hatte er ihr eingebläut. Und sie hatte sich dran gehalten. Jahrelang. Bis ihr dämmerte, dass dies der dämlichste Ratschlag war, den sie je bekommen hatte. Denn auf diese Weise artete selbst ein simpler Einkauf beim Gemüsehöker in einen existenzbedrohenden Konflikt aus über die Frage: Gurke oder Banane?

Nein, ihr Vater war kein Vorbild gewesen und vom Leben hatte er nicht die blasseste Ahnung gehabt. Deshalb war er auch eines Tages unter die Räder geraten, weil er glaubte, schneller zu sein als der Lkw.

Mach es einfach wie immer, sagte sie sich. Volles Risiko und ab dafür. Sie öffnete die Augen, holte tief Luft und sagte dann mit klarer Stimme: »Spieglein, Spieglein an der Wand. Wer ist die Schönste im ganzen Land?«

Ihr Ebenbild verschwamm, und ein hutzeliger Gnom erschien, gebückt und mit krummer Nase. Er war so abstoßend, dass man sich am liebsten auf ihn erbrochen hätte.

»Yo, Mothafucka«, kreischte er, und ein hektischer Drumloop setzte ein. »Du bist die Schönste hier, but Snow Bitch ist tausendmal schöner als du. Also move your ass zu den sieben Bergen and: Kill the Bitch!« Der Gnom betätigte einen imaginären Plattenteller und machte einige ungelenke Bewegungen. Für seine abnorme Körperhaltung war er erstaunlich gelenkig. Aber Darkeen hatte genug von ihm. Sie rammte die Faust in den Spiegel und ließ ihn in tausend Stücke bersten.

Dann unterzog sie ihre Ausrüstung einem raschen Check: Das enge Top klebte wie eine zweite Haut an ihrem Körper, die Haare waren zu einem straffen Zopf geflochten, das Gesicht mit Make-up zum Vamp gestylt. Sie trug bis zu den Oberschenkeln reichende Latexstiefel und schwarze Hotpants. In den Pistolenhalftern an ihrer schlanken Hüfte steckten zwei Glister .44 Spezial, und in den kreuzweise über die Schultern gelegten Gurten warteten Ersatzmagazine und Granat-A-P-Fs auf ihren Einsatz. Auf ihrem Rücken hing eine Armbrust mit Hellfire-Rockets, und am rechten Unterschenkel steckte ein siebzehn Zoll Bowie-Knife. Darkeen nickte zufrieden. Mit dieser Ausrüstung würde sie Schneeflittchen in den Arsch treten.

Sie packte eine an der Wand lehnende Panzerfaust und verpasste dem Erker einen Schuss aus der Hüfte. Die Mauer zerbarst und gab den Blick auf eine düstere Waldlandschaft frei. Mit einem satten *Flapp Flapp* schwebte ein HellCopter von oben herab. Die Seitentür wurde aufgeschoben und ein Prinz in Kampfuniform kam zum Vorschein.

»Wir haben sie, Sir!«, rief er. »Hat sich in den Seven Summits verkrochen und wird von einer Dwarf-Einheit bewacht. Könnte brenzlig werden.«

»Das will ich hoffen«, rief Darkeen, nahm Anlauf und sprang mit einem gewaltigen Satz in den HellCopter. Dann machte sie es sich in der offenen Tür bequem, pflanzte die Latexstiefel auf die Kufen und blickte nach Osten, ins Reich der Finsternis.

»Das ist er«, verkündete Brain mit stolzgeschwellter Brust. »Der MagicBrain.« Gewesen fand sich inmitten eines gewaltigen Plastik-Panoramas wieder. Wände und Streben, Rohre und Anzeigen, Schalter und Knöpfe – alles bestand aus buntem Plastik; oder sah zumindest so aus. Die Farbgestaltung spottete jeder Logik und kulminierte in Regenbogen-Crescendos und Farbexplosionen, die selbst das hemmungslose Bewerfen einer Leinwand mit Farbbeuteln nicht hätte übertreffen können. Der MagicBrain hatte Ähnlichkeit mit der Riesenausgabe eines sehr gewagten Überraschungsei-Gimmicks.

»Der MagicBrain ist eine Kombination aus Gedanken-Lesemaschine und Kollektivbewussteins-Extraktor. Er zapft sowohl die Großhirnrinde als auch die Universelle Bewusstseinsmatrix an, die sämtliche Informationen des Kosmos in sich vereint.« Er schritt durch seine Plastikorgie wie der verrückte Hutmacher in *Alice im Wunderland.* »Ihre Erinnerungen, lieber Kommissar, ergänzt der MagicBrain mit den entsprechenden Informationen der Universellen Bewusstseinsmatrix. Auf diese Weise entsteht ein Realitätsduplikat, durch das wir uns bewegen können …«

»… wie durch einen 3D-Film«, nahm Gewesen den Faden leicht gelangweilt auf. »Schon klar. Was noch?«

»Zusätzlich sind wir per Standleitung mit der ehemaligen Audioabteilung von ILM verbunden, Sie wissen schon, die Spezialeffekte-Firma von George Lucas. Da kriegen wir die Soundeffekte her. Ist einfach cooler.«

»Und was ist die schlechte Nachricht?«, fragte Gewesen und fummelte an einem roten Knopf herum.

Brain schob die Hand des Kommissars energisch zur Seite. »Totaler Datenverlust«, antwortete er trocken. »Das Ding ist nicht ausgereift. Wenn's schiefgeht, wird Ihr Hirn gelöscht.

Komplett. Dann fangen Sie wieder ganz von vorne an: Erst sitzen, dann krabbeln, dann tapsen …«

Gewesen betrachtete sein Gegenüber ohne jede Regung. Nach einer Weile nickte er knapp. »Okay, was soll ich machen?«

Brain war überrascht. Irgendwie hatte er gedacht, dass der Kommissar nach diesen Ausführungen kneifen würde. Er jedenfalls hätte das gemacht.

»Setzen Sie sich auf den Sessel«, sagte er. »Ich verkabel Sie, und dann kann's losgehn.«

Brain klebte dem Kommissar diverse Leitungen an die Finger. Dann setzte er ihm einen klobigen Helm auf, der an einen dieser Haartrockner aus den Fünfzigerjahren erinnerte – als plötzlich Gewesens Rechte nach vorne schoss und Brains Handgelenk umschloss.

»Nur noch eins«, sagte der Kommissar. »Wenn's schiefgeht, will ich keinen Laufstall, verstanden? Keine Stäbe vor der Fresse. Nicht noch mal.«

Brain starrte ihn an. Dann nickte er und stülpte seinem Probanden den Helm über die Locken.

In der Nähe der Hütte seilte sie sich ab und checkte die Lage. Ihr Nachtsichtgerät zeigte keine Bewegungen an. Aber das hieß nichts. Sie hatte sich schon öfter allein auf weiter Flur gewähnt, als … ihr plötzlich die Beine weggezogen wurden. Sie fiel der Länge nach hin und konnte sich gerade noch wegdrehen, bevor sich eine Axt neben ihrem Gesicht in den Boden grub.

»Du schon wieder«, fauchte der Zwerg und funkelte sie böse an. »Scheinst ja mehr Leben zu haben als 'ne verdammte Katze!« Er schwang die Axt und ließ sie erneut auf Darkeen hinabsausen. Doch diesmal war sie darauf vorbereitet, rollte sich zurück und zog das Bowie-Knife aus dem Heft. Dann nahm sie Schwung und sprang in die Hocke. Mit beiden Händen rammte sie dem völlig überraschten Zwerg das Messer in die Kehle. Röchelnd taumelte er zurück. Das Blut schoss hervor. Er sackte auf die Knie, verharrte einen Moment und fiel dann vornüber auf den feuchten Waldboden.

Darkeen leckte die Messerschneide ab und steckte den Dolch zurück ins Heft. Dann sprintete sie geduckt den Hügel hinauf.

Der zweite Zwerg erwartete sie an der Waldgrenze. Mit einem Samuraischwert. Darkeen verzichtete auf einen aufreibenden Nahkampf und pustete ihn mit einer Salve aus der Glister weg. Nummer drei und vier versuchten sie in einem Hinterhalt zu erwischen; aber die schlagfertige Brünette metzelte ihnen die Birnen mit dem Schwert von Nummer zwei ab. Zwerg fünf griff auf einem fliegenden Drachen an, den die Rotorblätter des HellCopters in mundgerechte Scheiben zersäbelten. Der sechste Zwerg hetzte ihr eine Meute Killerorks auf den Hals, was Darkeen mit einem Granat-A-P-F-Regen beantwortete, worauf sie den Zwerg mittels einer heruntergebogenen Fichte ins Nirwana schoss, um dann den Hügel großflächig in Brand zu setzen. Wie Jesus beim Jüngsten Gericht schritt sie durch die Feuersbrunst auf die Hütte zu, in der sich Snow Bitch verschanzt hatte.

Vor der hölzernen Tür rüstete sie sich für den entscheidenden Kampf, nahm die Glister in die Linke, die Armbrust in die Rechte. Dann klopfte sie.

Nichts.

Sie klopfte erneut.

Schritte.

Ein Schlüssel wurde ins Schloss gesteckt. Die Tür schwang auf.

Und dann stand sie vor ihr: Snow Bitch. In einem schneeweißen Kleid, ein funkelndes Diadem im Haar und im Gesicht das lieblichste Lächeln, das man sich denken konnte. Sie war so schön, dass es einem die Sprache verschlug. Einen Augenblick lang war Darkeen von ihrer Anmut geblendet, dann hob sie die Armbrust, und ihr Finger zuckte am Abzug – sie zögerte. Irgendetwas stimmte nicht. Snow Bitch stand lächelnd vor ihr. Unbewaffnet. Nur mit einem Apfel in der Hand. Wollte sie sich kampflos umnieten lassen? Einfach so? Unmöglich! Darkeen musste etwas übersehen haben. Und als sie das klickende Geräusch hinter sich hörte, wusste sie, was es war: der siebte Zwerg!

Blitzschnell drehte sie sich um und feuerte die Armbrust ab. Die Hellfire-Rocket durchbohrte den Zipfelmützenträger in der Leibesmitte und ließ ihn mitten in der Bewegung erstarren, in der Hand einen abschussbereiten Bitch-Blaster. Seine Mundwinkel zuckten, Blut tropfte von seinem Kinn. Dann sackte er zusammen.

Darkeen wirbelte zurück, konnte Snow Bitchs heransausender Faust aber nicht mehr ausweichen.

»Friss das, Biest!«, rief diese und rammte Darkeen den Apfel zwischen die Kiefer. Sie zog den Stängel heraus, sprang zurück in die Hütte und schleuderte die Tür ins Schloss. Darkeen versuchte verzweifelt, den Apfel aus ihrem Mund zu zerren, aber ein dezentes Klicken sagte ihr, dass es zu spät war.

Verdammt! Und dabei war sie so gut vorbereitet gewesen! Das ging doch nicht mit rechten Dingen zu! Dafür musste jemand …

WAMM!

Rebecca warf die Konsole aus der Hand und riss sich den Helm vom Kopf. Verdammte Sauerei! Wieso hatte der Computer schon wieder gewonnen? Diese verdammte Dreckskiste!

Hasserfüllt starrte sie auf den Bildschirm, auf dem sich eine Nachricht aus dem zerstörten Wald schälte: *Vielen Dank, dass Sie* Snow Bitch 7 – Dwarf Command *gespielt haben.*

Wütend stapfte sie durch den großen Saal und griff zu einem altmodischen Telefon auf der kleinen Anrichte. »Schafft mir Gates her!«, keifte sie in den Hörer. »Sofort!«

»Sorry wegen dem Lärm!«, schrie Brain, und seine Stimme überschlug sich beinahe. »Is 'n alter Trockner aus 'm Haarstudio. Sobald er sich warm gelaufen hat, wird's besser.«

Gewesen begann allmählich daran zu zweifeln, dass der Physiker wusste, was er tat. Er hockte hinter seiner Konsole wie Frankenstein in seinem Labor und drehte Regler, drückte Knöpfe, kippte Schalter. Plötzlich sah er Ratte vor sich und fragte sich erstaunt, wie zwei Individuen nur so verschieden sein konnten, obwohl sie doch ein und denselben genetischen Pool hatten.

In der Welt des Kommissars hatte Brain alias Ratte einen schlimmen Unfall mit einem Teilchenbeschleuniger erlitten, der das Leben des Top-Wissenschaftlers von heute auf morgen völlig umkrempelte. Ratte wurde von einem außer Kontrolle geratenen Protonenstrahl getroffen, der mitten durch sein Hirn fetzte und einen Teil der Amygdala, den Teil des limbischen Systems, der für Emotionen zuständig ist, kurzschloss. Fortan arbeiteten seine emotionalen Sensoren derart sensibel, dass es ihm unmöglich wurde, mit zwischenmenschlichen Reaktionen umzugehen. Er heulte beim kleinsten Streit, regte sich über jede noch so popelige Kritik auf und verliebte sich unsterblich in jeden, der ihm Aufmerksamkeit zollte, selbst wenn es sich bloß um ein unverfängliches Lächeln handelte.

Verständlich, dass Ratte diesem emotionalen Overkill nicht lange standhielt. Als Konsequenz zog er sich dahin zurück, wo niemand sonst leben wollte: in die Kanalisation. In den zwanzig Jahren, in denen er im Hamburger Untergrund hauste, wuchs ihm dichtes Fell auf der Haut, zwischen seinen Fingern bildeten sich Schwimmhäute und vom Schleichen in gebückter Haltung wurde seine Wirbelsäule krumm. Ratte war eins geworden mit seinem unterirdischen Kosmos. Die kleinen Nager, die ihn neugierig bei seinen Assimilierungsversuchen beobachteten, ermunterten ihn durch Anstupsen mit den feuchten Nasen, noch besser zu werden. Deshalb nahm er ihren Namen an: Ratte.

Der einzige Mensch, mit dem er noch Kontakt pflegte, war Kommissar Dierk Gewesen. Ratte half ihm bei seinen Fällen, und der Kommissar bedankte sich mit frischem Fisch und anderen Leckereien. Die beiden Männer waren so verschieden wie Sommer und Winter, Tag und Nacht, Ernie und Bert. Aber sie verband etwas, das stärker war als äußerliche Unterschiede, mächtiger als Glaubensbekenntnisse und größer als Kathedralen. Sie hatten zwar nicht die blasseste Ahnung, was das sein könnte – aber Männer müssen auch nicht immer reden. Männer verstehen einander auch, wenn sie schweigend auf einem

Gipfel in die untergehende Sonne blicken. Und das heißt nicht automatisch, dass sie schwul sind. Jedenfalls nicht immer.

Als das Dröhnen des Trockners auf ein erträgliches Maß gesunken war, hob Brain den Kopf und sagte: »Wir können loslegen. Sind Sie so weit?«

Der Kommissar nickte knapp, und der Physiker senkte die Hände auf zwei große Drehregler. »Als Erstes versetze ich die Quantenzustände Ihrer Neuronen in einen unbestimmten Zustand.«

Er drehte am linken Schalter, und auf der 3D-Matrix im Zentrum der Maschine materialisierte sich eine Wolke, grau und undurchdringlich. »Und jetzt gebe ich den Zugang zur Universellen Bewusstseinsmatrix frei.« Er drehte am rechten Schalter, und aus der grauen Wolke schälten sich Konturen, verschwommen zwar, doch unzweifelhaft zu einem Menschen gehörend.

»DIERK!«, rief eine raue Stimme, blechern und hohl. Brain zuckte zusammen. Der Kommissar blieb entspannt. »DIERK!«, wiederholte sie, und Gewesen legte die Stirn in Falten.

»Was gibt's?«, fragte er ungeduldig.

»Ich bin es«, stöhnte die Stimme, und die Gestalt wedelte mit der Hand den Rauch fort. Die Matrix offenbarte einen Menschen. Und er kam nicht nur Gewesen bekannt vor.

»Yashahashish!«, rief Brain völlig überrascht aus.

Die Wachen warfen Gates zu Boden und warteten. Doch ihre Herrin rührte sich nicht. Rebecca saß im großen Festsaal auf ihrem imposanten Thron und starrte den Programmierer mit kalten Reptilien-Augen an.

Nach einer halben Ewigkeit versuchte eine der Wachen vergeblich, ein Niesen zu unterdrücken. Die Herrscherin bewegte den kleinen Finger, und die andere Wache setzte den Befehl umstandslos um, indem sie ihren Kumpel mit einem Krummdolch erledigte. Röchelnd ging er zu Boden. Blut breitete sich in einer großen Lache aus und rann Gates zwischen die Finger. So eine drakonische Strafe für ein einfaches Niesen? Er schluckte.

Rebecca stieg die elfenbeinfarbene Treppe herab. Sie trug das Darkeen-Outfit aus dem Videospiel. Eine Spezialanfertigung. Sah verdammt sexy aus, dachte Gates. Sexy und gefährlich.

Die Absätze ihrer Stiefel klackten auf den Dielen wie ein Bolzenschussgerät im Schlachthaus. Gates wurde am Nacken gepackt und unsanft in die Luft gehievt. Die Wache hielt ihn mit eisernem Griff fest, während Rebecca ihn mit amüsiertem Gesicht umkreiste.

»Du weißt, wieso du hier bist?«, fragte sie mit geschmeidiger Stimme.

»Wegen der Zwerge«, röchelte er. Er bekam kaum Luft. »Ein Fehler, Hoheit. Ich kann das …«

»Fehler?«, unterbrach sie ihn, und er senkte den Blick. Durch den dünnen Stoff ihres Tops drückten sich ihre Brüste. »Schon wieder? Bist du etwa am Ende deiner Schaffenskraft?« Breitbeinig postierte sie sich vor ihm und neigte den Kopf zur Seite.

»Bei der Programmierung habe ich etwas übersehen«, ächzte er. »Den Empathiefaktor.« Rebecca runzelte die Stirn. »Die Bösartigkeit der Gegner wächst mit der eigenen Verderbtheit. Und erst bei völliger Kaltblütigkeit lässt sich ein Sieg erringen. Solange noch Reste von Anstand und Moral in einem schlummern, ist es unmöglich, zu gewinnen.«

»Willst du damit sagen, ich sei nicht skrupellos genug?«

»Ein Kompliment, Hoheit«, krächzte Gates. »Jeder Mensch sehnt sich danach, ein mitfühlendes Wesen zu sein.«

»Tut er das?« Rebecca trat näher, so nah, dass sich ihre Brüste in Gates Oberkörper bohrten. »Ich nicht, Kleiner. Ich habe auch nichts für Anstand und Moral übrig. Und was ich am allerwenigsten ausstehen kann, ist daran erinnert zu werden, dass da vielleicht doch noch was in mir schlummert. Etwas, das ich am liebsten herausreißen und auf dem Boden zerquetschen würde.« Sie setzte ihre Nasenspitze an seine und zischte: »Du hast mich enttäuscht, Gates. Und schlimmer noch: Ich fange an, mich zu langweilen.«

Er schwitzte. »Hoheit …«, begann er, hatte aber keine Ahnung, wie es weitergehen sollte, und verstummte. In diesem Moment wusste er, dass er verloren hatte. Sein Leben war keinen Pfifferling mehr wert. War es noch nie gewesen. Mit seinen Spielen hatte er sich bloß Zeit erkauft, aber eine Chance, sein Schicksal zu ändern, hatte es nie gegeben. Erschöpft ließ er den Kopf sinken und erwartete den Tod.

»Na gut, es sei dir verziehn«, sagte Rebecca und löste sich von ihm. »Aber nächstes Mal ein bisschen sorgfältiger arbeiten, ja?«

Mit festen Schritten stiefelte sie zurück zur Treppe, erklomm die Stufen und setzte sich auf ihren Thron.

Gates zögerte. Er war durchgeschwitzt wie ein nasses Handtuch. Erst jetzt realisierte er, dass der Grobian ihn losgelassen hatte und einen Schritt zurückgetreten war.

»Hoheit, ich … erlauben Sie …«

Rebecca hatte sich bereits eine Zeitschrift genommen und zum Lesen eine altmodische Hornbrille aufgesetzt. »Ja?«, fragte sie abwesend.

»Bin ich wirklich frei?«, fragte Gates.

»Ja, sicher«, sagte Rebecca. »Wieso nicht?«

»Aber, ich … ich dachte …« Doch dann beschloss er, nicht mehr zu fragen, sondern so schnell wie möglich das Rathaus zu verlassen, seine sieben Sachen zu packen und aus Hamburg zu verschwinden. Er machte eine tiefe Verbeugung, wandte sich ab und ging zur Tür.

»Äh, nein, nicht da lang«, hielt ihn Rebecca zurück. »Da stehen die ganzen Reporter, die darauf warten, dass ich deinen Tod verkünde. Nimm die Seitentür. Sei so lieb, und mach sie hinter dir zu, ja?«

Gates zögerte keine Sekunde, hastete zur Seitentür und legte die Hand auf den Griff. Komisch, dachte er. Was denn für Reporter? Es gab ja nicht mal mehr Zeitungen. Er öffnete die Tür … und ein riesiges Maul schnappte ihn und verschlang ihn schneller, als er Rubbeldiekatz sagen konnte.

Er war es tatsächlich: Heiko Yashahashish. Alles in allem wirkte die Erscheinung ziemlich echt. Doch wenn man genau hinsah, konnte man an den Rändern hin und wieder leichte Störungen ausmachen, ein Grießeln, als wäre die Übertragung nicht ganz sauber.

»Wie ist das nur möglich?«, rätselte Brain. »Sie sind doch gar keine Erinnerung des Kommissars. Oder etwa doch?«

»Nein, bin ich nicht«, keuchte Yashahashish und erging sich in einem ausgiebigen Hustenanfall. »Ich musste aber unbedingt mit ihm sprechen. Deshalb hab ich kurzerhand Ihren Orgonkanal okkupiert. Übrigens witzig: Ich hab selber ’nen Gedankenscanner auf Basis von …«

»Wollen Sie damit sagen, Sie stammen aus der Parallelwelt,

aus der der Kommissar gekommen ist?«, unterbrach ihn Brain ziemlich unsanft.

Yashahashish nickte. »So ist es.«

»Besitzen Sie auch einen MagicBrain?«

Der Japaner schüttelte den Kopf.

»Dann ist es unmöglich«, sagte Brain. »Niemand kann seinen Geist mit der Universellen Bewusstseinsmatrix koppeln. Der Geist ist fest im Hirn verankert und wird erst nach dem Tod des Individuums Bestandteil dieses Wissenspools.«

Yashahashish lächelte. Brain schlug die Hand vor den Mund. »Sind Sie etwa …«

»Ja, ich bin tot«, bekräftigte Yashahashish. »Ist aber nicht weiter wild. Da mein Bewusstsein weiterexistiert, hab ich ja so was wie Unsterblichkeit erlangt. Mir als rationalem Geist reicht das völlig.«

»Was ist passiert?«, fragte Gewesen.

»Gleich nach Ihrem Flug in den Michel wurde eine thermonukleare Bombe in unsere Welt geschleudert und hat das ganze Universum in seinen ursprünglichen Zustand zurückversetzt«, erklärte Yashahashish. »Fühlt sich übrigens ein bisschen so an, wie wenn man nach einem Saunagang ins Eisbecken springt. Saukalt, aber sehr belebend. Anyway: Ich habe Kontakt zu Ihnen aufgenommen, weil ich Ihnen etwas Wichtiges mitzuteilen habe. Und ich fürchte, mir bleibt nicht viel Zeit. Sobald das Bild anfängt zu grießeln, geben Sie mir bitte Bescheid.«

»Es fängt an zu grießeln«, sagte Gewesen.

»Oh, so schnell? Also gut. Mir ist Folgendes klar geworden: Da der Kommissar mit dem TimeBike ganz offensichtlich nicht in der Vergangenheit, sondern in einem Paralleluniversum gelandet ist, fehlte der Maschine offenbar ausreichend Energie für einen zielgerichteten Sprung. Deshalb hat sich die Guzzi die nächstbeste Ausfahrt gesucht: Ihr Paralleluniversum.«

»Und welche Energie ist nötig, um zielgerichtet zu springen?«, fragte Brain, der sich nur langsam wieder einkriegte.

»Ich hab's notiert«, murmelte Yashahashish und kramte in seinen Jackentaschen. »Wo hab ich denn ...« Er durchsuchte die Hosentaschen. »Irgendwo ...« Im linken Socken wurde er schließlich fündig. »Ah, da steht es ja: 7 GeV.«

»7 GeV?« Brain stöhnte auf. »Das ist unmöglich. Um eine solche Energie zu erzeugen, braucht man einen ...«

»... Teilchenbeschleuniger«, führte Yashahashish den Gedanken fort. »Aus genau diesem Grund hatte Al Dente mit dem Fortschritt-Entschleunigungsgesetz auch dafür gesorgt, dass in meiner Welt keiner gebaut wurde. Und wie ist es bei Ihnen?«

Brain rieb sich das Kinn. »Wir haben einen. Aber der ist gut gesichert. Außerdem trägt Dent den einzigen Schlüssel dazu wie einen Talisman um seinen Hals.«

»Sie müssen ihn anzapfen«, sagte Yashahashish und ballte die Faust. »Und mit einem Quantenwahrscheinlichkeitsgenerator zusammenschließen. Der versetzt die Elementarteilchen in einen unbestimmten Zustand, bis sie an ihrem Zielort rematerialisiert werden.«

Brain legte die Stirn in Falten. »Quantenwahrscheinlichkeitsgenerator?«

»Nehmen Sie den aus dem Bike«, sagte Yashahashish. »Sie schließen ihn mit dem Beschleuniger kurz und ab geht's. Normales Überbrückungskabel müsste reichen.« Er wandte sich an den Kommissar. »Sie müssen zurück und Masturbani stoppen. Worum auch immer es bei Glamour City geht: Dieser Wahnsinnige ist bereit, die Existenz des Multiversums dafür aufs Spiel zu setzen.« Er zögerte, hob das Kinn und kräuselte die Stirn. »Mir fällt gerade was ein. Nicht ausgeschlossen, dass meine Theorie falsch ist und es gar kein Multiversum gibt. Vielleicht existiert nur ein einziges Universum mit einer linear verlaufenden Zeit.«

»Das ist absurd«, sagte Brain. »Wir sind doch hier in einem Paralleluniversum. Wir sind der Beweis!«

Yashahashish wandte den Kopf. »Vielleicht. Vielleicht auch nicht.«

»Was wollen Sie damit sagen?«

»Jetzt grießelt's schon ziemlich stark«, merkte Gewesen an.

»Alles, was ich über das Paralleluniversum des Kommissars weiß, habe ich aus seinem Kopf, seinen Erinnerungen«, erklärte Yashahashish. »Und alles, was Sie über sein Paralleluniversum wissen, wissen Sie von mir – und ich stamme ebenfalls aus seinem Kopf. Die Schlussfolgerung lautet daher ...« Er machte eine kurze Pause und fuhr dann leiser fort: »Die Schlussfolgerung lautet, dass es vielleicht überhaupt keine parallelen Universen gibt, sondern nur einen Kommissar mit einer etwas regen Fantasie.«

Brain schnappte nach Luft. »Das ... ist absurd!«

»Nein, es ist die naheliegendste Lösung«, korrigierte Yashahashish scharf. »Jede andere Erklärung ist weitaus komplizierter. Und als Kollegen muss ich Sie ja wohl nicht an Ockhams Rasiermesser erinnern.«

Brain versuchte seine Gedanken zu entwirren. »Sie wollen damit sagen ...«

Aber Yashahashish winkte ab. »Nein, ich finde nur, man sollte alle Möglichkeiten in Betracht ziehen. Aber mein Gefühl sagt mir, dass wir kein Hirngespinst sind. Und wenn es um wichtige Entscheidungen geht, vertraue ich immer auf meinen Bauch.«

Er klatschte in die Hände. »Dennoch sollten wir die Möglichkeit nicht ausschließen und entsprechende Vorkehrungen treffen. Sollte es doch bloß ein einziges Universum mit einer linearen Zeit geben, dürfen Sie auf keinen Fall eingreifen, Dierk. Außer Tipps geben ist nichts erlaubt, sonst kollabiert …«

PLOPP!

Das Bild erlosch, der Rauch verzog sich, das Licht ging an.

»Hey!«, rief Brain entsetzt aus. »Wieso schalten Sie ihn ab?«

»Ich mag's nicht, wenn man mich einfach Dierk nennt«, sagte Gewesen trocken. »Abgesehen davon hatte er sowieso nichts mehr zu sagen. Ich denke, wir sollten langsam mal 'n Plan entwickeln. Und ich fürchte, dabei brauchen wir 'n büschen Hilfe.« Er drehte den Kopf Richtung Fahrstuhltrümmer und rief: »Komm raus, Imhofen! Kannst dich vielleicht nützlich machen.«

Sekunden vergingen. Dann bewegten sich die Trümmer und eine kleine gedrungene Gestalt wurde sichtbar.

»Woher …«, begann Imhofen, aber der Kommissar winkte ab.

»Ich denk mal, du hast alles mitgekriegt. Also, das Problem ist: Wir müssen nach Hamburg und den Beschleuniger anwerfen. Aber ich darf nicht eingreifen. Deshalb müsst ihr das machen.«

Imhofen runzelte die Stirn. »Ihr?«

»Ihr Rebellen«, seufzte Gewesen. »Darauf habt ihr doch gewartet, dem alten Dent ordentlich was auf die Finger zu geben.«

Imhofen räusperte sich. »Äh, also … eigentlich hatten wir uns damit abgefunden, als Rebellen im Untergrund zu leben und den Angriff nur zu planen. Sie verstehen? Nur planen, von Ausführung war nie …«

Gewesen verpasste ihm eine Schelle. »Du gehst zu deinen Leuten und erzählst Koriander, was du hier gehört hast. Und dann bereitet ihr euch auf den Kampf vor, verstanden?«

Imhofen warf dem Kommissar einen wütenden Blick zu. »Und Sie? Machen sich ’ne lockere Zeit am Strand, oder was? Bisschen surfen, Mädels anbaggern …«

Gewesen packte den jungen Mann am Schlafittchen und funkelte ihn böse an. »Ich bereite mein zweites Ich vor. Er wird euch in den Kampf und zum Sieg führen.«

Behutsam hob er den kleinen Körper aus dem Käfig und setzte ihn auf das desinfizierte Tableau. Der Hamster machte keine Anstalten zu fliehen, sondern blickte nur ein wenig dämlich in die Gegend, was vermutlich daran lag, dass er mit einem leichten Beruhigungsmittel betäubt war. Während er das Tier mit sanftem Druck fixierte, bürstete er ihm mit einer Mikrofaserbürste durch das Fell. Die Fasern bestanden aus gebündelten Nanopartikeln und waren hundert Mal dünner als ein menschliches Haar. Allein für ihre Herstellung hatte er zwei Jahre gebraucht. Aber es hatte sich gelohnt, wie er anhand des feinen Staubs, der auf die Glasplatte rieselte, zufrieden feststellte.

Nach der Prozedur setzte er das Tier zurück in den Käfig, kraulte es noch ein wenig hinter den Ohren und ließ es dann vor sich hindösen. Mit einem feinen Spatel schabte er die Krümel auf der Glasplatte zusammen und ließ sie auf eine kleine Waagschale rieseln. Als der Zeiger die magische Grenze von vier Mikrogramm überschritt, konnte er sich einen verhaltenen Freudenschrei nicht verkneifen. Er öffnete das große, schwere Buch, das neben ihm auf einem altmodischen Sekretär ruhte, und notierte das Ergebnis unter einer langen Reihe von Zahlen – als ihn ein Geräusch aufhorchen ließ. Es kam von draußen. Hastig schüttete er den gewonnenen Ertrag in einen Tornister aus Zinkoxid und verschloss ihn sorgfältig. Dann lauschte er erneut.

Hatte er sich geirrt? Hier in der Wüste, weitab der Zivilisation, hörte man alle möglichen Geräusche. Manche waren real, andere spukten nur in seinem Kopf herum; ein Nebeneffekt der jahrelangen Isolation.

DUMB!

Nein, das war keine Einbildung. Das war real!

DUMB!

Und es kam näher!

Er schob sich durch das enge Rohr nach oben und öffnete den gut getarnten Deckel einen winzigen Spalt. Aber da war nichts, nichts als Sand.

DUMB!

Umständlich drehte er sich um die eigene Achse, lupfte den Deckel erneut und blickte in die andere Richtung. Aber auch hier war nichts zu sehen.

DUMB!

Es war zum verrückt werden! Was auch immer dieses Geräusch verursachte, es musste ganz in seiner Nähe sein. Aber wo? Wo???

SLANG!

Slang?

Zwei kräftige Hände packten ihn an den Ohren und zogen ihn aus seinem Versteck. Er schrie, wimmerte, heulte … doch als sein Blick auf den unbekannten Eindringling traf, verstummte er und der Aufruhr wich purem Staunen.

Gewesen stand niemand anderem gegenüber als sich selbst. Es waren dieselben Augen, dieselben Haare, dieselbe Größe, nur der Körperumfang seines Zwillings war um einiges größer. Ansonsten glichen sich die beiden wie ein Ei dem anderen.

»Unfassbar«, staunte Gewesen.

»Dem pflichte ich bei«, pflichtete sein Ebenbild bei. »Äh, kommen Sie doch rein. Wollte mir grad 'nen Holunderbeertee machen. Ich lad Sie gern zu 'ner Tasse ein.«

Gewesen nickte knapp und folgte seinem zweiten Ich durch die Röhre ins Innere der Höhle.

»Nehmen Sie Platz«, forderte es den Kommissar auf und wies auf einen aus alten Autoreifen zusammengeklebten Sessel. »Ich setz rasch Wasser auf. Bisschen Musik?«

»Wieso nicht?«

Eiszeit. Mit mir beginnt die Eiszeit, sang Inga Humpe. Gewesen sah sich um. Die Höhle war in Wirklichkeit eine Art Zelt, abgestützt durch Planken, die von langen Stangen gegen die Plane gedrückt wurden. Das Zelt war zehn bis zwölf Meter lang und vier bis fünf Meter breit. Der Boden bestand aus aneinandergelegten Europaletten. In einer Ecke lungerte eine durchgelegene Matratze, in einer anderen war eine provisorische Küche untergebracht, bestehend aus Spirituskocher und Spülbecken-Blechwanne. Das übrige Inventar glich der Beute eines mittelmäßig erfolgreichen Sperrmüll-Beutezugs.

»Heiße übrigens Dierk Gewesen«, rief der Wohnungsinhaber. »Aber die meisten nennen mich DD.«

»DD?«

»Steht für Dicker Dierk.« Er lachte auf diese spezielle Art, wie nur Leute lachen können, die so tun, als machte ihr Makel ihnen nichts aus. »Und wer sind Sie?«

»Dierk Gewesen«, sagte Gewesen und betrachtete eine Matchbox-Sammlung in einer zusammengeschusterten Vitrine. Er kannte die Wagen. Sie stammten aus seiner Kindheit, der gemeinsamen Vergangenheit, die er mit diesem … DD teilte.

»Tolle Sammlung, was?« DD schob Gewesen einen dampfenden Tee unter die Nase.

»Und die Corvette?«, fragte Gewesen und nahm die Tasse entgegen.

»Die was?«

»Die gelbe Corvette.« Er ließ sich auf den wankenden Reifensitz nieder. »Artikelnummer 735 F.« Er führte die Tasse zum Mund und verzog angewidert das Gesicht. Er hatte noch nie was für Tee übrig gehabt, aber diese Plörre zog selbst dem übelsten Ganoven die Schuhe aus. Irgendwie musste er das Zeug loswerden. »Hast sie im Mai ’73 bekommen, für Durchschlafen ohne Pipi machen.«

DDs Gesicht wurde aschfahl. »Woher wissen Sie das?«

»Sagen wir mal, gut geraten«, antwortete Gewesen ausweichend. Ihm dämmerte, dass sein Zwillings-Ich nicht der hellste Kopf unter der Sonne war.

»Hab sie verloren«, seufzte DD. »Bei meiner Flucht ist einiges abhandengekommen.«

»Flucht? Was für 'ne Flucht?«

»Ach, ist 'ne lange Geschichte.« DD trank seine Tasse in einem Zug leer und wandte sich ab, um sie auf den Sekretär zu stellen. Gewesen nutzte die Gelegenheit, um den Inhalt seiner Tasse im Hamsterkäfig neben sich zu entsorgen; gerade noch rechtzeitig, bevor sein zweites Ich sich wieder zu ihm umdrehte. »Aber wenn es Sie echt interessiert?«

Gewesen forderte ihn mit einer für diese Zwecke zwar ungewöhnlichen, aber gerade noch akzeptablen Handbewegung auf, seinen Gedanken freien Lauf zu lassen. DD ließ den Blick in die Ferne schweifen. »Alles begann damit, dass meine Liebste verschwand. Einfach so. Im einen Moment war sie noch da, im nächsten hatte die Erde sie verschluckt.« Er zog die Schultern hoch und fröstelte. »War schon 'n bisschen unheimlich.«

Gewesen runzelte die Stirn. »Von wem sprichst du?«

DD seufzte. »Von Rebecca. Wir waren ein Paar, damals, in der guten alten Zeit.« Er summte eine kleine Melodie. Möglicherweise Howard Jones. Oder Rachmaninov. »Aber natürlich hatten wir auch mal Streit. Und nach einer dieser Auseinandersetzungen ist es passiert. Rebecca hat mir eine Nachricht geschickt, ein Friedensangebot. Sie wollte Versöhnung feiern, in Bauer Sachtlebens Feld. Aber dann …« Er schluckte.

»Dann?«, fragte Gewesen und spürte ein Kribbeln in seiner Nase. Das bekam er immer, wenn sich mehrere lose Teile zu einem Ganzen zusammenfügten.

DDs Gesicht verfinsterte sich. »Ein Sturm zog auf. Ganz

plötzlich. Ein richtiger Orkan. Und der hat Rebecca mit sich gerissen. Sie verschwand im Himmel, und alles, was mir blieb, war dieser Schuh.«

Er öffnete einen liebevoll mit buntem Krepppapier verzierten Schuhkarton. Darin: ein roter Schuh. Gewesen erkannte ihn sofort. Er hatte ihn Rebecca von seinem ersten Gehalt als Polizist gekauft.

»Plötzlich stand ich alleine da«, fuhr DD fort und schniefte. »Nur ich, der Schuh – und Rebeccas Brief.«

»Zeig mal«, sagte Gewesen.

»Hab ihn nicht hier«, gab DD geknickt zurück. »Ist in meiner alten Bude versteckt, in einer Blechkiste …«

»… hinter der Fußleiste«, ergänzte der Kommissar.

DD zuckte zusammen. »Junge, Junge. Du kannst aber wirklich gut raten!«

»Sonst war niemand da?«, fragte Gewesen. »Auf dem Feld?«

»Doch, Master Dent. Nannte sich damals aber noch …«

»… Enrico Masturbani.« So langsam dämmerte dem Kommissar, wo der Dreh- und Angelpunkt der Geschichte zu suchen war. »Was ist dann passiert?«

»Aus Enrico Masturbani wurde Master Dent. Er hat die Macht übernommen und sich in Hamburg verschanzt. Und ich …« DD ließ den Kopf hängen. »Eine Zeit lang hab ich mich als Ährenflüsterer verdingt. Gab ja nur noch in der Landwirtschaft Jobs. Aber als sich die Wüsten ausbreiteten und die Spinnen kamen, wurde es zu gefährlich an der Oberfläche. Deshalb zog ich mich in den Untergrund zurück, hierhin, auf das ehemalige Gelände der Horner Rennbahn.«

Ein nervenzerfetzendes Fiepen durchzuckte den Raum. DD stürzte zum Käfig, der neben dem Kommissar stand, und riss den Deckel herunter. Der Hamster lag auf dem Rücken, alle Pfoten von sich gestreckt. Etwas Tee tropfte aus seinem Maul.

»Günther!«, rief DD entsetzt. »Was ist mit dir? Bist du in Ohnmacht gefallen?«

»Sieht nicht gut aus«, murmelte Gewesen.

»Ist er etwa – tot?« DD griff sich an die Brust. »Günther tot? Meine Wertanlage? Meine Zukunft? Mein Ticket to Ride?« Unvermittelt änderte sich der Ausdruck in seinem Gesicht; seine Züge verhärteten sich und in seinen Augen funkelte es böse. »Haben Sie was damit zu tun, Fremder?«, zischte er und ballte die Fäuste. Doch da war plötzlich ein helles Husten zu hören, und die Gewesens wurden Zeugen eines Wunders: Günther lebte! Der Hamster rappelte sich auf, schüttelte die Backen und sah sich hektisch um. Dann peste er zum Laufrad und begann seinen täglichen Marathon.

DD atmete erleichtert auf. »Günther lebt! Darauf mach ich uns 'n Tee.« Er wandte sich ab, aber Gewesen hielt ihn zurück.

»Augenblick mal. Was meinst du mit: Der Hamster ist meine Zukunft?«

DD setzte eine verschwörerische Miene auf. »Komm mit. Ich zeig's dir.«

Das Wrack lag halb im Sand verborgen, verschlungen von der Wüste. Brain packte die Schaufel und begann, das Bike auszugraben. Er musste nicht nur den Quantenwahrscheinlichkeitsgenerator finden, sondern auch das Prinzip begreifen, nach dem dieser innerhalb der Guzzi funktionierte, sonst würde er es nicht kopieren können. Wieso hatte dieser verdammte Kerl bloß den Stecker gezogen?, fluchte er. Yashahashish hätte ihm sicher noch die Funktionsweise erläutert. Aber dieser Kommissar war ein derart ungehobelter Klotz, wie Brain noch keinen kennengelernt hatte. Und der sollte das Multiversum retten?

Brain kamen Zweifel. An Gewesen, an Yashahashish und an sich selbst. Wieso riskierte er Kopf und Kragen für einen Mann, den er noch nicht einmal vierundzwanzig Stunden kannte? Sicher, er hatte etwas Geheimnisvolles an sich, eine Aura, der man sich nur schwer entziehen konnte. Auf der anderen Seite hatte Brain sich mittlerweile bequem eingerichtet und genoss Privilegien wie sonst kaum jemand in dieser wüsten Landschaft. Das alles aufs Spiel setzen? Wegen einer völlig verrückten Idee?

Er hörte auf zu graben und stützte sich auf die Schaufel. Sein Blick schweifte nach Osten, wo sich die Wüste bis zum Horizont erstreckte. Dann wandte er sich nach Süden, wo irgendwo hinter dem mickrigen Rinnsal, das einmal die Elbe gewesen war, die letzten noch fruchtbaren Böden für den Anbau von Getreide verschwendet wurden. Nach Westen hin zeichnete sich der Hamburger Schutzwall gegen das Abendrot der untergehenden Sonne ab.

Brain seufzte. Diese Welt war total verhunzt. Verhunzt wegen der verrückten Idee eines einzigen Mannes. Dent hatte nie erklärt, wofür er das Korn brauchte. Er hatte die Macht ergriffen und seitdem sein Ding durchgezogen. Ohne Rücksicht auf Verluste. Brain schüttelte den Kopf. Was für ein Dummkopf! Er packte die Schaufel und grub weiter.

In langen Reihen und über mehrere Etagen zogen sich die Käfige bis zum Ende der endlosen Halle. Es mussten Tausende sein, ausgestattet mit Sprossenleiter, Laufrad und Holzhütte. Einer wie der andere. Wie im Sozialismus.

»Was soll das?«, fragte Gewesen kopfschüttelnd. »Ist das 'n Experiment?«

DD schüttelte den Kopf. »Das ist der Weg zurück in die Goldene Stadt!«

»Goldene Stadt? Wovon sprichst du?«

»Von Hamburg. In der Verheißung ist Hamburg das Paradies und der Himmel auf Erden. Wer dort leben darf, hat es geschafft. Aber sie lassen nicht jeden rein.« Er schüttelte den Kopf. »Brauchste schon 'ne satte Mitgift. Seide. Diamanten. Oder ... Gold.« Er kicherte.

Gewesen runzelte die Stirn. »Du brauchst Gold, um nach Hamburg zu kommen?«

»So ist das Gesetz«, bestätigte DD. »Das Gesetz der Herrin, deren Name zu nennen verboten ist.« Unsicher blickte er sich um. »Niemand kennt sie und niemand, der sie je sah, hat die Begegnung überlebt. Sie ist das große Mysterium, das ungelöste Rätsel, der Heilige Gral der Hansestadt. Sie allein bestimmt, wer die Mauern passieren darf. Und nur, wer sie mit Edelsteinen, Platin oder Gold milde stimmt, hat überhaupt 'ne Chance.« Stolz wies er auf seine Käfige. »Und hier kommt es her, das Gold. Von syrisch-orthodoxen Goldhamstern.« Behutsam hob er einen der Nager aus dem Käfig und hielt ihn gegen das Licht. »Hat Jahre gedauert, bis ich die richtige Züchtung raushatte. Aber eines Tages war es so weit, und ich hatte den ersten Goldhamster erschaffen, der seinem Namen gerecht wurde.« Er begutachtete den kleinen Freund wie einen wertvollen Rubin. »Ein Hamster, der Goldstaub absondert! Jeden Tag ein paar Mikrogramm.« Er streichelte ihm zärtlich über das

Fell. »Mit einer Spezialbürste bürste ich ihn heraus und sammle ihn in diesen Behältern. So kriege ich jeden Tag etwa 300 Mikrogramm zusammen. Das sind fast elf Gramm pro Jahr und ein Kilo in weniger als zehn Dekaden!« Er grinste über beide Ohren.

Gewesen schwante Böses. »Und wie viel Gold brauchst du, um reingelassen zu werden?«

»Acht Tonnen«, sagte DD und schnalzte mit der Zunge. Gewesen musste husten.

»Jetzt hör mal zu, du aufgedunsener Pfannkuchen«, herrschte er seinen Zwilling an. »Ich hab weder Lust noch Zeit zu warten, bis deine Hamster gebürstet sind. Wir müssen nach Hamburg, und zwar schnell. Und ich bin gekommen, um dich darauf vorzubereiten.«

DD riss die Augen auf.

»Würde den Job liebend gern selbst übernehmen«, fuhr der Kommissar fort. »Aber ich darf nicht eingreifen, aus Gründen, die du eh nicht kapieren würdest. Du musst nur eins wissen: Du bist der Auserwählte, der Held, der oberste Käse. Und deshalb musst du Anführer der Rebellen werden, Hamburg erobern und Dent erledigen. Kapiert?«

Gewesen wartete auf eine Reaktion.

DD zögerte.

Dann fiel er in Ohnmacht.

Als er wieder erwachte, war er froh, dass alles nur ein Traum gewesen war. Einer dieser Träume, die sich einerseits total realistisch anfühlten, andererseits aber derart absurd waren, dass einem die Haare zu Berge standen. Anführer der Rebellen! Hamburg einnehmen! Ein zweites Ich! Was für ein Quatsch!

Zuerst würde er sich mal einen schönen Holunderbeertee machen und dann ein paar Waldorf-Cracker verputzen. Und dann würde er die Hamster bürsten. Er seufzte. Ach, es gab doch nichts Schöneres als ein strukturiertes Leben …

Jemand rutschte durch die Röhre und polterte auf die Europaletten.

»Zeit fürs Training!«, rief Gewesen.

Draußen hatte der Kommissar bereits einen provisorischen Schießstand errichtet. Auf einer im Wüstensand verankerten Holzstange hatte er ein kleines Brett befestigt, auf das er eine Dose Hafer stellte.

DD kroch langsam aus der Röhre, einen solarbetriebenen Gettoblaster und eine Pappschachtel vor sich herschiebend. Argwöhnisch beobachtete er den Kommissar, der seine Sig Sauer mit Patronen bestückte.

»Ich bring dir alles bei, was ich weiß«, sagte Gewesen. »Und wenn ich mit dir fertig bin, wirst du in der Lage sein, eine ganze Armee auszulöschen, bewaffnet mit nichts als einer Nagelfeile.« Er ließ die Trommel einrasten.

DDs Augen leuchteten auf. »'ne Nagelfeile hab ich sogar!« Er kramte in seinem Brustbeutel und zog ein längliches, oval geformtes Stück Metall heraus. Blitzschnell riss Gewesen ihm die Feile aus der Hand und warf sie fort. »Um eins gleich klarzustellen: Ab sofort ist Schluss mit dem Mädchenkram, verstanden?« Er spitzte die Ohren. »Was ist das für Musik?«

»F.R. David«, sagte DD. »*Words don't come easy.* Ein echt schmusiger Schmusetitel.« Er schloss die Augen und wiegte den Kopf im Takt. »Words … don't come easy … to me …«

Die Musik endete abrupt.

»Das ist 'n altes Mixtape, das ich für Rebecca gemacht hab«, sagte Gewesen mit der Kassette in der Hand. »Wo haste das her?«

DD wies auf den Karton neben dem Gettoblaster, und der Kommissar durchstöberte ihn wie die Wildsau den Acker. »Alter Schwede«, murmelte er. »Da sind sie alle: die ganzen Mixes von früher.«

DD wies auf eine der Kassetten. »Die, wo »R« draufsteht, sind die besten.«

Gewesen hob den Blick. »Die hab ich nur gekennzeichnet, damit ich sie nicht aus Versehen ins Tapedeck lege. Da ist Frauenmucke drauf. Die Männersachen sind hier.«

Er wedelte mit einem anderen Tape. »Und mit dieser hier werden wir das Training beginnen.« Er legte sie in den Gettoblaster, drehte den Lautstärkeregler ganz nach rechts und drückte *Play*.

Ein harter Gitarrenriff fetzte durch die Wüste, eine knallende Snare gab das Tempo vor. Und schon nach zwei Takten ließ eine kratzige Stimme keine Fragen mehr offen:

Livin' easy
Lovin' free
Season ticket on a one way ride
Askin' nothin'
Leave me be
Takin' everythin' in my stride
Don't need reason
Don't need rhyme
Ain't nothin' I'd rather do
Goin' down

Party time
My friends are gonna be there too

I'm on a Highway to Hell!

Die Guzzi hatte einen Totalschaden, aber der mittlere Block, in dem der Quantenwahrscheinlichkeitsgenerator untergebracht war, schien in Ordnung zu sein. Brain löste die Schrauben und hebelte die Verschalung ab. Mit einem schmatzenden Geräusch löste sich die Nut aus der Feder.

Ein Kosmos aus phosphoreszierenden Schläuchen, blinkenden Lämpchen und schwingenden Pendeln offenbarte sich ihm. Die Konstruktion erinnerte an ein Uhrwerk, bis auf die verwirrende Tatsache, dass keines der Einzelteile mit dem Block verbunden zu sein schien. Brain zog einen Dentalspiegel aus seinem Rucksack, schob ihn in die Verschalung und betrachtete die Apparatur von der Rückseite. Auch hier konnte er keine Befestigung ausmachen.

Verdammt!, fluchte er und warf den Spiegel wütend in den Sand. Yashahashish hätte ihm wenigstens sagen können, wie er dieses Ding auszubauen hatte. Wenn er den Generator nun mit einer unbedachten Bewegung zerstörte! Dann wäre alles aus, alles verloren. Und nur weil …

Plötzlich hielt er inne, und vor seinem geistigen Auge manifestierte sich ein Satz: *Was du nicht fassen kannst, musst du ertasten.* Der Ausspruch stammte von Axel Hexelberg. Der Quantenmechaniker hatte ihn im Zusammenhang mit Fluktuationsschwankungen im Quantenraum verwendet. *Was du nicht fassen kannst, musst du ertasten.* Ein rätselhafter Satz, der Generationen von Physikern beschäftigt hatte. Yashahashish hatte ihn als Geleitwort für sein Buch gewählt. *Bei wichtigen Entscheidungen vertraue ich auf meinen Bauch*, hatte der Japaner gesagt. Brain schloss die Augen und fuhr mit beiden Händen in den Block hinein. *Was du nicht fassen kannst, musst du ertasten,* wiederholte er wie ein Mantra, und hob mit einem satten FLUPP den Quantenwahrscheinlichkeitsgenerator aus dem Motorblock heraus. Mit kindlichem Staunen betrachtete er das wundersame Gerät.

Seine Hände berührten ihn nicht. Schwebte er auf einem elektromagnetischen Feld? Brain versuchte ihn zu greifen, aber seine Hand fuhr durch ihn hindurch wie durch Nebel. Erstaunlich!, murmelte er und verstaute ihn in seinem Rucksack. Er kontrollierte den Lederbeutel von allen Seiten, aber der Generator blieb an seinem Platz. Offenbar wählte er stets den Weg des geringsten Widerstands.

Brain schulterte den Rucksack und zog eine Taschenlampe aus seinem Werkzeuggürtel. Dann inspizierte er noch einmal den Guzzi-Block und entdeckte eine biegsame transparente Leitung, die zur Unterseite des Blocks führte und dort in einen kleinen Tank mündete. Ganz am Ende war sie eingerissen. Brain schnupperte. Es roch süß, ein bisschen wie Mandel. Benzin war das nicht. Er sah noch etwas. Buchstaben. Brain schob die Taschenlampe tiefer und drehte den Dentalspiegel so lange, bis er die Buchstaben erkennen konnte: TꟻAƧꟼЯAW.

Im Geist spiegelte er Buchstabe für Buchstabe, bis er das Wort vor sich sah. Im gleichen Augenblick hielt er vor Schreck den Atem an. Durch die abgerissene Leitung war Warpsaft geflossen!

DD spähte über die Kimme. Undeutlich konnte er die Umrisse der angedellten Haferdose auf dem provisorisch zurechtgehämmerten Schießstand sehen. Aber seine Hände zitterten so stark, dass ein sicheres Anvisieren unmöglich war.

»Ruhig Blut«, sagte eine Stimme. »Nimm dir Zeit, und wenn du fertig bist: SCHIESS ENDLICH, VERDAMMT NOCH MAL!«

DD gab einen Schrei von sich und machte gleichzeitig eine Bewegung, als wollte er einen sehr schnell vorüberfliegenden Vogel mit bloßen Händen fangen. Der Schuss krachte los.

Alles ging so schnell, dass Gewesen im Nachhinein nicht mehr sagen konnte, wie genau es passiert war. Fakt war, dass die Dose unbehelligt blieb, dafür aber ein Vogel tot vom Himmel fiel – zehn Meter hinter ihnen.

DD ließ die Waffe sinken und versuchte ein scheues Lächeln. »Und? Wie war ich?«

Gewesen vergrub das Gesicht in den Händen. »Wie soll aus dir ein Held werden, wo du nicht mal in der Lage bist, dir allein die Schnürsenkel zu binden?«

DD machte ein betrübtes Gesicht. »Vielleicht liegt es an der Musik. Irgendwie kann ich mich bei dem Gewummer nicht richtig konzentrieren.« Er stakste zum Gettoblaster. »Können wir nicht mal was anderes hören?«

»Das ist *Cop Killer* von Body Count«, knurrte Gewesen. »Wenn du dabei nicht triffst, triffst du überhaupt nicht.«

»Lass es mich wenigstens versuchen«, bat DD, und Gewesen machte eine Handbewegung, die signalisieren sollte, dass ihm alles egal war. DD tauschte das Chrom-Tape gegen ein Mark-II-Billigband, und kurz darauf schallte wieder F. R. David durch die Wüste. Dem Kommissar zog sich der Magen zusammen.

»Und jetzt noch mal mit Gefühl«, sprach sich DD Mut zu und zielte auf die Dose.

Er wippte mit den Hüften im Takt der Musik, konzentrierte sich auf das zu treffende Blech … und schrie plötzlich auf! Während er gleichzeitig eine Bewegung machte, als müsste er sich vor einem angreifenden Bienenschwarm schützen. Dann krachte der Schuss.

Gewesen lugte durch die Ritzen seiner Finger und sah auf einer Düne weit hinter dem Schießstand ein Tier mit Höckern zusammenbrechen.

»Wenn's so einfach wär, könnt's ja jeder«, murmelte er angesäuert.

»Aber nicht jeder ist geeignet für einen Auftrag wie diesen«, ertönte eine Stimme, und Gewesen fuhr herum. Hinter ihm stand ein Mann in einer braunen Kutte, die weite Kapuze tief ins Gesicht gezogen. In seinen knochigen Händen hielt er einen alten Wanderstab.

»Und du bist wer?«, fragte Gewesen misstrauisch.

»Ich bin wie der Wind, leise und geschwind«, orakelte der Alte und vollführte dabei weiche Bewegungen mit seinem Stab. »Und wie der Wind schwebe ich fort von diesem Ort.« Er kicherte.

Gewesen inspizierte seine Fingernägel. »Sehr interessant. Und was willst du hier?«

»Dir helfen, aus diesem jungen Mann einen mutigen Kämpfer zu machen.« Der Alte wies mit dem Stab auf DD.

Gewesen pulte etwas Dreck unter dem Nagel hervor und schnippte ihn in die Wüste. »Kein Bedarf.«

Mit einer unglaublich raschen Bewegung schoss der Alte auf Gewesen zu und packte ihn am Kinn. »Du glaubst wohl, du hast die Weisheit mit Löffeln gefressen, was?«, zischte er böse, und aus dem Dunkel der Kapuze funkelten zwei rote Augen.

»Genau, und du nicht!«, entgegnete Gewesen ungerührt. Sekunden verstrichen, in denen sich die beiden taxierten wie zwei Blattschwanzgeckos, bei denen man auch nicht wusste, ob sie bis in den letzten Muskel angespannt waren oder einfach nur tot. Die Atmosphäre knisterte vor Spannung.

Dann ließ der Kapuzenträger plötzlich von Gewesen ab und trat einen Schritt zurück. Er lachte schallend. »Also gut! Du zweifelst an meinen Fähigkeiten? Ist dein gutes Recht. Ich werde dir zeigen, wozu ich fähig bin.« Er winkte Gewesen mit der Hand zu sich. »Greif mich an! Du siehst ja, ich bin unbewaffnet. Den Stock werfe ich fort.« Er tat es. »Ich bin nur ein alter Mann, gekleidet wie ein Mönch. Versuch, mich zu schlagen. Wenn du es schaffst, verschwinde ich, ohne ein weiteres Wort zu verlieren. Aber wenn ich deinen Angriff pariere, darf ich dir helfen, den jungen DD auf seine Mission vorzubereiten. Einverstanden?«

Gewesen zögerte. Er blickte zu DD, dann zum Alten, zurück zu DD, dann zuckte er mit den Achseln, machte einen Schritt nach vorne und wuchtete seine Rechte in die Kapuze. Der Alte hob vom Boden ab, beschrieb einen Parabelflug und landete unsanft im Sand.

»Bist du irre?«, schrie er auf. »Hast du sie nicht mehr alle, oder was?« Er setzte sich in den Sand und hielt schützend die Hand vor seine blutige Nase. Die Kapuze war verrutscht, sein Gesicht entblößt.

»Oberkommissar Scheibli?!«, rief Gewesen überrascht.

Der Kuttenträger starrte sein Gegenüber an. »So hat mich seit zwanzig Jahren niemand mehr genannt. Alle kennen mich nur unter dem Namen Scheibli-Wan.« Mit dem Ärmel wischte er sich das Blut von der Nase. »Wer bist du? Und woher kommst du?«

Warpsaft!

Der Japse hatte mit keiner Silbe Warpsaft erwähnt! Wo sollte er den denn bitte schön herbekommen? Er wusste ja nicht mal, woraus er bestand! Es könnte Monate oder sogar Jahre dauern, bis er dahinterkam. Wenn überhaupt.

Wütend kickte Brain die Guzzi. Der ganze Plan war Schrott! Wie waren sie bloß auf die hirnrissige Idee gekommen, mal eben eine Parallelwelten-Maschine konstruieren zu können? Und das auch noch in einer Welt, die nichts als Korn im Kopf hatte!

Brain seufzte und stocherte lustlos mit einem Stock im Sand herum. Plötzlich stutzte er. Betrachtete die Zeichnung, die er unbewusst in den Sand gemalt hatte.

Ein Wurm.

Ein Wurm?

Ein Wurm!

Das war die Lösung! HEUREKA!

Er brauchte nicht jahrelang zu forschen, und mit der Menschheit stand es auch nicht so schlimm, wie immer gesagt wurde. Er würde den Planeten retten! Auch ohne Warpsaft. Er schnallte den Rucksack mit dem Quantenwahrscheinlichkeitsgenerator auf den Rücken und stapfte los …

… als plötzlich der Boden erzitterte.

Nachdenklich hatte Scheibli-Wan Gewesens Ausführungen gelauscht. »Ich habe immer gespürt, dass ich zu Größerem berufen bin«, sagte er nach einer Weile und stocherte mit einem Stock im frisch entfachten Lagerfeuer. »Eine eigene Abteilung …« Er ließ den Blick in die Ferne schweifen. »Ich gäbe mein Leben dafür, mich nur einen Tag lang selbst beobachten zu können. Zu sehen, wie ich die Mannschaft anführe im Kampf gegen das Böse. Einsatzbesprechung, Aufgabenverteilung, Waffenausgabe. Und dann: Rein in die Mannschaftswagen und raus in die Wildnis. Hinweisen nachgehen, Observationen durchführen, zuschlagen. Um am Ende des Tages die Akte zu schließen und nach Hause zu kommen mit dem befriedigenden Gefühl, die Welt von einem weiteren Übel befreit zu haben.« Er seufzte laut. »Sagen Sie, Gewesen, habe ich viele Gangster zur Strecke ge…« Er sah sich um. »Gewesen?«

»Sorry«, sagte der Kommissar und kam durch die enge Röhre nach draußen. »Hatte plötzlich totalen Durst und musste mal was Kaltes zischen. Irgendwas verpasst?«

Scheibli-Wan schüttelte den Kopf und warf den Stock ins Feuer. »Wir sollten überlegen, wie wir den Angriff gegen Dent organisieren.«

»Sehe ich genauso«, pflichtete Gewesen ihm bei. »Wir brauchen die Rebellen. Und eine Taktik. Allerdings haben wir auch ein kleines Problem.« Er wies auf DD, der in Walzerschritten um das Lagerfeuer tanzte. »Als Held ist der ungefähr so geeignet wie ein Bügeleisen zum Telefonieren.«

DD forderte einen imaginären Partner zum Tanz auf und ließ sich in seine Arme sinken.

»Kraft und Stärke in jedem steckt«, orakelte Scheibli-Wan. »Frage nur, wie lässt sich kitzeln raus.«

»Vielleicht sollten wir mit dem Namen anfangen«, schlug Gewesen vor. »Wir können ja wohl kaum bei den Rebellen aufkreuzen und sagen: Hier ist der Dicke Dierk. Lasst euch von ihm in den Tod führen.«

»Vielleicht können wir was anderes aus den Initialen basteln«, überlegte Scheibli-Wan und rieb sich das Kinn. »Wie wär's mit Doller Dierk?«

»Oder Donald Duck.«

»Drängender Donner.«

»Dämlicher Dussel.«

»Dreckiger Dackel.« Scheibli-Wan kicherte. Aber Gewesen packte ihn an der Schulter. »Das ist es!«

»Was? Dreckiger Dackel?«

»Nein, Dirty Dierk!«

Scheibli-Wan öffnete den Mund, zögerte, neigte den Kopf zur Seite, ließ einen Zweifel zu, verwarf ihn – und strahlte wie ein Honigkuchenpferd. »Dirty Dierk! Ja, damit kriegen wir ihn als Respektsperson durch. Der Name ist schon mal die halbe Miete.«

»Die andere Hälfte müssen wir noch eintreiben«, zügelte Gewesen die Begeisterung des alten Mannes und nickte Richtung DD, der sich von seinem Tanzpartner mit Küsschen links, Küsschen rechts verabschiedete. Plötzlich schien er etwas zu seinen Füßen zu entdecken. Er bückte sich und hob es mit größter Sorgfalt auf. »Hey, seht mal, was ich gefunden habe!«, rief er den beiden zu. »Einen kleinen Wüstenwurm. War auf dem Weg ins Feuer. Hab ihn vor dem sicheren Tod bewahrt.« Er schniefte ergriffen und wischte sich eine Träne aus dem Auge.

Gewesen und Scheibli-Wan sahen einander an. Und dachten das Gleiche.

»Was tust du denn hier, Brain?«

Der Physiker zuckte mit den Schultern. »Spazieren gehen.«

»In der Wüste?« Der Spinnenreiter legte die Stirn in Falten und betrachtete die Guzzi. »Was willste denn mit der Mühle? Und was haste da ausgebaut?« Brain zog hörbar die Luft ein und machte ein nachdenkliches Gesicht. Im Erfinden von Geschichten war er nicht besonders gut. Als Wissenschaftler fühlte er sich der Wahrheit verpflichtet. Doch hin und wieder eine kleine Notlüge konnte ganz hilfreich sein, wie er feststellen musste.

»Mach doch mal den Rucksack auf«, verlangte der Spinnenreiter. Brain kniff die Lippen zusammen. Hielt die Luft an. Und rannte los. So schnell er konnte. Obwohl er kaum eine Chance hatte. Aber vielleicht hatte er ja Glück und fand durch Zufall irgendein Loch in einem geheimen Tunnel ...

Unsanft wurde er am Schlafittchen gepackt und in die Höhe gerissen. Vom Rücken des gewaltigen Tieres aus grinste ihn der FREAK an. »Da haben wir ja ein interessantes Präsent für Ihre Majestät.«

»Also gut, Freund der Sonne«, sagte Gewesen und wies auf eine seltsame Apparatur. »Wenn ich hier oben Säure reinkippe, fließt sie durch diesen spiralförmigen Schlauch und tropft in diesen Trichter. Und von da fällt sie runter auf das Fell von diesem Viech.«

»Hans-Jürgen!«, rief DD entsetzt aus. Der Hamster antwortete mit einem klagenden Fiepen und versuchte seine Pfoten loszureißen. Aber der Kommissar hatte sie mit reichlich Tesafilm auf dem Käfigboden fixiert.

»Der Hamster wird gerettet, wenn ich rechtzeitig diesen kleinen Verschluss am unteren Ende des Trichters schließe«, erklärte Gewesen weiter. »Aber das tue ich nur, wenn du in der Zwischenzeit die verdammte Dose vom Podest pustest. Verstanden?«

DD zitterte am ganzen Leib. Scheibli-Wan legte ihm beruhigend die Hand auf die Schulter. »Lass leiten dich durch Kraft von innen. Dann Hamster wird kein Leid erfahren.«

Gewesen fragte sich, wieso der Oberkommissar jedes Mal Schwierigkeiten mit der Grammatik bekam, wenn er einem Tipps gab. Aber im Grunde war es auch egal, denn er nahm sowieso nicht an, dass DD irgendwas hörte. Der arme Kerl stand bebend an der Fünfzig-Meter-Grenze und richtete mit zitternder Hand die Waffe auf die Dose.

»Los geht's!«, rief der Kommissar und ließ die Säure in die Röhre tropfen.

DD starrte angestrengt über die Kimme. Er atmete tief durch und versuchte, seinen Körper in einen Zustand inneren Gleichgewichts zu versetzen. Es ist nur eine Dose, sagte er sich. Schieß sie ab, und Hans-Jürgen lebt.

Plötzlich schrie er auf. Die Kugel flog und fetzte zehn Meter an der Dose vorbei. Rund hundert Meter weiter bohrte sie sich in eine Sanddüne. Ein Aufschrei ertönte, dann hob sich ein Körper aus dem Sand, fasste sich an die Brust und kippte vornüber.

»Nicht ablenken lassen«, mahnte Gewesen. »Denk an Hans-Jürgen!«

DD biss sich auf die Lippe, nahm die Dose erneut ins Visier und drückte ab. Diesmal fegte die Kugel fünf Meter rechts am Ziel vorbei und verschwand in der Düne. Wieder hallte ein Aufschrei durch die Wüste, ein unter dem Sand verborgener Körper bäumte sich auf, griff sich ans Herz und fiel vornüber.

»Hans-Jürgen«, flötete Gewesen. DD packte die Waffe fester, kniff das linke Auge zu und schoss – einmal, zweimal, dreimal, viermal. In rascher Folge peitschten die Schüsse in den Sand, und vier Körper kippten ächzend vornüber. DD feuerte eine weitere Salve ab, und plötzlich machte es …

PLONG!

… und die Dose flog durch die Luft und landete im Sand. Genau wie die acht Körper hinter ihr.

»Ich hab's geschafft!«, rief DD und strahlte Gewesen voller Freude an. Dann senkte er den Blick zum Käfig, in dem Hans-Jürgen wie am Spieß fiepte. Nacktes Grauen packte ihn, als sich ein Tropfen wie eine Abschiedsträne vom unteren Rand des Trichters löste und im Fell des goldigen Hamsters verschwand.

»Bleib entspannt«, sagte Gewesen und nahm DD die Sig Sauer ab. Dann befreite er Hans-Jürgen vom Tesafilm, und der Hamster sprang vergnügt in sein Laufrad.

»Aber … er ist ja gar nicht … tot«, stammelte DD.

»Wieso sollte er?«, fragte Gewesen und schob neue Patronen in die Trommel. »Hab noch nie gehört, dass 'n Hamster stirbt, weil Sirup auf sein Fell tropft.« Er zwinkerte seinem Zwillings-Ich zu, ließ die Trommel zurückschnappen und reichte ihm die Wumme.

Rebecca griff nach dem seltsamen Ding und blickte erstaunt drein, als ihre Hand durch es hindurchglitt.

»Wo hast du das her?«, fragte sie fasziniert.

Brain versuchte, den Kloß in seinem Hals runterzuschlucken. Es gelang ihm nicht. »Hab's erfunden«, krächzte er. »Ist so 'ne Art Geschicklichkeitsspiel. Man muss versuchen, die mittlere gelbe Stange in den roten Ring …«

»Bullshit!«, unterbrach ihn Rebecca. »Du hast das Ding aus der Guzzi. Und die Guzzi stammt nicht von dieser Welt. Also: Wer ist er und woher kommt er?«

Brain stockte der Atem. Woher wusste sie das? Oder bluffte sie nur? Einen Versuch war es wert.

»Er ist ein entfernter Verwandter, der einen Getreideantrieb für Motorräder erfunden hat …«

Rebecca hob unmerklich die rechte Braue. Der Wachposten hinter Brain stieß den Physiker unsanft zu Boden. Wie eine Raubkatze schlich Rebecca näher und ging neben dem Wissenschaftler in die Knie. Während sie mit der Linken den seltsamen Gegenstand balancierte, hob sie mit der Rechten sein Kinn an und funkelte ihm böse in die Augen.

»Letzte Chance, Brain«, sagte sie, und ihr Atem war so kalt wie flüssiges Helium. »Ich bin heut nicht die Geduldigste.«

Ihm brummte der Schädel. Was sollte er tun? Lügen? Dann würde er sterben. Oder die Wahrheit sagen und damit den Plan verraten? Dann gäbe es wenigstens die Chance, eine Alternative zu entwickeln. Wenn er starb, war alles verloren, denn niemand außer ihm konnte den Wurmlochantrieb konstruieren.

»Das Motorrad gehört einem Polizisten aus einer Parallelwelt«, sagte er. »Und dieses Ding gehört zum Antrieb, um durch ein Wurmloch zu reisen.«

Rebecca betrachtete ihn ohne jede Regung. Er hätte nicht sagen können, ob sie ihm glaubte oder für total verrückt hielt. Ihr Gesicht verriet keine Emotionen.

»In Ordnung«, sagte sie plötzlich und ließ ihn los. Gemächlich stiefelte sie zu ihrem Thron zurück. Brain zögerte. Er blickte zum Wächter hinauf, aber der schien ihn gar nicht zu beachten. Also rappelte er sich auf.

»Du kannst gehen«, sagte Rebecca abwesend, während sie den Quantenwahrscheinlichkeitsgenerator in ihrer Hand betrachtete.

»Ich kann … gehen?«, fragte Brain ungläubig. »Einfach so?«

»Einfach so«, erwiderte Rebecca.

Brain zögerte. Dann setzte er sich in Bewegung.

»Nicht da lang«, hielt sie ihn zurück. »Ich möchte nicht, dass jeder mitkriegt, dass ich dich am Leben lasse. Wär schlecht für mein Image. Nimm die Seitentür.«

Brain folgte ihrer Anordnung und legte die Hand auf den Griff. Er zögerte erneut. Irgendetwas stimmte nicht. War das eine Falle? Aber warum sollte sie ihm eine Falle stellen, wo er doch sowieso schon in ihrer Gewalt war? Das ergab keinen Sinn. Er schüttelte den Kopf, ließ sämtliche Bedenken fahren und öffnete die Tür.

Die folgenden Wochen waren geprägt von Training, Waffenbau und Pläne schmieden. DD wurde immer sicherer und traf kaum noch daneben. Während Gewesen das Waffenarsenal erweiterte, ersann Scheibli-Wan immer neue Tricks, mit denen er den jungen Helden zu überraschen versuchte. Doch DDs Sinne wurden von Tag zu Tag schärfer. Er hatte schon fünfundzwanzig Kilo abgenommen und ließ sich das Konterfei seines Lieblingshamsters auf den Oberarm tätowieren.

Nur die mittlerweile 112 Leichen, die wie Schokostücke im

Kuchenteig über die Düne verteilt waren, bereiteten Scheibli-Wan Sorgen.

»Das sind Master Dents Schergen«, sagte er eines Abends, als sie sich am Lagerfeuer ein Guanako rösteten. »Wenn sie uns beobachten, weiß auch Dent, was wir planen.«

»Und wenn schon«, sagte Gewesen. »Bald ist DD so weit, dass er gegen eine ganze Armee antreten kann. Noch ein paar letzte Schliffe, und er ist eine Ein-Mann-Kampfmaschine, die jeden Widerstand bricht. Sieh dir doch an, was aus dem Loser geworden ist.«

DD bückte sich und hob behutsam etwas aus dem Wüstensand. »Seht mal, was ich gefunden habe, Freunde!«, rief er aufgeregt. »Eine kleine Wüstenameise, die sich sicher verirrt hat und …« Er hielt inne und betrachtete den winzigen schwarzen Punkt zwischen seinen Fingern; dann drückte er zu und schnippte die Materieansammlung ohne mit der Wimper zu zucken weg.

»Wir sind auf einem guten Weg«, bemerkte Gewesen, und Scheibli-Wan fügte hinzu: »Schokamo-as-abuwahna.«

»Was heißt das?«, fragte der Kommissar, aber Scheibli-Wan zuckte mit den Achseln. »Keine Ahnung. Klingt doch aber nicht schlecht, so abends am Lagerfeuer kurz vor dem Sturm auf die feindliche Bastion. Oder?«

Gewesen wanderte durch die endlose Wüstenei, mit Sand in den Schuhen und der Sonne im Genick. Und als ihm die Erbarmungslosigkeit des Augenblicks und die Aussichtslosigkeit des Unternehmens bewusst wurden, als er seine trockene Kehle spürte und das Brennen im Hals ihn an das Fegefeuer der

Hölle gemahnte – da zertrat er eine komisch guckende Eidechse und fühlte sich gleich besser. Er pfiff ein fröhliches Lied und war plötzlich total optimistisch gestimmt. Frohen Mutes dachte er darüber nach, welche Barbecuesoße er für das erste Steak nach seiner Rückkehr in sein Heimatuniversum nehmen sollte – als der Sand bebte wie Puderzucker im Sieb.

»Martha!«, war sein erster Gedanke, doch rasch wurde ihm klar, dass sie es nicht sein konnte. Das Donnern und Grollen, mit dem sich Millionen Tonnen Sand bewegten, kam aus dem Inneren der Wüste, aus den tiefsten Eingeweiden des Planeten, war archaisch und roh und verhieß alles andere als einen gemütlichen Sonntagnachmittagspaziergang.

Was sollte er tun? Knoblauch-Sahne kam nicht infrage, und Red Hot Chili Pepper hatte der Amtsarzt auf die Rote Liste gesetzt, nachdem Gewesen ihm gebeichtet hatte, dass seine Mutter die Soße zusätzlich mit Kerosin würzte. Es lief wohl auf Burning Pig hinaus. Ja, Burning Pig. War sowieso die leckerste von allen …

Vor ihm barst der Boden auf und hundert Tonnen Sand wurden in die Luft geschleudert. Ein gigantischer Körper schob sich aus der Wüste, die Haut rau und in Segmente unterteilt. Es war nichts anderes als einer der gigantischen, gefürchteten und bislang mit keiner Silbe erwähnten Sandwürmer.

Mit offenem Mund starrte Gewesen auf das Schauspiel, dann endlich gelang es ihm, den ausgerenkten Kiefer wieder einschnappen zu lassen. Der gigantische Wurm erreichte den Scheitelpunkt seines Aufstiegs, krümmte sich zur Seite und schoss mit dem Kopf voran wieder hinab, geradewegs auf Gewesen zu. Das Viech öffnete sein gewaltiges Maul und verschlang den Kommissar mit einem Happs. Dann bohrte es sich in den

Sand und raste tiefer in die Erde als je ein Wurm zuvor. Tiefer noch, als die Wüste reichte, tiefer als die Erinnerungen der Steine. Ja, tiefer noch als das flüssige Magma in seinem Inneren, das den Erdkern zum Rotieren brachte. Und erst kurz bevor er Gefahr lief, auf der gegenüberliegenden Seite wieder herauszuschießen und im Weltall zu verschwinden, machte er eine scharfe Linkskurve und verschwand Richtung Wüste Gobi.

Im Gegenlicht der aufgehenden Sonne hatte sich die Armee formiert. Die Reihe bis an die Zähne bewaffneter Elitesoldaten erstreckte sich bis zum Horizont. Zwischen ihnen lauerten hochmoderne Aufklärungsfahrzeuge und raubtierhafte Panzer. Auf einem Tieflader harrten Aufklärungsdrohnen ihres Einsatzes, und weiter südlich glänzten die Flügel eines halben Dutzends Stealth-Bomber. Diese Armee hatte alles, was man sich für einen schnellen und effektiven Angriff nur wünschen konnte. Und sie war bereit, sofort loszuschlagen.

»Glauben Sie, es funktioniert, Hauptmann?« Die Skepsis in Imhofens Stimme war nicht zu überhören.

»Das werden wir bald wissen«, gab Koriander teilnahmslos zurück und angelte eine Zigarre aus der Brusttasche ihres Armyjacketts.

»Vielleicht hätten wir doch mehr auf eine konventionelle Ausrüstung setzen sollen«, sagte Imhofen mit Blick auf die Elitetruppe vor sich.

»Du zweifelst an meinem Plan?« Korianders Replik hatte einen scharfen Beigeschmack, obwohl sie äußerlich gelassen blieb.

»Ich frage mich nur, ob es klug war, unsere gesamten Ressourcen in die Produktion der Buddys zu stecken, statt uns selbst ein wenig besser zu rüsten.« Er warf einen besorgten Blick zu den rund zweihundert abgerissenen Typen hinter sich. »Dent braucht doch bloß einen Späher zu schicken, der sich die Pappkameraden aus der Luft ansieht, und schon ist unsere ganze Einschüchterungstaktik aufgeflogen.« Er tippte mit dem Finger gegen einen der Panzer. Das gewaltige Gefährt wankte gemächlich hin und her.

Koriander biss das Ende ihrer Zigarre ab und spie es in den Sand. Mit einem langen Streichholz entzündete sie den gerollten Tabak.

»Und was … ist … dein Vorschlag?«, fragte sie, während sie die Zigarre paffend in Brand steckte. »Weiter auf Gewesen hoffen?« Sie lachte verächtlich. »Seit Wochen haben wir nichts mehr von ihm gehört. Sollen wir etwa darauf warten, dass Dent und seine Schergen in unsere Geheimanlage eindringen und uns ausmerzen?« Sie knöpfte sich den zitternden Rotschopf vor. »Ich habe keine Lust, wie die Maus in der Falle ausgeräuchert zu werden. Und ich bin sicher: Dent kennt unser Geheimversteck. Und jede Facette der Einrichtung und Bewachung.«

Imhofen stockte der Atem. »Wollen Sie damit sagen …«

»Ja. Dierk Gewesen ist ein Spion«, stellte Koriander emotionslos fest. »Er hat uns ausspioniert und angestachelt. Und jetzt sitzen wir hier, mitten in der Wüste, und haben keine Alternativen. Wir können nicht mehr zurück, denn da erwartet uns der Tod. Wir können nur noch angreifen und hoffen, dass Dent und seine Getreuen die Stadt angesichts unserer Papp-Armee freiwillig verlassen haben. Eine schwache Hoffnung, zugegeben. Aber immer noch besser, als kampflos …«

»Gewesen ist kein Verräter!«, rief Imhofen erregt aus. Er

kämpfte mit seinen Emotionen. »Es geht doch nicht nur um uns hier. Es geht um die Zukunft des Universums ... die Zeitreise ...«

Koriander lachte schallend. »Zeitreise? Quatsch! Ich hab ihm von Anfang an misstraut. Dieses ganze Parallelwelten-Gequatsche, alles Bullshit!« Sie nahm die Zigarre zwischen die Finger und fuchtelte wütend damit in der Luft herum. »Ich denke, es gibt überhaupt keinen Gewesen. Es gibt nur einen Spion von Dent, und der ist niemand anderer als ...«

Ein Pfeil raste heran, bohrte sich durch Korianders Zigarre und blieb in einer der Panzerattrappen stecken. Gemächlich wippte das Papp-Imitat hin und her.

Koriander drehte sich erstaunt um. Einige Meter entfernt standen zwei Gestalten, in graue Mäntel gehüllt, die Gesichter unter den weiten Kapuzen verborgen.

»Wer seid ihr und was wollt ihr hier?«, keifte Koriander und marschierte energisch auf sie zu. »Und wieso zerstört ihr unsere Ausrüstung?«

»Ausrüstung?«, rief eine der Gestalten spöttisch. »Ihr solltet euch für den Kampf rüsten, nicht die Zeit mit dem Ausschneiden und Bemalen von Pappkameraden verschwenden!« Mit einer energischen Bewegung riss der Fremde die Kapuze herunter. »Scheibli-Wan!«, rief Koriander erstaunt.

»Überrascht?«, fragte der alte Mann. »Hast du meine Rückkehr etwa nicht erwartet?«

Koriander hielt ihre Emotionen so gut es ging im Zaum. »Wochenlang haben wir nichts von euch gehört«, sagte sie wutschnaubend. »Da sind Zweifel ja wohl erlaubt.«

»Nur wenn man nicht vertraut«, entgegnete der weise alte Mann, und seine Pupillen weiteten sich und färbten sich feurig rot. »Zweifel nie hat Sieg davongetragen. Vertrauen nur schafft Band, ist stark.«

Koriander runzelte die Stirn und blickte fragend zu Imhofen. Aber der zuckte auch nur mit den Schultern. Hauptmann Koriander griff in die Jackentasche und entjungferte eine weitere Zigarre. »Und Gewesen?«, fragte sie. »Abgehauen?«

Der zweite Kuttenträger trat einen Schritt vor und verharrte dann im heißen Wüstensand. Die Augen der kleinen Einheit hefteten sich auf ihn. Knisternde Spannung lag in der Luft, und eine unheilschwangere Ahnung bemächtigte sich Korianders. Eine rasche Bewegung, und die Kutte flog durch die Luft. Zum Vorschein kam ein Mann, schön, stolz und muskelbepackt. Seine eingeölte Haut glänzte im Sonnenschein, und in seinen Augen loderten die Flammen der Leidenschaft. Auf seinem rechten Oberarm tanzte das Tattoo eines grimmig dreinblickenden Hamsters.

Koriander ließ die Zigarre fallen. War das ein Traum? Eine Wahnvorstellung? Eine Mama Morgana? Wie ein Panther auf der Pirsch umrundete sie ihn, labte sich an seinem durchtrainierten Körper und bewunderte seine stolze Haltung. Als sie ihm Auge in Auge gegenüberstand, spürte sie ein Kribbeln in einer Region, die in Büchern wie diesem nicht näher erläutert wird. Ihre Nackenhaare stellten sich auf. Sie atmete schwer.

»Du bist nicht Gewesen«, flüsterte sie, und ihr versagte beinahe die Stimme.

Der Schönling ließ seine makellosen Zähne aufblitzen. »Richtig, Baby. Ich bin Dirty Dierk.« Er drehte sich zu den Rebellen, riss seinen Bogen in die Höhe und rief: »Ich bin zurück!«

Die Rebellen brüllten euphorisch und ließen ihre Waffen rasseln. Doch Scheibli-Wan gebot ihnen mit einer Respekt einflößenden Geste Einhalt. Besorgt wies er auf einen winzigen Punkt am Himmel.

Imhofen legte die Hand schützend über die Augen. »Was ist das?«, fragte er.

»Dents Späher«, sagte Scheibli-Wan. »Wir dürfen keine Zeit verlieren! Sobald Dent weiß, dass er es mit einer Papp-Armee zu tun hat, wird er angreifen. Wir müssen ihm zuvorkommen!«

Koriander warf ihm einen spöttischen Blick zu. »Und euer Wunderknabe?«

»Er ist fort. Vermutlich tot«, sagte Scheibli-Wan ohne mit der Wimper zu zucken. »Aber sein Vermächtnis lebt!«

Er richtete den Blick zum Horizont, riss seinen Stab in die Höhe und stieß einen spitzen Kampfschrei aus. »Jiajiajei!«

Der Sand geriet in Bewegung. Es war, als würden sich tosende Wellen ihren Weg durch die Dünen suchen. Eine schäumende Gischt rollte heran.

»Was ist das?«, fragte Koriander perplex.

»Unsere Geheimwaffe«, antwortete Scheibli-Wan. »Damit werden wir Dent einen kleinen Überraschungsangriff bescheren.«

Der Wachposten hielt Ausschau. Obwohl nichts passierte. Noch nie hatte jemand Hamburg angegriffen. Die Kunde von der Uneinnehmbarkeit der Stadt hatte sich bis weit über die Landesgrenzen hinaus verbreitet – obwohl es streng genommen so etwas wie Landesgrenzen überhaupt nicht mehr gab. Dennoch wäre niemand auf den absurden Gedanken gekommen, die Hauptstadt der Welt ins Visier zu nehmen. Denn Hamburg war eine Festung in einer Festung.

Der Stadtkern war von einer zwölf Meter hohen Mauer aus Stahlbeton umgeben. Sie hielt den Sand fern, denn das Stadtniveau lag seit Jahren mehr als zehn Meter unter dem Wüstenspiegel und musste auf diese Weise vor Versteppung bewahrt werden. Gut fünfzig Meter vor der Mauer war eine zweite Barriere errichtet worden, ebenso hoch wie der Betonwall, aber unsichtbar. Sie bestand aus Antimaterie und hatte die unangenehme Eigenschaft, ihre Antipoden bei Berührung sofort und unwiderruflich zu vernichten. Diese Materie-Anti-Materie-Abwehr (umgangssprachlich auch MAMA genannt) genügte im Grunde, um jeden erdenklichen Angriff abzuwehren. Aber da Master Dent von Natur aus ein eher nervöser Typ war, ließ er noch ein paar weitere Hürden errichten: verminte Zugbrücken, Krokodilgräben, Schlangengruben, Starkstrom-Springseil-Barrieren, Iltisschleudern … kurz: Das volle Programm.

Ein paar Hundert Meter vor diesem Hindernisparcours fanden ausrangierte Kirchtürme eine sinnvolle Weiterverwendung als Aussichts- und Schützenposten. Und im Wüstenabschnitt davor patrouillierten schließlich noch die gewaltigen Vogelspinnen, die jeden Fremdling mit ihren Kiefern zermalmten.

Der Wachposten hielt also Ausschau und ließ seinen Blick mehr oder weniger gelangweilt über die weite Wüstenlandschaft streifen, als ihn etwas zögern ließ. Er griff zum Feldstecher, konnte aber nichts entdecken. So zuckte er mit den Achseln und döste weiter vor sich hin … als er erneut meinte, aus den Augenwinkeln etwas gesehen zu haben.

»Posten zwei?«, rief er ins Funkgerät. »Hier Posten eins. Bitte kommen.«

»Posten eins, hier Posten zwei«, erfolgte die prompte Antwort. »Ich hab Dienst, ich kann jetzt nicht kommen.«

Posten eins verdrehte die Augen. »Guck mal Richtung Westen. Irgendwas hat sich da bewegt. Siehst du was?«

Stille.

»Posten zwei?«

»Hm ja«, kam die zögerliche Antwort. »Bin schon noch da.«

»Und? Siehste was?«

»Wo?«

»Richtung Westen!«

Zögern. »Äh, ist das da, wo die Sonne aufgeht?«

Posten eins seufzte. »Neu hier?«

»Jupp!«, kam die prompte Antwort. »Hab gestern noch Positronen bei DESY sortiert. Ist mein erster Tag hier auf … St. Petri, glaub ich. Ganz schön alt, das Ding. Und die Treppe ist auch ganz schön steil …«

»Halt die Klappe«, schnauzte Posten eins. »Siehst du die alte Eiche da hinten?«

»Die mit den Stacheln?«

»Die Eiche ist der Baum neben dem Wapiti, das ist das Tier mit dem Geweih …«

»… und dem Rüssel, oder? Vor dem Citroën.«

»Das sind Mandarinen.«

»Ich dachte, das wär 'ne Sprache.«

Posten eins schnaubte. »Siehst du jetzt was, oder nicht?«

Posten zwei ließ sich Zeit. »Eher nicht.«

Posten eins atmete erleichtert auf.

»Außer du meinst den Boden«, fügte Posten zwei hinzu.

»Was ist mit dem Boden?«

»Der sieht ulkig aus.« Posten zwei gluckste. »Als würde sich der Sand bewegen. Hey, jetzt hat es meinen Turm erreicht. Gerät ganz schön in Schwingungen, das alte Phallussymbol. Junge, Junge, kann mich kaum noch halten. Ist ja abgefahrener als auf 'ner Riesenschaukel. Jetzt bröckelt der Putz, die ersten Steine fallen und … aaaaaargh …«

Posten eins schnappte sich das Fernglas und konnte gerade noch sehen, wie Posten zwei in sich zusammensackte. Dann bewegte sich die brodelnde Masse auf ihn zu.

»Mayday! Mayday!«, rief er in sein Funkgerät, während der Boden wie eine träge Flüssigkeit hin und her wogte. »Hier Posten eins, ich werde von einer … aaaaaargh …«

Es knackte in der Leitung. »Hauptquartier an Posten eins: Was ist ein *Aaaaaargh*?«

Aber Posten eins war bereits im brodelnden Ozean der kleinen Körper versunken. Denn es war nicht der Sand, der sich bewegte: Es waren Tausende und Abertausende Hamster, die wie ein tosendes Meer auf MAMA zustrebten.

Von einer Düne aus verfolgte Scheibli-Wan mit dem Feldstecher den Angriff. Die Idee mit den Hamstern war genial. In der flirrenden Hitze war ihr goldenes Fell kaum vom Wüstenboden zu unterscheiden. Die Rebellen lagen flach auf ihnen, getarnt unter sandfarbenen Decken. Auf diese Weise näherten sie sich unbemerkt den Aussichtstürmen und demontierten sie mit Äxten, Hacken und C4-Sprengstoff. Ein Turm nach dem anderen fiel. Alles lief wie am Schnürchen. Und genau das machte Scheibli-Wan Sorgen.

Die Rebellen durchschwammen die Krokodilgräben, ohne dass eines der Reptilien auch nur in Erwägung zog, ihnen den

Weg abzuschneiden. Sie meisterten die Starkstrom-Springseil-Barrieren mit Leichtigkeit und hüpften über Schlangengruben und Iltisschleudern. Und noch etwas fiel dem alten Mann auf: Auch von den Riesenspinnen fehlte jede Spur.

Das stimmte was nicht. »Rückzug!«, bellte Scheibli-Wan ins Funkgerät. »Sofort zurückziehen! Das ist eine Falle!«

Doch es war zu spät. Als die ersten Rebellen die riesigen Trampoline vor der Materie-Anti-Materie-Abwehr aufbauten, um sich über das Hindernis zu katapultieren, begann MAMA zu wanken. Unhörbar und unsichtbar stürzte sie auf die ahnungslosen Krieger. Das Geräusch eines Körpers, der mit Antimaterie in Berührung kam, klang etwa so:

PLOPP

Die grafische Darstellung stellte sich also ungefähr so dar:

PLOPP

PLOPP PLOPP

PLOPP PLOPP

PLOPP PLOPP PLOPP

PLOPP PLOPP

PLOPP PLOPP

PLOPP PLOPP

PLOPP PLOPP

PLOP PLOPP

PLOPP

PLOPP PLOPP

PLOPP PLOPP

PLOPP PLOPP PLOPP

PLOPP PLOPP

Als die übrigen Rebellen den Rückzug antraten, bekamen plötzlich auch die Krokodile in den Wassergräben wieder Appetit und ließen es sich schmecken. Die Starkstrom-Springseil-Barrieren wirbelten durcheinander, und nur den geschicktesten Tänzern gelang es, den rasenden Rhythmus zu meistern. Selbst die Iltisschleudern, die für ihre Unzuverlässigkeit berühmt waren, arbeiteten einwandfrei. Als die Überlebenden sich hinter ihren Pappkameraden wieder in Sicherheit gebracht hatten, fiel die Bilanz nicht gerade günstig aus. Die erste Angriffswelle hatte rund der Hälfte der Rebellen die Materie gekostet. Die übrigen waren müde, hungrig und irgendwie auch leicht angepisst.

»Dent wusste, was wir vorhatten«, konstatierte Fitzenmaier, als sie, Imhofen und Koriander sich bei Scheibli-Wan zur Besprechung einfanden.

»Er hat uns ja auch lange genug durch seine Späher beobachten lassen«, merkte Koriander an.

»Weshalb wir den Plan in letzter Sekunde geändert haben«, warf Imhofen ein. »Es gab keine Möglichkeit, unsere Vorgehensweise zu kennen, außer ...«

»Außer?«, fragte Fitzenmaier.

»Es gibt einen Spion«, ergänzte Scheibli-Wan und nahm Koriander ins Visier, die ihren Blick auf Imhofen heftete, der seinerseits Fitzenmaier skeptisch ansah, die wiederum Scheibli-Wan voller Misstrauen beäugte.

»Und was machen wir jetzt?«, fragte Imhofen. »Jeden Einzelnen einer intensiven Befragung unterziehen?«

»Dafür haben wir keine Zeit«, sagte Koriander. »Dent wird kaum darauf warten, das wir unsere Probleme gelöst und uns wieder formiert haben. Wir müssen erneut angreifen. So schnell wie möglich!«

»Wie denn?«, fragte Fitzenmaier verächtlich. »Mit einem neuen Plan?«

»Nein, mit einer neuen Taktik«, sagte Scheibli-Wan, und alle starrten ihn an. Er hob die Stirn und blickte zur Sonne. Sein Mantel flatterte dramatisch im Wind. »Die Taktik der antikausalen Bewegung.«

»Meinen Sie vielleicht akausal?«, fragte Imhofen vorsichtig und scheuchte eine neugierige Biene fort, die seine roten Haare mit leckerem Klatschmohn verwechselt hatte.

»Wenn ich akausal meinen würde, würde ich es auch sagen«, herrschte ihn Scheibli-Wan an. »Antikausal bedeutet, dass die Ursache nicht nur nicht sichtbar, sondern total und absolut unverständlich ist. Als würde man sich eine Zigarette drehen und am Ende kommt ein Brot heraus. Oder den Arm zum Himmel recken und plötzlich sitzt man im Kino. Ihr versteht?«

Sah irgendwie nicht danach aus.

»Lasst leiten euch von Zufall pur. Spontan entscheidet dann«, erklärte Scheibli-Wan. »Lasst Füßen freien Lauf! Nicht links auf rechts folgt, sondern Hand! Auf Boden ihr euch legt ganz unvermutet, herum euch rollt wie Fisch in Mehl. Nicht Zufälliges tut; sondern Unerwartetes im Zufälligen ihr vollzieht!«

»Und MAMA?«, fragte Fitzenmaier. »Wie kommen wir über sie rüber?«

»Vertrauen ihr müsst«, sagte Scheibli-Wan. »Denn MAMA schon immer Mysterium war. Groß und mächtig sie erscheint. Und doch muss es geben den Weg hindurch. Vertrauen ihr müsst. Dann sich wird Weg euch ebnen!«

Schweigen. Irgendwie hatte Scheibli-Wan mit einer etwas euphorischeren Reaktion gerechnet. Nicht nur Fitzenmaier, Imhofen und Koriander starrten ihn an, als hätte er nicht mehr alle

Tassen im Schrank, auch der Rest der Rebellen schien nicht gerade begeistert von der Idee, sich in ein Antimaterieschild zu werfen.

»Ich versteh nicht, wieso wir nur diese eine Option haben«, sagte Fitzenmaier und wedelte die Biene fort, die vor ihrem Gesicht herumschwirrte und die Lage checkte. »Wieso hauen wir nicht einfach ab? Verbünden uns mit anderen Aufständischen im Rest der Welt und kommen dann gestärkt zurück?«

»Oder wir bleiben einfach da, wo's schön ist und vergessen den ganzen Scheiß hier«, regte Imhofen an. »Ich meine, wieso sollen wir uns hier die Atomstruktur versauen lassen? Noch dazu, wo unsere Chancen eins zu einer Milliarde stehen?«

»Weil wir es ihm schuldig sind«, rief eine mächtige Stimme. Erschrocken drehten sie sich um. DD sprang von einer Düne und stapfte durch den Sand.

»Wem schuldig?«, fragte Fitzenmaier.

»Dierk Gewesen«, sagte DD. »Er hat sich für uns geopfert, hat uns zusammengeschweißt und uns Mut gemacht. Er hat sein Leben für uns gegeben. Wir sind es ihm schuldig!«

Imhofen räusperte sich. »Also, das sehe ich eigentlich nicht so. Auch rational macht es keinen Sinn, sein Leben in einer völlig aussichtslosen …«

»Schnauze!«, rief Koriander und alle Blicke richteten sich auf sie. »Ihr seid wirklich der jämmerlichste Haufen Aas, der mir je untergekommen ist.« Sie stapfte durch den Sand und pulte eine Zigarre aus ihrer Jacke. »DD hat recht: Ihr seid es Gewesen schuldig. Und auch wenn Scheiben-Wahns Taktik idiotisch klingt: immerhin ist es überhaupt eine Taktik.« Sie postierte sich neben DD, biss das Ende der Zigarre ab und steckte sie paffend an. »Ihr gottloser Haufen stinkender Hyänen. Ihr wollt eine Armee sein? Ihr habt ja nicht mal genug Mumm, eurer Mutter ein Heizkissen zu klauen, wenn sie im Winter friert.«

Sie verschränkte die Arme vor der Brust und parkte die Zigarre im rechten Mundwinkel. »Geht nach Hause und verkriecht euch unter euren Betten. Heult in euer Schnuffeltuch und macht Pipi in die Windel. Vielleicht findet ihr irgendwo noch ’n Schnuller, da könnt ihr dann schön dran nuckeln. Denn nichts anderes seid ihr: Ein Haufen weich gespülter, windelgestärkter und urinverseuchter kleiner Scheißer!« Sie nahm einen tiefen Zug von ihrer Zigarre und blies den Rauch in die Luft. Die Biene verlor dermaßen die Orientierung, dass sie wie eine abgeschossene Stuka zu Boden segelte.

Das hatte gesessen!

Niemand sagte ein Wort. Die Wüste war erfüllt von betroffenem Schweigen.

Plötzlich riss der Erste die Arme in die Luft und ließ seinen Emotionen in einer Art Urschrei freien Lauf: »*Aaaaaaaaaa!*«

Andere fielen ein, und binnen Sekunden reckten sich hundert Arme in die Luft, bereit, im Kampf ihr Leben aufs Spiel zu setzen – während der Erste seinen Arm wieder runternahm und den Bienenstachel aus dem Fuß zog.

Möglich, dass es noch beklopptere Arten gab, sich einem Feind zu nähern. Aber was sich Dents Schergen darbot, war schon eine Klasse für sich. Da kugelte und hüpfte, eierte und stolzierte eine Hundertschaft Rebellen durch die Abwehrreihen, dass es den Anschein hatte, sie seien nicht nur betrunken, sondern hackevoll!

Ein Bogenschütze zog süffisant lächelnd einen Pfeil aus dem

Köcher und feuerte ihn auf einen besonders dämlich aussehenden Kerl ab, der eine Art Hüpftanz zelebrierte, unvermittelt einen Schritt zurück oder zur Seite machte, wovon er selber total überrascht zu sein schien, der Länge nach hinfiel und über den Boden robbte wie ein Seehund auf Crack. Der erste Pfeil verfehlte sein Ziel. Auch der zweite und dritte Pfeil verschwanden unverrichteter Dinge im Sand. Der Schütze wurde allmählich wütend. Er zog den Spott der anderen auf sich, die nun ihrerseits versuchten, die Rebellen zu treffen. Doch so sehr sie sich auch bemühten, ihre Pfeile gingen allesamt daneben. Denn jeder abgefeuerte Pfeil folgte einer festgelegten Flugbahn und konnte deshalb kein Ziel treffen, das sich entgegen jeder Voraussicht bewegte. Diese Taktik führte zu der surreal anmutenden Situation, dass es zwei Dutzend Bogenschützen nicht gelang, auch nur einen einzigen Rebellen zu erledigen.

Die Krokodile schnappten daneben, die Starkstrom-Springseile peitschten ins Leere. Lediglich die Iltisschleudern konnten einen kleinen Sieg vermelden, als sich der Fuß eines Angreifers kurzzeitig in ihnen verfing, worauf er sich jedoch derart merkwürdig hin und her wand, dass er der Falle entkam, bevor die Schleuder ihrer Aufgabe gerecht werden konnte.

Fünfzehn Minuten nach Beginn der Attacke standen die Rebellen unmittelbar vor MAMA und warteten darauf, dass etwas passierte.

»Und jetzt?«, rief Fitzenmaier und sprang nach rechts, rollte sich ab und endete im Schneidersitz, worauf sie nach hinten kugelte, sich mit den Händen vom Boden abstützte und plötzlich der Länge nach hinschlug.

»Abwarten!«, rief Koriander zurück und hüpfte wie ein Kaninchen nach vorne, machte plötzlich einen Ausfallschritt nach rechts, worauf ein Hechtsprung nach hinten folgte. »Wird schon schiefgehn.«

»Das befürchte ich ja«, ächzte Fitzenmaier und kullerte einen Abhang hinunter. Sie sprang in die Hocke und hüpfte wie ein Frosch, während ihre Arme wild um sich schlugen. »Wie machen Sie das eigentlich?«

»Was denn?«, fragte Koriander und vollführte einen Flickflack rückwärts, um sich gleich darauf wie ein Kreisel zu drehen und in einem Kopfstand zu münden.

»Dass ihre Frisur so gut hält?«, keuchte Fitzenmaier, machte einen dreifachen Salto vorwärts und sprang dann herum, als würde ein Einbeiniger Himmel und Hölle spielen.

»Ach, das ist keine Zauberei«, antwortete Koriander und wirbelte in einer zweifachen Schraube durch die Luft. »Das ist Allwetter-Saft. Hab zufällig 'ne Dose dabei. Bitte schön!« Sie machte einen Salto vorwärts und warf Fitzenmaier dabei die Dose zu.

Die burschikose Frau fing sie während eines gestreckten Hechtsprungs auf, rollte sich ab und warf sich dann zur Seite. »Für mich? Das kann ich nicht annehmen!«

»Ich bestehe darauf«, rief Koriander und vollführte eine sechsfache Schraube mit dreifachem Salto – um dann wie ein Laubfrosch, der sein Ziel verfehlt, auf den Boden zu klatschen. »Fia Fauen füffen foch fufammen falfen.«

Imhofen kam wie ein Gummiball herangehüpft. »Schon was Neues gehört?«, fragte er, hielt unvermittelt inne, machte einen Kopfstand und schlug dann mit den Armen wild um sich.

Plötzlich bebte der Boden. Ein tiefes Grollen drang aus dem Erdinneren, als hätte der Planet Verdauungsstörungen. Die ganze Wüste geriet in Bewegung, und die ohnehin schon seltsamen athletischen Figuren der Rebellen wurden noch hektischer. Dann barst der Boden, und Hunderte Tonnen Sand schossen in die Luft. Ein gigantischer Körper schob sich aus der Wüste und reckte sich zur Sonne. Rebellen und Schergen erstarrten gleichermaßen. Gebannt verfolgten sie das unfassbare Schauspiel.

»Ein Sandwurm!«, rief Fitzenmaier.

»Seht, da oben!«, rief Imhofen und zeigte zum Kopf des Tieres. »Das ist doch … das ist …«

Dierk Gewesen ritt den Wurm wie einen jungen Hengst. Er ließ ihm genug Freiraum, um mit seinem Temperament zu punkten, und hielt gleichzeitig die Zügel straff, damit der junge Spund nicht durchging.

»Ho, alter Junge, ho!«, rief er und zog die Zügel nach links. Der Wurm folgte der Bewegung und stieß einen spitzen Schrei aus. Dann plötzlich zog Gewesen die Zügel nach rechts, und als der Wurm der Bewegung folgte, geriet er ins Schlingern. Er wankte zur Seite und verlor den Halt. Langsam, fast wie in Zeitlupe, begann das gewaltige Tier der Länge nach zu stürzen.

»Danke für deinen selbstlosen Einsatz!«, rief Gewesen und stieß sich im letzten Moment vom Kopf des Wurms ab. Geschickt rollte er sich auf dem Boden ab. Gleichzeitig krachte das Tier in MAMA, und mit einem …

FISSEL

… und einem …

SLASH

… verschmolzen Materie und Antimaterie zu … Nichts.

»Mir nach!«, rief Gewesen den völlig überraschten Rebellen zu: »Ins Tor zur Welt!« Dann stürmte er los und seine Getreuen folgten ihm.

Gespenstische Stille empfing den Kommissar, als er mutterseelenallein den Großen Festsaal im Hamburger Rathaus betrat. Die Beleuchtung war heruntergedimmt, die Fenster an der Südseite durch schwere Gardinen verhangen. Das Flackern einiger Kerzen ließ unheimliche Schatten über die Wände tanzen. An der Stirnseite führte eine breite Treppe hinauf zu einem gewaltigen Thron.

Auf ihm saß, in Samt und Seide gehüllt, Master Dent, das Zepter in der Hand und den Schlüssel an einer schweren Kette um den Hals.

Gewesen ließ die Absätze seiner Stiefel auf dem Parkettboden knallen wie Pistolenschüsse. In der Mitte des fußballfeldgroßen Saals verharrte er und fixierte seinen Gegner.

»DD!«, rief Dent mit quäkender Stimme. »So sieht man sich wieder. Immer noch in Sachen Hamster unterwegs?«

Eine unangenehme Pause entstand. Dent überlegte, was er als Nächstes sagen, wie er reagieren konnte – als Gewesen plötzlich einen Schritt nach vorn machte. Der kleine Mann mit dem großen Ego zuckte zusammen.

»Ich mach es kurz und verständlich«, sagte der Kommissar. »Ich bin nicht DD, sondern sein Zwillings-Ich aus einer Parallelwelt. Und genau dahin will ich wieder zurück. Deshalb brauche ich den Schlüssel zu DESY.« Er streckte die Hand aus und wartete.

Dent schluckte. »Äh, was?«

»Den Schlüssel«, wiederholte Gewesen und tippte sich auf die Brust. »Pronto!«

»Mein lieber DD«, begann Dent ausnehmend höflich, aber Gewesen fuhr ihm brutal dazwischen.

»Ich habe keine Zeit für schmalzige Reden. Schlüssel her, dämlicher Gnom!«

Wie von der Tarantel gestochen sprang Dent auf und richtete drohend den Finger gegen den Kommissar. »Nenn mich nicht dämlich«, rief er mit zitternder Stimme. »Hast du verstanden? Sag was du willst, aber nenn mich nicht ... noch einmal ... dämlich!« Er rückte die Schleppe an seinen Schultern zurecht, nahm Haltung an und stolzierte mit geschwollener Brust die Treppe hinunter. »Irgendwie siehst du ganz anders aus«, sagte er, während er auf Gewesen zustolzierte. »Bist schlanker geworden. Und hast mehr Selbstvertrauen. Ist nicht mehr viel vom alten DD zu erkennen.«

Eine rasche Bewegung, schon zappelte Dent an Gewesens ausgestrecktem Arm.

»Ich bin nicht DD«, sagte er eindringlich. »Ich bin Dierk Gewesen.«

»Er sagt die Wahrheit«, zuckte eine helle Stimme durch den Saal. »Hab's auch erst nicht geglaubt. Aber es stimmt.«

Gewesen drehte den Kopf. In der Tür stand eine alte Bekannte.

»Koriander!«, zischte er durch zusammengebissene Zähne.

»Gut erkannt«, sagte sie. »Und ich hab eine Freundin mitgebracht: Miss Beretta.« Sie winkte mit der Waffe, und Gewesen setzte Zwerg Nase zurück auf den Boden.

Koriander kam näher. »Er sieht aus wie DD, er spricht wie DD – aber er ist nicht DD.« Sie blickte Gewesen in die Augen und presste die Mündung der kleinen Schwarzen gegen seinen Solarplexus. »Woher kommst du?«, zischte sie.

»Sagte ich bereits, aus einer Parallelwelt«, antwortete Gewesen ungerührt. »Und wenn ich nicht komplett falschliege, hatte Mister Dämlich ebenfalls schon mal Besuch von da. Und zwar von sich selbst.«

Dent kochte vor Wut. »Ich bin nicht dämlich!«, rief er und trat dem Kommissar wütend gegen das Schienbein. Es schmerzte. Sehr. Gewesen hingegen schien den Tritt überhaupt nicht bemerkt zu haben.

Dent humpelte von dannen. »Aber er hat recht«, jammerte er. »Vor fünfundzwanzig Jahren kam ein entfernter Verwandter und sagte ...«

»... reiß die Weltherrschaft an dich und bau so viel Korn an, wie du kannst.« Dent wandte sich erstaunt um. Gewesen warf ihm einen mitleidigen Blick zu. »Und was hast du im Gegenzug bekommen? MAMA?«

Der kleine Kerl kniff die Augen zusammen. »Woher weißt du das alles?«

Gewesen zuckte mit den Achseln – und nutzte die Bewegung, um sich blitzschnell um die eigene Achse zu drehen, Koriander die Waffe zu entwenden und sie von hinten in den Schwitzkasten zu nehmen.

Zumindest hätte es so kommen sollen, wenn Gewesens Plan aufgegangen wäre. Doch was auch immer Koriander getan hatte, um ihm auszuweichen, es endete damit, dass nicht er sie im Schwitzkasten hatte, sondern sie ihn, die Mündung der Beretta in seinem linken Nasenloch.

»Jetzt hör mal zu, Zwerg Nase«, giftete Gewesen sauer. »Dein ganzer jämmerlicher Planet ist dem Untergang geweiht. Dein

Zwillings-Ich nutzt dich mit dem Getreideanbau doch nur aus, und wenn er hat, was er will, lässt er dich eiskalt hochgehn. Mit 'ner thermonuklearen Bombe!«

Dent lachte schallend. »Tolle Geschichte!«, rief er. »Glaub sie nur nicht.«

»Solltest du aber«, ächzte Gewesen in Korianders Griff. »Wenn du überleben willst, hast du keine Wahl!«

»Man hat immer eine Wahl«, sagte eine Stimme, und in der Tür erschien ein lichtumfluteter Engel. Urplötzlich lud sich die Atmosphäre im großen Festsaal auf, Elektronen wechselwirkten miteinander, Protonen stoben auseinander und Gluonen hasteten in panischer Furcht auf und davon.

»Becky ...«, röchelte Gewesen.

»DD!«, hauchte die Schöne, und einer zufällig vorüberflatternden Motte gefror das Fleisch. In einer perfekten Parabel sank sie auf den Parkettboden und zerfiel zu Staub. »Lange nicht gesehn«, fuhr Rebecca fort. »Immer noch in Sachen Hamster unterwegs?«

Der Kommissar verdrehte die Augen. »Ich bin nicht der, für den du mich hältst.«

Der Engel lächelte. »Ach nein? Na, das lässt sich leicht herausfinden.« Anmutig schwebte sie näher. Sie gab Koriander einen dezenten Wink, worauf diese Gewesen aus ihrem Griff entließ. Der Kommissar sah Flammen in Rebeccas Augen züngeln und konnte die Hitze förmlich spüren. »Küss mich«, hauchte sie und offerierte ihm ihre glühenden Lippen. »Küss mich und ich weiß, wer du bist.«

»Aber Schatz«, rief Al Dente entrüstet.

»Still!«, wies ihn Rebecca zurecht. »Halt den Mund oder verzieh dich, wenn du dem hier nicht gewachsen bist.« Sie richtete ihr Feuer wieder auf Gewesen.

»Baby«, sagte er, »so gern ich es täte, ich kann nicht. Ich darf nicht persönlich eingreifen, sonst spielt der ganze Raumzeit-Kram verrückt. Du verstehst?«

»Ich verstehe nur, dass ich die Ordnung wiederherstellen muss«, sagte Rebecca, und ihr Ton nahm unvermittelt an Schärfe zu. »Indem ich dich töte!«

Sie riss den Mund auf und entblößte spitze Eckzähne. Ein scharfes Zischen entfuhr ihrer Kehle.

»Mylady, nicht!«

Mitten in der Bewegung hielt sie inne.

»Ich halte es für keine gute Idee, ihn zu töten«, sagte Koriander.

Rebecca leckte sich die Lippen. »Und wieso nicht?« Ihre Mundwinkel zuckten nervös.

»Weil er möglicherweise über Informationen verfügt, die für uns nützlich sein könnten. Angenommen es stimmt, was er sagt, dann sollten wir sein Wissen nutzen, um unseren Planeten zu retten.«

Rebecca ließ von Gewesen ab und pirschte sich an Koriander heran. »Und wie willst du die Informationen aus ihm herauskitzeln? Denkst du, ich weiß nicht, was zwischen euch gelaufen ist?«

Koriander stutzte. »Mylady, das war doch DD und nicht …«

»Still!«, herrschte Rebecca sie an. »Du hältst mich wohl für blöde, was? Ihr alle glaubt wohl, ich bin ein bisschen plemplem. Habt ihr euch schön ausbaldowert: mir das Märchen von der Parallelwelt auftischen und euch dann hinter meinem Rücken in den Königlichen Gemächern vergnügen.« Sie blieb stehen und sah Gewesen an. »Aber ich habe euren Plan durchschaut. Und auf Verrat steht der Tod.«

Sie bleckte die Zähne. Dann drehte sie sich blitzschnell um und sprang Koriander an, riss ihr den Kopf zurück und hieb die Zähne in den Hals der völlig überraschten Frau. Genüsslich saugte sie ihr die Venen leer. Nach einer Weile gab es ein Geräusch, als wenn man mit dem Strohhalm den letzten Rest Milchshake vom Becher saugt; dann ließ Rebecca den toten Körper zu Boden sinken und wandte sich Gewesen zu.

»Und nun zu uns … Schnuckiputzi.«

Sie trieben Dents Schergen im ausgetrockneten Bett der Binnenalster zusammen. Nachdem die Rebellen MAMA überwunden hatten, leisteten ihre Gegner kaum noch Widerstand. In einem Schnellverfahren auf Basis eines rasch erfundenen gesellschaftlichen Grundkonsens (Wahrung der Besitztümer, Recht zur Anhäufung weiterer Besitztümer, Schaffung potenzieller Möglichkeiten zur Mitnahme von Besitztümern nach dem Tod) wurden die Anhänger Dents zu täglichen Freundlichkeitsübungen vor dem Spiegel sowie Joggen an der Alster verurteilt. Das sollte sie auf andere Gedanken bringen und insgesamt ein bisschen lockerer machen.

In der Zwischenzeit durchsuchten andere Rebellengruppen die Stadt. Imhofen und Fitzenmaier nahmen die Staatsoper unter die Lupe, in der während Dents Regentschaft Alte und Demente untergebracht worden waren. Als der pummelige Rotschopf die riesige Bühne entdeckte, konnte er nicht an sich halten und sprang mit einem beherzten Satz auf die Bretter, die die Welt bedeuten.

»Sein oder Nichtsein«, proklamierte er mit der Linken an der Brust, »das ist hier die …«

»Schnauze!«, herrschte ihn Fitzenmaier an. »Wir sind nicht zum Vergnügen hier.«

Imhofen seufzte. »So spricht ein Seel', die den Maienwind nie gekostet, das sehnende Herz nie gespürt und dem lieblichen Gesang der Turteltauben nie gelauscht.« Er trat zum Bühnenrand und ging in die Hocke. »Doch sag, du Schöne, regt sich in dir nicht auch Verlangen, dich an der Lebensfrucht zu laben? Das köstliche Aroma trauter Zweisamkeit zu schmecken und dich in stiller Nacht der hemmungslosen Lust zu ergeben?«

Fitzenmaier wurde rot. »Imhofen! Wo haste das denn her?«

Er bot ihr die Hand, und sie ergriff die Gelegenheit. Mit einem beherzten Ruck zog er sie zu sich auf die Bühne.

»In unsern Herzen sind wir alle Komödianten!«, rief er und kreiselte mit ausgestreckten Armen über die Bühne. »Auch Sieger, Helden, Könige!« Er blieb stehen und ließ die Arme sinken. »Und manchmal auch: Trauernde, Geschlag'ne, Krüppel. Selten gar: der Tod!«

Fitzenmaier warf die Hand vor den Mund. Imhofen tänzelte in Pirouetten näher, umschlang die burschikose Frau mit seinen Armen und ergründete die Tiefen ihrer grünen Augen. »Doch meist sind wir Sehnende auf der Suche nach Erfüllung, Zögernde mit der Last des Zweifels im Genick, Liebende mit flatterndem Herzen in der bebenden Brust.« Er fuhr mit der Hand durch ihre Haare, nahm eine Locke und roch an ihr. »Neues Haarspray?«, flüsterte er und lächelte milde.

Fitzenmaier schloss die Augen und sank in seine Arme. Imhofen beugte sich zu ihr hinab und umschlang ihre Lippen mit seinem heißen Kuss.

Sein Verstand wollte nicht glauben, dass aus seiner niedlichen kleinen Becky ein kaltblütiges, mordendes Monster geworden war. Es musste an Dent liegen. Irgendetwas hatte Zwerg Nase ihr angetan … oder gerade nicht! Plötzlich dämmerte es ihm. Ja klar, das war es! Und damit wusste er auch, wie er Rebecca besänftigen konnte.

Leider war es zu spät, denn die nach Blut dürstende Furie stürzte mit aufgerissenem Mund und ausgefahrenen Krallen auf ihn zu, bereit, ihre Fänge in sein Fleisch zu graben …

… als plötzlich die Scheibe eines der Fenster zerbarst und eine Kugel hereinschoss. Ein menschlicher Ball. Er rollte auf dem Parkett aus und sprang auf. Sein Hemd war zerrissen, sein Haar zerzaust, sein Körper verschwitzt – er hatte verdammt viel Ähnlichkeit mit Marlon Brando in *Endstation Sehnsucht*. Aber es war nicht Brando, sondern DD.

»Hi«, sagte er knapp und grüßte Gewesen mit einem Fingertippen an die Stirn. »Hoffe, ich komm noch rechtzeitig.«

Rebeccas Blick irrte zwischen Gewesen und DD hin und her. »Was … wird hier gespielt?«, stammelte sie.

Gewesen lupfte die Brauen. »Hab ich doch gesagt: Ich bin nicht er.«

DD setzte ein Lächeln auf. »Tut mir echt leid, Baby, aber du bist damals einfach verschwunden.« Er trat näher. »Hätte ich gewusst, dass du bei diesem Gnom hier festsitzt, wär ich schon viel früher gekommen.«

Rebeccas Kopf zuckte unnatürlich. Ihre Augen flitzten hin und her. Sie reckte die Nase und schnupperte wie ein Hund, der Witterung aufnimmt.

Aber DD ließ sich nicht beirren. »Ist doch noch nicht zu spät, oder? Ich mein, jeder macht mal einen Fehler. Aber was gewesen ist, ist gewesen und auf einen Gewesen kannste dich verlassen!« Er nahm sie in seine Arme und sandte Photonen in ihre Pupillen. »Du liebst mich doch noch? Oder hat der Zwerg da drüben irgendwas, was ich nicht habe?«

»Aber nicht doch, Baby«, schmolz sie dahin. »Du bist die Nummer eins.«

DD grinste. »Hör ich gern, Puppe, hör ich gern.«

»Küss mich«, hauchte sie und zog seinen Kopf zu sich. »Tief und innig!« Dann öffnete sie den Mund und entblößte ihre geifernden Hauer.

DD aber beobachtete über ihre Schulter hinweg Gewesen, der auf eine bestimmte Stelle an seinem Hals wies. Der Local Hero nickte knapp, fand traumwandlerisch die entsprechende Stelle bei Rebecca und begann sie zärtlich mit seinen Lippen zu liebkosen. »Becky«, säuselte er sanft. »Oh Becky.«

Die Schöne hielt inne. Ein Kribbeln durchzuckte ihren Körper, heiße und kalte Schauer fuhren ihr über den Rücken. Und plötzlich erinnerte sie sich wieder an die Nacht auf dem Steg, ihr erstes Treffen mit DD, damals, als sie beide noch jung waren; das Mondlicht spiegelte sich auf der Wasseroberfläche, und die Zikaden zirpten ein sanftes Nocturne. Ein paar Glühwürmchen vollführten ihren Hochzeitstanz, und die Luft war von Liebe geschwängert.

»Nun zu dir, Freundchen«, fauchte Gewesen und trat drohend auf Dent zu. »Hast die Stelle an ihrem Hals nicht gekannt, was? Deshalb ist aus ihr auch die fiese Tante geworden, die ihren Hunger mit Blut stillt.« Der kleine Mann taumelte rückwärts und stieß gegen die Wand. »Aber jetzt, wo das geklärt ist, können wir zum eigentlichen Thema zurückkehren.« Gewesen streckte die Hand aus. »Schlüssel her!«

Zögernd nahm Dent den Schlüssel in die Hand und betrachtete ihn traurig. Dann steckte er ihn plötzlich in den Mund und blies hinein. »Du hast mich schon immer unterschätzt, wer auch immer du bist«, sagte er grinsend. »Und das ist dein Fehler. Ein tödlicher Fehler!« Er lachte schallend, und die Leuchter an der Decke klirrten. Der Boden riss auf, und ein Dröhnen wie bei einem Luftangriff ertönte, das rasch lauter wurde. Dent riss die Arme empor. »*Abrakadabra*!«, rief er aus, und die Decke des Festsaals explodierte. Ein schwarzer Stachel fuhr herein. Dent packte ihn und wurde emporgerissen, geradewegs durch das Dach hindurch. Gewesen starrte nach oben und sah gerade noch, wie der kleine Kerl sich auf den Rücken einer Spinne schwang und ihr die Sporen gab.

»Was ist passiert?«, rief DD, als er den Schutt von sich geschüttelt hatte.

»Dent hat Martha mit der Spinnenpfeife gerufen«, sagte Gewesen und klopfte sich den Staub von der Kutte. »Hätt ich mir denken können, dass er noch was in Petting hat.« Er wurde nachdenklich. »Aber selbst wenn wir den Schlüssel hätten, wäre er nutzlos. Ohne Zeitmaschine komm ich hier nicht weg. Verdammt, wo steckt bloß dieser Brain?«

Rebecca hustete. »Oh, äh, vielleicht sollte ich euch was erklären …«

Im selben Moment tourte ein Motor hoch. Die Westmauer wurde durchbrochen, und der Thron stürzte in sich zusammen. In hohem Bogen flog ein weißes Stück Metall in den Saal, knallte auf den Boden und hinterließ eine schwarze Bremsspur auf dem Parkett.

Gewesens Augen leuchteten auf. »Baby!«

Und wirklich: In den Trümmern des Festsaales stand sein Dodge! Die Tür wurde geöffnet und Brain sprang heraus. Rebecca starrte ihn an, als sei er von den Toten auferstanden. »Du bist nicht, ich meine … Du hast …«

»Hatte Glück. Der Gobbelwurz war noch satt«, erklärte Brain rasch. »Das gab mir die Gelegenheit, mich unbemerkt zurückzuziehen und an der Maschine zu arbeiten.« Er wuchtete die Motorhaube hoch. »Hab sie komplett überholt und alles eingebaut, was du für den Sprung in die Parallelwelt brauchst.« Er wies auf eine dicke graue Leitung. »Der Warpsaft hat mir einiges Kopfzerbrechen bereitet. Der war nämlich in der Wüste versickert. Aber interessanterweise hatte ich gerade die Entdeckung gemacht, dass Würmer der Gattung Martiodrilus crassus in der Lage sind, ohne Hilfsmittel per Wurmloch zu reisen. Deshalb hab ich die Benzinleitung gegen den Wurm aus meinem Terrarium ausgetauscht. Und siehe da: Es funktioniert!«

»Und was ist das hier?« Gewesen wies auf eine würfelförmige Aussparung in der Mitte des Motorblocks.

»Die ist für den Quantenwahrscheinlichkeitsgenerator«, erklärte Brain. »Mit ihm ist die Maschine einsatzbereit.« Er drehte sich zu Rebecca und streckte die Hand aus. »Wenn ich bitten darf.«

Rebecca kicherte unbeholfen und errötete. Dann griff sie unter ihre Robe und zog den Generator hervor. Brain setzte ihn in die Lücke, und mit einem schmatzenden Geräusch saugte er sich fest. Ein sattes Brummen setzte ein. »Fertig!«, rief Brain. »Fehlt nur noch der Schlüssel.«

»Hol ich«, sagte Gewesen und schwang sich in den Wagen. »Ihr fahrt zu DESY und bereitet alles vor. Ich kümmere mich um Dent.«

»Und wenn du es nicht schaffst?«, fragte Rebecca voller Sorge.

Gewesen schenkte ihr ein Lächeln. »Ich schaff das, Baby. Keine Angst.«

Er startete den Motor und drückte unnötigerweise mehrmals das Gaspedal im Leerlauf durch. Dann wuchtete er den ersten Gang rein und ließ die Kupplung kommen. Die Reifen frästen sich ins Parkett, dicke Rauchwolken stiegen auf. Als das Gummi Feuer fing, nahm der Kommissar den Fuß von der Bremse, und der Dodge ging ab wie Schmitz' Katze. Er schoss durch die Fensterfront, flog im hohen Bogen auf den Rathausplatz und jagte wie eine Rakete davon.

Der Kommissar trieb den Dodge die Grindelallee entlang und bog mit quietschenden Reifen in die Rutschbahn ein. Dann hob er ab. Trotz des irren Tempos registrierte er noch das Spinnenbein, das den Wagen wie ein Spielzeug durch die Luft schleuderte. In hohem Bogen flog der Challenger auf das Haus mit der Nummer 8 zu und durchschlug die Fensterfront im vierten Stock. Gewesen trat das Bremspedal bis zum Anschlag durch. Der Wagen stellte sich quer und schredderte über den schmalen Flur. Er durchschlug die Mauer auf der gegenüberliegenden Gebäudeseite und kam mit den Vorderrädern gefährlich wippend über dem Abgrund zum Stehen.

Gewesen warf einen Blick nach draußen. »Das gibt's doch nicht!«, empörte er sich. »Neelsens haben ihren verdammten Rasen ja immer noch nicht gemäht!«

Kopfschüttelnd schwang er sich durch das enge Fenster und wankte über den bebenden Flur zurück zum Einschlagsloch. Die Frontseite des Hauses zersplitterte wie Knäckebrot, Mauerreste flogen wie Konfetti durch die Luft. Ein gewaltiger Schatten legte sich auf das alte Haus, und Gewesen wusste, dass ihm wenig Zeit blieb. Er stieß die Tür zu seinem alten Zimmer auf und fegte über den Boden wie ein Baseballspieler beim Touchdown. Mit den Fingernägeln hebelte er die Fußleiste ab, griff in die Öffnung und zog die Blechkiste heraus. Hektisch öffnete er den Deckel … und ein Lächeln zeichnete sich auf seinem Gesicht ab.

Im selben Moment krachte das Spinnenbein erneut ins Gebäude. Gewesen konnte der haarigen Peitsche gerade noch mit einem beherzten Sprung auf den Flur ausweichen. Dann sackte der Boden weg und das Linoleum verwandelte sich in eine Rutschbahn. Der Kommissar verlor den Halt und sauste abwärts. Irgendwie bekam er einen Kabelstrang zu fassen, dann schoss er aus dem Haus und wurde unsanft gebremst. Sein Körper schlug gegen die Mauer und schwang hilflos hin und her. Die Spinne beugte sich zu ihm herab und reckte ihm die Kiefer entgegen.

»Martha!«, rief Gewesen. »Was soll das? Erkennst du mich denn nicht?« Ein wütendes Fauchen nahm ihm die Luft zum Atmen.

»Na, sieh mal einer an«, erklang Dents spöttische Stimme. »Wusste doch, dass du hier auftauchen würdest.« Mit erhobenem Haupt saß er auf dem Rücken der Spinne und hielt die Zügel fest umklammert. Er lachte und drückte Martha die Sporen in die Seiten. Die Spinne wimmerte und beugte sich noch tiefer. »Weißt du was, Bastard? Ich habe es satt, mich von dir erniedrigen zu lassen. Schon als Kind hast du mich lächerlich gemacht. Deine Sprüche und deine Arroganz haben mir die Zukunft versaut, weil niemand Poco Stronzo etwas zugetraut hat.« In seinen Augen funkelte blinder Hass. »Und deshalb wird es mir jetzt ein Vergnügen sein, deine Existenz auszulöschen. Endgültig!« Er wuchtete die Sporen erneut in Marthas weichen Leib. »Mach diesen Bastard zu Brei, Nummer Sieben. Spinn ihn ein, spritz ihm dein Gift in die Venen und zersetze seine Innereien.« Und flüsternd setzte er hinzu: »Und mach es möglichst langsam und qualvoll, damit diese Bestie in Menschengestalt zumindest etwas von dem Leid zu spüren bekommt, das er mir zugefügt hat.«

Die Spinne stieß einen spitzen Schrei aus und erhob drohend ihre Vorderbeine.

»Martha«, sagte Gewesen sanft. »Denk nach: Der Kerl behandelt dich wie den letzten Dreck. Er zwingt dir seinen Willen auf und ruft dich nicht mal beim Namen, sondern bloß mit einer Nummer. Hast du das nötig? Als stolze Vogelspinne?«

Martha hielt inne und neigte den Kopf zur Seite.

»Nummer Sieben, verdammt!«, schrie Dent und ließ erneut die Sporen sprechen. Martha riss die Kiefer auf und entblößte einen tödlichen Stachel, von dem schon das Gift perlte.

»Niemand außer mir hat dich je gut behandelt«, sagte Gewesen ruhig. »Du erinnerst dich doch noch, oder?« Er zog einen kleinen gelben Gegenstand aus seiner Kutte. »Schau mal, ich hab dir Quak Quak mitgebracht, deine Lieblingsente.«

Gewesen drückte den gelben Plastikleib, und ein helles Quietschen ertönte. Marthas Augen wurden feucht. Ein freudiges Zirpen entfuhr ihr, und in ihrem von Schmerzen vernebelten Hirn regte sich eine Erinnerung.

»Sieben!« Die Spinne zuckte zusammen und fauchte wie ein Topf kochendes Wasser.

»Baby«, säuselte Gewesen. »Eine fünfzehn Meter große Vogelspinne lässt sich von einem aufgeblasenen Zwerg mit schlechten Manieren sagen, wo's langgeht?«

Die Spinne trat einen Schritt zurück.

»Sieben!«, schrie Dent. »Was machst du denn da?«

Aber Martha hörte nicht mehr hin. Mit ihren Vorderbeinen packte sie Dent und drehte ihn wie eine Spindel.

»Das wird ein Nachspiel haben!«, rief Dent, während Martha ihn mit ihrem Faden einwickelte. »Glaub ja nicht, dass ich dich ungeschoren davonkommen lasse! Wenn nicht in dieser, dann in einer anderen …« Ein Stachel fuhr ins Paket, und Martha presste ihr Gift hinein. Um ihre Kiefer zeichnete sich ein zufriedenes Lächeln ab.

Brain zerrte das Kabel aus dem Schacht. »Fertig«, keuchte er atemlos. »Fehlt bloß noch der Hauptdarsteller.«

Rebeccas Blick offenbarte Sorge. »Und wenn er es nicht schafft?«

»Er schafft es«, versuchte DD sie zu beruhigen.

»Ja, aber …« Sie schluckte. »Wenn nicht? Was dann?«

»Ja, dann …« DD sah Hilfe suchend zu Brain.

»Dann wird dieser Planet zugrunde gehen«, erklärte der Wissenschaftler sachlich. »Es gibt kaum noch fruchtbares Land, die Meere sind überfischt und die Atmosphäre ist verseucht. Ich denke, uns bleiben …« Abschätzend wiegte er den Kopf hin und her. »… zehn, max zwölf Jahre.«

Rebecca stieß einen Schrei aus. »Wir müssen was tun! Wir können doch nicht tatenlos zusehen, wie uns die Luft zum Atmen ausgeht!« Sie packte Brain bei den Schultern und schüttelte ihn. »Wir müssen etwas tun!«

Der Physiker räusperte sich. »Also, ich denke, ich werd erst mal 'ne Party schmeißen.« Er grinste. »'ne Wurmparty. Bin ich

Meister Crassus schuldig. Ich seh's genau vor mir: Alle verkleiden sich als Würmer, kriechen über den Boden und …«

»Eine Party?« Rebecca verlor die Fassung. »Ich rede vom Ende der Welt – und du willst eine Wurmparty veranstalten?«

Brain zuckte mit den Achseln. »Eine Rettung des Planeten ist sowieso ausgeschlossen. Wieso also auf den letzten Metern noch was ändern?«

Rebecca warf DD einen Hilfe suchenden Blick zu. »Und du? Was machst du?«

DD lächelte unsicher. »Also, ich denke, ich nehm das Seidenraupenkostüm.«

Rebecca plusterte sich auf, stampfte auf den Boden und dampfte wutentbrannt von dannen.

Brain sah ihr nachdenklich nach. »Was ist mit ihr?«

DD zuckte die Achseln. »Vielleicht schlecht geschlafen. Oder Migräne.« Er dachte kurz nach. »Oder sie hat … du weißt schon.«

Brain nickte verständig, als Rebecca fauchend wie eine Diesellok zurückkam.

Sie holte tief Luft …

… als eine Staubfahne am Horizont auftauchte. Rasend schnell kam sie näher, gewann in schwindelerregendem Tempo an Volumen … und fegte an ihnen vorüber.

»Nur 'ne Staubfahne«, sagte DD und legte seine Hand beruhigend auf Rebeccas Schulter. »Er wird schon noch kommen.«

»Er ist schon da!«

Wie auf Kommando drehten sie sich um. Und da stand er: Den Stiefel lässig auf der Stoßstange des Dodge, den Schlüssel um den Finger kreisend.

»Du hast es geschafft!«, rief Brain und strahlte über das ganze Gesicht.

»Du Teufelskerl!«, sagte DD und schlug seinem Zwilling auf die Schulter.

»Ich hatte solche Angst«, schluchzte Rebecca und warf sich an seine männliche Brust. Gewesen tätschelte ihr zärtlich die Wange. Dann wandte er sich zu Brain. »Alles vorbereitet?«

»Alles klar«, antwortete der Physiker und bückte sich nach den Kabeln. »Diese beiden Pole führen direkt zum Protonenstrahl des Teilchenbeschleunigers. Sobald DESY läuft, schaltest du den Quantenwahrscheinlichkeitsgenerator dazu. Er versetzt die Teilchen im Beschleuniger in einen unbestimmten Zustand und lockt damit das Wurmloch an. Und hier kommt der Clou, das, was Yashahashish vergessen hatte: Du musst das Ziel imaginieren.«

»Ich hab aber meine Heißklebepistole gar nicht dabei«, merkte Gewesen trocken an. Aber Brain hörte gar nicht hin. Er nahm einen Helm mit einem Haufen wackelnder Antennen oben drauf und reichte ihn Gewesen.

»Was ist das?«, fragte der Kommissar.

»Ein portabler MagicBrain«, antwortete Brain.

»Ich dachte, der ist noch nicht ausgereift.«

Der Physiker warf ihm einen langen Blick zu und Gewesen setzte den Helm auf.

»Du musst dir das Ziel so intensiv wie möglich vorstellen«, erklärte der Erfinder. »Du musst an etwas denken, das es nur bei dir gibt und sich von allen anderen Welten unterscheidet. Sonst kommst du irgendwo raus, nur nicht zu Hause. Du verstehst?«

Gewesen nickte knapp und setzte sich in den Dodge. Brain

verkabelte den Helm mit dem Quantenwahrscheinlichkeitsgenerator im Motorblock. »Durch die Kombination von Teilchenbeschleuniger und MagicBrain schließt sich das Wurmloch mit deinem Gedächtnis zusammen und durchsucht die Universelle Bewusstseinsmatrix nach einer Entsprechung«, erklärte er. »So wie ein Schlüssel, der nur in ein ganz bestimmtes Schlüsselloch passt. Dann dockt das Wurmloch an die entsprechende parallele Welt an und du kannst heim. Alles klar?«

»Geht so«, murmelte Gewesen.

Brain trat zurück. »Fertig!«

Er streckte die Hand aus.

Gewesen guckte verlegen. »Äh, hab leider kein Kleingeld dabei, Kollege.«

Brain schüttelte den Kopf. »Den Schlüssel. Ohne ihn kann ich den Beschleuniger nicht starten.«

Erleichtert kramte Gewesen in seiner Tasche und zog Dents Schlüssel hervor. »Könntet euch übrigens büschen um Martha kümmern, wenn ich weg bin«, sagte er. »Mit der Pfeife hier lockt ihr sie an. Eine Mahlzeit am Tag genügt, und sonntags vielleicht paar Leckerbissen, irgendwas mit Kruste. Grillen oder Hirschhornkäfer oder so.«

»Wird gemacht«, sagte Brain und schnappte sich den Schlüssel. »Hier, nimm das Walkie-Talkie. Wenn ich fertig bin, geb ich dir Bescheid. Dann startest du den Motor.«

Gewesen nahm den kleinen schwarzen Kasten entgegen. Brain rannte los. Ungeduldig trommelte der Kommissar mit den Fingern auf das Lenkrad.

»Willst du jetzt einfach so abhauen?«, fragte Rebecca enttäuscht. »Nicht mal Tschüss sagen?«

Gewesen wandte ihr den Kopf zu. »Tschüss.«

»Keine Umarmung?«, rief Rebecca erbost. »Keine letzten Worte?«

Gewesen dachte nach. »Letzte Worte statt Umarmung?«

Rebecca und DD nickten. Gewesen räusperte sich. »Ich kehr jetzt zurück und versuch den Schaden zu beheben. Ihr habt diesen Planeten ziemlich versaut. Haltet euch nächstes Mal büschen zurück.«

Er tippte sich mit dem Finger an die Stirn und widmete sich der Zündung.

»Hab schon bessere Reden gehört«, murmelte Rebecca und schmiegte sich an DDs Schulter. »Sag mal, meinst du, ich kann auch als Schmetterling kommen?«

DD seufzte. »Das wird 'ne Wurmparty, Baby. 'ne Wurmparty!«

»Dierk«, meldete sich eine krächzende Stimme.

Gewesen nahm leicht säuerlich das Funkgerät. »Bin da.«

»Ich starte jetzt den Teilchenbeschleuniger.« Ein Anlassergeräusch war zu hören, dann begann der Boden zu vibrieren. »Jetzt du! Starte den Motor!«

Gewesen drehte den Zündschlüssel, und der Motor schnurrte wie eine gut geölte Katze.

»Läuft!«, rief der Kommissar in den Kasten.

»Dann tritt jetzt das Gas durch. Der Transfer erfolgt bei höchster Umdrehung.«

»Alles klar, Meister.«

»Und Dierk: Denk daran, was ich gesagt habe: Du musst unbedingt …«

Gewesen drehte das Walkie-Talkie ab und warf es aus dem Fenster.

»Was soll das?«, rief DD entsetzt.

»Ich kann es nicht ausstehen, wenn mich jemand ungefragt

mit Vornamen anspricht«, sagte Gewesen und trat das Gaspedal durch. Der Motor jaulte auf, und urplötzlich zog sich der Himmel zusammen. Dichte Wolken verfinsterten das Firmament, und ein eisiger Wind fegte über die karge Landschaft. Dann schlängelte sich ein Schlauch aus dem Himmel, raste über die Stadt und verharrte direkt über Gewesen. Der Dodge ruckelte wie eine Waschmaschine im Schleudergang. Langsam hob er vom Boden ab, drehte sich schneller und schneller um die eigene Achse und verschwand im Dunkel des Wurmlochs.

Ratzfatz hatten sich die dicken Wolken wieder verdünnisiert, eine Minute später deutete nichts mehr darauf hin, dass Raum und Zeit verrücktgespielt hatten.

»Weg ist er«, sagte Rebecca mit Bedauern.

Aus der Öffnung, in der die Kabel verschwanden, ploppte etwas heraus und kullerte ihnen vor die Füße. Rebecca bückte sich und hob es auf. »Was ist das?«

»Eine Digitalanzeige«, sagte DD. »Hab so was seit zwanzig Jahren nicht mehr gesehn.«

»Und was macht man damit?«

»In Filmen kündigt man damit Explosionen an. Die Anzeige läuft rückwärts, und wenn sie bei Null ankommt, explodiert die Bombe.«

Gebannt starrten sie auf die hektischen roten Zahlen. Bei Null blieben sie stehen.

Nichts passierte.

DD hüstelte. »Ist vielleicht 'ne Fehlfabrika…«

Da schoss plötzlich eine Hand aus einem Riss in der Raumzeit, schnappte sich die Bombe und zog sie in ein weit entferntes Universum.

TEIL 4

Als das Knattern und Krachen der Maschinengewehrsalven verhallte, war Nick davon überzeugt, das Zeitliche gesegnet zu haben. Er hatte null Körpergefühl, und in seinem Kopf dröhnte es, als würden zwei Hornissenschwärme um die Vorherrschaft in seinen grauen Zellen kämpfen. Vorsichtig robbte er vorwärts und spähte dort, wo kurz zuvor noch eine Fensterfront gewesen war, nach unten.

Vier Stockwerke tiefer wimmelte es nur so von Uniformierten mit schwerem Geschütz. Einige errichteten eine Flak, andere brachten eine Haubitze in Stellung. Am Ende der Straße schob sich dröhnend ein Panzer um die Ecke.

Objektiv betrachtet hatte er nicht die geringste Chance. Und es war bloß eine Frage der Zeit, bis von dem Gebäude, in dem er hockte, nur noch ein Haufen Geröll und Steine übrig bliebe – vermengt mit fünfundsiebzig Kilo humanoider Masse.

Sein Chef hatte ihm zwar eingebläut, aufgrund einer ausweglosen Situation nicht gleich die Flinte ins Korn zu werfen, aber Nick hatte Gewesens sorglosem Optimismus noch nie viel abgewinnen können. Seiner Meinung nach war der Kommissar leichtsinnig bis zum Abwinken und hatte bislang einfach nur tierisch Glück gehabt.

Ach ja, der Chef. Fast zwei Monate war er nun schon fort.

Beim Affenfelsen in Hagenbecks Tierpark hatte er ihn das letzte Mal gesehen, als er einer flotten Blondine hinterhergedackelt war. Nick machte sich schreckliche Vorwürfe, denn obwohl er eine Falle gerochen hatte, hatte er seinen Chef nicht zurückgehalten. Er war einfach total sauer gewesen und hatte es sattgehabt, sich von Gewesen wie ein blutiger Anfänger behandeln zu lassen – eine emotionale Nachlässigkeit, die dazu geführt hatte, dass Dierk Gewesen seitdem wie vom Erdboden verschluckt war.

Die Konsequenzen für Hamburg zeigten sich auf dramatische Weise. Chief Superintendent Koriander hatte die Freilassung der Außerirdischen wegen unzureichender Klärung der Gesetzeslage angeordnet, woraufhin sich die drei Freunde unverzüglich daranmachten, die Stadt in Schutt und Asche zu legen. Nur Stunden später brachten bewaffnete paramilitärische Einheiten sämtliche strategische Ziele in ihre Gewalt. Das Polizeihauptgebäude wurde gesprengt, die Beamten vertrieben. Eine dunkle Macht übernahm die Stadt, und ihr geheimnisvoller Anführer krönte sich zum König der Welt.

Das Rattern der Schnellfeuerkanone riss ihn aus seinen Gedanken. Was jetzt? Vielleicht noch ein paar letzte Worte? Oft genug hatte Nick abends im Bett darüber nachgedacht, was er in der letzten Minute seines Daseins sagen könnte – und war stets darüber eingeschlafen. Vielleicht sollte er mit einem Dank anfangen. Dank an diejenigen, die sein Leben bereichert hatten. Oder erst mal einige Erinnerungen Revue passieren lassen, die wichtigsten Stationen seines Lebens …

KRRR…WUSCH!!!

Er sackte ein Stockwerk tiefer. Blieben noch zwei. Besser, er strich die Kindheitserinnerungen und kam direkt zur Rede.

»Ja, das Leben«, rief er in den Geschützlärm hinaus, »das Leben ist schon so 'ne Sache. Manche finden es zu lang, andere zu kurz. Ich für meinen Teil …«

KRRR…WUSCH!!!

Nur noch eins. Nicks Gedanken rotierten. Was war wirklich wichtig? Danke einfach ein paar Leuten …

KRRR…WUSCH!!!

Keine Zeit. Nur noch ein Schrei: »Mama! Papa! Wo seid ihr?«

Schützend hielt er die Arme vors Gesicht und erwartete das Ende.

Doch es kam nicht.

Stattdessen wurde es still. Sehr still. Geradezu sehr, sehr still.

Vorsichtig lupfte er ein Lid. Er saß inmitten von Trümmern. Neben ihm stand die Haubitze. Davor lagen zwei Uniformierte. Sie schienen zu … schlafen. Ja, ihre Brustkörbe hoben und senkten sich. Ihre Augen waren geschlossen.

Nick rappelte sich auf und verschaffte sich einen Überblick. Auch die übrigen Soldaten lagen grob verteilt um ihn herum. Alle bewusstlos. Staunend wandelte Nick durch das Schlachtfeld … als er ihn plötzlich sah: Den Mann in dunkler Kutte inmitten einer gleißenden Korona. Wie von Geisterhand schien er über dem Boden zu schweben.

»Jesus!«, rief Nick aus und warf die Arme in die Luft.

»Wir bleiben besser bei *Chef*«, gab der Mann trocken zurück und sprang von der Motorhaube. Er stieg in den Dodge und ließ den Motor an.

»Nun komm schon«, sagte er und streifte die Kapuze vom Kopf. Nick fiel die Kinnlade runter. Es war niemand anderer als – Gewesen!

Auszug aus dem noch unveröffentlichten Handbuch Zieh als Erster! - Ein praktischer Leitfaden für die tägliche Ermittlungsarbeit von Kommissar Dierk Gewesen

Zeitreisen - also ich weiß echt nicht, warum Leute auf so was abfahren. Wieso sollte es irgendwann früher oder später besser sein als jetzt? *Planet der Affen* zeigt es doch ganz deutlich! Ich mein, hey! Wer hat schon Bock, sich von 'nem Schimpansen sagen zu lassen, wann man aufs Klo darf? Und dafür 'n paar Tausend Jahre in die Zukunft zu düsen? Überhaupt: Wo sollte man denn hin? Zu den Dinosauriern und sich von 'nem Triceratops als Schaschlik-Zutat verspeisen lassen? Oder mal rasch die Maya besuchen, wo einem der Oberpriester in 'ner Götter-Besänftigungs-Zeremonie das Herz aus dem Brustkorb reißt? Ein Trip in die Zukunft wird auch nicht gerade ein Fest der Freude, denn da erwartet einen entweder der totale Kollaps oder ein neuer Garten Eden, weil die Natur den Menschen entsorgt und sich von ihm erholt hat. Aber mal unter uns: Einen

Garten Eden, und niemanden zum Quatschen als ein paar braunäugige Rehe mit Dackelblick? Für mich ist die Sache klar: Wenn ich gezwungen wär, Datum und Zielkoordinaten in 'ne Zeitmaschine einzugeben, müsste ich nicht lange überlegen: Heute. Hier und jetzt.

Sie fuhren durch zerstörte Straßen und passierten Kolonnen demolierter Autos. Steine waren aus dem Pflaster gelöst und in die Scheiben der umliegenden Geschäfte geworfen worden. Die Wände der Häuser waren mit üblen Parolen besudelt, und über allem hing ein Dunst von Verfall, als habe ein anarchischer Mob tagelang seine schlimmsten Fantasien an der urbanen Umgebung ausgelassen.

Als Gewesen und Nick das Schanzenviertel verließen, begannen die gepflegteren Zerstörungen. Ganze Straßenzüge waren verschwunden, als hätte es sie nie gegeben, Bahngleise waren aus dem Teer gepult, Asphalt zu gewaltigen Ballen aufgerollt. Hoch entwickelte Waffen waren hier im Einsatz gewesen, Waffen, die ihre Ziele nicht blindlings zerstörten, sondern akkurat in ihre Bestandteile zerlegten, sortierten und auf Paletten stapelten. Waffen, die es nach dem Zweiten Hauptsatz der Thermodynamik gar nicht geben dürfte. Aber wen kümmerte schon der Zweite Hauptsatz der Thermodynamik, wenn er in der Lage war, durch Raum und Zeit zu reisen?

»Carlos Al Dente!« Gewesen verzog angewidert das Gesicht. »Dieser Dreckskerl will nicht bloß alles zerstören, sondern hinterher auch zügig wieder neu aufbauen. Nach seinen eigenen Plänen!«

»Was für Pläne?«, fragte Nick.

»Glamour City. Paradies der Verbrecher und Mekka der Gesetzlosen.« Gewesen warf seinem Assi einen abschätzigen Blick zu. »Jede Welt hat ihren Mythos. Im Multiversum ist es Glamour City. Ein Ort, strahlender als alles, was man sich vorstellen kann. Bürgersteige aus Gold, Häuser aus Rubinen und Kloschüsseln aus Jade. Glamour City erstrahlt so hell, dass es von jedem Ort des Multiversums aus gesehen werden kann. Es ist sein Polarstern. Mit direktem Zugang durch statische Wurmlöcher.«

Nick runzelte die Stirn. »Statische Wurmlöcher?«

»Wurmlöcher, die bereits angedockt sind«, erklärte Gewesen. »Intergalaktische Highways, die den Reisenden in null Komma nix zum Zentrum des Multiversums befördern – nach Glamour City.« Er schüttelte den Kopf. »Doch das Problem mit Mythen ist, dass sie selten wahr sind. Meist sind es Hirngespinste, die die Leute davon abhalten sollen, sich wegen der beschissenen Lebensumstände zu beschweren. Niemand hat jemals Glamour City gesehen, ganz einfach deshalb, weil es überhaupt nicht existiert. Und hier kommt Al Dente ins Spiel. Augenblick!« Gewesen drückte das Gaspedal durch und fegte über eine Schanze aus Trümmern der Neuen Flora. Als der Dodge wieder Bodenkontakt hatte, fuhr der Kommissar fort. »Al Dente hat sich gedacht, dass man mit einem Ort wie Glamour City ein Vermögen machen könnte. Die Leute würden in Scharen kommen und ihr Geld mit beiden Händen zum Fenster rauswerfen, nur um einen Tag im Paradies zu sein. Und wenn niemand weiß, wo es ist, kann es überall sein. Man muss es bloß bauen. Also nimmt er sich einen schönen Planeten mit solider Infrastruktur und beginnt mit den Abbrucharbeiten.«

Nick war baff. »Sie meinen, Glamour City soll … *hier* gebaut werden? Auf der Erde?«

Gewesen nickte. »Gibt nur zwei Probleme. Erstens: Sämtliche Welten müssen Zugang haben, denn nur so kann man unendlich viel Kohle machen und der reichste und mächtigste Macker des Multiversums werden. Und zweitens muss man das größte Hindernis aus dem Weg schaffen, das der Umsetzung des Plans entgegensteht: Mich.«

»Sie? Aber … wieso … weshalb … warum …«

»In jeder Geschichte gibt es einen Auserwählten, den Erlöser oder Messias. Einen, der das Böse bekämpft und dem Guten zum Sieg verhilft. Nenn ihn Jesus, Mohammed oder Gandhi. Oder nenn ihn einfach: Dierk.«

Nick schluckte. »Ich … darf Sie …«

»Nein«, fuhr ihm Gewesen ins Wort. »Hab das nur wegen der Dramaturgie erwähnt.«

Nick versuchte, Ordnung in seine wirren Gedanken zu bringen. »Sie wollen damit sagen, dieser Al Dente hat Sie gezielt von hier vertrieben, weil er eine Art intergalaktisches Las Vegas auf der Erde errichten will?«

»Genau. Und wie ich sehe, ist er schon ganz gut vorangekommen. Scheint ein paar Wurmlochreisen in Parallelwelten gemacht und dort die Vergangenheit verändert zu haben. In einer von ihnen lässt er Getreide anbauen. Und ich wette, das ist nicht die einzige Welt, die er an den Rand der Zerstörung gebracht hat.« Er schnaubte. »Nur leider hat dieser irre Belcanto-Lutscher eine Kleinigkeit übersehen: Sein Eingreifen hat zu Paradoxien in diversen Parallelwelten geführt. Viele stehen kurz vorm Kollaps. Und wenn sie erst mal per Wurmloch angedockt sind, setzt sich der Kollaps fort. Bis zu uns.«

»Sie meinen …«

»Ja. Das ganze verdammte Multiversum könnte dabei draufgehn.«

»Das ist starker Tobak«, flüsterte Nick leichenblass.

»Du sagst es«, pflichtete ihm Gewesen mit einwandfreiem Teint bei.

»Und was sollen wir jetzt tun?«, fragte Nick mit heiserer Stimme.

»Ihn stoppen«, entgegnete Gewesen mit klarem akustischen Sound.

»Aber wie?«, fragte Nick ratlos.

»Zuerst mal brauchen wir Verstärkung«, schlussfolgerte Gewesen ohne Zögern. »Was ist mit der Abteilung?«

Nick senkte den Kopf. »Die Abteilung ist nicht mehr. Das Präsidium wurde zerstört. Sam war der Letzte, den ich gesehen habe. Seitdem streife ich alleine durch die Stadt. Ich fürchte …« Er hatte einen gewaltigen Kloß im Hals. »Ich fürchte, sie haben es nicht geschafft.«

Ein dunkler Schatten zog über sie hinweg. Gewesen ging in die Eisen und riss das Lenkrad herum, sodass der Dodge sich wie ein Kreisel über den schlammigen Untergrund drehte. Die Luft dröhnte und der Boden vibrierte. Dann senkte sich eine finstere Wolke vom Himmel herab. Als Nick das satanische Wesen erkannte, packte ihn das Grauen.

»D-d-d-das ist … d-d-d-das Predatoren-Raumschiff«, stotterte er.

Der schwarze Bastard setzte direkt vor ihnen auf. Mit beklemmender Langsamkeit öffnete sich eine Luke an der Unterseite. Nebel quoll hervor. Im Gegenlicht eines dramaturgisch perfekt platzierten Scheinwerfers bewegte sich eine schlaksige Gestalt. Ihre Glieder waren abnorm lang und baumelten an einem schmalen Körper wie Teile einer notdürftig geflickten Stoffpuppe. Ihr Kopf schien riesig. Langsam bewegte sie sich auf die beiden Polizisten zu.

»Ist das das Ende?«, flüsterte Nick ehrfurchtsvoll.

»Nein, das ist Kugelwalski«, entgegnete Gewesen sachlich.

Hustend trat der Beamte aus dem Nebel. »Kommissar … endlich … finden wir Sie! Haben Sie … schon überall … gesucht. Darf ich … bitten?«

Auszug aus Zieh als Erster!

Ich bin schon oft gefragt worden, wo all das Zeug herkommt, mit dem sich unsere Abteilung beschäftigt. Nun, das ist ganz einfach: Es kommt von hier und da. Oder anders gesagt: Überall, wo wirre und bizarre Viecher entstehen können, entstehen sie auch. Scheint so 'ne Art universelles Prinzip zu sein. Jedes Mal, wenn die Raumzeit leckt, schwappt bizarres Getier zu uns rüber. Allerdings geht's umgekehrt natürlich genauso, also Leute von der Erde werden in ein Nachbaruniversum gepustet, wo *sie* dann als bizarres Getier bezeichnet werden. Ist letzten Endes alles eine Frage des Standpunkts. Aber es gibt noch weitere Quellen für kuriose Zeitgenossen. Schon mal gefragt, woher Schreiberlinge ihre abgefahrenen Kreaturen haben? Ausgedacht? Geträumt? Erlebt? Carl von

Weinstein hat mal gesagt: *Fantasie, Traum und Realität basieren auf derselben neuronalen Matrix und stellen lediglich verschiedene Aspekte ein und derselben Materiegrundlage dar.* Soll heißen: So genau lässt sich das gar nicht sagen. Nehmen wir mal Lovecraft. Hat der sich seinen fiesen Streichelzoo bloß ausgedacht, oder hat er ihn in echt gesehn? Vielleicht gibt's seine Viecher auch nur deshalb, weil er sie im Traum oder Rausch fantasiert hat. Weinstein: *Gedanken basieren auf Materie. Und Materie realisiert sich.* Mal ehrlich: Wer traut sich schon zu sagen, er hätte die Weisheit mit Löffeln gefressen? Auf der einen Seite wissen wir nicht, was für Viecher sich in der Tiefsee oder im Dschungel Zentralafrikas tummeln, sind aber davon überzeugt, dass Meister Cthulhu nicht existiert. Interessante Auffassung von rationalem Denken. Ich kann dazu nur sagen: Ein Blick in unseren Präsidiums-Keller und ihr werdet feststellen: Lovecraft hat den alten Saugnapf-Fetischisten ziemlich gut getroffen.

Sie waren alle da: Kreidebrecher, Ginsterbusch, Gronhausen, Imhofen, Fitzenmaier – und natürlich Sam. Nick warf sich dem Computerspezialisten an den Hals und wollte ihn vor Freude gar nicht mehr loslassen, sodass sich einige Kollegen so ihre Gedanken machten.

»Als das Präsidium beschossen wurde, haben wir uns in die

Tiefgarage geflüchtet«, berichtete Imhofen aufgeregt. »Und da lagerte noch das beschlagnahmte Raumschiff. Sam hat sich mit ihm vertraut gemacht, und ein paar Minuten später ging's auch schon los.«

Der IT-Spezialist nickte. »Das Witzige ist: Von der Steuerung her hat das Ding Ähnlichkeit mit meinem alten R4 …«

»Genug gequatscht!«, rief Gewesen und klatschte in die Hände. »Die Lage ist ernst. Ich war zwei Monate weg, hab einiges verpasst. Gebt mir mal 'n kurzen Statusbericht. Besonders, was Al Dente betrifft.«

»Die Stadt ist zu neunzig Prozent zerstört«, erklärte Fitzenmaier. »Und was nicht in Schutt und Asche gelegt wurde, haben Al Dentes Truppen mit Spezialwaffen in seine Bestandteile zerlegt. Er hat die Stadt in seiner Gewalt. Und im Volksparkstadion braut sich was zusammen. Die stellen Tausende Fernseher auf. Total bekloppt. So viele Kanäle gibt's doch gar nicht!«

»Das heißt nicht Volksparkstadion, sondern Imtech Arena«, erklärte Imhofen.

»Es ist bloß der Name, der sich ändert, nicht der Geist dahinter«, parierte Fitzenmaier. »Für mich bleibt's das Volksparkstadion.«

»Ich fasse zusammen«, übernahm Gewesen die Gesprächsführung. »Wir haben einen größenwahnsinnigen Irren, der das Multiversum sprengen will, eine mit modernsten Waffen ausgerüstete Armee und drei übel gelaunte Aliens. Noch was?«

Eine mechanische Libelle raste am Fenster vorüber. Gewesen runzelte die Stirn und sah hinaus. Hundert bis an die Zähne bewaffnete Flugkaninchen stürzten vom Himmel und eröffneten das Feuer auf ein Heer heranmarschierender Schwafelsaurier, die ihrerseits eine Legion von Springschnecken mit belanglosem Gerede traktierten. Von rechts wankte eine immaterielle Schlingschleifen-Genese heran und verschluckte alles, was grau oder gelb war. Linkerhand verbanden sich einige desorientierte Atome zu blutrünstigen Kreaturen, die allerdings so behämmert aussahen, dass sich ihre Opfer buchstäblich totlachten.

Mit einem gewissen Gleichmut betrachtete Gewesen das Chaos und wandte sich dann an seine Mannschaft. »Ich höre!«

»Nun ja«, wand sich Imhofen. »Beim Starten des Raumschiffs haben wir leider das Kellergewölbe aufgerissen. Und dabei sind wohl aus Versehen sämtliche Kreaturen, die wir seit Jahren gesammelt haben, ausgebüchst.«

Auszug aus Zieh als Erster!

Das Problem ist der gesunde Menschenverstand.
Ohne ihn wär vieles einfacher. Der gesunde
Menschenverstand leugnet alles, was nicht ins
Schema passt. Charles Fort hat das untersucht:
Hat einfach alle Zeitungsartikel gesammelt, in
denen von komischen Sachen berichtet wurde,
von Levitation über spontanen Fischregen
bis zu konspirativen Wurmversammlungen.
Und siehe da: Diese Dinge ereignen sich nicht
nur häufig, sondern oft. Dennoch glaubte ihm
niemand - bis auf ein paar Fischer, die ihre Boote
verkauften und steinreich wurden, nachdem sie
ein paar Tage mit ihm unterwegs gewesen waren.
Die Behörden aber halten so was für Spinnerei.
WYSIWYN nennen sie solche Phänomene: What You See
Is What You No, also: Was du siehst, sollst du ver-

neinen. Damit wird alles bezeichnet, was nicht sein kann, weil es nicht sein soll! Nicht erklärbare Vorgänge, kryptozoologische Tierarten, kosmische Verirrungen. Mein Großvater hat immer gesagt: Wenn ein Baum im Wald umkippt, hast du's vielleicht nicht gehört, aber du kannst sehen, dass es passiert sein muss. Was er damit ausdrücken wollte, ist mir völlig schleierhaft. Aber so viel ist sicher: Es gibt mehr zwischen Himmel und Erde, als wir ahnen; und wir ahnen weniger, als wir meinen sehen zu können, würden wir nur richtig hinschauen.

Andächtig wandelte Al Dente durch das Stadion. Alles war vorbereitet für die Show des Jahrtausends. Wochenlang hatten Hunderte Arbeiter die Imtech Arena umgebaut, den Rasen aufgerollt, den Boden mit Marmor ausgelegt, Tausende von Bildschirmen aufgestellt und sämtliche Fußballinsignien gegen Konterfeis von Al Dente ausgetauscht. Nun war es still. Nur ein paar Techniker legten noch letzte Hand an Einzelheiten.

Er hielt inne und genoss die Erkenntnis, dass alle Weichen gestellt waren. Es gab kein Entrinnen mehr aus der Zwangsläufigkeit der Ereignisse. Und das war zweifellos der faszinierendste Aspekt seines Unternehmens: dass aus diesem Universum keine Alternativen entstehen würden. Er würde sie alle eliminieren. Er musste es! Denn sonst gäbe es natürlich auch all die zahllosen Varianten, die sein Scheitern beinhalten würden; all jene Universen, in denen das sogenannte Gute siegte und Leute mit langen Haaren und Dauergrinsen die Welt mit Songs auf der Akustikgitarre terrorisierten; alle Varianten, in denen sogenannte Verbrecher für Vergehen verfolgt wurden, für die Schlipsträger eine fette Provision kassierten; und all jene Welten, in denen der sogenannte Bevölkerungsdurchschnitt größer war als eins sechzig.

Mit thermonuklearen Bomben würde er sie absprengen, wegfetzen und den trostlosen Weiten des Alls überlassen, wo die verblendeten Bewohner ihre Hallelujas und Hare Krishnas singen könnten, bis sie im Strudel der Zeit verdampften.

Übrig bleiben würden nur jene Universen, in denen das Böse regierte, das Verdorbene, das sich nicht scheute, sich in einem permanenten Taumel der Lust zu ergehen; Leute, die ihr Geld in die Casinos im Zentrum der neuen Welt brachten, nach Glamour City.

Ja, er war Gott, und Glamour City war das Paradies.

Zufrieden strich er mit der Hand über den Grundstein für Casino Nummer 1, The Big Apple. Damit würde die Entwicklung in Gang gebracht werden, sobald die Anti-Dentisten ins Jenseits befördert waren.

Heinz hockte in seinem provisorischen Labor und ließ eine rote Flüssigkeit in einen Glaskolben tropfen. Mit einer Pinzette fügte er etwas Anemonenextrakt hinzu, streute Salmiakpulver hinein und rührte schließlich noch ein halbes Dutzend Keraminkörner darunter. Unter ständigem Rühren erhitzte er die Mixtur auf sechsundsechzig Grad Celsius und ließ sie dann in eine quaderförmige Ausbuchtung tropfen, die er in ein Stück Holz geschnitzt hatte. Nachdem sie abgekühlt war, pulte er den hart gewordenen Streifen mit einer Messerspitze heraus und schob ihn in den Mund.

Er kaute links, er kaute rechts – und spuckte angewidert aus. Pfui Deibel, das schmeckte noch ekliger als die Schleimpilz-Mischung, die er ein paar Tage zuvor kreiert hatte. Einfach widerlich!

Er spülte den Mund mit einer Dose Flens aus und brütete über der Formel, die er an die Tafel geschrieben hatte. Seit Wochen war der Wurm drin. Es ging einfach nicht voran. Und er hatte nicht die leiseste Ahnung, woran das lag.

Heinz hieß eigentlich Yolac Sinan Demiray und arbeitete als Busfahrer in Hamburg. Als Al Dentes Truppen die Stadt besetzten, kehrte der Türke in seine alte Heimat zurück, zu den Wurzeln seiner Jugend in den kleinen Ort zwischen den zerklüfteten Felsen – nach Freudenstadt. Seitdem widmete er sich der Kaugummiherstellung, seiner heimlichen Leidenschaft. In den vergangenen Jahren war es ihm gelungen, einige exquisite Geschmacksrichtungen zu entwickeln. Das fruchtige Lumba-Beer zum Beispiel oder die leicht saure Matrone. Das Besondere an seinen Kaugummis beschränkte sich jedoch nicht nur auf den Geschmack: Geschmeidig im Mund zerkaut entwickelten sie auch eine heilsame Wirkung.

Heinz hütete ein altes Familiengeheimnis, ein Kräuterbuch aus dem ausgehenden 14. Jahrhundert. Er hatte es im Nachlass seiner Eltern gefunden und war davon überzeugt, dass sich mit diesem Wissen eine Menge Schotter machen ließ. So kam er auf die Idee mit den Heilkaugummis. Kaugummis waren lecker und beliebt und ließen sich bequem in jeder Hosentasche mitführen. Und Kaugummis, die gegen Kopfschmerzen wirkten, den Blutdruck senkten oder die Libido anregten, wären mit Sicherheit der Renner!

Das Problem war nur, dass Heinz keine Ahnung hatte, was in dem Kräuterbuch stand, denn es war in Alttürkisch verfasst. Geld für eine aufwendige Übersetzung hatte er nicht. Alles, was er besaß, war ein ziemlich gutes Surfbrett.

Deshalb pinnte er kurzerhand einen Zettel ans Schwarze Brett des naturhistorischen Seminars und bot sein Brett gegen eine Übersetzung. Kurze Zeit später meldete sich ein Germanistik-Langzeitstudent, der zwar keine Ahnung von Alttürkisch hatte, dessen Surfbrett aber gerade von einem Hai in Stücke gebissen worden war. Er übersetzte die Schrift ohne mit der Wimper zu zucken mithilfe einer Speisekarte aus einem türkischen Schnellimbiss, eines aserbaidschanischen Telefonbuchs und eines Mondphasenkalenders, den er von seiner Freundin zu Weihnachten bekommen hatte.

Das Kuriose war, dass dabei einige Rezepte zustande kamen, die auf eigentümliche Weise mit den fundamentalen Gesetzen des Universums korrespondierten, obwohl das vermeintliche Kräuterbuch in Wirklichkeit eine Anleitung zur Reparatur defekter Abwasserleitungen aus Ton war.

Den spektakulärsten Erfolg hatte Heinz mit einer Variante, die offenbar unverwundbar machte und selbst schwerste Verletzungen heilte. Das jedenfalls hatte ihm Nick berichtet, der die Kaugummis während seines letzten Falls erprobt hatte. In Freudenstadt versuchte er seine Rezepte zu rekonstruieren, doch ohne Erfolg. Nicht eine einzige Mixtur wollte ihm mehr gelingen. Er war ratlos.

Erschöpft und enttäuscht ließ er sich auf seinen Korbstuhl fallen und massierte sich die Schläfen. Er musste einen klaren Kopf bekommen, den ganzen Schrott der Vergangenheit loswerden und ganz neu anfangen. Er brauchte einen Impuls, einen elektrischen Schlag, der ihn erwachen ließ. Vielleicht auch nur eine … Hand auf der Schulter!

Heinz zuckte zusammen. Eine grässliche Fratze starrte ihn an. Doch als sie hinter dem Aquarium hervortrat, erkannte der junge Erfinder seinen Besucher.

»Nick!«, rief er aus. »Wo kommst du denn her?«

»Vorbereitungen abgeschlossen«, meldete eine Stimme über die Stadionlautsprecher. Al Dente nickte. »Und die Gäste?«

»Erreichen in diesem Moment DESY und werden mit Limousinen abgeholt.«

»Dann wollen wir mal loslegen«, sagte Al Dente und hob die Arme wie ein Magier. »Beleuchtung an!«

Die Stromaggregate knackten und die Imtech Arena wurde in gleißendes Licht gehüllt.

Heinz blickte ernst drein. Starr hatte er Nicks Bericht über die bevorstehenden Bedrohungen gelauscht, und auch jetzt zeigte er keine Reaktion. Endlich bemerkte der junge Polizist den Krampf seines Kumpels. Mit Schmackes haute er ihm auf den Rücken. Heinz hustete lange und umständlich.

»Okay, verstehe«, ächzte er schließlich, »aber nicht, wie ich euch da helfen könnte.«

»Wir brauchen dein Gummi«, erklärte Nick. »Und zwar die Geschmacksrichtung Multikorn. Nur damit kann man Wurmlöcher anlocken!«

Heinz schlurfte nachdenklich durch den kleinen Raum. »Das Problem ist, ich kriege es nicht mehr hin«, murmelte er. »Hat nix mit der Rezeptur an sich zu tun. Scheint irgend 'ne verborgene Komponente zu fehlen. Als müsste ich in meinem Labor sein, damit es funktioniert.«

Nick sprang auf. »Dann los«, sagte er und hastete zur Tür.

»Äh, wohin?«, fragte Heinz.

»Nach Hamburg! In dein Labor. Vielleicht finden wir raus, weshalb es nicht mehr funktioniert.« Als Heinz zögerte, kam Nick zurück und packte ihn bei den Schultern. »Heinz! Wir brauchen dich! Das Schicksal des Multiversums hängt an deinem Gummi!«

Geräuschlos hob das Raumschiff ab und huschte um die Ecke. Eine dunkle Gestalt bückte sich und hebelte einen Gullideckel auf. Dann stieg sie die eiserne Leiter bis zum morastigen Grund hinab. Sie ging in die Hocke und begann, mit dem Zeigefinger der rechten Hand eine kleine rhythmische Folge zu tippen. Tip-tippe-tip-di-tip-di-tippe-ti-dip.

Die Gestalt lauschte.

Dann begann sie erneut: Tip-tippe-tip-di-tip-di-tippe-ti-dip.

»Diebe, Strolche, Halunken. So wurdet ihr früher genannt. Heute hat man andere Bezeichnungen für euch: Kriminelle, Verbrecher, Delinquenten. Doch was sich geändert hat, sind nur die Worte. Ihr selbst seid euch treu geblieben, seid Schurken aus Überzeugung und Halunken mit Ehre. Lange genug musstet ihr euch vor den *Guten Jungs* verbergen. Aber die Zeit des Versteckens ist vorüber.« Al Dente hob theatralisch die Hände. »Wir kommen ans Licht. Und das Licht leuchtet für uns!«

Er ließ die Arme hinabsausen, und ein Meer aus Scheinwerfern durchflutete die Arena. Die Menge antwortete mit ergriffenen Ahs und Ohs, und einige Sekunden lang badete Al Dente im kollektiven Staunen.

»Fünfzigtausend!«, rief er dann, und die Menge verstummte. »Fünfzigtausend der übelsten Verbrecher aus allen Ecken und Winkeln des Multiversums sind hier. Und ich sage euch: Lange genug waren wir die Gelackmeierten. Und lange genug haben wir uns von den *Guten* vorschreiben lassen, was wir zu tun und zu lassen haben.« Wütend hob er die Fäuste.

»Diese Welt ist ungerecht! Und zahllose andere sind es auch! Deshalb nehmen wir das Schwert der Gerechtigkeit selber in die Hand und wenden unser Schicksal zum Besseren. Ich werde dafür sorgen, dass all die zahnlosen Jammerlappen und jammernden Prothesenträger getilgt werden aus dem Buch des Lebens. Jeder Zweig des Multiversums, der uns an der Ausübung unserer Moral hindert, wird abgenabelt wie ein leckes Beiboot, damit das stolze Mutterschiff auf Kurs bleiben kann.« Er war zu einem verhüllten, etwa garagengroßen Objekt in der Mitte der Arena gegangen und nahm nun eine Ecke des dunkelblauen Stoffes in die Hand. »Und dann werde ich unseren kollektiven Traum wahr machen und die Grenzen von Raum und Zeit niederreißen für das wahre Mekka, das echte El Dorado und das einzige Paradies: Glamour City!«

Er riss das Tuch herunter, und zum Vorschein kam ein Modell der Erde, bis auf den letzten Flecken zugepflastert mit Casinos und Spielhöllen, Striplokalen, Varieté-Bühnen, Luxushotels und modernen römischen Arenen.

»Glamour City repräsentiert alles, was uns hoch und heilig ist!«, rief Al Dente und sprang euphorisch in die Luft. »Spaß ohne Ende, Nächte ohne Dunkelheit und Taschen voller Geld. Glamour City wird der Garten Eden für kriminelle Subjekte aller Art, und als Symbol für unsere Freiheit wird an jeder Straßenecke ein Apfelbaum mit dicken roten Äpfeln stehen.« Die Menge setzte zum Jubeln an, doch Al Dente gebot ihnen Einhalt und fügte rasch hinzu: »Und noch was: Kein Polizist wird je die Überschreitung eines Tempolimits ahnden, denn es wird weder Polizisten noch Tempolimits geben – in Glamour City!«

Die Menge sprang auf und verfiel in einen Freudentaumel. Einige rissen die Sitzpolster von den Stühlen und warfen sie in die Luft, andere lichteten die Reihen der Schweinwerfer mit ihren MGs. Es war Chaos totale. Und Al Dente liebte es.

Das Ein-Raum-Labor von Heinz bestand aus einem ehemaligen Klohäuschen auf einem brachliegenden Acker in Bahrenfeld – mit viel Abstand zum Rest der Zivilisation. Nachdem das Pissoir im Zuge der Sparpolitik der Stadt vor einigen Jahren dichtgemacht worden war, überließ die Hansestadt – großzügig, wie sie sich gerne gab – dieses und ähnliche Objekte jungen begabten Studenten für ihre Forschungen. Und bis auf den Geruch war die Bleibe auch ganz passabel.

»Und jetzt?«, fragte Heinz und starrte seinen Freund ratlos an.

»Versuch's intuitiv«, schlug Nick vor. »Mach die Augen zu und lass dich von deinen Gefühlen leiten: Wie war es damals, als du Multikorn erschaffen hast?«

»In Ordnung«, murmelte Heinz und schloss die Augen. »Wie war das noch … ich fühle … ich fühle … ich fühle …«

Eine Silhouette huschte am Fenster vorbei.

»Runter!«, rief Nick und riss Heinz zu Boden. Hastig verkrochen sie sich unter dem Tisch. »Wer kann das sein?«

»Keine Ahnung«, sagte Heinz. »Hier verirrt sich höchstens mal 'n Penner aus 'm Ausland hin, der von seinen Kumpels gehört hat …«

»Still!«, herrschte Nick ihn an und lugte vorsichtig unter dem Tisch hervor. Im Fensterrahmen stand eine Blondine mit beträchtlicher Oberweite, die umständlich die verrutschten Bügel ihres Büstenhalters geraderückte. »Diese verdammten Dinger«, schimpfte sie. »Nie bleiben sie an Ort und Stelle. Ich werde noch verrückt mit meinen Riesenmöpsen. Bin mit nichts anderem mehr beschäftigt als mit diesen prallen Dingern, groß und rund wie reife Melonen.«

Nick legte die Stirn in Falten. Heinz zupfte an seiner Jacke. »Äh, Nick. Ich sollte dir vielleicht sagen …«

Plötzlich verbog sich die Blondine unnatürlich, zog die Schultern hoch, beugte den Kopf nach vorne und ließ den Oberkörper einsacken. Ihre Gesichtszüge wurden kantiger, die Haut fiel ein und tiefe Falten gruben sich in ihre Stirn. Wenige Augenblicke später hatte sich die heiße Blondine in eine schrullige alte Frau verwandelt. Eine Frau, die Heinz sofort erkannte.

»Mama!«, rief er entsetzt aus und stieß mit dem Kopf an die Tischplatte.

»Was machst du denn da, Sohn?«, krächzte die Alte. »Etwa an dir rumfummeln?«

Heinz wurde rot. »Äh, nein, ich … bin mit einem Freund hier und …«

»Fummelst an ihm rum? Bäh! Ist ja widerlich!«

»Wie kommt deine Mutter hierher?«, flüsterte Nick hektisch.

»Keine Ahnung«, flüsterte Heinz zurück.

»Wohnt die hier in der Nähe?«

Heinz schüttelte den Kopf. »Nee, die is schon paar Jahre tot.«

Nick stutzte. »Tot?«

»Wer ist tot?«, keifte die Alte. »Macht ihr da etwa mit ’ner Leiche rum? Was seid ihr doch für eine verdorbene Generation.«

Nick kroch unter dem Tisch hervor.

»Was tust du denn da?«, rief Heinz erschrocken aus. Aber sein Freund antwortete nicht, sondern packte die Alte und wuchtete sie ins Labor.

»Lass mich los!«, keifte sie erbost. »Ich hetz dir die Bullen auf den Hals, und die machen Hackfleisch aus dir!«

Nick knetete den schrumpeligen Körper wie einen Pizzateig.

»Was machst du mit meiner Mama?«, rief Heinz erschrocken und kroch ebenfalls unter dem Tisch hervor.

»Das ist nicht deine Mutter«, antwortete Nick sachlich.

»Bin ich nicht?«, fragte die Alte erstaunt. »Wer bin ich dann?«

»Ein Brain-Sniper«, erklärte Nick. »Den haben wir mal in einer Kiste gefunden, die irgendwelche Aktivisten aus der Area 51 geklaut und nach Hamburg verschifft haben. Das Ding scannt deine Gedanken und transformiert sich in die Person, an die du gerade denkst. Und zwar immer an die, an die du am stärksten denkst.«

Heinz wurde rot.

Nick stopfte den Materiehaufen in eine Schublade des kleinen Aktenschranks neben dem Tisch. Dann wandte er sich mit ernstem Gesicht wieder seinem Kumpel zu.

»Das hier ist kein Spiel, Heinz. Es geht nicht nur um die Zukunft der Erde, sondern um zahllose Welten da draußen. Ohne dich haben wir keine Chance. Wir brauchen deinen Kaugummi! Du musst dich erinnern. Du musst!«

Heinz senkte den Blick und atmete tief durch. »Okay«, seufzte er. »Vielleicht brauch ich einfach nur die richtige Musik.« Er blickte zum CD-Ständer neben dem Reagenzglashalter. »Legste mal die oberste ein?«

»Glamour City steht jedem offen«, erklärte Al Dente voller Inbrunst. »Sofern er eine lupenreine kriminelle Vergangenheit nachweisen kann. Zu diesem Zweck werden wir im Anschluss an diese Veranstaltung für jeden von euch eine ID-Karte mit Gesinnungs-Chip ausstellen. Dieser Chip tastet permanent die Gesinnung des Karteninhabers ab und registriert Änderungen seiner moralischen Ansichten. Entsprechen diese nicht mehr den geforderten Normen, wird die Karte gesperrt und erst nach einer Nachschulung neu ausgestellt. Damit wird ausgeschlossen, dass sich auch nur der Hauch von Anstand und Moral in unsere Welt verirrt, und endlich werden wir Ruhe haben vor dem Terror der sogenannten Gutmenschen!«

Die Menge fiel übereinander her. Al Dente gab seinem Sicherheitstrupp ein Zeichen, der daraufhin wahllos Leute aus dem Mob zog und durch Genickschüsse befriedete. Als Minuten später wieder Ruhe einkehrte, hatten sich die Reihen der Anwesenden erheblich gelichtet.

Al Dentes Miene verfinsterte sich. »Doch bevor dieser Traum Wirklichkeit werden kann, muss noch das größte Übel beseitigt werden, das das Multiversum je hervorgebracht hat: Dierk Gewesen!«

Ein Raunen ging durch die Menge. Die Bildschirme im Innenraum der Arena flammten auf, und auf jedem von ihnen erschien das Konterfei des Kommissars.

»Das sind Parallel-Identitäten von Dierk Gewesen, jene Identitäten, die nur darauf warten, euch dingfest zu machen, oder es schon getan haben. In euren eigenen Welten mag Gewesen vielleicht ein Nichts sein, aber in vielen anderen ist er euch überlegen, kerkert euch ein und demütigt euch, wo er nur kann!«

Al Dente ließ den Blick übers Publikum schweifen.

»Ihr glaubt mir nicht?«, fragte er scheinheilig grinsend und betätigte einen Schalter auf seiner Fernbedienung. Die Bildschirme flackerten, und plötzlich war nicht mehr der Kommissar zu sehen, sondern Aufnahmen der anwesenden Schurken, die in irgendeinem miesen Rattenloch vor sich hin vegetierten, in Ketten gelegt, auf der Streckbank fixiert, ans Kreuz genagelt.

»Sie leiden«, sagte Al Dente ruhig. »Und dieses Leiden mindert eure Freiheit. Vielleicht spürt ihr es nicht so deutlich wie einen Dorn im Finger oder eine Wimper im Auge. Aber untergründig ist es da, wie ein permanentes Brummen, das euch den wahren Klang klimpernder Münzen vorenthält, eine verstopfte Nase, die euch das Atmen schwer macht, eine Kälte im Genick, die euch unbewusst den Rücken krümmen lässt.«

Er hielt inne und ließ seine Worte wirken. Dann drehte er sich blitzschnell um. »Und genau das ist Gewesens Ziel: Er steigert das Leid der Gefangenen, bis er eine Methode gefunden hat, uns das Leben auch in unseren eigenen Welten zu versauern. Dierk Gewesen war nie ein Menschenfreund, sondern ein Freund der Reichen und ein Feind der Gerechten!«

Die Menge riss die Fäuste in die Höhe und skandierte: *Tod Gewesen!*, *Knüpft ihn auf!* und *Wo ist hier eigentlich das Klo?*

Al Dente nahm den Aufruhr mit Genugtuung zur Kenntnis.

Jetzt hatte er sie, wo er sie haben wollte, wo sie ihm aus der Hand fraßen und alles tun würden, was er von ihnen verlangte. Und was er verlangen würde, wäre nicht gerade wenig.

»Mann, eigentlich waren die Heilkaugummis nur ein Notpflaster, weil ich einfach nicht mehr weiterwusste«, sagte Heinz und rührte eine weitere Zutat in den Glaskolben. »So 'ne Art Anti-Viagra, damit ich nicht dauernd diese schmutzigen Fantasien habe.« Er erwärmte die Mischung über dem Bunsenbrenner. »Bin ja kaum noch zu irgendwas gekommen, weil ich dauernd an leicht bekleidete Puppen denken musste, die mit ihren Popos wackeln und *Heinzi-Baby* rufen.« Er schüttelte den Kopf. »Und das, wo ich so religiös bin. Mann, selbst wenn ich Gott beichte, stelle ich ihn mir als flotte Blondine mit ultraknappem Höschen vor.« Er wandte den Kopf zu Nick. »Meinste, ich hab trotzdem 'ne Chance, in den Himmel zu kommen?«

»Niemand von uns kommt irgendwohin, wenn wir nicht die richtige Rezeptur finden«, sagte Nick, und in seiner Stimme schwang große Sorge mit. »Wie weit bist du?«

»Nächster Versuch kann gleich losgehn«, erwiderte Heinz und tröpfelte die Flüssigkeit in die quadratische Aussparung vor sich. Unvermittelt begann der Tisch zu wackeln und ein tiefes Brummen ließ die Hütte erzittern.

»Was ist das?«, fragte Nick besorgt.

»Ach, nichts weiter«, winkte Heinz ab. »Bloß die Jungs von DESY mit ihrem Beschleuniger. Sind ja gleich nebenan. Jedes Mal, wenn die ihr Ding hochfahren, wackeln bei mir die Klöten.« Er schluckte. »Hab ich eben echt *Ding hochfahren* gesagt?«

Ein Schatten senkte sich auf ihn. Heinz zog den Kopf ein und drehte sich langsam um. Ein alter Mann mit weißem Bart und zornigen Augen richtete drohend den Finger auf ihn.

»Du«, rief er aus, »hast meinen Namen gelästert!«

Heinz warf sich auf die Knie. »Hab ich nicht … ich meine … wollt ich nicht«, stotterte er. »Herr, vergib mir, denn ich wusste nicht, was ich tat.«

»Das sagen sie alle«, rief der Mann und erhob seinen weißen Stab. »Doch damit ist jetzt Schluss! Erst *Klöten* und dann *Ding hochfahren*. Das ist selbst für einen allmächtigen Gott wie mich zu viel. Nimm deine gerechte Strafe entge… Aaaargh …«

»Aaaargh?« Heinz sah nach oben. Nick hatte den Alten an der Gurgel gepackt und knetete ihn auf eine handliche Größe zusammen. »Das Rumpeln hat die Schublade vom Aktenschrank aufruckeln lassen«, sagte er und warf den Klumpen aus dem Fenster. »Was ist jetzt mit der Mischung?«

Heinz rappelte sich auf und pulte den Streifen aus der Einbuchtung. Mit angespanntem Gesicht schob er ihn in den Mund … kaute … zögerte … kaute weiter … lächelte … ließ das Gummi Rumba tanzen … und grinste übers ganze Gesicht.

»Schmeckt super!«, rief er aus. »Endlich hab ich den Dreh wieder raus!«

Im selben Moment erhob sich vor der Hütte ein Berg. Ein Riese mit wehender Mähne, knappem Mini und hautengem Top schrie wütend aus: »Ungläubige! Schmeckt meine fürchterliche Rache!«

Die Hütte wurde aus der Erde gerissen und begann sich um die eigene Achse zu drehen.

»Ausspucken!«, schrie Nick, der sich verzweifelt am Türgriff festklammerte. »Spuck den verdammten Gummi aus!«

Heinz dämmerte, womit sie es zu tun hatten, und ließ sich

von der Zentrifugalkraft gegen die Wand schleudern. Mühsam schob er den Kopf zum Fenster und … starrte ins Auge des wütenden Gottes. Eine Sekunde lang zögerte er, dann rotzte er ihm den weißen Klumpen ins Gesicht. Der Alte stöhnte auf und wurde in die Höhe gerissen. Die Hütte hingegen fiel wie Newtons Apfel auf die Erde zurück und zerbarst in tausend Stücke.

Dann wurde es still. Nick warf ein paar lose Bretter zur Seite und rappelte sich auf.

»Heinz!«, rief er und suchte in den Trümmern nach seinem Freund. Als er einen herrenlosen Fuß fand, packte er ihn und zog ihn heraus. »Bist du okay?«

»Denke schon«, antwortete der Erfinder und tastete sich ab. »Aber jetzt komm ich bestimmt nicht mehr in den Himmel.«

»Brauchste auch nicht«, entgegnete Nick lachend. »Du hast die Mixtur gefunden! Das war ein Wurmloch. Und damit weiß ich auch, welche Zutat die ganze Zeit gefehlt hat.« Er stand auf und half Heinz auf die Beine. Dann zeigte er zur Halle jenseits des Zauns. »DESY muss laufen, während du deine Kaugummis machst. Irgendwas geschieht dann mit dem Zeug, und wenn man es kaut, eilt ein Wurmloch herbei.«

Heinz wirkte erstaunt. »Meinste echt?«

»Ja!«, rief Nick und strahlte ihn an. »Wir müssen sofort mehr Kaugummis machen. Du suchst deine Sachen aus den Trümmern, ich sorge dafür, dass der Beschleuniger läuft.« Er packte den jungen Mann bei den Schultern. »Mensch Heinz! Wir haben es geschafft! Wir werden das Multiversum retten!«

»Gewesen wird sterben. Ich lösche seine Existenz in jedem Zweig des Multiversums aus, hier vor euer aller Augen. Alles ist vorbereitet. Ich brauche nur noch diesen Knopf hier zu drücken …« Al Dente hob eine Art Fernbedienung in die Höhe. »… und Dierk Gewesen ist Geschichte!«

Die Menge hielt den Atem an, was ein paar abtrünnige Luftmoleküle zum Anlass nahmen, sich rasch aus dem Staub zu machen. Al Dente lächelte.

»Aber es versteht sich ja von selbst, dass eine solche Dienstleistung nicht ohne Gegenleistung erbracht werden kann«, sagte er leicht süffisant. »Mir geht es nicht um Gold, Platin oder Diamanten.« Er winkte ab. »Ich bin viel bescheidener. Alles was ich will, ist eure …«

Eine elektromagnetische Störung übertönte seine Worte.

»Was?«, rief einer der Gangster, vermutlich Coyoten-Joe, aber auf die Entfernung war das schwer zu sagen.

»Ich glaube, er hat Seele gesagt«, antwortete einer, der sehr nach Kastagnetten-Kalle klang, aber irgendwie höher.

»Nicht Seele. Brille. Ich hab's deutlich gehört. Brille hat er gesagt.«

»Nur die Brille? Meine kann er haben.« Joe nahm sie ab und bot sie Al Dente lachend an, der noch immer mit dem Mikrofon kämpfte.

»Ich hatte den Eindruck, es war Eichhörnchen«, meldete sich Mansarden-Max zu Wort. »Vielleicht auch Wüstenspringmaus. Auf jeden Fall irgendwas mit einem langen Schwanz.«

Ein Lachen ging durch die Reihen. Und dann überboten sich die Anwesenden mit ihren Meinungen darüber, was Al Dente als Gegenleistung für ihre Sicherheit verlangte.

»War es nicht Plasma?«

»Oder Prisma?«

»Nein, es war DNA!«, verschaffte sich eine mächtige Stimme Respekt. Die Blicke irrten suchend umher. »Er will eure DNA.«

»Da ist er!«, rief Karlos, die kreischende Kralle. »Auf der Weltkugel!«

Die Scheinwerfer pendelten sich auf den Neuankömmling ein.

»Mein Gott, das ist ja ...«

»Gewesen!«

»Dierk Gewesen!«

»Und zwar der echte, wenn das überhaupt jemand von sich behaupten kann«, sagte der Kommissar lässig und schob sich einen Zahnstocher zwischen die Beißer. »Die Aufnahmen der Gefangenen sind manipuliert. Niemand wird heute noch in Ketten gehalten. Viel zu teuer. Masturbani bindet euch einen Bären auf.« Einige drehten sich hektisch um. Aber Gewesen fuhr unbeirrt fort: »Denkt doch mal nach: Wenn das kleine Italo-Double da unten alle Welten zerstört, in denen ich das Sagen habe, zerstört er nicht nur *meine* Zweit-Identität, sondern auch *eure*!« Wie ein Schnellfeuergewehr suchte er für den Bruchteil einer Sekunde den Augenkontakt mit jedem Einzelnen; eine Methode, die ihm mal ein tibetischer Mönch gezeigt hatte, der sein Lama im Halteverbot vor einem – na, sagen wir mal – Etablissement geparkt hatte. »Hin und wieder kommt es vor, dass eine Welt vergeht, und mit ihr alles Leben. In diesen Momenten spüren wir einen Stich im Herzen, einen plötzlichen Anfall von Traurigkeit, eine leichte Trübung der Seele, die sich wie ein dunkler Schatten über unser Dasein legt.« Gewesen schniefte. »In diesen Momenten stirbt ein Teil von uns. Nicht im übertragenen Sinne, sondern ganz real, im Hier und Jetzt, der eisigen Kälte des ewigen Winters.«

Ja, da staunten sie nicht schlecht, die Schufte, dass der Haudegen Dierk Gewesen auf seine alten Tage noch seine poetische Ader entdeckte. Allerdings hatte er sich das nicht selbst zusammengereimt, sondern den relativ unbekannten finnischen Dichter Snöre Smörengard und dessen *Ode an die Tristesse meines Landes* bemüht.

Gewesens Worte verfehlten ihre Wirkung nicht. Die Schurken kamen ins Grübeln. Doch noch war der Kommissar nicht am Ende.

»Ich habe noch was Interessantes für euch«, rief er. »Der Gesinnungs-Chip, von dem der Komiker gesprochen hat, ist mit einer winzigen Sprengladung gekoppelt. Die schießt er euch ins Gehirn, wenn er eure DNA abzapft. Meldet der Chip einen Anstieg der Moral, killt die Kapsel ihren Träger in Sekunden. Und Masturbani erschafft mithilfe des genetischen Fingerabdrucks einen Klon, der nicht mehr aufmuckt, sondern pariert.«

Kettensägen-Klaus wuchtete seinen fetten Leib in die Höhe und stemmte die schmierigen Fäuste in seinen Wanst. »Ist das wahr?«, rief er Al Dente zu. »Willste echt unsere DNA?«

Der Mann im Glitzerjackett winkte lachend ab. »Ist doch keine große Sache. Brauch sie für die Ausweise …«

»Und die Kapsel?«

»'ne Impfung, nichts weiter.«

»Nichts weiter?«, rief Klaus und wandte sich zu seinen Kollegen. »Und woher sollen wir wissen …«

Blitzschnell zog Al Dente eine Pistole und befreite Klaus' Muskeln von der undankbaren Aufgabe, der Schwerkraft zu trotzen. Dann richtete er die Waffe auf Gewesen. »Ich denke, wir sollten unseren Freund den Kommissar mal fragen, woher er das alles eigentlich weiß. Ich jedenfalls hab es ihm nicht gesagt.«

Ja, woher weißte das, Alter?, riefen einige, *Und wieso kommste erst jetzt damit rüber?* andere. Und ein paar ganz Pfiffige wollten wissen: *Is das vielleicht 'ne Frage aus ›Wer wird Millionär‹?*

Gewesen blieb entspannt. Er wartete, bis sich die Unruhe gelegt hatte, und sagte dann ruhig: »Ich weiß es, weil ich die Zukunft gesehen habe. *Eine* mögliche Zukunft. Und in dieser Zukunft ist genau das passiert, was ich gesagt habe.«

»Und wie hasse das gemacht?«, rief Sven, der schleichende Schlächter. »Etwa in 'ner Kristallkugel?« Er lachte dreckig.

Gewesen hob die Arme, und ein tiefes Brummen brachte die Eingeweide der Welt in Aufruhr. »Nein. Ich hab die Zukunft im Wurmloch gesehn«, rief Gewesen, und der Wind blähte seine Jacke auf. »Als ich den Wurm geritten hab!«

Aus dramaturgischen Gründen hätte es jetzt echt gut gepasst, wenn der Wurm aus dem Boden geschossen wäre, das Modell der falschen Erde verschlungen und Al Dente den Garaus gemacht hätte.

Stattdessen erklang bloß ein dumpfes …

KLONG

… dem sich eine Art Wimmern anschloss, worauf das Grummeln in der Erde sich verdünnisierte.

»Mist«, fluchte Gewesen – als sich plötzlich der Himmel verdunkelte und ein Grollen durch die Arena fuhr. Majestätisch senkte sich ein schwarzes Raumschiff vom Himmel herab und trieb Al Dentes Schergen auseinander. Ein Seil wurde aus einer Luke am Boden geworfen und tanzte vor Gewesens Gesicht. Der Kommissar packte es und wurde nach oben gerissen.

»Holt das Ding runter!«, schrie Al Dente, und seine Truppen eröffneten das Feuer.

Sam hatte alle Mühe, das Raumschiff unter Kontrolle zu halten. Denn seit er den vermeintlichen Schalter zum Säubern der Kaffeemaschine betätigt hatte, verfügte das Predatoren-Vehikel über keinen Schutzschirm mehr; und Sam hatte nicht die leiseste Ahnung, welcher der zahlreichen Knöpfe zur Reaktivierung desselben vorgesehen war. Aus diesem Grund parierte die Dermatolith-Außenhaut des Raumschiffs den Beschuss durch Al Dentes Schergen nicht mit der gewohnten somnambulen Lässigkeit, sondern zuckte bei jedem Treffer zurück, als hätte sich ein stechwütiges Insekt an ihr vergangen.

»Halt das Ding ruhig!«, rief Fitzenmaier vom Heck des Schiffes, wo sie sich gemeinsam mit Imhofen und Kreidebrecher bemühte, das Seil mit dem Kommissar heraufzuziehen.

»Was glaubst du, was ich hier mache!«, gab der IT-Spezialist gereizt zurück. »Aber das ist nun mal leichter gesagt als ge…«

DENG!

… fetzte ein Mantelgeschoss ins Seitenleitwerk. Das Schiff geriet ins Schlingern.

»Verdammt, Sam!«, schrie Imhofen.

Dem Mann am Steuerknüppel stand der Schweiß auf der Stirn. Mit ganzer Kraft kämpfte er gegen den Impuls des Raumschiffs an, nach rechts abzuschmieren.

TACK-TACK-TACK-TACK-TACK …

… durchlöcherten mehrere Titanium-Projektile das Höhenleitwerk. Das Raumschiff sackte ab, und nur unter Zuhilfenahme seines gesamten Körpergewichts gelang es Sam, es vor dem Absturz zu bewahren.

»Die schießen uns den Käpt'n vom Seil!«, rief Fitzenmaier von hinten. »Wir müssen hier weg! Sofort!!!«

Sam spürte seine Kräfte schwinden. Alles hing von ihm ab – aber er hatte keine Ahnung, was er noch tun konnte. Aus purer Verzweiflung drückte er wahllos ein paar Knöpfe – und wie durch ein Wunder stabilisierte sich das Raumschiff wieder.

»Ich glaub, ich hab's!«, rief er aus und strahlte über das ganze Gesicht.

BANG!!!

Die Granate semmelte durch die Mitte des Raumschiffs und zerfetzte es in zwei Teile. Und noch ehe irgendjemand realisieren konnte, was gerade geschehen war, plumpste das einstmals stolze Schiff wie zwei halb gare Brathähnchen vom Himmel und zerschellte auf dem Stadionboden.

Auszug aus Zieh als Erster!
Okay, ich geb's zu: Es gab mal 'n Moment, da wusste selbst ich nicht mehr weiter. Ich hatte alles versucht, alles gegeben - aber die Lage war hoffnungslos, nichts mehr zu retten.
Ich war verzweifelt, wollte heulen, schreien, weglaufen, doch all das hätte am Ergebnis nichts geändert: Ich hatte versagt.

So lernte ich, mit der bitteren Wahrheit zu leben. Ein schmerzlicher Prozess, der mich Tag für Tag daran erinnerte, wie fehleranfällig wir Menschen doch sind, und an welch dünnem Faden unser Schicksal hängt.
Doch dann ließ der Schmerz nach und ich erkannte, dass ich loslassen musste. Und um das tun zu können, musste ich verzeihen. Mir selbst. So gestand ich mir ein, dass ich nicht der Supermann war, den ich morgens im Spiegel zu sehen meinte. Ich war ein Mensch wie jeder andere, ein Mensch mit Fehlern, zerbrechlich, verwundbar, gewöhnlich … hm, also gewöhnlich dann doch eher nicht.
Aber diese Erkenntnis half mir dabei, mein Leben in den Griff zu bekommen, Mut zu schöpfen für die Aufgaben der Zukunft. Denn das war das Seltsame: Trotz des großen Missgeschicks erkannte ich den Sinn des Daseins. Oder vielleicht auch gerade deshalb. Denn weil ich den Fehler gemacht hatte, war ich gewachsen, reifer geworden und geschickter. Und deshalb würde es mir nie wieder passieren, das Bild eines Borussenspielers auf die HSV-Seite im Panini-Album zu kleben.

Als sich Gewesens Leute hustend aus den am Boden liegenden Wrackteilen schleppten, warteten Al Dentes schwer bewaffnete Truppen bereits auf sie. Der Kommissar selbst war beim Absturz in die Weltkugel geschleudert worden, aus deren Trümmern er sich nur schwer befreien konnte. Einige Minuten später stand die *Abteilung zur holistischen Durchleutung extrem seltsamer Delikte* aufgereiht wie Perlen an der Schnur in der Arenamitte, die Hände hinterm Rücken gefesselt, die Füße mit Tampen im staubigen Boden fixiert. (Den Staub hatte man noch rasch auf den Marmor gestreut, um den archaischen Charakter des Schauspiels zu unterstreichen.)

Wie ein Admiral schritt Al Dente die Reihe ab. Er wollte seine Rache so eindrucksvoll wie möglich gestalten, damit es hernach keine weitere Aufmüpfigkeit mehr gab. Wie ein Löwenbändiger schleifte er die Neunschwänzige hinter sich her, und als er Gewesen erreichte, schaute er seinem Widersacher voll Abscheu in die Augen.

»Fletcher Christian«, murmelte er und lachte spöttisch.

»Ich dachte, du heißt Masturbani«, gab Gewesen trocken zurück.

»Sehr witzig.«

Al Dente drehte sich um und ließ die Peitsche knallen. »Freunde!«, rief er. »Ich hatte Dierk Gewesen in ein Nachbaruniversum verbannt und es mit einer thermonuklearen Bombe zerstört. Aber wie ihr seht, konnte er flüchten. Dieser Mann ist zäh wie eine Ratte und hat mehr Leben als eine verdammte Katze!« Er warf Gewesen einen hasserfüllten Blick zu. »Daran könnt ihr erkennen, wie gefährlich er ist und wie wichtig es ist, dass er endlich ausgelöscht wird. Und dieses Mal …« Al Dente trat seinem Widersacher gegenüber, so nah, dass sich beinahe ihre Nasen berührten. »… dieses Mal überzeugen wir uns mit eigenen Augen davon, dass er das Zeitliche segnet. Ich mach mit dir dasselbe wie mit dem alten Störtebeker. Ich schlag dir den Kopf ab und lass dich an deinen Leuten vorbeirennen. Und alle, die du passierst, lasse ich frei!« Er lächelte böse. »Großzügig, nicht wahr?«

»Ist historisch nicht belegt«, gab Gewesen zu bedenken. »Aber ich nehm mal an, das kratzt dich sowieso nicht, Poco Stronzo. Mich würde nur noch interessieren, wen du aussuchst, um mir ein Bein zu stellen.«

»Genug!«, rief Al Dente. »Schluss mit dem Palaver! Holt den Henker!«

Auszug aus Zieh als Erster!

Hab ja nie begriffen, was an Krimis eigentlich so spannend ist. Wieso bleibt jemand wie gebannt vor der Glotze hocken, um sich den finalen Fight zwischen Held und Schurke reinzuziehen? Wieso verkneift sich einer die Pinkelpause und trinkt lieber ein schales Bier, als auch nur eine Sekunde zu versäumen, obwohl man genau weiß, wie's ausgeht?

Also, wenn ich mir 'n Bier hol, dann nur in der Schlussszene, denn da kann ich mir sicher sein, dass ich nichts, aber auch gar nichts verpasse. Deshalb wäre jetzt auch der richtige Moment, den Leitfaden beiseitezulegen, sich ein paar Krabbenschnittchen zu machen und noch rasch einige Telefonate zu erledigen.

Ihr verpasst nichts.

Ehrlich wahr.

Die Scheinwerfer nahmen den Tunnel ins Visier, durch den normalerweise die Spieler das Stadion betraten. Doch kein schwergewichtiger Henker mit roter Kapuze und blitzendem Beil marschierte heraus, sondern eine grazile Blondine in heißem Leo-Outfit und High Heels.

Die Menge hielt den Atem an. Al Dente grinste.

Die Blondine tänzelte zum eilig aufgestellten Schafott und legte behutsam das Beil ab. Dann öffnete sie ihre Handtasche und kramte ein kleines Päckchen hervor. Etwas umständlich entfernte sie das Stanniolpapier und zog einen schmalen Streifen heraus. Sie stakste zu den Delinquenten und schob dem ersten von ihnen, Imhofen, den Streifen in den Mund. Erst war der Rotschopf irritiert. Dann aber machte sich ein zufriedenes Lächeln auf seinem Gesicht breit.

Al Dente legte die Stirn in Falten.

Einen nach dem anderen versorgte die Blondine mit der schmalen Gabe. Als sie schließlich Gewesen erreichte, ging Al Dente dazwischen: »Moment mal, was geht dann da vor?«

Im selben Moment hüpfte eine Gestalt aus dem Tunnel, eine Frau, gut verschnürt und nur spärlich mit Spitzenunterwäsche bekleidet. Konstanze Koriander. »Das bin nicht ich«, schrie sie und ihre Stimme schepperte. »Das ist ein Bulle!«

Der Himmel verdunkelte sich. Wolken ballten sich zusammen und trieben durcheinander, als hätten sie eine Packung Smarties mit Viagra verwechselt. Blitze zuckten aus ihnen hervor, Donner grollte. Dann schoben sich wirbelnde Röhren aus dem Chaos und schlängelten Richtung Imtech Arena.

»Das ist eine Falle!«, rief Al Dente. »Macht, dass ihr wegkommt! Und haut der Blonden die Rübe ab!«

Die Anwesenden waren von den Ereignissen derart überrascht, dass sie wie aufgescheuchte Hühner durcheinanderliefen. Die wirbelnden Schläuche fuhren durch das Stadion und saugten die Kriminellen ein wie ein Ameisenbär sein Mittagessen. Gleichzeitig rannte ein halbes Dutzend von Al Dentes Leuten der eilig flüchtenden Blondine hinterher, während einige andere die Gefangenen vom Boden losmachten und Richtung Tunnel trieben.

Inmitten dieses Chaos stand eine Frau und betrachtete das demolierte Predatoren-Raumschiff. Das Geschehen um sie herum schien sie überhaupt nicht wahrzunehmen. Stattdessen fokussierte sie ihren Blick auf die beiden Wrackteile. Und plötzlich begannen die sich zu bewegen.

Die Blondine hetzte die Tribüne hinauf und sprang hinter die oberste Stuhlreihe; gerade noch rechtzeitig, bevor eine MG-Salve sich in den grauen Granit hinter ihr bohrte. Auf allen vieren kroch sie weiter und erreichte eine schmale Treppe, die zu einem Kamerapodest führte. Oben angelangt, erkannte sie ihren Fehler. Vor ihr breitete sich der Innenraum der Imtech Arena aus, hinter ihr prangte die Stadionwand. Von unten näherten sich ihre Verfolger.

Sie saß in der Falle!

Kurz bevor der Gefangenentross den Tunnel erreichte, riss Gewesen sich mit einer heftigen Bewegung von seinen Bewachern los und hetzte zurück in die Arena. Ein Wachposten hob seine großkalibrige Waffe und zielte auf den Flüchtigen, doch kurz bevor er abdrückte, warf sich Imhofen gegen ihn, und der Schuss ging ins Leere. In der Zwischenzeit raste einer der wirbelnden Schläuche heran, machte eine scharfe Kurve um den Kommissar herum und saugte ihn in sich hinein. Mit schreckgeweiteten Augen mussten seine Leute mit ansehen, wie Dierk

Gewesen im Wurmloch verschwand – auf dem Weg in eine andere Dimension.

Ihre Verfolger hatten das Podest erreicht und kamen die Treppe herauf. Ihr Leben war keinen Pfifferling mehr wert! Es war zwar nicht das erste Mal, dass sie sich in Gefahr befand – und es war auch nicht das erste Mal, dass die Lage ziemlich aussichtslos war …

Aber es war das erste Mal, dass sie *wusste*, dass sie keine Chance mehr hatte. Sie wusste es, weil sie ihr Schicksal vor ihrem inneren Auge sah, klar und deutlich. Und obwohl sich ihr Dasein dem Ende zuneigte, erfüllte sie diese Erfahrung mit Trost.

Plötzlich hatte sie keine Angst mehr vor dem Tod. Sie stand auf, kletterte über die Brüstung und suchte auf der Außenseite des Podestes Halt. Einen Moment lang sammelte sie sich – dann ließ sie los und breitete die Arme aus. Ja, sie wollte fliegen – ein einziges Mal in ihrem Leben. Auch wenn sie dabei im Kugelhagel ihrer Verfolger, spätestens aber beim Aufprall auf den Stadionboden zwanzig Meter tiefer, sterben würde: Den finalen Moment in ihrem Leben wollte sie mit einer Erfahrung krönen, von der sie immer geträumt hatte: zu fliegen wie ein Vogel!

»HALT!«, rief jemand hinter ihr. Doch sie nahm das kaum noch wahr. Sie stieß sich vom Podest ab und machte einen Sprung wie die Klippenspringer von Vila Franca do Campo. Mit weit ausgebreiteten Armen schwebte sie hinab, den Kopf im Nacken und mit einem Lächeln im Gesicht. Es war schön. So schön!

»Seht doch!«, rief Imhofen mit Blick zur Westtribüne, wo sich die Blondine von einem Kamerapodest stürzte. Im selben Moment raste ein Schlauch quer durch die Arena auf die Todesspringerin zu. Nur wenige Meter vor dem todbringenden Boden wurde ein Arm durch den Strudel geschoben und packte die Blondine am Schlafittchen. Dabei gerieten ihre Haare ins Rutschen und die Perücke fiel herab wie ein müder Schmetterling.

»Das ist ja Nick!«, rief Kreidebrecher aus.

»Und in dem Strudel da – Gewesen!«, setzte Ginsterbusch hinzu.

Sie hatten recht. Und wenn man genau hinsah, konnte man erkennen, dass der Kommissar nicht im Strudel drinnen hockte, sondern sich an die Außenseite klammerte wie ein Freeclimber an einen vorspringenden Felsen. Ja, es hatte sogar den Anschein, als steuere er den Wirbel mit seinen Beinen.

Behutsam glitt er tiefer und setzte Nick auf dem Arenaboden ab. Dann jagte Gewesen den Strudel erneut los – geradewegs auf seine Leute zu.

KLICK-KLICK-KLICK …

… klackten die Handschellen der Gefangenen wie von Zauberhand auf.

»Weg hier!«, rief Imhofen, und die Abteilung stürzte in den Tunnel, während Al Dentes Schergen ihre Waffen auf den herannahenden Wirbel richteten und feuerten, was das Zeug hielt. Doch Gewesen lenkte die Bestie mit atemberaubender Geschicklichkeit, und ehe sie sich versahen, wurden die Schurken aufgesaugt, einer nach dem anderen.

FLP

FLP FLP

FLP FLP

FLP FLP FLP

FLP FLP

FLP FLP

FLP FLP

FLP

FLP

FLP FLP

FLP

FLP FLP

FLP FLP

FLP FLP FLP

FLP FLP

Gewesen sprang vom Strudel und rief: »Gummi raus!« Seine Leute folgten der Anordnung unverzüglich. Im selben Moment fluppten die Schläuche zurück, die Wolken verzogen sich und der Himmel klarte auf. Außer dem Kommissar und seiner Mannschaft war keine Menschenseele mehr in der Arena zu sehen.

»Weg sind sie«, stellte Nick seufzend fest.

Argwöhnisch betrachtete Gewesen das Leo-Outfit seines Assistenten. »Wo haste denn die ganze Zeit gesteckt?«, muffelte er. »Warste angeln?«

Nicks Züge verhärteten sich. »Ich musste Heinz finden. Dann hatten wir Schwierigkeiten mit der Rezeptur, und schließlich musste ich mich bei DESY einschleichen und …«

Gewesen winkte ab. »So genau wollt ich's gar nicht wissen.«

Mit lautem Getöse schwebte das Predatoren-Raumschiff vom Himmel – in einem Stück und vollständig repariert. In der Mitte des Stadions setzte es behutsam auf, und die hintere Luke öffnete sich.

»Fitzenmaier!«, rief Imhofen, als er die Gestalt im Türrahmen erkannte. Er rannte auf die burschikose Frau zu und packte sie bei den Schultern. Tränen füllten seine Augen. »Ich dachte, es hätte dich erwischt, als uns die Schurken holten und du nicht da warst. Lass dich umar…«

Mit einer geschickten Bewegung wich sie aus, und der füllige Rotschopf griff ins Leere. Militärisch grüßend postierte sich Fitzenmaier vor dem Kommissar.

»Schiff ist repariert!«, meldete sie grinsend.

Gewesen blieb ungerührt. »Wie kommt's?«

»Hab mir Ihre Worte zu Herzen genommen und mein Trauma überwunden«, erklärte Fitzenmaier. »Mit der Ferrokinese klappt es jetzt wieder eins a!« Sie bückte sich nach einer am Boden liegenden Stange, schloss die Augen – und plötzlich begann sich das Eisen zu verformen. Wenige Augenblicke später hatte die Stange sich in ein hübsches kleines Herz verwandelt, in dessen Mitte mit geschwungenen Buchstaben zu lesen war: *Mutti ist die Beste.*

Gewesen hob die Brauen.

»Wir alle haben trainiert«, sagte Imhofen und trat vor. »Als Sie fort waren. Ihre aufrüttelnde Rede hat uns einen Ruck gegeben. Ich habe meine Aqua-Transzendentalität verfeinert und kann jetzt auch die Gedanken lesen, die jemand beim Kaffeetrinken oder beim … äh, Pipimachen gedacht hat.« Er warf Sam einen verstohlenen Blick zu und murmelte. »Ist ja 'ne mächtig große Gurke, die mir Nick da vom Wochenmarkt mitgebracht hat.«

Die Abteilung lachte. Sam wurde rot.

»Wir alle haben uns mächtig ins Zeug gelegt«, sagte Imhofen nicht ohne Stolz.

»Und das ist gut so«, erklärte Gewesen. »Denn die Hauptarbeit liegt noch vor uns. Unsere drei außerirdischen Besucher geistern noch immer in der Stadt herum. Und die ganze Mischpoke aus dem Präsidiumskeller ist auch noch auf freiem Fuß. Wenn wir die nicht dingfest machen, wird auch noch der letzte Rest unserer Stadt zu Kleinholz verarbeitet. Wir müssen sie schnappen!«

»Das werden wir!«, rief Imhofen euphorisch aus. »Sie können sich auf uns verlassen!« Seine Kollegen stimmten begeistert ein.

»Und Al Dente?«, fragte Nick besorgt. »Von der Tribüne aus habe ich gesehen, wie er und Koriander sich aus dem Stadion geschlichen haben.«

»Die schnappen wir uns«, sagte Gewesen und knirschte mit den Zähnen. »Mit denen habe ich noch ein Hühnchen zu rupfen.«

Sie hetzten durch die Straßen, überquerten lädierte Brücken und streiften über öffentliche Plätze. Die Stadt war wie ausgestorben. Keine Menschenseele weit und breit. Und dennoch gaben sie alles, bis ihnen der Schweiß in Strömen herablief.

Von Zeit zu Zeit fragten sie sich, weshalb sie sich das antaten, diese Tortur, diesen ganzen Wahnsinn. Klar, es war ihr Job. Aber irgendwie auch reine Pflichterfüllung. Denn niemanden kümmerte, was sie da taten. Niemanden würde es kratzen, wenn sie einfach aufhörten, fünfe gerade sein ließen und sich auf die faule Haut …

Ein greller Signalton ertönte. Die Fahrer bremsten und stiegen von den Rädern. Nach dreizehn Etappen wurde die Tour de France wegen Zuschauermangels abgebrochen.

»Sie teilen sich!«, rief Nick.

»Blödsinn, es läuft bloß einer nach links und die andere nach rechts«, korrigierte ihn der Kommissar.

»Sollen wir uns auch teilen?«, schlug Nick vor.

»Quatsch, es genügt, wenn einer von uns nach links läuft und der andere nach rechts. Ich verfolge Al Dente, du Koriander.«

»Okay.«

Gewesen hielt seinen Assi am Arm fest. Keuchend kamen die beiden zum Stehen. »Und Nick«, sagte Gewesen mit ernster

Miene, »wenn die Tussi 'ne verdächtige Bewegung macht, nicht lange fackeln. Klar?«

Nick schnappte nach Luft. »Sie meinen, ich soll …«

»Du weißt, was ich meine«, sagte Gewesen. »Keine Experimente. Ich will dich lebend zurück. Und in einem Stück. Klaro, Muchacho?«

Nick lief ein Schauer über den Rücken. Noch nie zuvor hatte sein Chef derart intim mit ihm gesprochen, noch nie zuvor hatte er seiner Sorge um das Wohl seines Assistenten in derart poetischen Worten …

»Schluss jetzt«, unterbrach Gewesen das Emotionsgesülze. »Wir haben nicht ewig Zeit. Wenn wir die beiden geschnappt haben, treffen wir uns bei den Trümmern des Präsidiums. Die Typen sollen wissen, dass wir uns nicht unterkriegen lassen.«

Dann rannte er los, hinter Al Dente her. Nick holte tief Luft. Ein Lächeln huschte über sein Gesicht. Er fühlte sich stolz. Geadelt. Zum Ritter geschlagen von einem …

»Ich hab doch gesagt, los geht's!«

Nick wandte sich um. Gewesen stand hinter ihm. Extrem genervt.

»Wie … was …«, stotterte der junge Polizist.

»Das sind Sachen für später«, gab Gewesen zurück. »Geschichten für die Enkel. Los jetzt. Sonst ist die Stadt verloren!«

Es gab Leichteres als eine Verfolgung in Stöckelschuhen und knallengem Leopardendress. Nick erwog, die Klamotten einfach auszuziehen und der Flüchtigen in Unterwäsche zu folgen. Aber irgendwie konnte er sich nicht dazu durchringen. Immerhin trug Koriander auch nichts als Unterwäsche und … na ja, war ja nicht ausgeschlossen, dass ihn jemand sah und sich so seine Gedanken machte. Also sputete er sich und folgte der rothaarigen Furie durch eine lange Unterführung bis zum Bahnhof Stellingen. Dort sprang Koriander ins Führerhaus einer S-Bahn und setzte den Zug in Bewegung. Auf Höhe des Bahnsteigkiosks brach Nick ein Absatz ab. Hinkend wie ein verwundetes Gnu gab er alles und sprang am Ende des Bahnsteigs auf den rollenden Zug. Wie durch ein Wunder bekam er den Griff der Doppeltür zu fassen und konnte sich auf den kleinen Fußtritt ziehen. Dann hebelte er die Tür auf und ließ sich ins Innere des Waggons fallen.

Völlig erledigt schnappte er nach Luft. Wo wollte Koriander hin? Theoretisch konnte sie bis nach Ratzeburg oder Bad Segeberg fahren. Praktisch setzte das aber eine entsprechende Weichenstellung und eine freie Strecke voraus, wovon man kaum ausgehen konnte, nachdem Hamburg panikartig verlassen worden war.

Der Wagen ruckelte hin und her, die stählernen Räder quietschten auf den Gleisen. Nick spürte, wie Koriander weiter beschleunigte. Er musste rasch handeln. Leider verfügten die Waggons über keine Zwischentüren. Dafür aber über Notbremsen! Nick wankte zur Tür, packte den roten Griff und zog ihn mit Kraft herunter.

Nichts.

Er wankte zur gegenüberliegenden Seite und betätigte Nummer zwei.

Wieder nichts.

Auch die übrigen beiden Notbremsen verfehlten ihre Wirkung. Koriander musste den Mechanismus blockiert haben. Als der Zug in eine Kurve fuhr, sah Nick aus dem Fenster und zählte die Waggons. Zehn Stück bis zum Triebwagen ganz vorne. Er atmete tief durch. Dann wankte er zur Tür auf der linken Seite, packte einen der Griffe mit beiden Händen und stemmte den Fuß gegen den anderen. Mit Kraft wuchtete er die Tür auf. Der Fahrtwind fuhr ihm ins Gesicht wie das Gebrüll eines wütenden Tiers. Nick blickte nach oben. Er hatte keine Ahnung, wie er da raufkommen sollte. Aber das Dach war seine einzige Chance.

Rumpelnd schoben sich die Fahrstuhltüren auf. Ein langer, schlauchartiger Gang erstreckte sich vor ihm, notdürftig von ein paar Leuchtstoffröhren erhellt, ein Missverständnis zwischen Architekt und Auftraggeber, der auf die Frage, was für eine Beleuchtung er wünsche, sein Desinteresse etwas zu lapidar formuliert hatte, als er sagte: *Ach, ein paar Leuchtstoffröhren sind genug.*

Seitdem ärgerten sich Forscher und Techniker jedes Mal, wenn sie den Lastenaufzug verließen und in die Düsternis des elften Untergeschosses traten.

Glücklicherweise betraf die deprimierende Illuminationsakne lediglich den Gang, der nach ein paar Metern in einer extrem großzügig ausgeleuchteten Halle mündete, deren Ausmaße an einen Flugzeughangar erinnerten. Sie war vollgestopft mit elektronischem Gerät, und das Herzstück bildeten zwei gigantische Detektoren, die sich wie Buddhastatuen gegenüberstanden.

Gewesen war schon einmal hier gewesen, als er einer flotten Blondine hinterhergedackelt war. Ein Fehler, der ihm eine Odyssee durch zwei Parallelwelten beschert hatte. Bisschen viel

Reiserei für ein wenig Spaß, den er letzten Endes nicht mal gehabt hatte, dachte er und steuerte den linken Gang an. Er betrat eine mit Elektronik vollgestopfte Röhre und erreichte ein paar Minuten später die kleine Kabine, in die ihn Al Dente gelockt und von wo aus er ihn in die erste Parallelwelt geschickt hatte.

»Masturbani!«, rief Gewesen, und seine Stimme verursachte ein unheimliches Echo, dessen Erzeugung aufgrund der Konstruktion zwar nicht plausibel war, aber unheimlich gut zur düsteren Atmosphäre passte.

»STOP!«, befahl eine harsche Stimme. »Nenn mich nicht bei diesem Namen!« Hinter der Kabine kam ein alter Bekannter hervor. »Ich heiße Al Dente«, sagte er, und seine Stimme zitterte. »Masturbani ist Vergangenheit.«

»Darauf würd ich mal nicht wetten«, gab Gewesen ungerührt zurück. »Hab mich ja schon manchmal gefragt, was aus dir geworden ist, nachdem du damals auf Sachtlebens Acker vom Wurmloch verschluckt wurdest. Immerhin hatten wir 'ne bewegte Vergangenheit, nicht wahr? Hatte mich irgendwie an dich gewöhnt, an dich und dein Versagertum …«

»Wage es nicht!«, rief Al Dente und sprang einen Schritt nach vorne. Drohend richtete er den Zeigefinger auf Gewesen. »Du hast mich lange genug gedemütigt. Damit ist jetzt Schluss!« Seine Augen weiteten sich, und in ihnen loderte das Feuer des Hasses. »Ich werde dich vernichten. Hier und überall! Bald wirst du nicht viel mehr sein als die Erinnerung an eine böse Krankheit. Eine Krankheit, die ausgemerzt wurde!«

Gewesen warf ihm einen verwunderten Blick zu. »Verwechselst du da nicht büschen was, Kumpel? Dein Plan ist in die Hose gegangen. Die Arena ist zerstört und deine Freunde haben wir ins Nirwana geschickt. Es ist nur eine Frage der Zeit, bis meine Leute das Trio mit vier Fäusten zurück nach Hagenbeck bugsiert haben.« Er ließ den Blick kreisen. »Und wenn ich mich nicht täusche, sitzt du hier ziemlich in der Falle.«

Al Dentes Züge hellten sich auf. Er verfiel in hysterisches Gelächter. »Unglaublich!«, prustete er. »Ich hatte ganz vergessen, wie absolut irrational selbstsicher du sein kannst. Wirklich famos. Ganz famos!«

»Danke«, entgegnete Gewesen trocken. »Dann sind wir uns ja einig. Du bist verhaftet!« Er machte einen Schritt auf den kleinen Mann zu, aber Al Dente reagierte mit einer raschen Bewegung und hielt plötzlich eine .45er in der Hand. Gewesen seufzte. »Selbst wenn du mich aus den Socken pustest, kommst du hier nicht ungeschoren raus.«

Al Dente grinste. »Wer sagt denn, dass ich raus will?«

Gewesen runzelte die Stirn.

»Genau das meine ich«, fuhr Al Dente fort. »Selbst wenn du über alle notwendigen Informationen verfügst, kriegst du das Puzzle nicht zusammengesetzt. Und warum? Weil du eben doch nur ein einfacher Bulle bist.«

Eng an den Boden gepresst kroch Nick wie eine Spinne über das Dach. Zentimeter um Zentimeter arbeitete er sich voran und erreichte schließlich den Triebwagen. Während er sich mit den Fingern an der schmalen Wasserrinne festklammerte, setzte er die Füße auf die Außengriffe der Tür und schob sie auf. Dann hangelte er sich hinunter und schwang seinen ausgelaugten Körper in den Wagen. Mit einem dumpfen Knall schlugen die Türen hinter ihm zu.

Erschöpft sank Nick zu Boden. Er war total ausgepowert. Wie

sollte er in diesem Zustand Koriander überwältigen? Zumal sie alles andere als ein leichter Gegner war. Im Volksparkstadion hatte er sie nur mit einem Trick überrumpeln können. Mit dieser Frau war nicht zu spaßen. Er musste auf der Hut sein.

Nick dachte an Frauke. Sie hatten so wenig Zeit miteinander gehabt. Ein Abend im Kino, ein Essen im Imbiss – dann war die Apokalypse über die Stadt hereingebrochen und er hatte sie aus den Augen verloren. Tagelang hatte er nach ihr gefahndet, sie in den Wirren der Flüchtlingstrecks gesucht, ohne Erfolg. Als die Außerirdischen dann das Bahndepot des HVV zerstörten, befürchtete Nick das Schlimmste.

Doch irgendwo in seinem Inneren spürte er, dass Frauke noch lebte. Und er würde sie finden. Aber zuerst einmal musste er diese Höllenfahrt beenden.

Er blickte durch den Gang nach vorne. Die Tür zum Führerhaus war verschlossen. Umso besser, dachte er. Dann war Koriander völlig ahnungslos. Er würde sich mit einem beherzten Tritt Zugang zum Führerhaus verschaffen.

Nick rappelte sich auf, ruckelte die Falten aus dem Leopardendress und atmete tief durch. Dann stürmte er durch den Gang – und wurde mit ungeheurer Wucht wieder zurückgeschleudert. Unsanft landete er auf dem Boden. Eine kalte, glitschige Masse verklebte seine Augen. Benommen wischte Nick sie fort und starrte auf ein silbrig glänzendes Wesen, das vor ihm hockte. Ein Loch klaffte im Dach des Waggons.

Quälend langsam richtete das Biest sich auf. Schleimfäden hingen von seinem Kiefer herab und messerscharfe Krallen schoben sich in den Waggonboden, als bestünde er aus Kuchenteig. Mit kalten Augen starrte das Ungeheuer Nick an und fletschte die Zähne.

»Oh oh«, dachte der junge Polizist, und damit hatte er verdammt recht.

»Damals, als das Wurmloch mich einsog, wähnte ich mich am Ende. Aber dann geschah etwas sehr Interessantes. Das Ding bugsierte mich nicht in ein Millionen Lichtjahre entferntes Nachbaruniversum, sondern nur ein paar Tausend Kilometer Richtung Norden, nach Finnland. In eine Höhle aus Eis. Und dort stieß ich auf das Vermächtnis von Fjodör Valthülsen.« Al Dente lachte. »Ein außergewöhnlicher Physiker und ein großer Visionär. Er hatte herausgefunden, wie man Wurmlöcher zähmt. Doch er nahm sein Wissen mit ins Grab. Auf ewig verloren. Oder etwa nicht?« Er machte eine theatralische Pause. Dann verkündete er mit geschwollener Brust: »Ich habe einen Weg gefunden, ihm sein Geheimnis zu entlocken!«

»Indem du sein Gehirn geklaut hast«, fügte Gewesen nahtlos an, und Al Dente hielt überrascht inne. »Hör mal, Freund der Sonne, du warst nicht der Erste, der diesen beknackten Finnen besucht hat. Jeder, der auf Sachtlebens Feld eingesaugt wird, landet bei Fjo, ganz einfach deshalb, weil der das Wurmloch dort fest verankert hat.«

Misstrauen blitzte in Al Dentes Augen auf. »Woher willst du das wissen?«

Gelassenheit tummelte sich in Gewesens Iris. »Weil ich da war. Und deshalb weiß ich auch, dass Fjo gar nicht verschollen bleiben wollte. Ganz im Gegenteil: Er wollte gefunden werden! Er hat das Wurmloch so eingestellt, dass jeder, der eingesaugt wird, vor seiner Höhle landet.« Gewesen seufzte. Lange Monologe machten ihn immer ein bisschen müde. »Deshalb bin ich auch da gelandet, und deshalb weiß ich, dass du sein Hirn geklaut hast. Lass raten: Es ist in dem kleinen schwarzen Kasten im Transporterraum.«

Al Dente grinste über beide Ohren. »Wirklich erstaunlich«, sagte er und nickte anerkennend. »Wer hätte gedacht, dass ein beschränkter Geist wie deiner zu derart weitreichenden Schlussfolgerungen in der Lage ist. Du hast recht: Valthülsens Gehirn dient als Prozessor, der die Weltenmaschine zum Laufen bringt. Die Formeln sind in seine Großhirnrinde eingraviert, und mit einem speziellen Laser transformiere ich sie direkt in Befehlszeilen, die der Computer verarbeitet und als Ultrakurz-und-knapp-Wellen aussendet. Wurmlöcher flippen quasi aus, wenn sie den Sound riechen. Die kommen angedüst wie das Frettchen zum Bremskabel.«

Er machte eine ausufernde Bewegung. »Den Linearbeschleuniger brauche ich zum gezielten Transfer. Und mit der Kapsel bin ich in der Lage, jede Person in jedes beliebige Paralleluniversum zu verfrachten.« Er legte die Hand an das schwarze Metall. »Mit dieser Maschine bin ich Herr über Raum und Zeit.«

»Einer von vielen«, kommentierte Gewesen die schwülstige Ansprache.

Al Dente stutzte. »Wie meinst du das?«

»Denkste etwa, du wärst der Einzige? Bei unendlich vielen Welten gibt's auch unendlich viele andere, die diese Maschine gebaut haben. Ist doch logisch.«

Al Dente lachte. »Du willst mich verwirren. Netter Versuch.« Er schüttelte den Kopf. »Aber es gibt niemanden sonst. Ich bin der alleinige Herrscher. Mit dieser Maschine reise ich in ein paralleles Universum und fange von vorne an. Und als Erstes lasse ich dich über die Klinge springen!«

»Wirst du nicht.« Gewesen fand zwei Paranüsse in seiner Kutte und knackte sie zwischen seinen Fingern.

»Und weshalb nicht?«, fragte Al Dente und starrte auf Gewesens Nüsse.

»Weil du es schon getan hättest, wenn es dir gelungen wäre.« Er bot seinem Gegenüber eine an, aber Al Dente winkte ab. »Dann hättest du Glamour City schon längst eingeweiht, und ich wäre im Jenseits. Stattdessen hocken wir in diesem bescheuerten Tunnel und labern uns die Ohren heiß. Dein Plan ist Mist. Er wird nicht funktionieren.«

Der Kiefer schob sich aus der Mundhöhle. Das zusätzliche Gebiss an der Stirnseite bebte vor sehnsüchtiger Erwartung, die messerscharfen Zähne in weiches Fleisch zu stoßen. Der lange Schwanz mit der tödlichen Spitze peitschte umher und riss einen Teil des Waggondaches auf. Ein fieses Zischen schlängelte sich durch die Luft und malträtierte jedes Ohr in Hörweite, bohrte sich durch Muschel und Schnecke bis zur Amygdala und setzte dort Neurotransmitter frei, die zu Atemnot, Blässe, Zittern und Harndrang führten. Oder anders gesagt: Angenehm war der Anblick nicht.

Fand auch Nick. Zudem hatte er nicht die leiseste Ahnung, was er jetzt machen sollte. Das Ding vor ihm war die perfekte Kampfmaschine, und er hatte nicht mal ’ne Nagelfeile dabei … Augenblick mal! Hastig durchsuchte er die Handtasche, in die er nach seiner Kostümierung noch rasch den Inhalt seiner Hosentaschen entleert hatte. Er fand Schminkspiegel, Lippenstift, Maschinenöl, Inbusschlüssel … Da! Ein kleiner, harter Gegenstand. Nick zog ihn heraus: Sein Schweizer Messer! Hoffnung glimmte in ihm auf. Hastig ging er die Werkzeuge durch: Große Klinge, kleine Klinge, Kapselheber, Zahnstocher, Fischentschupper ... er warf einen kurzen Blick auf die Kreatur, die sich langsam auf ihn zubewegte.

Hm. Der Fischentschupper erweckte nicht gerade den Eindruck einer idealen Nahkampfwaffe. Aber vielleicht der Korkenzieher, wenn er ihn mit aller Kraft ... Die Bestie stieß einen Schrei aus, schrill und kalt, einen Schrei, der jeden normalen Menschen in den Wahnsinn getrieben hätte.

Aber Nick war alles andere als normal. Er besaß die Gabe des Zweiten Gesichts und konnte sehen, was andere Leute dachten und taten. Zumindest theoretisch, denn seit er als Kind von seinen Eltern zur Adoption freigegeben worden war, hatte er eine wahre Odyssee durch die Hände diverser Ersatzfamilien erlitten. Dabei waren seine Fähigkeiten verkümmert und mittlerweile nur noch rudimentär vorhanden. Der Blick nach Innen gelang ihm ausschließlich in extremen Ausnahmesituationen. Angesichts des bevorstehenden Todes durch ein kaltblütiges schleimiges Monster konnte die Bedingung aber als erfüllt gelten. Nick sah das frisch geschlüpfte Alien, das von seinen Geschwistern wegen einer abnormen Kieferschrägstellung gehänselt wurde. Er sah das Jung-Alien, das als einziges Monster in seiner Klasse keine Freundin abbekam, weil es bis zu seinem achtzehnten Lebensjahr eine unansehnliche Zahnspange tragen musste. Er sah das Twen-Alien, dessen Eltern ihm das Wunschstudium der Kreativen Zerfleischungskünste verboten und stattdessen auf eine Ausbildung zum Zahntechniker drängten. Und er sah das Alien in der Midlife-Crisis, das Rationalisierungsmaßnahmen zum Opfer gefallen war und statt der erhofften Umschulung zum Pornofilmdarsteller einen Job als Stuntdouble für Gebissfraktur-Großaufnahmen annehmen musste, um die Unterhaltszahlungen für seine Exfrau und die drei Kids bestreiten zu können.

Nick sah ein Leben voller Schleim und Dentalprobleme. Und ein tiefes Gefühl von Mitleid durchströmte ihn. Mit feuchten Augen betrachtete er das Monster, das sich vor ihm aufbäumte und seine schrecklichen Kiefer in Stellung brachte.

»Mensch«, sagte er, »du hast es aber auch nicht gerade leicht gehabt, was?«

»Lieber Freund«, sagte Al Dente, bemerkte seinen Irrtum und korrigierte sich scharf: »Elender Hund! Denk von mir aus, was du willst. Ich mach mich jetzt jedenfalls vom Acker und zieh meinen Plan durch. Ob er funktioniert oder nicht, werden wir ja sehen.« Er erklomm die Leiter zur Kapsel.

»Moment«, bat Gewesen. Bat? Ja, tatsächlich. Weshalb auch er sich ohne Umschweife korrigierte und brüllte: »Stehen bleiben, Sackgesicht! Oder ich blas dir die Rübe vom Rumpf.«

Kochend vor Wut griff Al Dente nach seiner Pistole – und fasste ins Leere.

»Suchst du die hier?«, rief Gewesen und Al Dente sah ihn an. Tatsächlich: Gewesen hielt seine Waffe in der Hand. »Wie hast du die … woher …«

»Wie schon gesagt: In einer Realität gelingt dir die Flucht, in der anderen hab ich dir die Wumme schon lange vor diesem Treffen abgenommen.« Er lächelte und bedeutete seinem Widersacher, die Leiter hinabzusteigen. Widerwillig folgte Al Dente der Aufforderung.

»Was mich noch interessiert«, sagte Gewesen und lehnte sich

gegen die Wand. »Wozu brauchst du das ganze Getreide?« Al Dente hob die Brauen. »Du hast mindestens einen, vermutlich aber mehrere parallele Welten dazu angestiftet, massenhaft Korn zu produzieren«, sagte der Kommissar. »So viel, dass deren Ökosystem hopsgeht. Wieso?«

Al Dente zuckte mit den Achseln. »Rammsch.«

Gewesen rührte sich nicht. Der Italo-Verschnitt kannte das Verhalten noch von früher. Er seufzte: »Der Rammsch-Faktor stammt aus Valthülsens Theorie. Danach definiert die Anzahl erfüllter Bedingungen die Reisemöglichkeiten im Multiversum. Damals, auf Bauer Sachtlebens Acker, gab es nur Getreide und Spucke – und den Heisenberg-Vibrator, den Valthülsen dort angebracht hatte. Zusammen erzeugten sie den kleinsten denkbaren Rammsch-Faktor, der gerade mal für einen lokalen Wurmlochtransfer reichte. Erhöht man den Faktor durch einen großen Linearbeschleuniger, kann man sich zwischen parallelen Welten im Multiversum bewegen. Steigert man den Faktor aber mit einer bestimmten Menge an Spucke und Korn …«

»Du hast Planeten Spucke sammeln lassen?« Gewesen verzog angewidert das Gesicht. Al Dente ließ sich nicht beirren.

»… dann erreicht man den kritischen Punkt und kann das Multiversum verlassen. Man bekommt Kontrolle über den totalen Raumzeit-Musch-Musch.«

Al Dente lächelte gelassen. »Denn wenn es ein Multiversum gibt, wieso dann nicht unendlich viele? Es stellt sich dann nur die Frage, wo sie ihren Ursprung haben. Die Antwort: Im Rammsch. Der Raumzeit-Musch-Musch führte zu zahllosen Urknallen, aus denen die Multiversen entstanden. Vor dem Urknall war also nicht Gott, sondern Rammsch. Und wer Rammsch kontrolliert, hat nicht weniger Kontrolle als Gott selbst.«

Er seufzte. »Aber um den kritischen Punkt zu erreichen, braucht es sehr viel mehr Energie. Das gelingt nur, wenn man eine exakt definierte Menge an Korn- und Spucke-Planeten in Reihe schaltet. Dann kann man gigantische Wurmlöcher anlocken und mit ihnen eine intergalaktische Superautobahn errichten, die jeden Punkt in jedem Multiversum mit jedem anderen verbindet.« Al Dente war derart ins Schwärmen geraten, dass es jetzt ein wenig hilflos wirkte, wie er da mit den Armen in der Luft vor seiner Kapsel stand.

»Netter Plan«, sagte Gewesen. »Hat nur leider nicht geklappt.«

Al Dente zuckte mit den Achseln. »Gut Ding will Weile haben. Ich düs einfach in 'ne Parallelwelt und fang von vorne an. Irgendwann wird's schon hinhaun.«

»Das denke ich nicht«, gab Gewesen zurück und entsicherte die Waffe.

Al Dente lachte. »Denkst du wirklich, du könntest mich mit einer simplen Pistole aufhalten? Mich, den kommenden Herrscher des Rammsch?«

Gewesen zog den Abzug durch. Die Kugel peitschte durch den Tunnel und prallte von der Kapsel ab, nur Zentimeter von Al Dente entfernt.

Betrübt sah der Gewesen an. »Schade. Ich dachte, du hättest mir mehr zugetraut. Bin ein bisschen enttäuscht von dir, ehrlich.«

Er stieß einen schrillen Pfiff aus, und aus einer Nische in der Tunnelwand vor Gewesen traten zwei Gestalten und stellten sich ihm in den Weg. Der Kommissar erstarrte vor Schreck.

»Mama!«, rief er aus. »Rebecca!«

Mit Erwartungen ist das so eine Sache. Einerseits ist man froh, wenn sie sich erfüllen. Andererseits hat auch ein Twist, eine unvorhergesehene Wendung der Ereignisse, seinen Reiz. Er enttäuscht zwar die Erwartungen, sorgt aber durch den Überraschungseffekt für eine ganz andere Art der Befriedigung: jenes süße Seufzen nämlich, das einem entfleucht, wenn man eine kritische Situation gemeistert hat, jenes tiefe Luftholen nach einem atemberaubenden Abenteuer oder jenes erfrischende Gefühl, das einem zuteil wird, wenn man aus Versehen eine elektrische Leitung berührt und einen ordentlichen Schlag bekommen hat.

Bewusst möchte man das alles nicht erleben, hinterher ist man aber äußerst befriedigt. Ebenso erging es Nick, als er nach seiner knappen Psychoanalyse irgendwie erwartet hatte, dass sein schleimiges Gegenüber sich gegen seine Schulter werfen und seinen Gefühlen freien Lauf lassen würde.

Doch das geschah nicht. Stattdessen hatte die Bestie zugeschnappt. Einfach so. Mit der Gewalt von achtzehn Tonnen pro Quadratzentimeter, einer Wucht, mit der selbst Stahl sich bog wie Gummi. Nick hatte reflexartig die Augen geschlossen und das Schlimmste erwartet, was aber nicht eintraf. Eine kleine Anfrage an sein Großhirn mit der Bitte um einen Statusbericht der lebenserhaltenden Systeme erbrachte die knappe Antwort: Alles paletti. Weshalb er die Augen einen Spalt weit öffnete.

Das Wesen war fort, das Dach des Waggons über die gesamte Länge aufgerissen. Nick drehte sich um und sah den Kieferorthopädenalbtraum hilflos an einem Haltesignal zappeln. Offenbar hatte sich sein Schwanz beim Furcht einflößenden Herumpeitschen darin verheddert.

Erleichtert wandte Nick den Kopf – und starrte auf Koriander, die breitbeinig in der Tür zur Fahrerkabine stand, bekleidet mit nichts als ihrer Unterwäsche. Wortlos betrachtete sie den Riss im Dach, dann senkte sie den Blick auf Nick, und ein böses Funkeln glühte in ihren Pupillen.

»Das ist mein Kleid«, fauchte sie und stürmte auf ihn zu.

Die beiden Frauen schlurften mit ausdruckslosem Blick und nach vorne gestreckten Armen auf Gewesen zu. *Wie Zombies*, fuhr es ihm durch den Kopf. *Fehlt nur noch, dass sie anfangen zu sabbern.*

Was sie prompt taten.

»Puste sie doch weg«, schlug Al Dente vor. »Macht eh keinen Unterschied. Denn dieses Universum wird bald den Wärmetod sterben.« Er fummelte an einem kleinen schwarzen Etwas in seiner Hand herum und warf es zu Gewesen hinunter. »Mach's gut, Dierk, und …«

BANG!

Die Kugel schlug dicht neben Al Dentes Kopf in die Kapsel ein.

»Niemand nennt mich ungefragt Dierk«, zischte Gewesen. Dann feuerte er den Rest des Magazins auf den flüchtenden Italo-Verschnitt. Al Dente knallte die Tür zu und betätigte den Knopf zum Starten des Beschleunigers. Er steckte die Hand in den Kasten und massierte das Gehirn. Dann zeichnete sich ein Lächeln auf seinem Gesicht ab. In wenigen Sekunden würde er weit, weit fort sein.

Gewesen sah nach unten. Das kleine schwarze Ding war ihm direkt vor die Füße gekullert. Es hatte eine Digitalanzeige. Und die lief rasch rückwärts. Und aus irgendeinem blöden Grund musste er an den Sommer '82 denken. Der Sommer '82 – oh wow!

Damals war er jung, hatte Ideale – und einen festen Hintern. Plötzlich roch er wieder den Geruch von Räucherstäbchen und schmeckte den Geschmack von Hubba Bubba. Und konnte all die heißen Nummern hören: *Hey little Girl, Little Suzi's on the up, Tainted Love.* Und natürlich das Lied der Lieder, König der Könige, *Master of Time.* Und plötzlich wusste er, was er in all den Jahren, die seit damals vergangen waren, so sträflich vernachlässigt hatte: Den Spaß am Leben, die Unbeschwertheit der Jugend und den Sound of Music. Und damit wusste er auch, was er zu tun hatte, ganz gleich, ob er diese heikle Situation überstehen würde oder den Löffel abgeben musste. Er wusste, dass es überhaupt nur einen Song gab, den er je wieder hören wollte, wenn er wiedergeboren würde und die ganze Scheiße noch mal durchleben müsste. Nur einen Song, der ihm die Kraft gab, die Dunkelheit zu überstehen und ins Licht zu tanzen.

Ein breites Grinsen zeichnete sich auf seinem Gesicht ab, und während die Zombie-Mädels immer näher kamen, zog Gewesen gemächlich seine Jacke aus, ließ sie um den Finger kreisen und geschmeidig in die Ecke flattern. Der wummernde Beat der Drums durchzuckte seine Muskeln, er schnippte rhythmisch zu den Akkorden der Fender Stratocaster und wippte die Hüften im Takt des hämmernden Pianos. Und dann, als sich das Soundgemenge seinem ersten Höhepunkt näherte, drehte er eine Pirouette, riss ein imaginäres Mikro an den Mund und begann den Text zu singen, der noch jedes Frauenherz in Butter verwandelt hatte:

All I wanna do when I wake up in the morning is see your eyes
Rosanna Rosanna
Never thought that a girl like you could ever care for me
Rosanna
All I wanna do in the middle of the evening is hold you tight
Rosanna Rosanna

Nun hatte Rebecca aus einem ganz blöden Zufall während ihrer Kindheit eine Nachbarin namens Rosanna gehabt, mit der sie öfter im Sandkasten gespielt und von der sie mehr als einmal eine Handvoll Sand in die Augen gepfeffert bekommen hatte. Und Elvira hatte einmal eine sehr unangenehme Situation mit einer Supermarktkassiererin namens Rosanna gehabt, bei der eine kaputte Plastiktüte und nicht zurückgegebenes Wechselgeld eine Rolle gespielt hatten. Deshalb entfaltete der von Dierk Gewesen dargebotene Song nicht die erhoffte besänftigende Wirkung, sondern das genaue Gegenteil. Mit einem martialischen Schrei stürzten sich die beiden Frauen auf ihn.

»Und? Wie fühlt es sich an, den Leo auf der Haut zu spüren?« Koriander schlich auf Nick zu wie ein Raubtier auf seine Beute. »Wolltest du nicht schon immer mal wissen, wie es ist, Frauensachen zu tragen? Ein hautenges Kleid, das kaum bis über die Schenkel reicht, jede Wölbung des Körpers betont und die Blicke der männlichen Artgenossen wie ein Magnet auf sich zieht?« Sie war so nah, dass er ihren Atem spürte. »Wie fühlst du dich jetzt, Baby? Ist dir heiß? Willst du, dass ich dich hart rannehme? Wie ein echter Mann?«

Nicks Herz hämmerte. Kalter Schweiß brach ihm aus. Es war

eine Falle, klar. Sie wollte ihn töten. Und dennoch war er wie gelähmt, konnte dieser geballten erotischen Präsenz nichts entgegensetzen.

Sie schmiegte sich an ihn und schob ihr Knie zwischen seine Beine. »Küss mich«, hauchte sie und leckte mit der Zunge über ihre Lippen. »Steck deine Zunge ganz tief in meinen Mund.«

Koriander schob den Saum seines Kleides höher. Mit beiden Händen packte sie seinen Hintern und drückte ihr Becken gegen seins.

Dann presste sie ihre Lippen auf die seinen, und er spürte etwas Hartes in ihrem Mund. Hart und dünn, fast wie … Draht?

Im selben Moment gab es einen ohrenbetäubenden Knall und Korianders Kopf wurde zur Seite gerissen. Ihr Griff erschlaffte und ihr zuckender Körper rannte wie verrückt im Kreis. Der Kopf hing im 90°-Winkel zur Seite, nur von einem Wust aus Kabeln gehalten. Nick starrte nach links. Neben ihnen fuhr eine zweite S-Bahn mit demselben Tempo. Durch das faustgroße Loch in der Scheibe erkannte er …

»Frauke!«

In den Händen eine rauchende .38er.

»Spring rüber!«, schrie sie.

Nick starrte auf Koriander. Ihre Hände hatten den Kopf gepackt und pflanzten ihn mit einem schmatzenden Geräusch zurück auf den Rumpf. Nick riss die Doppeltür des Waggons auf.

»Gib mir deine Hand«, rief Frauke, und Nick streckte den Arm aus. Als sich ihre Hände ineinanderklammerten, nahm Nick Schwung und … wurde brutal zurückgezogen. Koriander hatte ihn am anderen Arm gepackt.

»Du bleibst hier, Süßer«, fauchte die Rothaarige.

»Lass ihn los!«, schrie Frauke und zerrte wie verrückt an ihrem Freund.

Nick war dem Ringen der beiden Frauen ausgeliefert. Hilflos hing er zwischen den Zügen, als sein Blick den rasch näher kommenden Pfeiler eines Haltesignals registrierte. Scheiße, dachte er. Das sieht nicht gut aus.

»Lass ihn los!«, schrie Koriander. »Er gehört mir!«

Frauke blinzelte ihr Gegenüber böse an. »Nein, er gehört mir«, zischte sie, und mit einem beherzten Ruck riss sie Nick zu sich herüber. Koriander wurde mitgerissen und …

WAMM!!!

… ging eine enge Symbiose mit dem Haltesignal ein.

Frauke und Nick purzelten in der engen Fahrerkabine übereinander. »Du … hast mir das Leben gerettet«, ächzte Nick. »Warum?«

»Weil ich … ich …«, sie schluckte. Tränen standen in ihren Augen. »Weil ich deinen Fahrschein sehen will«, sagte sie plötzlich, und ihre Stimme nahm eine unverhoffte Schärfe an. »Du hast doch einen Fahrschein, oder etwa nicht?«

Ein Funkeln zuckte durch ihre Augen. Dann lösten sich ihre Gesichtszüge und sie begann zu lachen – als die S-Bahn quietschend in eine Kurve fuhr.

»Verdammt, der Hauptbahnhof!«, rief Frauke und sprang auf. »Halt dich fest!«

Sie wuchtete die Bremsen rein. Die Bahn machte einen Ruck

und quietschte Funken sprühend über die Gleise. Endlose Sekunden später kam sie ruckelnd zum Stehen.

Die andere Bahn raste mit unvermindertem Tempo in den Hauptbahnhof ein, knallte gegen einen auf dem Gleis stehenden Zug und schob ihn wie eine Ziehharmonika zusammen. Waggons sprangen aus den Schienen und fegten die Aufbauten vom Bahnsteig. Erst als sie auf der gegenüberliegenden Seite der großen Halle wieder hinausgeschoben wurden, kamen sie langsam zum Stehen.

»Das war knapp«, stöhnte Nick. »Ich kann einfach nicht fassen, dass Koriander ein … ein Androide gewesen ist.« Er schüttelte den Kopf. »Das erklärt natürlich auch die Auflösung der Abteilung und die Freilassung der Außerirdischen …« Er sah zu Frauke. »Und du? Wieso bist du noch in der Stadt? Und woher wusstest du, dass ich in dem Zug bin?«

»Das wusste ich nicht«, sagte Frauke. »Ich habe nur beobachtet, wie der Zug in höllischem Tempo über die Gleise gebrettert ist. Da hab ich mir eine Bahn geschnappt und bin hinterhergerast, weil ich angenommen hab, dass da ein … äh …« Sie senkte den Blick.

»Schwarzfahrer versucht abzuhauen?«, fragte Nick. Frauke wurde rot. Nick lächelte. »Damit hast du mir das Leben gerettet. Das werde ich dir nie vergessen.«

Frauke hob den Kopf. »Nie?«, fragte sie scheu.

Nick nickte. »Nie«, sagte er und nahm sie in die Arme. Er wollte gerade seine Zunge auf eine Expedition durch fremde Bakterienkolonien schicken, als Frauke zurückwich.

»Übrigens: Scharfes Outfit«, säuselte sie. »Hoffe, du trägst es nicht zum letzten Mal.«

Nick grinste. Dann senkte er seine Lippen auf die ihren, und sie verschmolzen miteinander wie ein richtig guter Zweikomponentenkleber.

Gewesen friemelte an seinen Klamotten herum, zupfte hier einen Fussel aus dem Stoff, schnippte dort einen Krümel weg. Der kleine Kerl neben ihm beobachtete das Gehabe mit wachem Blick. Er war kaum größer als ein Schuljunge, stand gebückt und hatte dichtes Fell an Armen und Beinen. Zwischen seinen Fingern spannten sich Schwimmhäute und sein Körper war von Schlamm verkrustet. Alles in allem sah er aus, als wäre er geradewegs der Kanalisation entstiegen. Und genau das war auch der Fall.

Gewesen warf ihm einen beiläufigen Blick zu. »Is was?«

Der seltsame Gefährte schüttelte den Kopf, was ein schmatzendes Geräusch verursachte. »Fragt sich Ratte nur, warum Kommissar Zweifel an Ratte?«

»Hatte ich gar nicht!«, gab Gewesen pikiert zurück. »Wie kommst du darauf?«

Argwohn blitzte in Rattes Augen auf. »Hat Ratte nie gesehn, Kommissar schwingt Hüften wie Mann mit Tolle.« Gewesen warf ihm einen langen Blick zu. Dann senkte er den Blick zu den beiden zuckenden Körpern am Boden, aus deren Rümpfen dicke weiße Flüssigkeit blubberte.

»Kommissar sorgt, wo echte Frau und Mutter?«

Gewesen seufzte. »Schätze, die können schon auf sich selbst aufpassen.«

Gedankenverloren blickte er ins Leere. »Hoffe ich zumindest.«

Ein Piepen lenkte seine Aufmerksamkeit Richtung Boden.

Er bückte sich und hob die thermonukleare Bombe auf. »Schon mal so 'n Ding gesehn?«

Ratte schüttelte den Kopf. »Ist Werk von Uhr?«

»So ähnlich«, sagte Gewesen, und die Anzeige sprang auf Null. »War mal 'ne Bombe. Hab sie aber entschärft. In der Vergangenheit einer anderen Welt.« Achtlos warf er sie über die Schulter.

»Und er?«, fragte Ratte und wies auf den Mann in der Kapsel, die in einen Zustand der Unbestimmtheit überging.

Gewesen seufzte. »Ich sag dir jetzt was, weil du mein Freund bist.« Aufgeregt nahm Ratte die Jetzt-gibt's-lecker-Fisch-Haltung ein. »Der Unfall im Beschleuniger damals – das war gar kein Unfall.« Ratte legte den Kopf schief. »Dein Partner: Er hieß Al Dente, oder?« Ratte nickte. »Konnte nichts mit dem Namen anfangen, als du mir davon erzählt hast. Aber jetzt weiß ich, wer er ist. Und warum er es getan hat.« Rattes Gesichtsausdruck veränderte sich. Kindliche Neugier wich Sorge, und der Kommissar fragte sich, ob es eine gute Idee gewesen war, die Sache anzusprechen. Immerhin war Ratte vor seinem Unfall ein Aspirant auf den Nobelpreis gewesen. Dann hatte jemand seine Forschungen sabotiert und der Ausnahme-Physiker landete im Untergrund. Seit Jahrzehnten lebte er nun schon dort und schien sich mit seinem Schicksal abgefunden zu haben. Welchen Wert hätte es, wenn er erfuhr, dass der Mann, der dafür verantwortlich war, ein paar Meter weiter versuchte, mit einer Kapsel in ein Paralleluniversum abzudüsen?

»Ja?«, fragte Ratte neugierig.

»Dierk«, sagte eine Stimme, die so klang, als wäre sie durch ein paar extrem coole Effektgeräte gejagt worden. »Bedenke immer, dass die Macht mit dir ist.«

»Professor Valthülsen?«, fragte Gewesen. »Sind Sie das?«

Die Stimme räusperte sich umständlich. »Äh, ja … könnte man sagen. Ich melde mich aus der Universellen …«

»Jaja, ich weiß. Was gibt's?«, fragte der Kommissar kurz angebunden.

»Du darfst ihn nicht entkommen lassen.«

»Wieso nicht?«

»Weil er das Multiversum zerstören wird. Wenn dieser dreckige kleine Italoverschnitt es darauf anlegt, setzt er eine Kettenreaktion in Gang, und alles kollabiert in einem Paradox. Das muss verhindert werden! Du darfst ihn nicht entkommen lassen!«

Stille.

»Dierk?«

Niemand antwortete.

»Äh, hallo?«

Die Kapsel verschwand.

»Scheiße, zu spät«, seufzte Valthülsen.

»Es ist nie zu spät«, meldete sich eine zweite Stimme.

»Wer ist da? Bist du's, Bud? Ernie?«

»Mein Name ist Heiko Yashahashish. Ich hab 'ne Zeit lang Ihre Theorien studiert. Und dabei sind mir ein paar Ungereimtheiten aufgefallen.«

Valthülsen zögerte. »Ach ja?«

»Nun, falls Sie es vorziehen, die Unterhaltung an einem intimeren Ort fortzusetzen …«

»Hier ist niemand«, antwortete Valthülsen. »Legen Sie los.«

»Also gut«, sagte Yashahashish. »Punkt eins: Es gibt keinen Rammsch!«

Auszug aus Zieh als Erster!

Ich werde oft gefragt, wieso ich so sparsam mit Lob bin. Bin ich das? Ich meine, was erwartet Ihr von mir? Dass ich den ganzen Tag rumlatsche und dauernd *Danke vielmals* seiere? Dem Radiomoderator, der mich morgens mit seiner nervenden Sendung weckt? Dem Zeitungsjungen, der die Zeitung für die Nachbarn gegen mein Schlafzimmerfenster pfeffert? Dem Müllmann, der die Tonnen vor meinem Dodge abstellt? Dem Typen im Ferrari, der mir an der Ecke Grindelallee/Rentzelstraße auflauert und mich dann verheizt? Dem Metzger, der sich den Finger absäbelt, nur damit er fragen kann: Darf's 'n büschen mehr sein? Dem Heißluftballonfahrer, der an meinem Büro vorbeifliegt und mir blöde Fratzen zieht? Dem Kolibri, der mir auf die Jacke kotzt? Wieso ich so sparsam mit Lob bin? Das kann ja nur jemand fragen, der so total dämlich und unterbelichtet ist, dass sich sogar die Affen im Urwald schämen! Loben? Ich? Da kann ich ja gleich 'ne Samstagabendshow moderieren.

Salvatore Scheibli ließ es sich nicht nehmen, zur Feier des Tages eine aufmunternde Fanfare auf dem Kazoo zu blasen. Glücklicherweise war er so in sein Spiel vertieft, dass er nicht bemerkte, wie sich die Anwesenden mit schmerzverzerrten Gesichtern die Ohren zuhielten. Stolz stand er auf den Trümmern des Polizeipräsidiums und blies seinen Untergebenen den Marsch – in

As-Moll von Eduardo Stravinskaja, Opossum 27, Knöchelverzeichnis 12A.

Nachdem der letzte Ton vom Wind entsorgt worden war, verstaute Scheibli das Kazoo in seiner zerfetzten Strickjacke und räusperte sich.

»Freunde!«, rief er. »Kollegen. Mitbürger. Wir haben uns hier versammelt, um der Geburtsstunde einer neuen Zeitrechnung beizuwohnen. Hamburg ersteht aus seinen Trümmern wie der Phönix aus …«

»Da kommt er!«, rief jemand, und alle drehten sich um. Ein weißer Dodge Challenger rollte nahezu geräuschlos heran und wurde durch den Reibungswiderstand mit dem Asphalt zum Stehen gebracht. Geschmeidig glitt der Fahrer aus dem Wagen und ließ die Tür mit einem dezenten Klacken ins Schloss schnappen. Wellen des Applauses brandeten auf, als der Mann mit katzenhafter Eleganz durch die Menge schritt, lässig, entspannt, die Lederjacke auf den Schultern, einen Kaugummi im Mund. Er erklomm den Trümmerhaufen, grüßte Oberkommissar Scheibli mit einem Tippen an die Stirn und wandte sich dann seinen Leuten zu.

»Wie ich sehe, habt ihr die Viecher einkassiert«, sagte er und warf einen Blick auf den provisorisch errichteten Käfig, in dem eine Unzahl seltsamer Kreaturen damit beschäftigt war, abartige Daseinsformen anzunehmen. »Und die drei von der Tankstelle sind auch wieder im Zoo.« Er haderte. »Gut gemacht«, murmelte er rasch und fügte dann laut hinzu: »Aber noch lange kein Grund, gleich überzuschnappen und Sonderurlaub zu verlangen! Wir haben jede Menge zu tun! Und wir fangen sofort damit an. Ihr sucht in den Trümmern alles zusammen, was irgendwie nach Büro aussieht und noch halbwegs zu gebrauchen ist. Arbeitsbeginn ist morgen früh um acht …«

Ein Klopfen unterbrach ihn. Der Kommissar sah sich um. Es klopfte erneut. Gewesen senkte den Blick, runzelte die Stirn und ging in die Hocke. Er wuchtete einen großen Felsbrocken zur Seite. »Hallo?«, rief er in das entstandene Loch »Ist da …«

Eine Faust schoss hoch und traf ihn aufs Kinn. Gewesen fiel hintenüber und purzelte den Trümmerhaufen hinab. Entsetzt starrte die Menge zu Oberkommissar Scheibli, der erschrocken zurückwich.

Ein Körper hievte sich aus dem Loch, kompakt und verdreckt. Als Scheibli erkannte, wer sich dahinter verbarg, rief er überrascht: »Werte Dame!«

»Keine Sauereien!«, giftete Elvira zurück, bückte sich und half einer zweiten Person aus dem Loch.

»Rebecca«, murmelte Gewesen am Fuß des Haufens und rieb sich das Kinn. Als beide Frauen sich die Kleider abgeklopft hatten, stemmte Elvira die Hände in die Hüften und blickte die stumme Menge an.

»Was ist denn hier los?«, keifte sie. »Habt ihr nichts zu tun, oder warum glotzt ihr so?«

»Wer ist das?«, fragte Frauke scheu.

»Seine Mutter und seine Frau«, flüsterte Nick zurück. »Waren wohl unter den Trümmern des Präsidiums begraben.«

In der Zwischenzeit war Gewesen wieder zurück auf den Schutthaufen gekraxelt. Doch kaum war er oben angelangt, wuchtete ihm Rebecca ihre Rechte in die Magengrube. Frauke verzog das Gesicht. »Scheinen sich ja nicht besonders zu freuen, ihn wiederzusehen.«

»Doch, tun sie«, erwiderte Nick. »Sonst wäre er längst tot.«

»Wo warst du so lange?«, keifte Elvira. »Und was hast du dir dabei gedacht, einfach abzuhauen und uns mit deinem Pausensnack zurückzulassen, hä?« Sie warf ihm eine rote Brotdose aus Plastik an den Kopf.

»Mutter«, setzte Gewesen zu einer Antwort an, aber Rebecca packte seinen Arm und schleuderte ihn zu Boden. Elvira nahm Anlauf und sprang mit angezogenen Knien auf seinen Rücken. Die Anwesenden verzogen schmerzverzerrt die Gesichter.

»Was ich nicht verstehe«, flüsterte Imhofen, »wieso hat er Al Dente entkommen lassen? Ist das nicht total gefährlich? Wenn ich es richtig verstanden habe, steht doch das ganze Universum oder sogar Multiversum auf dem Spiel.«

»Keine Sorge«, entgegnete Nick. »Gewesen weiß, was er tut. Er hat alles unter Kontrolle.«

Ein Körper flog in hohem Bogen auf sie zu und schmetterte auf den Asphalt. Der Kommissar stützte sich vom Boden ab und stöhnte auf. »Nick, ich …« Dann spannte sich das Seil an seinem Fuß und er wurde zurück auf den Schutthaufen gezerrt.

»Bist du sicher?«, fragte Imhofen.

EPILOG

Er raste durch das Wurmloch und genoss die Unendlichkeit. Hier, zwischen den Welten, fühlte er sich wie Gott, hatte er Einblick in das Räderwerk der Schöpfung und konnte sehen, wohin das Multiversum trieb.

Zumindest glaubte er das. Denn was er nicht wusste, war, dass er einer Täuschung unterlag. Wurmlöcher geben nämlich überhaupt keinen Einblick in die Unendlichkeit, sondern bieten ein allerhöchstens mittelmäßiges Unterhaltungsprogramm aus dilettantisch zusammengestückelten Bilderfolgen, die nichts anderes als Großhirnrindenabriebe von Wurmlochreisenden sind.

Was Al Dente erlebte, waren also lediglich die Fantasien all jener, die vor ihm das Wurmloch bereist hatten. Und das waren allein bei diesem hier rund 10^{137} Personen – was ein wirklich bemerkenswerter Zufall ist, denn 137 ist ja auch der Wert der Feinstrukturkonstante sowie die Nummer des Hotelzimmers, in dem Wolfgang Pauli am 15. Dezember 1958 verstarb.

Aus diesen Koinzidenzen ließe sich ein wirklich hübsches Mosaik der kosmischen Zusammenhänge basteln, das die wahre Struktur der im Multiversum aufgeweichten Universellen Bewusstseinsmatrix darstellte. Und zwar so plastisch, das jeder Depp schnallen würde, worum es eigentlich ging.

Aber Al Dente war viel zu sehr mit sich und seinen primitiven Selbstverwirklichungsplänen beschäftigt, als dass er irgendwas mitbekam. Deshalb entging ihm auch, wie sich ein engmaschiges Netz um seinen Körper legte und ihn aus dem Wurmloch riss. Wie ein Fisch auf dem Trockenen schnappte er nach Luft, während das überdimensionale Schmetterlingsnetz in ein Raumschiff gezogen und dort umgestülpt wurde. Al Dente plumpste in ein großes Glasgefäß, ein Verschluss senkte sich herab und versiegelte den Behälter. Einige nachlässig hineingestoßene Löcher sorgten dafür, dass der Fang nicht an Sauerstoffmangel einging.

Hektisch rappelte Al Dente sich auf und hämmerte mit den Fäusten gegen die Scheibe. »Was soll das? Was um alles in der Welt …« Er verstummte, als der hochgewachsene Kerl mit dem Cowboyhut und den schweren Stiefeln in sein Blickfeld geriet und sich einen Kaugummi in den Mund schob.

»Gewesen!«, zischte der kleine Mann und seine Nasenflügel bebten.

»Hi, Enrico«, gab Gewesen lässig zurück.

»Ich heiße Al Dente. Carlos Al …«

»Nein, du heißt Enrico«, unterbrach ihn Gewesen. »Enrico Masturbani. So hast du immer geheißen und so wirst du immer heißen. Al Dente war bloß ein Traum. Und der ist ausgeträumt.«

Masturbani kochte vor Wut. Er schrie auf und warf sich wie ein wildes Tier gegen die Scheibe. »Wer bist du?«, schnaubte er. »Und wie bist du hierhergekommen?«

»Die Frage ist eher: Wo bin ich *her*gekommen?«, sagte Gewesen. »Du erinnerst dich noch an das Universum, in das du mein Zwillings-Ich verfrachtet und das du dann gesprengt hast? Da war ich schon lange weg.« Er lächelte. »Sommer '87. In diesem Universum wurden nicht du oder Rebecca vom Wurmloch verschluckt, sondern auch ich. Kurz darauf spuckte mich das Ding vor Fjodörs Eispalast wieder aus. Und rate mal, was ich da gefunden habe.« Er hob aufmunternd die Brauen. Aber Masturbani rührte sich nicht. »Ein Raumschiff. Stand in einer der Lagerhallen. War sogar gekennzeichnet, mit dem Dreieck im Kreis. Der alte Fjo hat es gebaut. Ein Raumschiff, mit dem sich das gesamte Multiversum bereisen lässt. Ohne Spucke, ohne Korn und ohne Beschleuniger. Cool, was?«

Masturbani atmete hektisch. »Das ist … absurd!«

Gewesen schüttelte den Kopf. »Nein, das ist Technik.«

»Du … ich …« Nur mühsam gelang es dem kleinen Mann mit der großen Nase, seine Gefühle im Zaum zu halten. »Und wenn schon«, zischte er schließlich. »Hier hast du vielleicht gewonnen. Aber in einem anderen Universum gewinne ich. Und dann komme ich zurück und reiß dich in Stücke!«

Statt zu antworten, wies Gewesen auf einen Monitor an der Wand. Dort war Masturbani zu sehen, gefangen in einem Terrarium. Langsam fuhr die Kamera zurück, und neben dem Terrarium tauchten weitere auf, in denen ebenfalls kleine Masturbanis saßen und schimpften, bettelten und flehten. Und neben diesen standen weitere, und immer so weiter und weiter. Tausende, Millionen, Milliarden Terrarien …

»Siehst du, kleiner Freund«, sagte Gewesen, und seine Stimme klang ungewohnt milde. »Du bist für dieses Multiversum nicht gut. Nicht gut im Sinne von schlecht, du verstehst? Ich kann einfach nicht zulassen, dass du hier weiter dein Unwesen treibst. Und deshalb sammel ich dich ein. In jedem nur erdenklichen Universum. Bis alle deine Ichs sicher verwahrt sind – in schicken kleinen Schaukästen.«

Masturbani lief rot an, und ein fürchterlicher Schrei entfuhr seiner Kehle. Doch Gewesen hörte ihn schon nicht mehr. Er hatte bereits im Cockpit Platz genommen und die Tür geschlossen. Mit der Linken gab er die Zielkoordinaten für seinen nächsten Beutezug ein, mit der Rechten fummelte er an der Stereoanlage herum. Dann legte er die Stiefel auf die Konsole und schob den Hut ins Gesicht.

My Baby don't mess around,
Because she loves me so.
And this I know for sure.
Hey ya hey.
Hey ya hey.

… sangen The BossHoss, und Gewesen wippte mit dem Stiefel im Takt.